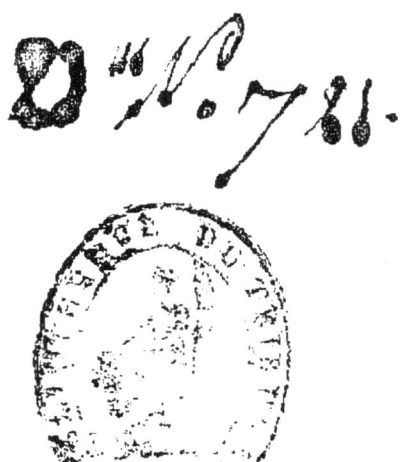

A MADAME
LA PRINCESSE
DE CONTY.

MADAME,

I'ay fait vœu de ne sacrifier iamais que sur vos Autels, comme les plus dignes qu'on puisse consacrer à la vertu. Tout le regret que i'ay, c'est de m'y voir forcé auec tant de raison, puis que toutes mes inclinations ensemble me portent à ce deuoir. Mais ce qui me console en cela, Madame, c'est qu'en quelque façon qu'on honore vos merites, la gloire en est si grande que les plus rares esprits de ce temps s'efforcent à l'enuy l'vn de l'autre, à qui vous loüera dauantage pour estre loüez de tout le Monde, ne pouuant estre estimez que par l'estime qu'ils font de

ã ij

EPISTRE.

vos vertus. Ie ne vous flatte point, Madame, c'est la commune opinion des mieux sensez de ce siecle, que qui ne sçait parler le langage de vos loüanges, ignore celuy de la raison. Pource que en tous les argumens qu'on peut faire sur les qualitez qui rendent vne grande Princesse grandement recommandable, il faut necessairement conclure que vous estes l'vnique qui les possedez toutes sans enuie.   Fasse maintenant le Ciel, pour exaucer mes vœux, que les vostres soyent tousiours accomplis, & qu'ie ne porte pas long temps inutilement la qualité

MADAME

de   Vostre tres-humble, &
                            & tres-affectionné
                                   seruiteur.
                         P. DE LA SERRE.

TABLE DV CONTENV
en ce liure.

TABLE.

font les paſſions & douleurs de l'ame & du corps,
fol. 242.

Que les ames ne ſont point engédrees ne creées
des intelligences, que la creation ne peut proceder que d'vne vertu infinie, & que le retour de
l'ame eſt en Dieu ſeul.

Que Dieu eſt en toute choſe, & que toute choſe peut iouyr de Dieu ſelon ſa nature, que la felicité naturelle n'eſt pas la ſuprème de l'homme : &
de quelle ſorte l'ame peut iouyr de Dieu.

ãj

TABLE.

Fin de la Table.

LETTRE DE
REMERCIEMENT
DE MONSIEVR LE
Cardinal du Perron au Roy,
apres que sa Majesté luy eut fait
auoir le chapeau de Cardinal.

SIRE,

Quand i'aurois autant de
langues & de plumes, que les Poëtes en
donnent à la Renommee, ie ne pourrois
exprimer la moindre partie de la nouuelle
grace que i'ay receuë de vostre Majesté. Il
n'y a lettres, ny paroles qui ne soient sur-
montees par l'excellence d'vn tel bien fait,
capable de rendre l'Eloquence mesme

A

muette. Il ne me reste que la seule penfee
pour la reuerer & admirer ; encore eft-elle
toute confuse, & opprimee de la grandeur
de cette obligation ; car foit que ie jette les
yeux fur le prix de la grace en foy, foit que
ie confidere les circonftances, defquelles
i'a pleu à voftre Majefté l'accompagner,
foit que i'examine le peu de merite & feruice qui ont procedé de ma part, foit que
ie regarde finalemét la glorieufe & triom-
phante main, dont elle part, aufli accouftumee à conquerir les ames & les cœurs,
que les Prouinces & les Royaumes ; Ie
trouue tant de chofes à penfer & à dire,
que l'abondance de la matiere m'eftouffe
les paroles en la bouche, & les conceptiós
en la penfee, fi bien qu'au lieu de rendre
graces à voftre Majefté, ie trouue que
i'ay à me plaindre d'elle, de ce que par l'excés de fes faueurs, elle m'oblige à vne ingratitude neceffaire. Il eft vray, SIRE, que
ce defplaifir fera confolé de l'efperance
que i'ay, que voftre bonté receura mon
impuiffance pour excufe, & acceptera la
confeffion que ie luy faiûts, de ne la pouuoir dignement remercier, pour le plus
digne remerciement que ie luy puiffe rendre. C'eft dequoy i'ay à fupplier tres-

humblement voſtre Majeſté par cette lettre, & l'aſſeurer puiſque les paroles propres pour luy rendre graces me manquent,
que i'auray recours à l'Eloquence des faicts
& des ſeruices : luy iurant & proteſtant
que tout le cours de ma vie luy ſera deſormais vne perpetuelle & deuote action de
graces.

RESPONSE D'HELENE
à Paris,

PAR LE SIEVR DV PERRON.

M'Eſtant des-ja oubliée en ce qui
touche ma reputation, que de jetter la veuë deſſus vos lettres, i'ay penſé
qu'il n'y auoit plus de gloire à m'empeſcher
de leur rendre reſponſe. Quoy donc, auez
vous bien la hardieſſe de violer les droicts
d'Hoſpitalité, & taſcher à corrompre la
foy, & la chaſteté d'vne femme mariée?
Eſt-ce pourquoy nous vous auons receu
ſi fauorablement du milieu des flots &
tempeſtes de la mer? Et pourquoy l'accés
de noſtre Cour ne vous a point eſté deffendu, encores que vous vinſſiez d'vne nation

A ij

estrangere, afin que cette signalee obligation soit payee d'vne infidelité?que meritez
vous plustost arriuant de cette sorte,d'estre
appellé ou hoste ou ennemy ? Ie sçay bien
que la plainte que ie vous fais vous semble-
ra grossiere:mais que ie sois simple & gros-
siere tant qu'il vous plaira, pourueu que
ie n'offense point mon honneur, & ne laisse aucune tache à ma renommee.Car combien que ie n'aye point le visage farouche,
ny la façon d'estre seuere ny rigoureuse,
toutesfois ma courtoisie n'a encore presté
à personne à parler de moy, & n'y en a pas
vn de tous ceux qui m'ont recherché ,
qui se puisse vanter d'aucune chose à mon
desauantage, dont i'ay plus de suject de
m'estonner qui vous a doné cette hardiesse, & surquoy vous auez fondé l'esperance de paruenir à vostre intention ; est-ce
pour ce que Thezee m'auoit desia enleuee
auparauant,& d'autant que i'auois des-ja
esté rauie vne fois, il vous a semblé que
i'estois digne de l'estre pour la deuxiesme.
c'eust esté ma faute si i'eusse esté persuadee:
mais puis que ie fus rauie, qu'est-ce qu'il
y eust du mien, sinon ne le vouloir point?
encore ne cueillist il pas le fruict desa temerité tel qu'il esperoit, & hormis la seule

crainte, ie m'en retournay n'ayant receu
aucun deſplaiſir de luy. Il eut bien quelque
baiſer de force, & contre ma volonté, mais
il ne paſſa point plus auant, là où vous
eſtes ſi malicieux, que vous ne vous en fuſſiez pas contenté, & n'euſſiez eu garde de
luy reſſembler. Il me rendit aux miens ſans
m'auoir touchee, & encore le regret qu'il
en eut, diminua en partie ſon offence: car il
s'en repentoit (ainſi qu'il ſembloit) à bon
eſcient. Quoy donc! Theſee s'eſt repenty,
à fin que Paris ſuccede en ſon lieu, & que
ie ne puiſſe iamais euiter que mon nom
ſoit en la bouche du peuple? ce n'eſt pas
que ie vous vueille mal toutesfois, qui eſt-
ce qui ſe courouceroit contre vne perſonne amoureuſe, pourueu que l'amour que
vous mettez en auant ne ſoit point ac-
compagnée d'artifice? car i'en doute aucunement: non pas que ie me defie de moy
meſme, ny que ma beauté ne me ſoit aſſez
cogneuë: mais pource que la facilité de
croire a accouſtumé de faire tort aux femmes, & que l'on tient que les parolles de
ceux de voſtre ſexe ſont eſloignees de la
verité. Mais les autres (direz vous) ſe laiſ-
ſent aller quand on les recherche, & y a
peu de Dames qui ſe puiſſent vanter d'eſtre

exemptes de cette paſſion : ce qui empeſche que mon nom ne ſoit mis au rang de
celles qui ſont ſi rares. Car quant à ce que
l'exemple de ma mere vous ſemble ſuffi-
ſant, pour me perſuader, en l'offence que
ma mere a commiſe, il y auoit de l'ignorance meſlee auec le peché, ſon amoureux
eſtoit deguiſé & caché ſoubs des plumes,
la ou ſi ie m'oublie auec vous, ie ne ſçaurois pretendre d'auoir rien ignoré, & n'y a
point de tromperie qui puiſſe donner couleur à mon offence. Et puis elle fit vne faute aduantageuſe, & repara ſon crime par
la qualité de celuy qui en eſtoit l'autheur.
Mais moy, quel Iupiter allegueray-ie pour
faire eſtimer mon erreur fortunee ? Ie ſçay
bien que vous m'alleguerez voſtre ſang,
vos anceſtres, & voſtre genealogie Royale:
Mais la maiſon dõt ie ſuis eſt aſſez recõmã-
dee d'elle meſme, par ſa propre Nobleſſe,
car afin que ie ne parle point du biſayeul de
mõ beau pere, qui eſtoit Iupiter, & de toute
la ligne de Tantale de Pelops, & de Tin-
arus : Leda ma mere qui fut trompee par
l'aparece d'vn ſigne qu'elle auoit creu trop
facilemẽt, me donne Iupiter pour Autheur
de ma race, allez maintenant & nous contez l'origine du peuple Phrigiẽ & Troyẽ,

& Laomedon, lefquels i eftime veritablement: mais voftre principale gloire, qui eft
d eftre defcēdu de Iupiter au cinquieme degré, nous eft bien plus proche, à nous qui
en fommes feulement au fecond; & combien que ie ne faffe point de doute, que
l Empire de Troye ne foit tres-grand, fi eft
ce que ie penfe que le noftre ne luy cede
en rien, car au pis aller, fi cette prouince
eft furmontee par la voftre en richeffe &
en nombre d hommes, pour le moins ne
pouuez vous nier que voftre nation ne foit
barbare & inciuile Au refte ie cognoi vos
lettres, pour eftre liberales & magnifiques,
& voy qu elles me promettent des chofes
qui pourroient efmouuoir les Deeffes mefmes. Mais fi ie voulois fortir des limites de
mon deuoir, croyez que ma plus grande
tentation feroit voftre propre perfonne,
car ou ie conferueray eternellement ma
reputation, ou ie me laifferay pluftoft aller
à vous, qu'à vos prefens. Et comme ie ne
les mefprife point, auffi i'eftime qu'ils font
tous aggreables, quand c'eft du merite de
l'autheur qui les rend recommandez. Ce
qui me perfuade de beaucoup plus, c'eft
que vous m'aymez; & que ie fuis caufe de
voftre peine; c'eft que ie vous ay demandé

A iiij

digne de paſſer vne ſi grande trauerſe de
mer ; outre, c'eſt que i'obſerue vos conte-
nances, lors que nous ſommes à table, encore que ie ne faſſe pas ſemblant de m'en
appercevoir : tâtoſt vous me regardez auec
des yeux ſi pleins de paſſion, que les miens
ne peuuent ſupporter leur ardeur : tantoſt
vous prenez la coupe pour me pleiger, &
beuuez par le meſme endroit qui a eſté
touché de ma bouche : d'auantage, combiē
de fois ay ie remarqué ces iours paſſez les
ſignes que vous me faiſiez auec la main,
auec le front, auec les ſourcils ? combien
de fois les ay-ie entendus parler vn certain
langage cogneu aux amoureux, & ay-ie
craint en moy-meſme, que mon mary ne
deſcouurit quelque choſe de ce que voſtre paſſion rendoit ſi manifeſte ? de ſorte
que ie diſois à par moy, cét hôme n'a point
de reſpect, & ay trouué à la fin que ie difois la verité. Combien de fois ay-ie obſerué que vous eſcriuiez ſur la table ce mot,
I'AIME, au deſſus des lettres de mon nó,
& vous ay reſpondu auec les yeux, que ie
ne croyois pas legerement ? Helas ! moy
miſerable, i'ay deſia apris ce langage meſme. Ce ſont toutes ces faueurs qui me ten-
teroient, ſi ie deuois me laiſſer vaincre, &

seroient celles qui seroient capables de
m'esmouuoir, outre ce que vous auez le
visage & la façon tres-agreable, il faut que
ie l'aduoüe, & pouuez inciter les femmes
à vous desirer. Mais qu'vne autre se rende
plustost heureuse par ce crime, qu'il soit dit
que ie viole mon honneur pour vn estran-
ger: apprenez par mon exemple, à vous
passer des choses belles. C'est vne espece
de vertu de se sçauoir abstenir de ce qui est
agreable: combien estimez vous qu'il y ait
des hommes qui ayent recherché ce que
vous recherchez maintenant? pensez vous
qu'il n'y ait que Paris seul qui ait des yeux
au monde? vous n'auez pas meilleure veuë
que les autres, mais vous auez plus de presomption: vous n'auez pas plus de iugement, mais moins de modestie. Pour mon
regard, ie voudrois que vous fussiez arriué lors que i'estois encore fille, & qu'il y
auoit mille amoureux apres moy, qui me
demandoiët en mariage: si ie vous eusse cogneu en ce temps-là (mon mary me par-
donnera s'il luy plaist) vous eussiez esté
preferé à tous les milliers ensemble. Mais
vous venez en vne possession qui est desia
occupee, vostre esperance est trop tardiue.
Le bien que vous desirez vn autre en iouït:

& de faire desormais qu'il me prenne enuie d'aller à Troye pour estre vostre femme, Menelaus ne m'est point si desagrea-
ble que i'aye occasion de le desirer. Cessez
donc ie vous supplie, de penser à m'esmouuoir par vos paroles, & ne vous mettez
point en peine de ruiner celle a qui vous
faittes profession de vouloir du bien, permettez que ie suine le sort que la fortune
m'a ordonné, & ne vous dressez point vn
trophee de ma bonté Mais Venus, dittes
vous, vous a donné cette esperance, dans
les vallees d'Ida, alors que les trois Deesses s'estâs monstrees à vous toutes nuës, &
l'vne vous ayât proposé de vous dôner des
Royaumes & des Empires, l'autre de vous
faire acquerir de la reputatiô par les armes,
la troisiesme vous promit qu'elle vous rendroit mary de la belle Heleine. A peine me
puis ie persuader que les Deesses ayét voulu soulmettre leur beauté àvostre iugemêt,
Mais prenons qu'il soit ainsi, pour le moins
l'autre partie est supposee, que i'aye esté
esleué pour en estre la recompense. Ie ne
m'asseure point tant en ma beauté, que i'e-
stime qu'vne Deesse m'ayt voulu offrir
pour prix d'vne telle obligation : ie me cô-
tente d'estre agreable aux yeux des hom-

mes, & Venus me loüint , se rend elle
mesme suspecte en mon endroict. Il est
vray que ie ne vous veux pas desdire : au
contraire i'oy ces loüanges volontiers,
car pourquoy est-ce que ie m'opposerois à
ce que ie desire? Mais aussi ne vous offencez point de ce que ie ne leur adiouste pas
foy si legerement, aux choses grandes, la
creance est tousiours tardiue. Premierement ce m'est beaucoup de contentement
d'auoir pleu à vostre Deesse. Secondement
de vous auoir esté proposee pour souueraine recompense, & que vous n'auez faict
estat des aduantages de Iunon, ny de ceux
de Pallas, quand on vous a mis Heleine en
auant. Ie vous tiens donc lieu de vertu,
ie vous tiens lieu de Royaume, & d'Empire. Vrayement ie serois bien cruelle si ie
n'aymois cette ame à qui i'ay tant d'obligation. Ie ne suis point cruelle, mais ie fais
difficulté d'aymer celuy que ie pense, à peine pouuoir deuiner mien. Comment estimez vous que ie m'embarque maintenant
pour passer la mer, & suiure des esperances
que les lieux & les regions me deffendent?
Ie suis ignorante des tromperies d'Amour,
& le ciel mesme me peut seruir de tesmoin,
que ie n'ay encore abusé de la beauté de mó

mary par aucun artifice , & ce que maintenant ie me fie au papier, pour vous refpondre, croyez que mes lettres font vn office
non accouftumé. Bien-heureufes font celles qui font aprifes par vn long vfage. Moy
qui n'ay aucune experience en l'amour, ie
m'imagine que la tromperie & l'infidelité
font chofes fort mal-aifees:la crainte m'eft
vne efpece de fupplice, & ie me fens efper-
duë, croyant que les yeux de tout le monde font tournez vers moy : & n'eft point
fans fujeƈt, que i'en ay apprehenfion : car
i'ay defia entendu le bruiƈt du peuple , ma
Nourrice m'a dit & rapporté que!que chofe, partant diffimulez, fi vous n'aymez
mieux defifter tout a faiƈt. Mais pourquoy
defifterez vous ? vous pouuez diffimuler:
paffez voftre temps auec moy, pourueu
que ce foit fecrettement ; nous auons bien
vne grande liberté en ce que (Menelas eft
abfent) non pas toutesfois abfoluë. Il eft
alléen pays lointain , y eftant appellé par
fes propres affaires, l'occafion de fon voyage a efté legitime & de grande importance, & moy mefme le luy ay confeillé.
Car comme il me demandoit s'il y deuoit
aller ou non, ie luy refpondis : Allez, mais
reuenez incontinent, dont fe fentant fauo-

rifé, il me baifa, & me dit, ie vous recommande le gouuernement de ma maifon &
voftre nouuel hofte de Troye, que vous
luy faffiez bon traictement. A peine ie me
garday de rire, voyant telle naïfueté, &
comme ie m'en voulois empefcher, ie ne
luy peus refpondre autre chofe, finon, auffi
feray-ie, ne vous en mettez point en peine.
Maintenant il eft party pour aller à Crete,
ayant trouué le vent à propos : mais pourtant n'eftimez pas que toutes chofes foient
licites durant fon voyage. Mon mary n'eft
pas tellement efloigné de moy, qu'il ne
me regarde en fon abfence. Ne fçauez
vous pas combien les Roys ont accouftumé d'auoir les mains longues ? d'ailleurs
ma reputation me nuit extrememeent ; car
d'autant plus vous me loüez, d'autant
plus y a il de fuiect de craindre : cette mefme gloire qui me donne de l'aduantage,
m'apporte auffi de l'incommodité, tellemét
qu'il me vaudroit beaucoup mieux pouuoir tromper la renommee. Car quand à ce
qu'il m'a laiffé auec vous en fon abfence, il
s'eft fié en mes mœurs, & en ma vie precede-
dente. Mon vifage l'a faict craindre, mais
mes actions l'affeurent. Il fe repofe fur ma
chaftceté & ma beauté le met en defiançe,

Vous m'eſcriuez que nous ne laiſſions
point perdre le temps qui ſe preſente, &
que nous nous ſeruions de l'abſence, &
de la ſimplicité de mon mary. Ie le deſire
& le crains, ma volonté n'eſt pas encore
determinee, & mon ame eſt plaine d'irre-
ſolution. Mon mary eſt eſloigné de moy,
& vous couchez ſans compagnie. Ie ſuis
eſpris de voſtre beauté, & vous l'eſtes pareillement de la mienne. Les nuicts ſont
longues & nous auons deſia parlé enſemble : vous m'eſtes fort agreable, & nous
ſommes logez tous deux en vne meſme
maiſon.

Ie meure ſi toutes choſes ne nous ſolli-
citent à pecher. Mais ie ſuis retardee par
ie ne ſçay quelle apprehenſion. Ce que
vous me perſuadez trop foiblement:pleuſt
à Dieu que vous m'y peuſſiez forcer ; car
c'eſt comme il faudroit venir à bout de
ma ſimpleſſe : la violence eſt quelquefois
vtile à ceux qui la ſouffrent,cette contrainte me rendroit bien heureuſe. Mais quoy!
reſiſtons pluſtoſt à l'amour cependant
qu'il prend naiſſance, les flammes s'eſtei-
gnent auec peu d'eau au commencement.
Auſſi bien ne peut-on loger ſon affection
en des ſujects eſtrangers, leur deſir eſt ex-

rant & vagabond comme eux, & s'enfuit
lors qu'on penſe qu'il n'y ayt au monde
rien de plus aſſeuré Hipſipile & Ariadne
en peuuent teſmoigner, qui ont toutes
deux eſſayé des amours de ſi peu de duree.
On dit que vous auez abandonné Oeno-
ne, que vous ſeruiez auec tant de fidelité,
vous meſmes vous ne le niez pas, car ſi
vous ne le ſçauez, i'ay eſté curieuſe de
m'enquerir de tout ce qui vous touche.
Ioinct auſſi que quand vous voudriez
eſtre content, il n'eſt pas en voſtre puiſſance : car les Phrygiens vous preſſeroient
incontinent de faire voile ; & cependant
que vous parlez auec moy, pendant que
nous preparons cette nuict deſiree, le
temps s'apreſte pour vous enleuer. Vous
laiſſerez ces plaiſirs nouuellement commencez au milieu de leur courſe, le premier vent emportera voſtre amour auec
luy : vous ſuiuray-ie maintenant comme
vous me conſeillez, pour aller voir les
murs de Troye, & me rendre la belle fille
de Laomedon ? ie ne fais pas ſi peu de cas
de la Renommee, que ie deſire qu'elle rem-
pliſſe tout le monde des blaſmes & reproches tenus côtre mon hôneur. Qu'eſt-
ce que Sparte ? qu'eſt-ce que les peuples

d'Afie? qu'eft-ce que Troye mefme pourra
dire ? qu'en penfera Priam ? qu'en eftimera
fa femme ? qu'en iugerons vos freres, qui
font en fi grand nombre, & toutes vos
belles fœurs ? Et puis comment pourriez
vous efperer que ievous fuffe fidelle, & n'e-
ftre point tourmenté de Martel par voftre
propre exemple? Tous ceux qui viendront
à vos riuages vous apporteront du foupçon & de la ialoufie, & vous mefme eftant
courroucé, combien de fois m'appellerez
vous adultere ? ne vous fouuenant plus
quevoftre peché eft conioinct auec le mié,
& d'vn mefme crime vous vous rendez
l'Autheur & l'accufateur tout enfemble.
Que pluftoft la terre s'ouure pour m'en-
gloutir dedans. Mais ie iouïray des richeffes de Troye, & de tant de delicieux
appareils, ie receuray encore des effects
qui furpafferont les promeffes : ie feray
veftuë de pourpre & de precieux ornemés,
& me feray abondante en or & en argent.
Pardonnez moy fi ie vous dy la verité, vos
prefens ne fuffifent pas pour m'efmouuoir.
Ie ne fçay auec quelles chaifnes cefte prouince me retient, qui me fecourera parmy le peuple Phrygien, fi ie fuis offenfee?
dont attendray-ie l'ayde de mon pere, &
le fup-

le support de mon frere? Le parjure Iason
faisoit de beaux sermens à Medee,& neantmoins elle ne laissa pas d'estre chassee de la
famille de son mary. Elle n'auoit plus son
pere Æetes à qui elle peust recourir se voyant mal traictée, ny sa mere Ipsea; ny sa
sœur Calliope. Ie ne crains rien de semblable, mais Medee ne les craignoit pas
aussi. Les Nauires qui sont maintenant en
plaine mer,trouuoient l'eau douce & tranquille pendant qu'elles estoient paisibles
dans les ports : d'auantage; cette flamme
m'estonne,dont vostre mere songea qu'elle
accouchoit la veille de vostre natiuité. Ie
crains les oracles & propheties; qui disent
que Troye doit estre vn iour consommee
par feu. Et comme Venus vous est propice,
pource qu'elle a gagné sa cause, & rempor-
te deux trophees par vostre faueur : Ainsi
i'apprehende celles-cy,si la gloire dôt vous
vous vantez est veritable, & qu'elles ayent
perdu leur cause par vostre iugement.Et ne
doutez point si ie vous suy, que l'on ne
vous poursuiue auec les armes, & que nostre amour ne finisse par vne guerre tres-
sanglante. Pensez vous que Hippodamie
ayt esté cause d'animer les Æmoniens contre les Centaures, & que Menelas soit si

B

ftupide en vne iufte occafion de vengeance, & mes deux freres & mon pere Tynda-
rus, que de ne s'en reffentir point? Car quãt
à ce que vous vous auantagez de voftre
alliance, & allez vantant vos faicts d'armes,
ie vifage que vous portez eft fort efloigné
de vos paroles, & voftre taille eft plus propre pour les combats de Venus, que pour
les exercices de Mars. Que ceux qui font
forts & robuftes faffent la guerre : Mais
vous Paris, aymez eternellement, laiffez
combattre en voftre lieu cét Hector, de
qui vous vous vantez tant: Il y a vne guerre dont vous eftes capable, ie vous y em-
ployerois fi i'eftois bien auifee, & que i'euf-
fe vn peu d'auantage de courage que ie
n'ay. Et fi quelque autre eft plus aduifee
que moy, elle vous y fera feruir: ou bien
peut eftre que moy mefme guerie de cette
honte, ie me laifferay vaincre auec le temps.
Quant à ce que vous demandez que nous
puiffions parler enfemble en fecret, ie fçay
bien là où vous voulez venir, & ce que vous
appellez pour parler enfemble: mais vous
precipitez fort les affaires, voftre moiffon
eft encore en herbe: peut eftre que le retardement fe rendra fauorable à vos
entreprifes. Cependant ma main eft defia

fi laſſe d'eſcrire, qu'elle n'en peut plus : ie
mettray fin à ce ſecret office, reſeruant de
vous mander le reſte de bouche par Cly-
mene & Ætha que l'on a laiſſees auec moy
pour me ſeruir de compagnie, & de
Conſeil.

LETTRE DE PHILIS A
Demophon par le ſieur du Perron.

CE n'eſtoit pas mon humeur, Demophon, de vous importuner iamais d'aucunes ſortes de parolles qui
vous peuſſent teſmoigner, ou l'aigreur
ou la paſſion d'vne femme offenſee : mais
puis qu'il ne me reſte autre liberté que
celle de me plaindre des maux qui ne ſe
peuuent taire, & dont vous eſtes la cauſe,
apres auoir permis à voſtre foy de rompre
le ſilence : au moins ſi les meſmes vents qui
ont ſoufflé vos vaiſſeaux n'ont emporté
voſtre memoire, ſouuenez vous, ie vous
prie, comme en partant d'icy vous m'aſſeu-
raſtes d'eſtre de retour dans vn mois ; &
que trois entiers ſont paſſez deſpuis celuy-là, ſans que i'aye eu aucune de vos
nouuelles, de ſorte que ſi vous comptez

B ij

vn peu de temps dont en amour nous
tenons si bon compte, vous ne trouuerez
pas que mes plaintes soient trop hastees. Ie
penserois pourtant m'estre mescontee en
ce que les iours me semblans estre des moments au bien de vostre presence, me paroissent des siecles entiers au dueil que ie
fais de vostre esloignement : mais outre
l'interest que ie puis auoir en vostre dessein,
les effects m'ont fait voir que vostre infidelité deceuoit plus mon attente, que mon
ennuy ne trompoit ma souuenance. l'aduoüe que i'ay demeuré trop long temps à
cognoistre le suiet de mon mal, & puis que
c'est lors qu'il n'a point d'autre remede que
de souffrir constammēt, & si i'eusse esté aussi
défiante pour soupçonner l'artifice de vostre ame, que vous estiez malicieux à faire
du dessein sur la naïfueté de la mienne ; ie
ne serois pas en peine de vous faire ces reproches, mais pour auoir eu trop de franchise & de bonté, i'ay creu le côtraire de ce
que ie ne sçay que trop tard à ceste heure,
& dont le sçauoir ne m'est pas moins dommageable que l'ignorer ; en ce que l'vn
ayant esté cause de mon erreur, l'autre l'est
de ma tristesse. Au souuenir de tāt de preuues que vous m'auez rendues de vostre pas-

fion diffimulee, i'ay modeté iufques icy les
inquietudes de mon efprit, jadis plus affligé
par le defir de voftre veuë, que par la crainte de voftre oubly : & maintenant egale-
ment tourmentee & de l'vn & de l'autre.
Mais las! vous n'eftes pas le feul coulpable
de mon erreur, puis que ie fuis de vos complices ; & qu'ayant confpiré auec vous contre mon repos, ie me fuis tant aydee à me
tromper moy-mefme, c'eft en quoy vous
auez monftré le pouuoir que vous auiez
fur mon ame, d'en auoir tellement gagné
toutes les parties qu'elles fe font reuoltees
contre moy pour fauorifer le deffein que
vous auiez de me trahir. Il n'y en a pas vne
qui ne vous ait rendu de fort bons offices
en voftre abfence, fuiuant les intentions
que vous auiez de me feduire : car ma memoire me ramenteuoit toutes les preuues
paffees de voftre amitié, pour empefcher
les foupçons que ie deuois conceuoir de
voftre retardement : & tandis que mon iugement condamnoit toutes mes iuftes def-
fiances, mon imagination treuuoit des ex-
cufes fuppofees de voftre delay, que mon
opinion donnoit pour veritables à ma cre-
dulité : fi bien que m'eftant renduë fubtile
à les inuenter, ie me rendois encore plus

B iij

facile à les croire. Combien de fois me suis
ie persuadee que la premiere tranquilité
des eaux seroit celle de mon ame, en vous
ramenant par deça, & quãd la bonace estoit
venuë, & que le long calme me faisoit voir
le contraire, plustost que d'accuser la legereté de ma creance, ou celle de vostre foy,
i'en remettois la coulpe à toutes les circon-
stances qui se peuuent penser. Tantost ie
maudissois Thesee, qui vous arrestoit, encore que ce ne fut pas luy qui vous retenoit: tantost croyant que vous fussiez malade, ie sacrifiois aux Dieux pour vostre
santé, & receuois en la plus sensible partie
de mon ame, le contre-coup du mal que
vous ne sentiez point : tantost craignant
que vous eussiez faict naufrage en reuenant
à moy, la douleur & l'obligation me faisoient entreprendre ce que bien tost le desespoir me fera executer. En fin mes sinceres
affections s'estans renduës inuentiues aux
clauses de vostre delay, m'ont fait imaginer
tous les empeschemens qui peuueut retar-
der la diligence d'vn voyage. Et cependant
vous continuez à me priuer de vostre veuë,
sans que la recognoissance des biens que
ie vous ay donnez, ny la pitié des maux
que i'ay receus, soient capables de vous

amener icy. Helas ! puis que mes yeux
n'ont ceſſé de pleurer dés que vous eſtes
party, ie cognois bien que voſtre abſence
eſt la nourriture de mes larmes: mais voyāt
que tant plus ie pleure, tant moins vous
venez, ie croy auſſi que mes larmes ſont
la nourriture de voſtre abſence, ou ſont
les droicts coniugaux , ou la foy donnee
par l'attouchement des mains. Que ſont
deuenus ces propos pleins de promeſſes?
ces promeſſes pleines de ſermens? ces ſer-
ments pleins de pariures? vous iuraſtes par
c'eſt Hymen promis à la ſocieté de nō-
ſtre vie, qui m'eſtoit vn oſtage aſſeuré de
noſtre mariage; vous iuraſtes par ceſte mer
que vous auiez ſi ſouuēt paſſee,& que plus
ſouuent vous deuiez repaſſer; vous iuraſtes
par les vents, auſquels vous auez ſeulement
rendu conformes mes affections ; vous iuraſtes par Venus, & par les traicts & la
flamme de ſon fils que i'eſpreuue maintenant ſi nuiſibles. Quoy, ſi chacun de ces
Dieux vange l'iniure faicte à ſa diuinité,
pourrez vous ſuffire tout ſeul à tant de
chaſtimens? voſtre ſeul corps fournira-il à
tant de ſupplices? Demophon, vous don-
naſtes vos voiles & vos parolles ; ie me
plains que ces voiles n'ayent non plus de

retour que ces parolles de foy. Dictes moy
quelle faute ay-ie faicte sinõ de vous auoir
indiscrettement aymé ? faute qui ne me
rend pas tant coupable , qu'elle vous rend
obligé. Ie ne sçache auoir commis contre
vous autre meschanceté que d'auoir receu
chez moy vn meschant homme, tel que
vous; qui ne iuge pas que c'est erreur plus
officieuse que punissable ne meritoit
pas seulement ma repentance , si vous
ne l'en eussiez rendu digne par vostre ingratitude. Mais ay ie bien aussi-tost perdu
la memoire de mes bons offices enuers luy,
comme il a perdu la souuenance de ses
obligations enuers moy ? ne fis ie pas ra-
commoder & recalfeutrer ses Nauires entr'ouuertes & creuassees : afin de rendre
(tant i'estois sotte) plus seur les vaisseaux
dont ie deuois estre delaissee? Il n'auoit
pas assez de moyen de mabandonner selon la coniuration que sa malice en auoit
faite: il faloit que ma simplicité eust encore part a son intelligence , & que ie luy
donnasse la chiorme , comme vray instrument de sottise, pour l'emporter fugitif
loing de nos terres. Ha! que mes coups
sont bien retournez sur moy mesme , &
que ie souffre bien la playe faicte de mes

propres armes Mais, Demophó, ie creus
à voſtre beau langage, dont la douceur
qui paſſa par mes oreilles me laiſſe vne
eternelle amertume au cœur: ie creus à vos
ſermens, pleiges helas! que i'eſpreuue maintenant ſi fragiles. Ie creus en vos larmes
artificieuſes que vous auez ſi bien inſtrui-
tes à trahir, & qui ne coulent qu'eſtants
commandees d'abuſer quelque ame cre-
dule. Ie creus à mes deſirs, à mes eſperances, à mes inclinations, qui toutes ſe
rebellerent contre moy à voſtre faueur.
He! qu'eſtoit il beſoin de fortifier par tant
d'aduerſaires vos trompeurs deſſeins, puiſque le moindre eſtoit capable de me de-
ceuoir? Il ne me faſche point de vous
auoir gratiffié de ma maiſon & de mon
port : ma courtoiſie deuoit s'arreſter là
ſans paſſer plus outre: mais ie me repens
(le puis ie ſeulement dire ſans mourir;)de
vous auoir laiſſé prendre ce que celles
de noſtre ſexte ne peuuent perdre qu'vne
fois. Ne me vaudroit il pas mieux auoir
donné tout mon Royaume entier que la
ſeule moitié de mon lict? He! que la
nuict deuant celle là euſt eſté la derniere
pour moy qui pouuois mourir alors fille
pudique, ne valut il pas mieux que la
perte de ma vie preuenant celle de mon

honneur, ie fuffe entree chafte dans le
tombeau, puis que ie ne pouuois fortir
telle d'vne couche ? Mais i'attendois plus
de bien que ie n'en ay , parce qu'à la verité ie le penfois meriter auffi : & me femble que mes efperances n'auoient point de
tort de regarder plus à mon merite qu'a
mon malheur. Ce n'eft pas vne grande
& difficile gloire de tromper vne fille,
dont la fimplicité meritant plus de faueur
que d'offenfe, eft auffi plus digne d'excufe que de chaftiment, & femme & amante,
ie me fuis laiffee aller à vos difcours & à
vos larmes : ayant neantmoins quatre
grands complices d'vn feul crime , mon
amour, vos pleurs, mon fexe , & vos parolles , dont le moindre eftoit fuffifant
d'esbranler . vne ame, quelque affeuree
qu'elle peut eftre. Mais fi vous croyez
que ce foit vn acte tant loüable de m'a-
uoir ainfi abufée , adiouftez le au beau
tiltre de voftre maifon : & faifant dreffer
vne ftatuë au milieu d'Athenes aupres des
voftres, n'oubliez pas d'y mettre comme
vous traictez vne fille, qui eftoit voftre
hofteffe & voftre amâte: c'eft vn tribut que
vous deuez à voftre race, que vous pou-
ue loger apres les pareilles conqueftes

de voftre pere, dont vous eftes fidelle imi-
tateur en fes infidelitez, de tant de geftes
diuers, vous n'auez pas oublié ceftui - là
lors qu'il laiffa la pauure Ariadne qu'il
auoit rauie. Vous vous glorifiez de ce dôt
il s'excufe, & n'enfuiuant que ce qui le
rend blafmable, vous renoncez à toutes
les humeurs, fors à celle qui vous rend
heritier de fa perfidie : auffi il falloit bien
(puis que voftre mefchanceté furpaffoit
celle de Thefee) que mon malheur fur-
montaft celuy d'Ariadne ; qui vit tellement
profperer fon infortune, qu'elle poffede encore vn mary, & plus grand & meilleur
que celuy là qui l'auoit quittee. Ha! que ie
fuis bien autremēt traictee de mes miferes ;
aufquelles ie ne trouue point de reconfort
qu'en leurs violences, pour l'efpoir qu'elles
me donnent de leur prochaine fin. Helas !
en rendant mes maux differens par leur
extremité, & de ceux d'Ariadne & de tous les
autres, vous mettez mefme la confolation
que les malheureux treuuent ordinairement en leurs femblables. Me voila donc
maintenant mefprifee de ceux dont autresfois i'ay tant defdaigné la recherche, & qui
ne fe reffouuiennent de ma faute, que pour
fe repentir de la leur, de m'auoir feruie auec

de la paſſiõ iuſques aux Traces plus abiects,
ils ne veulent point de moy, qui ne faiſans
cas de leurs pourſuittes, ay preferé vn
eſtranger à ceux de mon pays, mes dome-
ſtiques plaignent ma diſgrace, mes voiſins
ſe mocquent de ma faute, & mes pourſui-
uants deſpitez fuyent mon alliance : ſi bien
que ie ſers de ſujet à la pitié des premiers,
à la riſee des ſeconds, & au iuſte meſpris des
autres. Là deſſus quels contes ne fait-on pas
de moy? que n'en dit-on pas? ceux qui ne
iugent des deportemens que par le ſuccez,
& qui ne regardent les intentions que dás
les euenemens, blaſment cet acte d'hoſpitalité: voyant que vous ne faictes cas ny
de moy, ny de mon Palais, ny de voſtre retour: abandonnee en fin de tout le monde,
ie me retire en la compagnie de mes triſtes
penſees qui ne me menent pas plus doucement, que cela m'afflige, & par la ſouuenance du bien que i'ay poſſedé. Tous
mes contentemens paſſez reuiennent en
mon eſprit, comme vn nouueau ſecours
en mes miſeres preſentes pour me tourmenter d'auantage, ſi bien que ie n'ay rien
d'heureux en voſtre elloignement, que la
ſeule memoire qui me rend ſi malheureu-
ſe, c'eſt elle qui me rend ſi preſente voſtre

abfence,& qui fait repaffer mille fois le iour
voftre Idee à la veuë de mon ame : ie vous
voy ce me femble, bien fouuent, foit ou
que mes penfees ayent porté mes yeux à
voftre corps, ou foit que mes defirs ayént
rapporté voftre corps à mes yeux. Mais ce
que ie me reprefente le plus de vous, c'eft
voftre face, & voftre façon, lors que fur le
point de voftre partement, vos Nauires
vous attendans à mon port, tous preftsà
faire voile, vous ofaftes m'embraffer & m'e-
ftraindre:& fondant tout deffus moy, vous
arreftiez mille baifers pleins de rauiffemens
en ma bouche ; fi bien que nos ames feules cueillans en nos leures faifoient vn mef-
lange de nos vies qui ne fembloient fe pouuoir demefler que par la mort de l'vn ou de
l'autre: parmy tout cela combien de foufpirs deflachez, de propos interrompus, de
panthelemens, de defaillances, de languif-
femés de part & d'autre: cela fait apres auoir
meflé vos larmes auec les miennes, vous
me vouluftes dire à Dieu, combien d'A-
dieux pour ce feul depart ? de façon que
vous eftant plaint quelque temps de ce que
les vents eftoient trop fauorables à voftre
voyage, pour la derniere parole, Philis
me dittes vous, attens ton Demophon.

Vous attendray-ie, traiftre & defloyal,
vous qui partiftes auec intention de ne reuenir iamais? attendray-ie bien encore ces
Nauires que vous ne voulez plus faire re-
uoguer en noftre mer, finon qu'vn vent
contraire à vos defirs,& propice aux miens,
le iettaft par force à cette contree? Empor-
tant auec vous mon honneur & mon bien:
vous penfiez m'auoir bien recompenfee de
me faire vn prefent d'vne fauffe attente de
voftre veuë, qui me peut confoler au dueil
que vous me laiffiez de voftre abfence. Et
bien Demophon n'ay-ie pas affez attendu?
n'eft-il pas temps,ou que vous reueniez,ou
que ie meure. Reuenez donc à voftre Amā-
te, encore que ce foit bien tard, à fin que
voftre foy ne foit fauffee,& que ie beniffe
la peine de mon attente,en laquelle ie n'auray perdu qu'vne partie du temps feulement. Mais poffible quelque nouuelle
amour vous retient,ou quelque autre infortunee qui fe prepare de me confoler par
reffemblance de malheur,Vous auez maintenant peut-eftre quelque autre femme,
mais non pas quelque autre Phyllis,vous
luy pouuez eftre autant affectionné, mais
non pas autant redeuable : autant perfide
mais iamais autant ingrat.Non, non,depuis

le temps que vous m'auez oubliee, vous
n'auez point cogneu de Phylis, ie m'en affeure. Moy miferable! fi vous demandez encore qui ie fuis, quelle eft cefte
Phylis dont ie parle, & d'où elle eft : ie
fuis celle là qui vous recueillis en fon port
comme vne piece de naufrage, & comme le refte de l'ire des vents & des ondes,
las & fracaffé des longs voyages : qui repa-
ray par ma bonté les bris de voftre fortune:
logeant vos Nauires en mon port, vous &
les voftres en mon Palais, & vos propres
malheurs en mon ame. Ie fuis cette Philis
qui fecourus vos neceffitez de mes moyës,
qui vous donnay des grandes richeffes, &
qui ne vous mettois en peine que de refufer les prefens . Ie fuis celle là qui foufmis
foubs voftre puiffance tous les grands Royaumes de Licurgus, dont la guerriere
eftenduë n'eft pas proprement gouuernee
foubs le nom d'vne femme. Mais las! pourquoy fuis-ie celle-là qui me foufmis moy-
mefme aux loix de vos volontez, contre
celles de mon deuoir, accordant à vos feintes paffions ce que ie ne deuois iamais
feparer de mon corps, fans en feparer
quant & quant mon ame? Pourquoy fuis
ie moy-mefme apres c'eft enorme for-

fait qui me rend indigne de moy? puis qu'e-
ftre Philis, & eftre fille ce ne deuoit eftre
qu'vne mefme chofe : & pourquoy ma
main ne fera mon col de cefte chafte cein-
ture, que la voftre auoit relafchee de mes
flancs ? apres auoir celebré ce beau mariage, que n'en celebray - ie foudain les
funerailles, puifque les plus heureux pre-
fages que i'y trouue, reffentoient des ob-
feques funebres? c'eftoient des augures,
dignes des effets que i'ay efprouué. Maintenant tafchant d'auoir quelque nouuel-
e de voftre retour, du cofté que ie puis
voir la mer, foit iour ou nuit, ie regarde
de quel vent elle eft agitee : & fi ie defcouure de loing quelques voiles qui viennent vers moy, penfant que ce foient les
effets de tant de prieres que i'ay faites
aux Dieux pour voftre venuë, ie cours
vers le riuage, ayant toufiours la penfee
perduë dans voftre retour , & à la veuë
dans l'eau, dont les ondes me retiennent
à peine au bord , que ie ne paffe tout
au trauers pour aller au deuant: mais la
fauffeté de mon bien cedant bien toft à
la verité de mon mal , redouble ma trifteffe par la tromperie de mon efperance:
car à mefure que ces voiles s'approchent
                                    de moy

de moy, ceſte courte ioye s'en eſloigne;
& la vigueur m'abandonnant quãd ie voy
que ce n'eſt pas vous ie me ſens deſſail-
lir & de cœur & de force, & tomber lan-
guiſſante entre les bras de mes femmes:
Ce n'eſt pas pourtant que ie vueille faire
vne fin ſi douce, differente à celle que
merite mon peché, i'en rechercheray quelqu'vne qui luy ſoit aucunemẽt conforme:
& ſi demeurer icy bas ne m'eſtoit vn crime
auſſi grand que le premier, certes autant
que ie ſuis coulpable de ma faute, apres
auoir ſi indignement veſcu, ie le ſuis tout
autant de ma vie, apres auoir ſi indignement failly : & mon offenſe apres ma vie
chaſte, & ma vie apres mon offenſe impu-
dique, ſont deux grands crimes eſgalement puniſſables. *Loüé ſoit Dieu* que mon
ſupplice qui doit plus eſtre ma gueriſon,
que ma peine, n'eſt gueres eſloigné d'icy.
Il y a peu loing vn grand precipice, dont
le pied eſt vn rocher qui ſe va rendre dans
vn eſcueil : il m'eſt venu en fantaiſie de
me lauer de là dans la mer ; & le feray
ſi vous continuez de m'eſtre cruel, mettant par là fin à ma vie, puiſque vous n'en
mettez point à vos trahiſons. Aduienne au
moins que les flots touchez du ſentiment

de mes douleurs paſſées , lors que i'en
ſeray du tout priuee, m'aſſiſtent en ce
voyage , & me iettent au bord d'Athenes , où facent les Dieux que ie me re-
monſtre deſcouuerte , & ſans ſepulture
à voſtre veuë. Quand vous auriez ie cœur
plus endurcy que le fer, que le diamant, &
voire que vous meſme , qui ne receuez
point de comparaiſon en voſtre inexorable cruauté ; vous direz ie m'en aſſeure,
que la pauure Philis ne vous deuoit pas
ſuiure de la façon , & que ce n'eſtoit pas
ainſi que ie meritois d'aller apres vous.
Deſia toutes penſees me ſont odieuſes, qui
ne m'entretiennent de mourir ; & ne puis
treuuer gouſt qui ſoit eſloigné de ce deſſein. Ie ne ſuis alteree que de poiſon, ny
affamee que de venin, & ne voy precipice,
fer, ny flammes , que ie ne deſire les mettre en vſage ſur moy. Souuent i'entre en
humeur de mourir, trauerſee d'vne dague
ſanglante en mon cœur, pour luy faire receuoir autant de coups du deſeſpoir qu'il
en a receu de l'amour. Tantoſt il me prend
enuie d'attacher à vne corde le col qui
ſouffrit d'eſtre preſſé de vos bras infidelles. Tantoſt ie veux eſtouffer la reſpiration
de cette bouche qui reſſent ſi ſouuent les

graces de voſtre deſloyauté : vous diriez
que toutes les parties de mon corps ſe de-
battent à qui pluſtoſt en fera ſortir mon
ame, comme la plus perfide compagnie
que i'euſſe peu trouuer, depuis qu'ils ſont
enſemble. Rien ne retarde ceſte volonté
que le choix de la mort, qui ne me tiendra
gueres long temps ſuſpenduë en ma reſolution : Ie m'en iray auec vn ſeul regret
de n'auoir pas aſſez de ſang pour lauer mõ
offence : mais auec ce contentement au
moins de vous plaire iuſques au treſpas,
vous rendant la gloire que vous deſirez
tant de m'auoir oſtee d'vn Throſne pour
me donner vne ſepulture icy laquelle vous
ferez nómé le ſujet de ma fin en ces vers.

Toy qui tournes icy les yeux de toutes parts,
Quoy que la cruauté leur eut preſté les charmes
Si l'horreur de la mort n'en chaſſe les regards
La pitié de mon mal en tirera des larmes.

Demophon fut mon hoſte, & puis fut
mon bourreau,
Lors que ſa trahiſon deceut mon imprudence,
Ie le mis dans vn lict, il me mit au tombeau,
Coulpable de ma fin comme de mon offence.

Pour le bien qu'il receuſt il me donna la mort,
Ce n'eſt pas que ſon fer m'en ouuri le paſſage,
Mais ſa desloyauté m'en prepare le ſort,
Et ma main ſeulement acheue ſon ouurage.

LETTRE DE MONSIEVR
le Duc d'Eſpernon , au feu Roy
Henry IIII.

Eus vn grand combat en mon
ame, & beaucoup de peine à
me reſoudre, ayant receu commandement de ne vous point
treuuer. Les choſes de grande conſequence (comme eſtoit celle-la) ſont tardiues
à croire, & de longue reſolution. Ie vous
deuois obeyr, & le voulois faire. mais pour
m'eſclaircir de la cauſe d'vn ſi ſoudain châ-
gement, ie deſirois oſter de mon cœur
toute la doute que i'euſſe eu de vous auoir
deſpleu en quelqu'vne de mes actions.
I'en voulois reſpondre de ma vie, & vous
dire Adieu par la viue voix. Ie vous ſup-

plie tres-humblement me pardonner ceste defobeïffance, en confideration que
ie ne l'ay cómife que de la crainte de vous
auoir defobey, pouffé de beaucoup d'affection que ie dois à voftre feruice, plus que
tous les hommes du monde. Ie voy bién
que ie fuis la butte, où l'enuie,& la calomnie de toute la France, vont tirer les plus
poignants traicts de leur rigueur. Il faut
que ie me prepare à faire tefte à non moins
d'enuieux de ma fortune, qu'elle a eu cy
deuant d'admirateurs. Et fi i'efpere que
Dieu me fera la grace, non pas feulement
de les repouffer:mais encore de les abbattre au feul rayon de voftre faueur,laquel-
le me fuffira,fans qu'il me foit befoin d'autres armes:& ien feray l'effieu d'vn rocher,
que les accidens ne me rauiront iamais:car
ie ne mets pas au rang des chofes tranfi-
toires, l'amitié dont vous m'auez cy deuant honoré auec tant d'effects.Elle a continué fans interualle,auec tant de volonté,
& fouftenu auec tant d'affauts que ie ne
crains point qu'vn moment la faffe perir.
Le hazard ne l'a pas edifiee,il ne la renuer-
fera pas:& les œuures de voftre bonté ne
cederôt iamais à la malice des ennemis de
mon bien. Ie ne veux tirer autre preuue
C iij

de l'eternité de voſtre bonne grace enuers
moy, que la reſpôſe que vous fiſtes à quelqu'vn de vos plus proches , qui diſoit que
vous me faiſiez trop grand. Ie le veux, dit-
tes-vous, faire ſi grand, qu'il ne ſoit pas en
ma puiſſance de le deffaire , quand il m'en
prendroit l'enuie. Ce ſont les paroles dôt
vous auez repouſſé la violence de mes ennemis : paroles vrayement dignes du plus
grand, du plus magnanime, & du plus liberal Monarque du monde : que i'ay gra-
uees dans mô ame, auec vn deſir immortel
de me rendre digne de leurs effects. Mais
il ne faut pas regarder en quelle patrie voſtre volôté s'eſt môſtree plus ferme & plus
affectionnee à faire ma fortune. Le principe en a eſté reſolu auec iugement, &
la ſuitte auec raiſons. La fin n'en ſera point
variable auec le malheur. Le progrez en a
eſté volontaire. Vous ne permettrez point
que l'euenement en ſoit forcé. Vous m'a-
uez eſleué de la pouſſiere, aux plus grands
honneurs de voſtre Eſtat, & de petit Cadet que i'eſtois, vous m'auez faiქ grand
Duc. Ie ſuis de la façon de voſtre main :
vous ne laiſſerez point voſtre ouurage
imparfaiქ, pour m'eſleuer au Ciel de voſtre grandeur : vous ne m'auez pas donné

des aifles d'vne cire fi molle, qu'elle fe puif
fe fondre aux violents efclairs de la rage
de mes ennemis, pour me faire tomber
miferablement dans les impitoyables
flots de leurs defirs: Au contraire, SIRE,
vous me protegerez, & prendrez plaifir
que la puiffance que vous m'auez donnee,
ferue pour renuerfer les infideles, & leurs
deffeins criminels de leze Majefté. Que fi
vous defirez plus de voir le repos du peuple, que de iuger des coups de vos mains;
& fi ma profperité caufe le trouble de vos
plaifirs; & fi vous penfez que ceffant le
pretexte de vos defloyaux, leurs mauuais
deportemens puiffent par mefme moyen
ceffer : demoliffons ma fortune, & tout
ce qui fert de couleur aux entreprifes, que
ces turbulents font pour s'emparer devoftre Eftat. On verra clairement que l'ambition, & l'enuie de leurs ames eft la feule
cendre qui couue le feu dont ils veulent
embrafer voftre Royaume, & le precipice
auquel ils defirent pouffer voftre peuple,
pour tenir compagnie à leur mifere. SIRE,
ie ne tiés pas ces liberalitez que vous m'a-
uez faictes, fi cheres que le moindre devos
defirs. Mon obeïffance vous rendra
franchement ce que voftre liberalité m'a

donné, loit ou pour oster le pretexte de
la guerre , ou pour la faire à bon escient à ceux qui semblent la desirer.
En la moindre de mes trauerses iay tou-
iours consideré que la fortune ne donne
rien qu'elle ne puisse oster : que les biens
sont de la variable condition du monde, & de son incertitude.

Elle , ny vous, S I R E, qui m'auez donné ce que i'ay , ne me sçauriez rien o-
ster : car ie rendray tout sans contrain-
dre ma volonté. Ie me sçauray plus facilement distraire des biens qu'ils ne
me sçauroient estre ostez. Ie resigne non
seulement mes estats , mes honneurs,
mes grandeurs , & mes possessions, mais
encore ma vie, entre vos mains ; ie dis la
vie heureuse & contente que ie dois à
vostre liberalité , faictes moy tant de
bien, S I R E, que la receuoir. Laissés
moy si peu que dix mille liures de ren-
te soient d'auantage : que ie me puisse
entretenir en vostre Court , auec plus
petit train que i'auois auant que ieus
l'honneur d'estre cognu de vostre Maiesté:
i'auray assez de vostre presence : & vostre regard me sera plus que tous les
thresors du monde : ie seray content de

viure de la forte, & defpoüillé des biens
que vous m'auez departis, & fans vous
faire autre requefte que de vous fupplier tres - humblement, ne permettre
point que mes ennemis, & notamment
ceux qui m'ont faiâ de mauuais offices
prés de vous, foyent reueftus de mes
defpoüilles : & ne vouloir point qu'ils
trouuent leur heur en la perte du mien, ny
qu'ils dreffent leurs trophees de ma def-
faiâe. Voila le peu d'eftat que ie fais des
richeffes. Mais de vos bonnes graces s i-
r e, ie m'en fuis tellement promis l'eternité, i'ay pris telle habitude à les poffeder, que cefte couftume s'eft conuertie
en naturel, ie ne puis refpirer qu'auec elles, & ma vie n'a mouuement que par
leur influence, le iour qu'elles me feront
oftees, fera le dernier des miens, & cefte feparation ne fe peut faire qu'auec
celle de mon ame: laquelle ie tiendray
neantmoins bien fortunée d'auoir tant
& fi bien vefcu, que i'aye efté digne de
l'amitié d'vn fi grand Roy, & que ie
l'aye tant eftimee, que ie n'ay peu viure fans elle. Vn des plus apparents fignes
que vous m'ayez honoré de voftre affe-
âion, eft, que vous m'auez toufiours de-

firé auptes de vous : ie vous fupplie tres-
humblement de ne m'en efloigner à prefent, efloignant pluftoft ma fortune, on
luy en veut plus qu'à moy: ce n'eft pas au
Cadet de la Valette que s'attaquent ces
oppreffans, c'eft au Duc d'Efpernon, & à
fa moyenne grandeur: ils font plus ennemis des effects que de la caufe, &
defirent plus les poffeffions que l'abfence du poffeffeur: ne permettez pas que la
retraicte de celuy que vous auez tant
aymé, foit forcee, & ne luy tournez pas
vifage auec la fortune, toutefois fi de mon
efloignement depend voftre repos, &
celuy de voftre peuple,& que ce foit voftre volonté, ie n'y veux pas contredire; fuffe-ie pluftoft autant auant foubs
terre, que vous m'auez efleué pardeffus
ma dignité, vos commandements en cela feront mes confeillers, comme en
toute autre occafion vos volontez feront mes loix, & vos defirs mes affections. Il eft plus raifonnable que ie pe-
riffe que vos volontez, auffi n'ay ie efté
efleué que par elles. Ie louë Dieu de
ce qu'il m'a laiffé en cette chere cognoiffance, que mon malheur, & non mon
Roy; que ma fortune, & non ma fau-

te, que mes enuieux, & non mes iustes ennemis me brassent cette honte,
mes deportemens ne l'ont point causé, ils
ne me laisseront aucun repentir: car mon
ame est franche de tout scrupule, & mon
intention de tout offence enuers vous.
I'ay tousiours logé l'amitié dont vous
m'auez honoré dans vn cœur entier. I'en
appelle à tesmoin la diuinité de vostre bel
esprit, qui ne se desdit iamais en la cognoissance des siens, entre lesquels, malgré la rage de ces desesperez, ie paroistray
en franchise & en obeyssance, comme vn
soleil parmy les estoilles. Ie feray voir que
la ialousie de mes calomniateurs est vne
vraye iniure du temps, & ma vie vne plus
claire lumiere de vostre regne. Ce que
i'en dis, SIRE, n'est pas que ie craigne
que vous me soupçonniez d'ingratitude,
ou de mescognoissance: car la façon dont
vous m'auez obligé, ne treuueroit pas en
tout l'vniuers vn cœur assez miserable
pour estre atteint de l'vn ny de l'autre de
ces vices. Mes actions à l'aduenir, & non
mes parolles auiourd'huy, respondront
de ma volonté perdurable. I'auray tousiours en memoire les liberalitez de mon
Prince, comme agreables tesmoins de

l'affection qu'il m'a pottee; ie reputeray
tres-mal heureux le iour auquel ie ne luy
auray faict paroiftre ce que ie luy fuis, &
que ie ne luy auray peu rendre quelque
deuoir: honnorez moy toufiours de vos
commandemens, ce me fera vne efpece
de confolation, *Adieu, Sire*, le plus grand
bié que ie poffede en cette vie, c'eft l heur
de voftre bonne grace Ie vous fupplie de
m'y conferuer, & croire que iamais ame
ne fe fepara d'vn beau corps auec plus de
regret que i'en ay, me feparant de vous;
& plaignez moy, car la fortune n'auoit
autre moyen pour m'abbatre, qu'en me
priuant de voftre prefence, qu'en la forte
qu'elle a fait. Mais puis qu'il plaift à Dieu,
& à vous, que ie me retire, ie prie fa bonté qu'il vous demeure autant de ioye, que
m'en allant i'emporte de trifteffe,& de fa-
cherie: qu'il plaife à fon efprit fauorifer &
conduire tellemét vos deffeins, que voftre
bonté foit auffi fi deffement fouftenuë que
ie defirerois voir manifefter les fauteurs
des troubles de voftre Royaume, & punir leurs temeraires volôtez à la gloire de
Dieu, à l'accroiffement de la voftre, au falut de voftre peuple, & au contentement
de vos defirs.

Confolation à Madame la Princeffe
de Conty, fur la mort de monfieur
fon frere, le tres-illuftre Cheualier de Guife.

Par monfieur l'Euefque de Dardanie.

MADAME,

Vous auez toufiours tefmoigné par vos
deportemens, que voftre plus ardant defir eftoit de rendre voftre reputation efgale à la gloire de voftre naiffance. Cette
loüable paffion agitant voftre courage,
vous auez tellement conduit toutes vos
actions, que la Renommee, qui iuge librement des Princes, n'a eu que faire de fe
monftrer fauorable en voftre endroit.
Auffi eft-ce la plus glorieufe loüange que
puiffent acquerir ceux qui font efleuez à
ce faifte de grandeur, de pardonner beaucoup de chofes, & de n'en faire aucune,
qui ayt befoin de leur eftre pardonnee.
Propofez vous donc l'exemple de vous
mefme au fubiect qui fe prefente, & ne

permettez pas que la douleur qui vous
oppreſſe, vous contraigne de faire ce qui
vous donneroit occaſion de rougir, quãd
vous ſerez puis apres maitreſſe de voſtre
raiſon. Môſtrez vne inſigne conſtance en
voſtre infortune, & n'eſſarouchez par vos
Amis, qui s'efforcent d'adoucir voſtre
perte par leurs plus ſainctes conſolations:
l'opiniaſtreté de vos regrets les eſtonne
de ſorte, que ſe preſentans deuant vous,
ils ne ſçauent s'ils doiuent flatter voſtre
mal par leur ſilence, ou bien le guerir par
vn plus violent remede. La memoire
d'vn ſi genereux Prince les oblige à publier ſes loüanges, de peur que ſe taiſant
on ne les accuſe de porter de l'ennuy à ſa
gloire, mais iettant les yeux ſur vous,
vos larmes leur ferment la bouche, & leur
interdiſent les paroles. Ils apprehendent
d'aigrir vos ſoulpirs, en nommant ſeulement celuy dont la perte vous eſt ſi ſenſible, & ſi amere. Lors qu'ils ſont eſloignez de vous & qu'ils ſe treuuent enſemble, ils ſoulagent leur ennuy par la douce
ſouuenance & par le recit des vertus, &
des belles qualitez de ce ieune Prince, ils
s'entretiennent de la franchiſe de ſon
courage: ils racontent auec merueille les

tefmoignages qu'il a rendus d'vne incomparable valeur; ils fe reprefentent fa bonne grace, fon adreffe, fa douceur, fa foy,
fa difcretion, fa courtoifie, & tout ce qu'il
y auoit de plus agreable en ce miracle de
Caualliers. Apres cela ils s'efpandent en
des plus auguftes loüanges : ils efleuent
iufques au Ciel cefte rare pieté, & cefte
grande crainte de Dieu, qui reluifoient en
toutes fes actions, voire mefme parmy les
plus puifsās objets de la vanité. Ils remar-
quēt cefte exceffiue ardeur, auec laquelle
il fe portoit au feruice de leurs Maieftez, &
de l'Eftat. Ils fe fouuiennent de luy auoir
mille fois ouy fainctement protefter qu'il
n'auoit autre paffion de gloire, & qu'il n'a-
fpiroit à autre plus grand honneur en ce
móde, que de pouuoir, aux yeux de laFrá-
ce, feruir dignement cefte grandeRoyne,
qui a honnoré voftre duël de fes larmes.
Ils exagerent puis apres ce grand refpect,
auec lequel il viuoit auecvous, & l'hóneur
extreme qu'il portoit à tous ceux de fon
fang. Ce font leurs difcours, & cóme les
charmes dont ils fe feruent en voftre ab-
fēce, pour guerir vne fi profonde douleur,
mais fe retrouuant deuant vous ils font
muets comme marbres, & aprehendent

d'ouurir la bouche , de peur que leurs parolles ne vous foient autant de cruelles at-
taintes, qui vous donnent la mort. Confiderez donc ie vous prie, de quel doux
plaifir vous vous priuez. vous mefme
par l'excez de voftre düeil. Vous verriez
volontiers accourcir vos annees, pour accroiftre la gloire de voftre frere. Et toutesfois on ne peut déployer deuant vous
l'agreable image de fes vertus, fans irriter voftre mal, voire mefme fans vous def-
chirer le cœur. Cóment voulez vous qu'ó
fe gouuerne auec vous? comment voulez-
vous qu'on vous aborde?r'êttez vn peu en
vous mefme: remettez la raifon en poffeffion de l'empire, que la paffion femble luy
auoir attaché : moderez tellement vos
pleurs, que les confolations qu'ó s'efforce
de vous donner ne séblent pas accroiftre
voftre affliâió, ny faire comme vne gráde
partie de voftre infortune. Iufques à ceft
heure vous ne vous eftez attachee qu'à
ce qu'il y a de funefte & de deplorable
en voftre perte : vous auez comme mis
en oubly tous les contentements que
vous auez receus de luy durant fa vie:
il femble que vous n'ayez point maintenant d'autres delices que de contem-
                                        pler

pler le funeste desastre de la mort ; voire
comme si elle n'estoit pas assez hydeuse
d'elle mesme , vous ramassez d'ailleurs
tout ce qui peut la rendre encore plus
horrible . Aspirez vous donc a ceste in-
humaine gloire , d'estre estimee la plus
desolee Princesse que le soleil esclaire ?
voulez - vous iour & nuict vous paistre
de fiel & d'amertume , & par vne obsti-
nee douleur vous destruire vous mesme ? vne si extraordinaire passion n'est
elle pas aussi iniuste que cruelle ? ressouuenez vous que ce n'est pas vne grande
gloire de monstrer du courage parmy les
prosperitez du monde , & lors que toutes choses nous rient : l'adresse d'vn No-
cher ne paroit iamais durant le calme :
c'est au milieu de la tempeste qu'il resmoi-
gne son industrie. Ne succombez donc
point à la douleur , mais par vne genereuse resolution monstrez vous victo-
rieuse du mal . Si cest effroyable coup de
la fortune vous a estonnee , ne souffrez
pas qu'elle emporte vn dernier triomphe
sur voltre constāce. quelle honte est ce au
Pilote de quitter le gouuernail au fort de
la tourmente , & d'abandonner les voiles
lors que le vaisseau est accueilly de l'orage,

D

encore loüe t'on celuy qui tenãt le timom
en main & faisant toute sorte de debuoir
pour sauuer la Nauire , perit au milieu du
naufrage.

Vous me direz par aduanture que c'est
vne passion bien naturelle de regretter la
perte de ceux qui nous sont si proches , &
si chers, ie l'aduouë, & recognois franchement que ceste douleur est commune aux
plus constans, mais il la faut moderer , &
ne permettre pas qu'elle s'estende au delà
des bornes de la raisõ. Sur tout c'est chose
indigne d'vne ame Chrestiëne de s'affliger
aussi excessiuement que pourroient faire
ceux qui n'ont ny cognoissance ny esperãce de l'autre vie: nous pardonnons les larmes immoderees aux infidelles: nous voulons bien qu'ils iettent des brãches de cy-
pres sur leurs morts , pour declarer cõme
ceste sorte d'arbre ne reiette iamais, aussi
n'attẽdent ils plus rien de ceux qu'ils mettent au sepulchre: mais en vne ame Chrestiëne qui sçait que ce qui est semé en pour-
riture resuscitera en gloire, c'est vne espa-
ce d'impieté de s'abandõner ainsi à la douleur: & quelle horreur pouuõs nous trouuer en la mort, puis qu'elle est vn passage à
l'immortalité? Auparauant que le Fils de

Dieu euſt ouuert le ciel par ſô ſang, aupa-
rauãt qu'il euſt arraché des mains du Che-
rubin l'eſpee de feu, dõt il deffendoit aux
humains l'entrée du paradis, la cõditiõ de
ceux qui mouroiët eſtoit vraycmẽt deplorable, puiſque les plus iuſtes alloient aux
enfers. Mais maintenant que ce debõnaire
Sauueur a oſté ro⁹ les obſtacles de la gloire, maintenãt que ſa croix a acquis la poſſeſſion du Paradis aux pecheurs, bĩẽ heureux ſont ceux qui perdent la terre pour
aller viure dans les cieux. Mais comme la
douleur eſt iniuſte, peut eſtre vous arrache elle vne autre plainte : peut eſtre
vous fait elle encore dire, que celuy pour
qui vous verſés tant de larmes, eſtant ſi
digne deviure, au moins ne deuoit il point
mourir en la fleur de ſon age.

Voulez vous donc accuſer Dieu, ſans la
volonté duquel il ne tombe pas ſeulemẽt
vn cheueu de nos teſtes? repreſentés vous
combien vne longue vie a eſté fatale & rui-
neuſe à beaucoup de perſonnages. Si Pô-
pee, l'appuy & l'ornement de la Republique Romaine, fuſt decedé à Naples, lors
qu'il y tomba malade, il mouroit en l'eſtime du plus grand homme qu'ayẽt iamais
eu les Romains, la fleur de tous les peu-

ples de la terre peu de mois adiouſtez au
reſte de ſa vie, le precipiterent du ſommet de gloire, & le rendirent le plus in-
fortuné prince du môde. Conſiderez que
la ſage Prouidence de Dieu a voulu pre-
ſeruer ce ieune Prince de quelque accidêt
qui vous euſt eſté plus inſupportable que
celuy que vous plaignez. Quelle affliction
euſt ce eſté à vous, & à tous les voſtres, ſi à
quelque temps d'icy on vous euſt raporté
qu'il euſt eſté tué en ces deteſtables combats, auſquels nos Princes & noſtre Nobleſſe ſe precipite auec tant de fureur? ſi
Dieu eſt allé au deuant de ce malheur, qui
auec le corps euſt perdu l'ame, n'auez vous
pas ſubieét de leuer les mains au Ciel pour
loüer ſa bonté, au lieu de l'irriter contre
vous meſme, en vous plaignant de ſa rigueur? D'ailleurs, ce qui vous afflige ſi cruellement, c'eſt ce qui vous deuroit rendre
ceſt accident plus ſupportable. Vous auez
veu ce Prince en vne grande ieuneſſe, mais
en cette belle fleur de ſon aage, quelle
choſe lui manquoit de celles qu'on priſe
en ceux qui viuent plus longuement? Il
eſtoit ſage, diſcret, courtois, auiſé, craignant Dieu, reuerant ſes parens, entier à
ſes amis, & vniuerſellemens bien voulu

de tout le monde que pouuoit il souhaitter d'auantage? Sa vertu auoit fait vne telle
impreſſion en l'ame de leurs Maieſtez,
qu'elles eſperoient d'en faire à l'aduenir
comme l'eſpee & le bouclier de leur Eſtat.
La renómee meſme lui auoit eſté ſi equita-
ble, qu'elle auoit publié par toute l'Europe la grandeur de ſon courage, & fait reluire iuſques aux Royaumes plus eſloignez
l'eſclat de ſa valeur. Quelle ſorte d'honneur pourroit aſſouuir ceux qui ne ſeroiét
pas contents de tant de gloire? Dieu donc
l'ayant en ceſt aage enrichy de toutes les
perfections qu'il pouuoit acquerir apres
vn long cours d'annees, quelle merueille
qu'il l'ait retiré, de peur que tant de rares
vertus ne vinſſent à ſe ſoüiller, & à ſe corrompre par la contagion du vice qui rou-
le auiourd'huy à pleines vagues dás le móde? Permettez moy de dire de luy ce que
la ſainɛte parole dit d'vn iuſte, *Celuy qui a*
pleu à Dieu, a eſté bien a mé, pource qu'il vi-
uoit parmy les pecheurs enleué du mili n d'eux.
Il a eſt rauy de peur que la malice ne cháñgeaſt
ſon courage, ou que les artifices ne ſurprinſſent
ſon ame: car la meſchácetè par ſes charmes ob-
ſcurcit le luſtre de la Vertu, & l inconſtance des
deſirs peruertit l'eſprit qui eſt ſans malice, eſtát

D iij

biē toſt mort, il a accomply beaucoup de temps;
ſon ame eſtoit plaiſante à Dieu, qui pour cette
occaſion s'eſt haſté de la retirer du milieu du
vice. Il ne faut riē adiouſter à ces parfaites
paroles, qui vous exprimēt nettemēt quel
a eſté le deſſein de Dieu, au ſuccés dōt vous
vous plaignez ſi ameremēt: recognoiſſez
que pleurant auec tant d'excés voſtre perte, non ſeulement vous vous oppoſez à la
volōté de Dieu, mais encore il ſemble que
vous vous mōſtriés jalouſe du biē de mō-
ſieur voſtre frere. Dieu l'a retiré du milieu
des flots de cette vie, pour le recueillir en
ſa gloire, cōme dās vn port aſſeuré, & vous
voudriez (ſi nous en croyons vos larmes)
qu'il l'euſt laiſſé plus long rēps expoſé aux
coups de la tempeſte? il l'a ſauué de l'ēbra-
zement; & vous voudriez qu'il le reiettaſt
dans les flammes? il luy a fait glorieuſemēt
paracheuer ſa courſe, & vous voudriez
qu'il le repouſſaſt dās la carriere? Figurez
vousque voyant voſtre affliction du haut
du ciel, où il regne auec les Anges, il vous
tient ce langage. Sont ce donc là, ma chere ſœur, ces grands ſermens que vous me
faiſiez ſur le poinct de noſtre ſeparation,
lors que prenant congé de vous, ie vous
coniurois de m'aymer vniquement, cō-

me l'amitié que ie vous portois eſtoit extreme ? vous me proteſtiez d'auoir tant
de paſſion pour mon bien, que vous ex-
poſeriez volontiers voſtre vie pour com-
bler la mienne d'honneur & de felicité, &
maintenant que vous me voyez en la plus
triōphante gloire qui ſe puiſſe imaginer,
maintenāt que ie ſuis au comble des vrais
honneurs, maintenant que ie bois du tor-
rēt de volupté, qui ſurpaſſe toute ſorte de
delices, maintenant que ie poſſede ce que
l'œil n'a veu, ce que l'oreille n'a point ouy,
& ce que tous les cœurs, & les eſprits
des hommes ne ſont pas capables de comprendre, vous plaignez mon ſort, vous
regrettez ma condition, & me voudriez
biē retirer auec vous dās le monde? Ignorez vous donc que les vrais contentemēts
ſont au lieu où ie ſuis, & que vous n'auez
pas ſeulement l'ombre des plaiſirs qui abō-
dent icy? Ie pardonne à voſtre paſſiō, mais
faiſant office de ſœur, ſouuenez vous que
vous eſtes Chreſtienne. Si vous auiez vne
parfaicte cognoiſſance de la condition des
heureux, au lieu de me plaindre vous eſti-
meriez miſerables ceux auſquels ce bien
eſt plus long temps differé. C'eſt parmy
nous que ſont les vrayes richeſſes & les

vrais plaisirs: nous auons au dessus de nous
Dieu tout puissant que nous adorós inces-
sament, contéplans les vifs rayós de sa face:
nous auós au dessous de nous les estoilles,
& les astres que nous foulons aux pieds:
nous nous mocquons des thresors de la
terre, & de la pompe de vos maisons, he!
disons nous , que les bornes de ces pauures sont estroittes? toute la terre, dont les
plus grands ne possedent que la moindre
partie, n'est que comme vn point en cópa-
raison du ciel où nous viuons. C'est ce petit point qui est le theatre de leurs cóbats:
c'est pour le pratiquer qu'ils leuent des armes, qu'ils donnent des batailles, & qu'ils
s'entre-massacrent auec toute sorte d'horreur. Mais l'estenduë de nostre ciel est bien
plus ample, ce sont bié d'autres espaces, il
auáce bien plus loin ses limites: le plus pesant d'entre les hommes en peu de mois
peut circuir toute la terre habitable, au lieu
qu'vn astre de vitesse incóparable demáde
trente annees pour faire le tour de nostre
demeure. c'est vn seiour si ample , si glorieux, & si delectable, que vo' y deuez aspirer
(ma sœur) & nó pas souhaitter de me reuoir
enfermé dans les destroits de vostre terre,
pour m'assuiettir à mes premieres miseres.

Voila madame, auec quelles paroles ceste
ame despoüillee de son corps, s'efforça
d'arracher de vostre cœur le traict que la
douleur y a attaché. Et donc, de si viues
persuasions, de si iustes, & de si sainctes
instructions, n'auront - elles point de
puissance sur vostre courage ? Ne vous
consolerez vous point apres en estre ainsi coniuree par celuy qui est l'vnique subject de vostre affliction ? Mais ce n'est pas
assez que vous essuyez vos larmes, il faut
que cette consolation passe iusques à Madame vostre mere, & à Messieurs vos freres. L'accident qui vous faict gemir soubs
le faix de la douleur, les a tous estonnez
comme vn grand coup de tonnerre, tombé sans y penser sur leurs testes. Le moyen
de leur oster l'estonnement, & de les remettre en vn estat plus tranquille, ne gist
point aux considerations humaines. Au
contraire, tout ce qu'on leur peut figurer
de ce costé là, au lieu d'adoucir le mal, est
capable de languir, & de rendre leur affliction plus cuisante. Qu'on s'imagine vne
mere heureuse en ses enfans, qui voit
mourir à vingt cinq ans celuy qu'elle
cherissoit comme le dernier fruict de son
mariage : qu'on se represente vn frere les

delices de la Cour, ce grand Duc, le chef
& l'ornement de voſtre illuſtre famille,
qui voit perir au milieu de ſes amis, celuy
qui y deuroit eſtre comme à l'abry de toute ſorte de tempeſte. Qu'on ſe figure deux
autres Princes ſes freres, pleins d'honneur
& de gloire, qui voyent arracher par ce
funeſte accidēt, comme vne moitié d'eux-
meſmes : y a-il douleur, y a-il tourment,
y a-il angoiſſe mortelle pareille à la leur,
ſi l'on peſe humainement ce malheur ;
quel poignant regret leur eſt ce, ſelon le
monde, de voir tant de belles eſperances
moiſſonner en leur fleur? ou pluſtoſt quel
deſeſpoir leur eſt-ce de voir tant de gloire éclipſee en vn moment, & tant de doux
contentemens conuertis en vn clin d'œil,
en de ſi cruels ſupplices? Eſloignez donc
toutes ces vaines conſiderations de leurs
eſprits, & leur faiĉtes part des ſolides conſolations que vous auez receus de l'ame
de celuy que vous regrettez , comme à
l'enuy. Coniurez-les de leuer les mains
& les yeux au Ciel, pour dire à Dieu, ce
que luy diſoit autresfois vn grand Roy,
touché comme vous, de ſes verges : *Sei-*
gneur Dieu, puis que vous l'auez faiĉt, nous
nous taiſons : Si nos ennemis nous auoient

causé cest ennuy, s'ils auoient faict lache-
ment mourir celuy dont nous regrettons
la perte, nous pourrions nous en ressentir, peut estre suiuant les loix que pratique
iniustement le monde, tirerions-nous raison de cest outrage. Mais ô souuerain arbitre de nos vies! personne n'a contribué
à nostre malheur, c'est vous seul qui l'a-
uez procuré : partant nous baissons la teste soubs vostre puissante main, que nous
sçauons estre la main d'vn pere, & non pas
celle d'vn bourreau. Nous adorós vos iugemés qui sont tousiours iustes. Nous n'é-
treprenons point d'en sonder l'abysme :
seulement vous demandons nous que
vous nous donniez autant de constance
qu'il en faut pour supporter vn si prodi-
gieux accident. C'est là, Madame, c'est là
l'vnique remede que vous pouuez appliquer à leur mal, & au vostre. Tout le reste
ne peut seruir que pour r'enflammer la
playe, au lieu d'en esteindre la douleur, si
toutesfois vous cherchez quelque image
de soulagemēt dans le monde, cette consolation vous reste, que comme il n'y
auoit anciennement que les circoncis qui
se resiouyssoient du desastre des Princes
d'Israël : aussi n'y a-il que les ennemis de

laReligió & de l'Eſtat qui puiſſent triompher de voſtre perte, ou tirer du contentement de voſtre deſplaiſir. Au contraire
tous les gens de bien deſolez, & comme
abbatus d'vn eternel ennuy, pour la perte
d'vn ſien vaillant Prince, verſeront des
torrens d'amertumes & de pleurs ſur ſon
Tombeau, les chargeront de fleurs, y feront mille offrandes funebres, prieront
le Ciel de faire de ſon ame vn de ſes plus
riches ornemens, & conjureront la terre
de n'eſtre point peſante à ſon corps,ny im
portune à ſa cendre.

COEFFETEAV.

AVTRE CONSOLATION
de Monſieur Coeffeteau Eueſque de
Dardanie, à Monſieur de la Nauue,
Conſeiller du Roy en ſon Parlement,
ſur la mort de Madamoiſelle ſa
femme.

MONSIEVR.

I'ay vn tel reſſentiment, & vne telle compaſſion de l'infortune qui vous eſt arri-

uee, qu'au lieu d'estre capable de vous consoler en vostre tristesse, i'auroy moy mesme besoing de treuuer quelque soulagement en ma peine, & quelque remede à
mon ennuy. Cest accident m'est d'autant
plus sensible, qu'il est arriué lors que ie
croyois que Dieu se contenteroit de vous
en auoir donné vne viue apprehension :
mais parmy cette grande detresse ie considere, qu'apres auoir permis à la douleur
de faire son effort, il faut en fin se resoudre
de leuer les yeux, & les mains au Ciel, benir le nom de Dieu, & adorer sa iustice,
flechir soubs sa saincte volonté, & esperer
de sa misericorde, qu'il conuertira nos
espines en roses, & qu'il fera seruir nos afflictions à sa gloire & à nostre salut. Vous
estes trop sage pour auoir besoing de mes
aduertissemens : mais l'honneur de vostre
amitié que ie cheris vniquement, m'oblige à vous rendre cette office, & à vous representer serieusement que c'est aux
grandes aduersitez que nous deuons faire
d'auantage reluire nostre constance. Ie ne
veux point flatter vostre perte, elle est
extreme, & ie cognois bien que vous
viuant, vostre famille ne pouuoit receuoir
vne plus grande playe, ny souffrir vn plus

grand malheur que celuy qui l'a accueillie.
Mais combattrez vous contre Dieu? luy
ferez vous changer ses arrefts , vous qui
voulez que les voftres foient fouuerains, luy ofterez vous la puiffance abfoluë qu'il a de difpofer de fa creature, &
de la faire, & defaire quand il luy plaift?
L'image d'vne longue & douce vie que
nous auons paffé enfemble , fans y auoir
reffenty aucune amertume, fe prefente à
voftre penfee, vous attendrit le cœur, &
vous remplit l'ame de regrets & d'ennuis,
voyant que la continuation vous en eft
rauie & retranchee par cette mort; mais
ie ne me figure pas que parmy cette grande prudence dont Dieu vous a doüé,
vous vous foyez iamais imaginé , qu'en
vne vie mortelle, comme eft la noftre,
vous puiffiez poffeder des contentemens
immortels. Deftournez donc les yeux de
deffus cet object, qui ne peut maintenant
que vous affliger, & les iettez fur les gages qu'elle vous a laiffez de fon affection,
affin d'effuyer les larmes qui fe nourriffent & s'entretiénent des voftres. Côten-
tez vous de luy rendre les debuoirs qu'v-
ne ame Chreftienne luy peut rendre, & ne
permettez pas à la douleur de triompher

de voſtre conſtance. Repreſentez vous
auec quelle patience elle a ſupporté ſon
mal, auec quelle reſolution elle a attendu
ſa fin, & auec quelle foy elle a combattu contre les dernieres frayeurs de
la mort. Reſſouuenez vous de ſa pieté,
conſiderez l'ardante charité dont elle
eſtoit embraſee, figurez vous auec quelle
deuotió elle a pris deuát ſa derniere heure les precieux gages de noſtre ſalut, les
Sacremens de Ieſus Chriſt, le viatique &
l'eſpoir des Chreſtiens: & ſi rien au monde
eſt capable de moderer voſtre ennuy, vous
le verrez entierement diſſipé par de ſi
ſainctes & ſi puiſſantes conſiderations:
Car apres vne ſi heureuſe fin, apres vne
ſi belle mort, qui eſt vrayemét la mort des
iuſtes, que deuez vous croire de ſa condition? qu'en deuez vous eſperer, ſinon
qu'elle iouyt deſia, ou bien que par la miſericorde de Dieu elle iouïra bien toſt de
la gloire des Anges? Tous les contentemens qu'elle receuoit en cette vie, vous
ſouloient eſtre autant de felicitez: voudriez vous bien maintenant vous affliger
de celuy qu'elle poſſede dans le Paradis,
qui eſt tel, que tous les autres ne luy ſont
non plus comparables que le feu d'vne

lampe à la lumiere du Soleil. Ie me promets autre chofe de voftre pieté, & i'attens d'autres refolutions de voftre conftance. Mais parce que ie ſçay bien que
la douleur eſt importune, ie ne ceſſeray
de prier Dieu qu'il fortifie voftre courage,
& qu'il vous vueille rendre victorieux de
cette grande aduerſité : & par meſme
moyen, pour ne manquer à aucun point
de mon deuoir, au lieu de pleurs t'offriray
à ſa diuine bonté des ſacrifices pour le repos de celle, qui pendant ſa vie, a merité
qu'on luy procuraſt cette conſolatió apres
ſa mort. Ce ſont là, Monſieur, les teſmoignages que ie vous puis rendre à tous
deux, d'vne ſincere affection, qui me faict
demeurer pour iamais voſtre.

COEFFETEAV.

AVTRE CONSOLATION

ſur le meſme ſujeçt, par le meſme ſieur Eueſque de Dardanie.

MONSIEVR,

Si mes prieres eſtoient aſſez puiſſantes &
aſſez ſainctes pour impetrer de Dieu la patience

tience qui vous eſt neceſſaire en voſtre
ennuy, vous en auriez aſſez pour triompher de la douleur ; puis qu'elles ſeroient
entierement dediees à voſtre contentement : mais ne me pouuant promettre
qu'elles ayẽt aſſez de poids pour cet effet,
ie me perſuade que ce qui leur defaut ſera
amplement recompenſé par celles de tant
d'autres bonnes ames , qui ſans doute ne
vous manqueront point à cet extreme beſoing. Cependant vous eſtes obligé par la
profeſſion de voſtre foy, de vous ayder
vous meſme, & de reprimer ces larmes
& ces regrets exceſſifs qui pourroient faire iuger au monde que vous ſeriez plus
ſenſible à voſtre perte, que ſoigneux du
deuoir d'vn Chreſtien. Vainquez donc
tãt que vous pourrez la douleur, & ne fle-
triſſez point voſtre conſtance de cette reproche, qu'elle ſe ſoit laiſſee ſurmonter au
deſeſpoir. Nous auõs tant reſſenty de calamitez publiques, & nous ſõmes à la veille de tant d'autres mal-heurs (ſi la bonté
de Dieu ne les deſtourne) que au lieu de
plaindre ceux qui ſont recueillis au repos
de l'autre vie, nous les deuõs eſtimer heureux d'eſtre cõme ils ſont, à l'abry de l'orage. On dit qu'vn grand Prince voyant de

E

la cime d'vne montagne vne puissante &
formidable armee où il y auoit vne multitude incroyable de combattans, il se
prit a pleurer, se representant qu'à cent
ans de là il n'en resteroit pas vn seul en vie.
Si nous poumons nous esleuer, vous &
moy, au deßus du monde où nous sommes, & voir soubs nos pieds toute la ron-
deur de la terre, qu'il me seroit aysé de
vous monstrer dás les ruines de l'vniuers,
les Empires entiers desolez par les guerres, les Sceptres & les Couronnes foulees
aux pieds, les nations entieres paßees par
le tranchant de l'espee, ou mises à la Cade-
ne : & d'entre les hommes, les vns deuo-
rez des bestes, les autres noyez dans les
flots, les autres exterminez par les supplices, les autres reseruez à d'autres miseres,
& tous ensemble condamnez à vne derniere mort, qui ne peut differer vn siecle
à se presenter. Puis donc que la condition
du monde est telle, croyons nous que les
parties puissent estre exceptees des accidens & des infortunes qui arriuent à leur
tout : & quand elles leur arriuent, nous
estonnons nous que ce qui estoit perissa-
ble perisse, & que ce qui estoit mortel
vienne a mourir? non, me dites vous, mais

Dieu pouuoit allonger la vie, & ne haster
pas tant la mort d'vne personne qui m'e-
stoit si chere & si necessaire à vne grande
famille qu'il a laissee. C'est donc de Dieu
que vous vous plaignez : c'est sa sage prouidence que vous combattez, prenez garde que cette pieté que vous voulez tesmoigner à vostre espouse, ne soit vne espece d'impieté contre Dieu. Ressouuenez
vous que les creatures ne doiuét pas bailler, mais receuoir la loy du Createur, & si
vous voulez dóner quelque chose au sens
& à la douleur, ne la pleurez pas comme
perduë, mais regrettez là comme absente:
& vous representez vne fin pareille à la
sienne, par vne exacte obeyssance à ses
commandemens, qu'elle a tousiours soigneusement gardee, vous vous reuerrez
à la gloire des Cieux, où vous cognoistrez
combien sont vaines les larmes qu'on es-
pand pour la perte de cette miserable vie.
Demeurons y pendant qu'il plaira à Dieu
que nous y demeurions : mais ne nous
figurons pas que la demeure en soit eternelle: ains souspirons apres ceste saincte
Sion, où vous retrouuerez ce que vous
croyez auoir perdu. Ce sont, Monsieur,
les plus sainctes consolations que vous

puiſſe donner celuy qui eſtant exceſſiue-
ment atteint de voſtre ennuy, ne peut pas
tenir grand ordre en ſes paroles, mais
qui demeure inuiolablement voſtre.

DV MESME SIEVR
Eueſque de Dardanie, au meſme ſieur
de la Nauue, ſur la conuerſion de ſa
mere.

M ONSIEVR,

Encore que Dieu vous ayt teſmoigné par
de grands & fauorables effects l'amour
qu'il vous porte, ſi eſt-ce que ie me perſuade aiſément, qu'il ne vous a iamais depar-
ty bien faict, dont vous ayez receu plus
de ioye & de contentement que de l'heureuſe conuerſion de Madamoiſelle voſtre
mere, qu'il a retiree du milieu du ſchiſme
& de l'hereſie, qui afflige noſtre ſiecle,
pour la reunir au corps de ſon Egliſe, hors
de laquelle elle alloit vainement chercher ſon ſalut. Mais ſi l'image de cette
conuerſion eſt d'autāt plus douce à voſtre
penſee, que vous l'auez pourſuiuie auec
vne paſſion & vne ardeur incroyable, elle

ne vous doit pas sembler moins pleine de
merueille, puis qu'elle est arriuee (lorsqu'à
parler humainement,) les esperancesvous
en estoient côme toutes retranchees Le
long temps qu'elle auoit faict professió de
l'erreur, & le peu de fruict que vous auiez
recueilly de tant d'instructions que vous
luy auiez procurees, à fin de luy rendre en
quelque sorte la vie de l'ame, en eschange
de celle du corps que vous auez receuë
par son moyen, vous estoient autant de si-
nistres presages, qui vous faisoient iuste-
mét apprehender qu'elle ne fermast pour
iamais les oreilles aux enseignemens de la
verité. Mais Dieu vous a voulu monstrer
qu'il préd plaisir à desployer les effects de
sa puissance, lors que nous nous imaginós
que les choses sont reduittes comme à
l'impossible. Il vous a voulu faire paroistre
que sa main n'est point racourcie, & que
c'est luy, qui, quand il luy plaist, sçait encore tirer l'eau d'vn rocher, & faire esclor-
re des fleurs sur vn rameau arraché de son
tronc, & separé de sa tige. Il vous a voulu
tesmoigner que c'est luy qui apres vn pro-
digieux cours d'ânees, sçait encor puissam
ment briser les chaisnes dont Sathã tenoit
la fille d'Abraham cruellement attachee,

En fin il vous a voulu faire sentir que ce
changemēt est entierement son œuure, &
que les creatures n'ont autre part à la gloire de cette action, que de l'auoir souhait-
tee sans la pouoir esperer. Parmy tant de
faueurs du Ciel, ie me represente aisémēt
en moy mesme, quelle a esté la ioye de vos
amis ,ausquels vous auez fait part de cette
bōne nouuelle,mais pour la vostre ie ne la
puis mesurer,qu'à la grādeur du bien qu'a
receu par ce moyen celle à qui la nature
vous a attaché auec ses plus forts&ses plus
puissans liēs.Ce biē est extréme,& la grace est incomparable , voire il n'y a que les
Anges de Dieu qui se resiouysēt dās les
cieux de la conuertiō des pecheurs, qui le
puissēt assez dignemēt exprimer.Tout ce
que ievous en diray sera au dessoubs de sō
prix , & n'en esgalera point la grandeur.
Quel bien à vostre aduis est celuy-là par
le moyen duquel·vne ame se voit separee
de la cōmunion d'iceux,(qui biē qu'ils ne
fussent souillez d'autre crime que de celuy du schisme,qui les a arrachez du corps
de l'Eglise Catholique,) n'en sçauroiēt lauer la tache,non pas mesme auec leur propre sang , quand ils l'epancheroient pour
Iesus Christ,& souffriroiēt mille martyres?

Quel bien, par le moyē duquel on renôce
au sacrilege d'vne secte, qui renuersant
tous les fondemens de la foy, n'a ny Autels, ny Prestres, ny Sacrifices, dont la Religion Chrestienne auoit tousiours esté
pleine auparauāt sa dissipation? Quel biē,
par le moyen duquel on recognoist, & on
deteste l'audace de ceux qui violās le Te-
stament du Fils de Dieu, priuent les heri-
tiers des pretieux gages qu'il leur a laissez
de son amour; & au lieu de son corps & de
son sang qu'il a protesté leur dôner à boire & à manger, ne leur en presentent que
les simples figures, ou plustost les vaines
images? Quel biē, par le moyen duquel on
deteste les blasphemes de ceux qui foulās
aux pieds l'hôneur de IesusChrist autheur
de la gloire du Paradis, le mettent au rang
des damnez, & l'enuelopent pour vn tēps
dans les horreurs de l'Enfer? Quel biē, par
le moyen duquel on se voit esloigné de
tout cômerce d'auec ceux qui n'ont point
de communion auec les saincts; & qui vo-
missent toutes sortes d'outrages côtre les
iustes honneurs, que dans les plus purs siecles de l'Eglise, toute la Chrestienté leur a
tousiours rendus? Quel biē, par le moyen
duquel on se deuelope de la côpagnie de

E iiij

ceux desquels si on examine particulierement la doctrine dont ils font profession,
contre l'Eglise Catholique, on trouuerra
qu'il n'y en a vn seul article qui n'ayt esté
códamné en la personne de quelqu'vn de
ces anciés heretiques, dót la memoire est
auiourd'huy infame à tout le móde. Ils ne
veulent point d'oblation ny de sacrifice
en l'Euchaistie ; mais que font ils en cela
que n'ayét fait les premiers heretiques qui
ont combattu le mystere *de l'Incarnation*
du Fils de Dieu? Ils ne reçoiuét point les Eu-
charisties, & les oblations (disoit il y a plus
de quinze cens ans, sainct Ignace rapporté, il y a vnze cens ans par Theodoret) par
ce qu'ils ne croyent pas que ce soit la chair
du Sauueur qui a souffert pour nos pechez, laquelle le pere a ressuscité par sa be-
nignité. Ils renuersent & abbattent les Autels en hayne du mesme sacrifice, mais au
fond que font ils en cela, que n'ayent fait
les Donatistes cótre lesquels le sainct Euesq-
que Optat fulmine, au siecle de S. Augustin? qui a il de plus sacrilege (leur dit il) que
de bânier les Autels? car qu'est autre chose
l'Autel que le siege du corps & du sang de Iesus
Christ? Ils nient la reelle & veritable man-
ducation de la chair de nostre Seigneur,

& la deteſtét comme pleine d'horreur : &
donc que diſent - ils en cela qu'ils n'a-
yent apris en l'eſcole des Capharnaïtes,
qui ſoudain que noſtre Seigneur leur
euſt proteſté, ſi vous ne mangez ma chair,
& ſi vous ne beuuez mon ſang , vous
n'aurez point la vie: murmurerent contre
luy & s'eſcrierent diſans, ceſte parole eſt
dure, comment nous pourra - t'il donner
ſa chair à manger? Ils deſpoüillent l'homme du plus riche ornement de ſa nature,
& luy rauiſſent ſon franc arbitre; mais que
font ils en cela, que n'ayent fait les Manicheens qui ont eſté tenus comme des
monſtres en la religion Chreſtienne? c'eſt
aux Manicheens, dit ſainſt Hieroſme , de
condamner la nature de l'homme , & d'o-
ſter le franc-arbitre. Ils deteſtent la priere pour les morts & les ieuſnes que l'E-
gliſe commande à certains iours comme
durant le Careſme; mais en ces points
qu'enſeignent ils que n'ayt enſeigné
Ærius , mis pour ceſte raiſon au cata-
logue des heretiques par ſainſt Auguſtin & ſainſt Epiphane , deux lumieres de
l'Egliſe Grecque & Latine? les Æriens dit
ſainſt Auguſtin , ſont venus d'vn certain
Ærius , lequel eſtant preſtre , on dit qu'il

se fasche de ne pouuoir estre Euesque:
& estant tombé en l'heresie des Æriens
y adiousta aussi quelques doctrines du
sien, disant qu'il ne falloit point prier ny
offrir oblations pour les morts, ny celebrer les ieusnes instituez solennelle-
ment, mais ieusner lors que chacun en
auroit volonté. Ils abhorrent comme vn
execrable idolatrie l'honneur qu'on rend
aux reliques des Martyrs, & ne veulent
point qu'on prie les Saincts depuis qu'ils
sont recueillis en gloire. Mais en quoy
differe ce lāgage d'auec celuy de l'hereti-
que Vigilance, à qui sainct Hierosme fait
si serieusement le procez dans les traictez
qu'il a escrits contre luy ? Vigilance (dit
ce sainct personnage rapportant ce qu'vn
de ses amis luy auoit mandé des blasphemes de cét heresiarque) ouure de rechef sa puante bouche & vomit son orde
infection contre les reliques des Saincts
Martyrs, & nous appelle, nous qui les
reuerons, cendriers & idolatres : & pour
ce qui cōcerne les prieres qu'on leur presente au milieu de leur gloire, n'estoit
ce pas à elles qu'en vouloit ce miserable,
lors qu'il dogmatisoit qu'en ceste vie ils
pouuoient bien prier pour nous, mais

non pas apres leur mort? Tu efcris en ton
libelle, luy dit encore fainct Hierofme,
que pendant que nous viuons nous pouuons prier les vns pour les autres, mais
qu'apres que nous fômes morts la priere
d'aucun n'eft plus exaucee pour vn autre,
attendu principallement que les Martyrs demandans la vengeance de leur fang
ne l'ont fceu impetrer. Mais fi les Apoftres & les Martyrs eftans conftituez en
ce corps, ont fceu prier pour les autres, lors qu'ils deuoient encore auoir du
foucy pour eux mefmes; combien plus
apres les victoires, les couronnes, & les
triomphes? l'excederois les limites d'vne
lettre fi ie voulois amener d'auantage de
preuues de mon dire. Ce peu que i'ay
produit fuffit pour monftrer quelle grande benediction & quel exceffif bon heur
c'eft à vne ame Chreftienne de n'auoir
plus de communion auec vne fecte dont
la doctrine a efté condamnee, auant que
ceux qui l'enfeignent fuffent venus au
monde. Au contraire de cela, qui peut
exprimer le bien dont fe void comblé celuy qui apres auoir efté feduit par les Mi-
niftres eft remis au giron de l'Eglife pour
viure fous les loix de celle que fainct Paul

appelle le firmament & la colomne de
verité, & de qui noſtre Seigneur a prononcé , que qui ne l'eſcoute pas , doit
eſtre tenu comme vn payen & vn pea-
ger? Quelle ioye luy doit ce eſtre de ſe
voir reuny au corps d'vne Egliſe, qui
n'enſeigne rien aux points qui concer-
uent l'eſſence de la religion , qui n'ayt
eſté enſeigné dans les premiers ſiecles,
eſquels par la propre confeſſion de nos
aduerſaires , ny à Rome , ny ailleurs il
ne s'eſtoit encore fait aucun changement
en la doctrine que les Apoſtres auoient
eſpanduë par tout l'vniuers? Quel repos
a vne conſcience de ſe voir au milieu d'vne
Egliſe, qui ne preſche ny n'enſeigne rien
de la reelle preſence du corps de *Ieſus*
Chriſt en l'Euchariſtie , du Sacrifice de la
Meſſe, de l'adoration de la ſaincte hoſtie,
de la priere des Saincts , des oraiſons &
du Sacrifice pour les Morts , qui ne ſe
pratique par toute l'Europe, par toute l'A-
ſie, par toute l'Afrique , en tous les nouueaux mondes: en orient, en occident,
au ſeptentrion , au midy , par tout où
il y a des Egliſes Chreſtiennes , voire
meſme dans les Egliſes qui ſont ſepa-
rees de la communion de la Romaine,

& qui luy ont iuré vne furieuse & mortelle guerre ? Quel doux transport a vn
esprit Chrestien apres auoir esté emporté par le vent des fausses doctrines dans
les flots de l'erreur, de se reuoir dans le
vaisseau de sainct Pierre, qui ne peut
estre submergé, quoy que les vagues,
les orages, & les tempestes luy battent
incessamment les costés? Quel excessif
contentement de se voir reüny au corps
d'vne Eglise, qui a tousiours esté telle
que les prophetes l'ont depeinte visi-
ble comme vne cité bastie sur la cime
d'vne montagne, faisant en tous les siecles sans nulle interruption, profession
de sa foy, & celebrant incessamment ses
sinaxes, ou assemblees, & tout le seruice
de Dieu aux yeux du Soleil ? Quelle
saincte consolation de se voir dans vne
Eglise, qui ayant triomphé des portes
d'enfer, fait vn denombrement entier de
ses Papes depuis l'Apostre sainct Pierre
iusques à Paul cinquiesme qui tient auiour-
d'huy só siege sans que chacune de ceste
succession ayt peu estre brisee par la vio-
lance & par les efforts que le Diable, les
tyrans & les heretiques ont faits depuis
tant de siecles pour la rompre & en dis-

fipa les chaifnons ? dans vne Eglife qui
produit la fucceffion non interrompuë
de fes autres Euefques, & qui la fait voir
iufques au plus bas ordre de fes pafteurs
qui font fes Curez ? Toutes ces chofes,
Monfieur, & encore plufieurs autres,
que vous n'auez que faire d'apprendre
de perfonne, eftant inftruit comme vous
eftes en la vraye Religion, font à bon
droit admirer les meruerlles de Dieu, &
fa bonté à l'endroit de ceux qu'il arrache
du fein, & d'entre les bras de l'erreur. Ie
ne doubte point que ces mefmes confiderations ne vous facent mille fois le iour
leuer les yeux & les mains au ciel pour
remercier Dieu de la grande grace qu'il a
faicte à Madamoifelle voftre mere, de luy
auoir allongé le cours de fa vie, & con-
ferué fes fens entiers, & fon efprit fain
iufques à l'aage de quatre vingts dix ans,
ou enuiron, pour en cette extreme vieil-
leffe, la r'apeler du milieu de la nouuelle
fecte de Caluin, & luy ouurir les yeux de
l'ame afin de luy faire cognoiftre & embraffer la verité. Ie ne doute non plus que
ces deuotes feruâtes de noftre Seigneur,
ces bonnes Religieufes Capuchines, parmy lefquelles vous auez confacré à Dieu

la virginité d'vne de vos filles, ne l'en loüent ardemment, & ne luy en rendent de grandes actions de graces, vous monstrant en cela la mesme affection, & la mesme charité qu'elles vous ont tesmoignee auparauant l'effet, lors qu'elles vnissoient leurs sainctes prieres auec les vostres, pour impetrer de Dieu cette grace, apres laquelle vous souspiriez auec tant d'ardeur. Pleust à Dieu que mes oraisons fussent dignes d'estre iointes à celles qu'elles presentent incessamment à leur espoux: ie les luy offrirois pour coniurer sa bonté d'acheuer son œuure, de fortifier sa creature, & de l'affermir en la creance de l'Eglise, afin que vous puissiez iouyr de tout le repos & de tout le contentemét que vous souhaitte de toutes les passions de son ame, celuy qui est inuiolablement & pour iamais vostre.

COIFFETEAV.

La conuersion de deux Amants.
Par Monsieur Coiffeteau Euesque de Dardanie.

INiuriosus ienne Seigneur issu d'vne des plus illustres familles d'Auuergue,

aymant paſſionnement vne fille de ſon
aage la recherche ſi conſtammēt, qu'apres
vne longue & ardente pourſuitte, elle luy
eſt accordee & deſtinee pour eſpouſe,
auec vn contentemēt incroyable de leurs
communs parens : le iour eſtant venu, auquel par la ſolemnité des noces, on deuoit rendre leur alliance eternelle, on
fit premierement toutes les ceremonies
accouſtumees, ſans rien oublier de la pō-
pe, & de la magnificence que requeroit
la grandeur de deux ſi nobles maiſons;
& puis on les mit enſemble pour con-
ſommer le mariage, tout le monde eſpe-
rant que d'vne ſi ſainĉte alliance il naiſ-
ſtroit vne longue & heureuſe lignee, qui
perpetueroit la gloire de leurs familles.
Mais il arriua vne choſe, qui, pour le dire ainſi, en moiſſona l'eſperāce en ſa fleur,
car auſſi toſt qu'ils furent en leur couche la fille ſe tournant deuers la paroy,
commença à verſer vn torrent de larmes
qui eſtonnerent ſon eſpoux, & luy cau-
ſerent vn ſi cuiſant deſplaiſir, qu'elles
luy firent dire ces parolles : & quoy donc,
ma chere compagne auez vous apper-
ceu quelque choſe en moy qui vous ait
offenſé ? d'où naiſſent ces larmes ver-
fees

fees ainſi hors de faiſon ? ne m'en celez
point la cauſe, ſi vous ne voulez que voſtre douleur m'arrache l'ame & me face
mourir. A cela elle demeure muette côme vn marbre, ſans luy reſpondre aucune choſe. Il la preſſe donques d'auantage, & luy tient ce diſcours : Puiſque les
prieres de celuy qui vous ayme plus cherement que ſa vie, n'ont eu nulle puiſſance ſur voſtre courage, ie vous coniure au
nom du Fils du Dieu viuant, que vous
m'oſtiez de peine, me declarant la cauſe
de l'ennuy qui vous oppreſſe, & qui vous
arrache des ſoulpirs ſi cuiſans & amers.
Comme elle ſe voit ſi puiſſamment coniuree, elle ſe retourne deuers luy, & luy
reſpond : Quãd ie pleurerois inceſſament
ſans donner treue à mes plaintes, voire
meſme quand mon dueïl n'auroit autres
bornes que celles de ma vie, mes larmes
ſuffiroient elles pour eſteindre l'exceſſiue
douleur qui me tourmente ? I'auois ſain-
ctement promis à mon eſpoux Ieſus Chr.
de luy conſeruer iuſques au tombeau mõ
corps net, & impolu des attouchemens
des hommes : mais, ô malheur! il m'a tellement delaiſſee qu'il n'eſt plus en ma puiſſance de luy tenir ma promeſſe : de ſorte

F

que ce que i'ay toufiours precieufement
gardé depuis le premier inftant de ma
naiffance, me va eftre indignement ra-
ui en ce iour malheureux, dont mes yeux
ne deuoient iamais voir la lumiere, puis
qu'elle m'eft fi infortunee ie fuis reduite
à cefta extremité, que me trouuant abandonnee de mon immortel efpoux, qui
pour glorieux auantage, me donnoit les
threfors de fon Paradis, on m'a liee auec
vn homme mortel, qui ne peut donner
que les excremens de la terre. Au lieu de
rofes, qui ne fletriffent iamais, dont ie deuois eftre couronnee, on m'a auiourd'huy
chargee de fleurs qui fe faniffent en vn inftant, & qui ne m'ont pas pluftoft paree,
qu'elles m'ont couuerte d'infamie. Au lieu
qu'accompagnant l'Agneau de Dieu qui
fur le fleuue de fes quatre bras arrofe le
paradis: ie deuois porter apres luy les pretieux ornemens de la chafteté, on m'a re-
ueftuë d'vne robe qui m'a efté à plus grande charge, qu'elle ne m'a fait receuoir
de gloire, mais pourquoy m'amufe-ie aux
paroles, infortunee que ie fuis; Au lieu
que par vn meilleur fort, ie deuois me
rendre digne de la gloire des cieux, ie
me vois comme precipitee dans les hor-

reurs de l'enfer:si ce malheur me deuoit
arriuer, pourquoy eſt ce que le iour de
ma naiſſance n'a eſté celuy de ma mort?
que ma vie ne s'eſt elle eſteinte deuant
que ie ſuçaſſe le laict de la mamelle ? que
i'euſſe eſté heureuſe, ſi mes cheres nour-
riſſes ne m'euſſent iamais baiſee ſinon
morte, & eſtenduë dans vn cercueil, car
i'ay en horreur toutes les beautez du mõ-
de,quand ie iette les yeux ſur les mains de
mõ Redempteur,que ie voy percees & tra-
uerſees des cloux dont il a eſté attaché en
croix pour mon ſalut.Ie ne puis regarder
auec contentement les diademes eclat-
tans de pierreries, lors que ie contemple
la couronne d'eſpines, dont ſon chef,
que les Anges adorent, eſt cruellement
oppreſſé. Ie meſpriſe les grandes & riches poſſeſſions que vous m'apportez,
d'autant que ie ſouſpire apres les delices
du Paradis.Verſant ces paroles auec les
larmes,elle touche le cœur de ſon Eſpoux
ſi au vif, que ce jeune Seigneur eſmeu à
pitié, reprenant la parole luy repart:nos
peres qui ſont chefs de plus nobles familles de toute ceſte Prouince, n'ayans
que nous deux d'enfans, ont voulu nous
marier l'vn auec l'autre, de peur qu' s-

pres noſtre decez , vn eſtranger n'entraſt
en leurs heritages , & ne triomphaſt des
deſpoüilles qui iuſtement nous appar-
tiennent. A ce mot la fille l'interrom-
pit & luy repliqua ; Le monde n'eſt rien,
les richeſſes ne ſont rien , la pompe de
ce fiecle n'eſt rien , la vie meſme dont
nous ioüiſſons n'eſt rien : mais il nous en
faut chercher vne meilleure , qui n'eſt
point ſubiecte aux rigueurs du ſort , &
ſur qui la mort n'a point d'empire, ains
qui eſt comme vn eternel Orient de lumiere, où les ames poſſedent vne felicité
perpetuelle, & dont la ſplendeur ne ſe
couche iamais & ne ſçait que c'eſt des
eclipſes. Et ce qui eſt bien encor à eſtimer
d'auantage en cette vie là , on y contem-
ples les vifs rayons de la face de Dieu, &
par vne continuelle admiration de ſa gloire, on ſe transforme en la condition des
Anges, pour iouyr d'vn contentement
& d'vne ioye que nul ennuy ne peut in-
terrompre ny alterer. A ceſte remon-
ſtrace le ieune Seigneur luy replique : Par
vos agreables diſcours , comme par vne
douce lumiere, vous auez faict reluire ſur
moy les rays de la vie eternelle, qui em-
pliſſent mon ame d'vn plaiſir incompara-

ble, partant fi c'eſt voſtre reſolution de
vous priuer perpetuellement des voluptez de la terre, vous m'auez pour compagnon de voſtre conſtance. A ces mots
elle luy dit: Ce n'eſt pas choſe aiſee à vn
homme de garder inuiolablement cette
promeſſe à vne fille : toutesfois ſi vous
ſurmontant vous meſme, vous voulez
ſouffrir que nous viuions chaſtement dãs
le monde , ie vous promets de vous
faire part des auantages que i'attens du
diuin eſpoux, auquel i'ay conſacré ma
virginité. Alors ce ieune Seigneur luy tẽd
la main, & l'aſſeure que nulle choſe du
monde ne pourra rompre ſa reſolution.
Ils ſe firent donc vne promeſſe reciproque,
de conſeruer leur chaſteté entiere,
& parmy le long cours d'annees qu'ils de-
meurerent enſemble, ils n'en tacherent
iamais la blancheur , comme il parut vi-
ſiblement par la merueille qui auint apres
leur mort : car comme apres les combats
de ceſte vie, la fille vint à mourir, pour aller iouïr des embraſſemés de Ieſus Chriſt,
ſa chere moitié luy rendit les deuoirs funebres, & la couchant dans le Sepulchre
profera ces paroles : Ie vous rends graces immortelles, ò grand Dieu immortel,

Seigneur de tout le monde de ce que m'a-
yant consigné ce precieux thrésor pour le
garder fidéllement, vous auez tellement
beny ma fidelité, que ie vous le rends
maintenant aussi entier que ie le receus de
vos mains. Comme il disoit cela, voila que
par vn miracle extraordinaire, celle qui
estoit morte luy iette vn doux regard extraordinaire, & auec vn agreable sousris
le reprend amiablement, & luy dit, pourquoy parlez vous d'vne chose dont personne ne vous demande les particulari-
tez ? peu de temps apres la mort vint l'a-
cueillir à son tour, & fut mis dans vn mesme tombeau esleué au milieu d'vne grot-
te, qu'vne espaisse muraille separoit d'a-
uec celle où reposoit son espouse, ce qui
fut vn suiet de faire esclatter leur chasteté
par vn nouueau miracle : car le peuple
qui les auoit veu mettre separément en
diuers Sepulchres, retournant le lendemain au matin trouua que des deux grot-
tes, il ne s'estoit faict qu'vn seul tombeau.
Ce qui semble estre arriué, de peur que le
Sepulchre ne separast en terre ceux qui
sont inseparablement vnis en la gloire des
cieux. Les habitans du pays, iusqu'à ce
iour nomment ce lieu le Sepulchre des
deux Amants.

LETTRE DE CONSO-
lation à Madame la Princeſſe de Conty ſur la mort de Monſeigneur le Cheualier de Guyſe ſon frere.

Par Monſieur de MALHERBE.

MADAME,

Ne pouuant aller à ſainct Germain ſi toſt
que ie deſirerois, pour vne affaire qui
m'eſt ſuruenuë, & cependant ne voulant
pas faillir à ce que ie doy, ie m'informe
continuellemēt de voſtre ſanté. Les obligations que ie vous ay me la rendent chere : & d'ailleurs le mauuais eſtat où ie
vous ay veu partir, pour la nouuelle que
vous venez de receuoir de la mort de
Monſeigneur le Cheualier voſtre frere,
me faict craindre que le temps, quelque
bon Medecin qu'il ſoit, n'ayt de la peine
à vous y donner du ſoulagement. Ce que
i'en apprés c'eſt qu'à ſainct Germain vous
ſouſpirez comme vous ſouſpirez à Paris ;
qu'à toute ſorte d'obiects vous recom-

mencez vos plaintes; que les confolations
ne font pas mieux receuës de vous que de
couftume ; & finalement que vous eftes
bien plus differente de ce que vous eftiez
le premier iour que ce pitoyable meffage
vous fut apporté. Ie fçay bien, Madame,
que pour condamner vos larmes, il faudroit ignorer le plus iufte reffentimêt qui
foit en la nature. Les autres paffions ont
leurs bornes eftroites ; & ne fçauroient fi
peu s'eftendre qu'elles ne foient hors de la
bien feance. Celle d'aimer eft alors extremement loüable, quand elle eft extremement violente. Et fans mentir, fi iufques icy vous euffiez moins faict que ce
que ie vous ay veu faire, ie me fuffe permis de diminuer quelque chofe de l'opinion que i'ay de voftre bon naturel. Mais
auiourd'huy que l'amour d'vn frere vous
femble paffer à la hayne de vous mefme,
& faictes apprehender à vos feruiteurs
quelque mauuaife iffuë de cette obftination à vous affliger, ie ne puis que pour
l'intereft de la vertu, dont vous eftes prefque le feul appuy en cette Cour, ie ne
vous fupplie tres-humblement de treuuer bon que ie quitte la complaifance,
pour me courroucer à voftre douleur, &
vous faire voir que fans honte vous ne

pouuez ceder à vn ennemy, qui n'ayāt autre force que celle que luy donne voftre
foibleffe, indubitablement ceffera de vous
pourfuiure, auffi toft que vous aurez ceffé
de reculer. Que penfez vous faire, Madame ? où eft allee cette crainte de Dieu,
qui fi exactement vous a toufiours faict
conformer à fes volontez ? en quelles tenebres s'eft enfeuelie cette lumiere d'efprit dont vous eftes renommee entre les
premieres Princeffes de la terre ? auriez
vous efté fi nonchalante en la confideration du cours du monde, que vous n'euffiez pas recogneu que l'inftabilité defcho-
fes humaines y fait tous les iours quelque
nouueau trouble ? & que pour y treuuer
vne vie qui n'ayt iamais eu de trauerfe, il
la faut chercher parmy celles qui n'ont
duré que du matin iufques au foir ? Vous
auez l'honneur d'approcher la Royne de
fi pres, & luy rendez vne affiduité fi grande en tous lieux, & à toutes heures, qu'il
n'y a perfonne qui la cognoiffe comme
vous faites. Vous voyez que fa pièté enuers Dieu ne peut eftre plus grande, fa
bonté enuers les hommes plus generale,
ny fa conduite aux affaires plus diligente.
c'eft chofe que toutes les bouches publiēt

que toutes les plumes eicriuent, & que
fans eftre mefchant iufqu'à la rage, ou ftu-
pidité, iufques à la brutalité, il eft impoffible de contredire : & neantmoins fut il
iamais des ennemis fenfibles, côme ceux
que le malheur a donnez & donne continuellement à fon incomparable vertu?
Ie laiffe à part la mort du feu Roy : en la
perte duquel fi vne main plus forte que
celle des hommes ne l'euft vifiblement
fouftenuë, elle auoit dequoy ne fe reffouuenir iamais qu'auec larmes du contentement de l'auoir poffedé Ie ne dis rien non
plus de celle de feu Monfeigneur, Prince
dont l'inclination aux chofes ferieufes, ex-
cedent la mefure de fon âge, faifoit croire
que les interpretations de ces feux du
Ciel, que nous vifmes à Fontainebleau
fur le point de fa naiffance, tant fuffent-
elles aduantageufes, ne l'eftoient point affez, pour tefmoigner ce qu'il falloit efperer de fa grâdeur. Ie parle feulemēt de ces
broüilleries môftrueufes que luy font tous
les iours ceux mefmes à qui fes liberalitez
ont dôné plus d'occafiõ de la feruir. Cô-
fiderez-les, Madame; & depuis le premier
iour de fa Regence, lequel auec tout ce
qu'il y a de gens de bien en ce Royaume,
ie n'apelle iamais autremēt que le iour de

la resurrection de l'Estat, contez si vous
pouuez, toutes les persecutiōs que iusqu'à
ceste heure elle a souffertes, il sera mal
aisé qu'apres vn si grand exemple vous
ne supportiez patiemment que de tant
d'aduersitez dont la vie est pleine, il y en
ayt quelqu'vne qui soit paruenuë iusques
à vous. Vous me direz qu'en toute autre
afflictiō, que celle où vous estes, vous eussiez eu moins de peine à vous cōmander.
Ie n'en sçay rien, Madame: Il vous est demeure assez de personnes, de qui si vous
les auiez perduës, ie n'en doute point que
vous ne fissiez les mesmes regrets, &
ne tinssiez le mesme langage. Mais
prenons le cas que cela soit: & que de
tous les ennemis dont vous pouuiez
estre touchee, cestui-cy tienne veritablement le premier: auec quelle apparence,
Madame, exigeriez vous ou cette sub-
mission, ou cette ciuilité de la fortune
qu'ayant à vous oster quelque chose, elle voulust sçauoir de vous ce qu'il vous
desplairoit moins d'auoir perdu? est ce
vne courtoisie qu'il faille attendre d'vn
ennemy, d'vn ennemy sans misericorde
comme elle est, qu'ayant tiré l'espee pour
vous frapper, il vous demande en quel

endroiƈt vous auez enuie de receuoir le
coup? Ne ſçauez vous pas que c'eſt à elle
à choiſir de nous & du noſtre ce que bon
luy ſemble : & à nous de nous reſoudre
que la premiere occaſion où nous ſerons
emportez nous meſmes, nous luy verrons emporter le demeurant ? Ie vous
accorde que la mort de Monſieur voſtre frere eſt vne perte ineſtimable. Ie ne
la reſtreins, ny à vous ny aux voſtres. Le
Roy & la Reyne que i'ay veu dans voſtre chambre le pleorer auecque vous;
& qui ont fait l'honneur à Monſieur voſtre aiſné de luy aller rendre le meſme
office iuſques chez luy, vous ont aſſez teſmoigné de quelle affeƈtion ils
participent à voſtre douleur : toute la
Court, voire toute la France, en a fait de
meſme:& certes ce ieune Prince, qui en
la beauté du corps n'eſtoit ſurmonté de
perſonne, adiouſtoit à ceſt ornement
vne douceur d'eſprit, vne generoſité de
courage, & vne pureté de conſcience,
qui ne dementoit point l'opinion qu'on
a touſiours euë, que voſtre maiſon eſt ſi
grande, qu'elle ne peut rien produire de
petit. Mais quoy, Madame, puis qu'il
eſtoit homme, falloit il pas qu'il ſouffrit

ce qu'ont souffert tous les hommes qui
deuant luy font venus au monde, &
que souffriront infailliblement tous ceux
que les siecles futurs y verront venir apres
luy? il le falloit, Madame. Nous auons
beau estre distinguez en la condition de
viure, nous sommes tous egaux en la
necessité de mourir. C'est vne loy qui ne
reçoit ny dispese, ny priuilege. Naissions
dás la splédeur des palais, ou dans l'obscurité des cabanes, sur le drap d'or, ou sur le
fumier, parmy les tapisseries, ou parmy les
araignees, nous en sommes aussi peu
exepts d'vne façon que d'autre. Ouy, mais
il pouuoit viure quatre vingts ans, &
il est demeuré au deça de vingt six: voulez-vous Madame, estre satisfaicte sur ceste plainte? Souuenez vous de quelle hor-
loge son heure a esté sónee. N'a ce pas esté
de celle, qui faicte quand & les siecles, par
l'Auteur des siecles mesmes, gouuerne
le Soleil, cóme le Soleil gouuerne les nostres: & d'vne souueraineté absoluë assi-
gñe le commencement & la fin à tout ce
qui est d'vn bout à l'autre de l'vniuers? De
ce costé là, Madame, comme le Soleil
gouuerne les nostres, & d'vne souuerai-
té absoluë assigne le commencement & la

fin à tout ce qui eft d'vn bout à l'autre de
l'vniuers? De ce cofté là, Madame, comme
il ne faut point efperer de grace, auffi
ne faut - il point craindre d'iniuftice.
Monfieur voftre frere n'a pas vefcu ce
qu'il pouuoit viure, ie l'auouë: mais il
a vefcu ce qu'il deuoit: & fi celuy qui luy
prefta la vie eftoit contable de fes actions,
il vous feroit voir que lors qu'il la luy a
redemandee, ç'a efté fans luy faire perdre vne minute du temps qu'il luy auoit
baillee pour la poffeder. Ie ne m'arrefte
pas là, Madame: Ie veux de cette confideration vous faire paffer à vne autre.
Que fçauez vous fi pour la retribution de
fes deuotions extraordinaires, cefte prouidence eternelle, qui toufiours eft difpofee au bien de fes creatures, ne luy a point
voulu ofter le loifir de faire chofe qui peut
gafter la reputation que fon integrité
luy auoit acquife, & diminuer les contentements que fa profperité vous auoit
donnez? Il eft certain que les vertus & les
vices s'acompagnent en nos mœurs, comme font les ioyes, & les ennuys en
nos auantures. Que fçauez vous donc
fi lors qu'il eft mort, les vertus & les
ioyes de la vie n'eftoient point confu-

mez ? Et si ce n'a point esté luy faire
grace que de luy retrancher des iours
qu'il ne pouuoit passer qu'entre des vices
& des ennuys : les inclinations estoient
veritablement portees au bien : mais quels
pernicieux conseillers sont ce que la
chaleur d'vn aage où les passions sont
furieuses ? la hardiesse d'vne conditió à qui
tout semble estre permis , & la communication des compagnies faschéuses
que dans le monde il est mal - aisé de
ne voir point comme les voyant il est
impossible d'en euiter l'imitation ? La
consideration du corps n'est iamais si
forte , qu'à la fin parmy ceux qui sont
malades , on ne deuienne malade : ny
les ressorts de l'ame si fermes , qu'on
ne se corrompe parmy ceux qui sont cor-
rompus . Et puis seroit ce vne bonne
consequence, il eust tousiours esté homme de bien , il eust donc tousiours esté
heureux : il n'eust iamais faict de mal , il
ne luy en fust donc iamais arriué ? la
fortune vse imperieusement de ces affections. Elle suit qui bon luy semble : mais
elle ne s'attache à personne. Et si elle ayme, ce n'est iamais qu'auecques liberté de
hayr : quand il luy plaira : trop de gens l'ôt

accufee de legereté, trop de preuues l'en
ont conuaincuë, & l'en conuainquent
tous les iours, pour en auoir autre opiniô.
Pouuiez vous, Madame, voir tant de traits
de fon inconftance à l'endroit des autres,
fans l'apprehender en ce qui touchoit
Monfeigneur voftre frere, & vous reprefenter que tout ainfi qu'en mourant de
bonne heure, il vous a donné dequoy
murmurer de la briefueté de fa vie, il pouuoit en mourant plus tard, vous donner
occafion de vous ennuyer de fa longueur?
Ie fçay bien que la belle faifon des fleurs,
eft la promeffe d'vne belle recolte. Mais
combien de fois eft il arriué que tantoft
vne fortune de grefle, tantoft vn rauage
de pluyes, tantoft vn excez de fechereffe,
& tantoft quelque autre mauuaife difpofition de l'air, ne vous a laiffé cueillir pour
des fruits que des feüilles, & de la paille
pour des efpics? Monfeigneur voftre frere pouuoit comme Cheualier de Malte
defoler toute la cofte de Barbarie, ruïner
Alger, brufler Thunis & Bizerte, rompre le commerce de Conftantinople en
Alexandrie, refferer les Galeres du Turc
au delà du Bofphore, & donner la fouueraineté des mers du Leuant à l'eftendart
de fa

de sa Religion. Il pouuoit aussi comme
Lieutenant General d'vne armee Royale,
mettre pied à terre en la Syrie, redresser
les Croix de Lorraine en la Palestine, pôr-
ter les fleurs de lys aux dernieres contrees
des Indes, & se couronner des Palmes
plus hautes, & plus glorieuses, que ne furent iamais celles de ses predecesseurs.
Certes en cela il n'y auoit rien d'impossible, ou plustost rien qui auec beaucoup
de vray semblance ne se peut esperer de
luy. Mais, Madame, voyons le reuers de
la medaille, ne pouuoit il pas arriuer que
par quelqu'vn de ces inconueniens qui
mettent les terreurs Paniques dans les armees, la sienne se seroit mise en fuitte, &
que sans auoir part à la faute, il auroit eu
part au deshonneur? Ne pouuoit-il pas
tomber aux mains des Turcs, & se voir selon leur coustume confiné dans la tour
de la mer noire, ou plus cruellement encor estre mis en quelqu'autre prison, d'où
tout l'or du monde n'eust pas esté suffisant à le rachepter? Ces nouuelles, Madame, vous eussent esté des afflictions insup-
portables. Mais en voicy encore vne qui
n'est pas moindre. Se pouuoit-il pas faire
qu'estant sensible comme il estoit aux ai-

G

guillons de l'honneur, & chatoüillé de
la reputation de deux combats, qui luy
eſtoient auſſi glorieuſement ſuccedez,
que genereuſement il les auoit entrepris,
il en euſt eſſayé vn troiſieſme, ou teſmoignant le meſme courage, il n'euſt
pas trouué le meſme euenement ? auec
quel deſplaiſir, ou pluſtoſt auec quel deſeſpoir l'euſſiez vous veu raporter alors,
ſinon mort, au moins eſtropié pour le reſte de ſa vie, & peut eſtre ayant au lieu le
plus eminent de ſon viſage, les marques
de ſon malheur, & de l'auantage de ſon
ennemy ? Sortons, Madame, de la conſideration de ces inconueniens, & tour-
nons les yeux ſur vne infinité de maladies, qui le pouuuoient reduire en tel
eſtat, que pour ſon repos vous euſſiez
eſté obligee de faire contre ſa vie les
meſmes vœux qu'auroit ſçeu faire vn qui
l'auroit hay mortellement. Ie ſçay bien
que ſa bonne complexion luy pouuoit
faire eſperer vne grande ſanté. Mais
combien voyons nous de maux ſi eſtranges, que nous ne ſçauons ny qu'imaginer poir en treuuer la cauſe, ny qu'employer pour en auoir la gueriſon ? Feu

Monfieur le Cardinal de Lorraine, du tiltre de faincte Agathe frere de Monfieur de Lorraine qui eft auiourd'huy, fut d'vne temperature, où il n'y auoit rien à defirer. Sa façon de viure ne pouuoit eftre ny meilleure ny plus reglee qu'elle eftoit, & cependât quelles geínes, ie ne dy pas des communes, mais de celles qui font fremir les bourreaux mefmes, ne feroient preferables à ce qu'il fouffrit depuis le vingt-neufiefme an de fon aage, que fes douleurs commencerent, iufqu'au quarantiefme, que leur continuation le porta dans le tombeau ? Cette maladie fut durant vnze ans l'exercice de tous les Medecins, non pas de l'Europe, mais du monde. Des remedes ordinaires on vint aux extraordinaires. L'Eglife pria pour luy, & comme pour vn tres-grând Prince, & côme pour vn tres-digne Prelat. En fin apres n'auoir rien oublié de ce qui fe peut effayer : ce que l'on auança fut que trois ans deuant qu'il mouruft, fes tourments auec quelque diminution bien legere aboutirent à vne debilité de toutes les parties de fon corps, fi grande & fi vniuerfelle, que des fonctions de la vie, il ne luy demeura que celle de voir

G ij

& de parler. Vous en ſçauez l'Hiſtoire,
pour ce qu'elle eſt de voſtre maiſon:
Et nous la ſçauons tous, pource qu'elle eſt de noſtre ſiecle. Repaſſez là, Madame, deuant vos yeux, & vous m'a-
noüerez que ſi vous euſſiez veu Monſieur voſtre frere en auſſi mauuais termes, vous n'euſſiez guere moins donné
que voſtre vie, & qu'il euſt perdu la
ſienne dans le berceau. Toutesfois,
Madame, ſoyons tout à faict indulgens
à voſtre deſir, & nous figurons que
par vn bon heur digne d'eſtre mis entre
les prodiges, ſa ſanté auſſi bien que ſa
fortune fuſt perpetuellement demeuree
au meilleur eſtat où vous la pouuiez
ſouhaitter. Ne ſçauez vous pas qu'il eſt
du cours de noſtre vie, comme celuy
de l'année, où les premiers mois ont
le Soleil preſque ſans point de nuages,
& les derniers nuages preſque ſans
point de Soleil? Penſiez vous que vous
l'euſſiez touſiours veu tel qu'il eſtoit,
ou grand auec Monſieur voſtre ma-
ſy en la place Royale, habillé ſelon
le deſſein dont vous meſme auiez pris
la peine de faire l'inuention, & re-

gardé non moins pour la bonne grace & la iuſteſſe de ſes courſes , que
pour l'eſclat & la magnificence de ſon
entree , il faiſoit douter s'il n'eſtoit
point l'Aſtre meſme duquel il ſe diſoit
le Cheualier ? Ou quand en compagnie
de Monſieur voſtre aiſné , conduiſant
les Ambaſſadeurs d'Eſpagne à l'Audience des mariages , plein de bonne
mine , & plus brillant que les pierreries dont il eſtoit couuert , il attiroit
à ſoy les benedictions de tout ce que
nous eſtions à la galerie , & obligeoit
ceux meſmes qui le voyoient auec enuie de parler de luy auec admiration ?
Non non, Madame, la vie des hommes a ſa lie auſſi bien que le vin. Le
viure & vieillir ſont choſes ſi conjoin-
ctes, que l'imagination meſme a de la
peine à les ſeparer. Celuy qui a tout
creé, a tout enfermé dans le cercle
des Anges, afin que rien ne ſoit exempt
de leur Iuriſdiction. L'eternité n'eſt
qu'au Ciel, en la terre tout ſe change, tout s'altere : non d'annee en annee, de mois en mois, ny de ſepmaine en ſepmaine : mais de iour en iour.

G iij

d'heure en heure , de moment en moment. Nous ne fommes plus ce que
nous eftions hier : nous ne ferons pas
demain ce que nous fommes auiour-
d'huy : & defia, Madame, ie ne fuis
plus celuy que i'eftois quand ie me
fuis mis à vous efcrire cette lettre. Il
falloit qu'il ceffaft d'eftre ce qu'il eftoit,
de pouuoir faire ce qu'il auoit fait : &
que par confequent il renonçaft au bal,
aux balets , aux faueurs des Dames,
aux combats de barriere , aux courfes
de bague , & generalement à tous ces
paffe-temps où la galanterie oblige les
ieunes gens de s'occuper. Ie fçay bien
qu'il euft toufiours ouy rendre des grands
tefmoignages à fon merite : & qu'en
tant de fois qu'il euft efté queftion de
faire quelque femblable partie , on euft
fait mention de luy comme d'vn Prince , à qui autrefois les plus accomplis
auoient quitté le premier lieu. Mais
iugez s'il vous plaift , Madame , à
quels termes eft reduit vn homme ,
quand pour auoir de la gloire , il eft
renuoyé à la memoire des annees paffees, & que tout viuant qu'il eft , il

oyt parler de luy de mefme façon
que s'il eſtoit mort. Auec quelle douleur eſt-il croyable que Monſieur voſtre frere ſe fuſt veu n'eſtre plus que
ſpectateur des choſes dont il auoit
eſté la meilleure & principale part ? &
vous meſme, Madame, quand vous
l'euſſiez veu deſpoüillé, par la vieilleſſe,
des ornemens que la ieuneſſe luy auoit
donnez, vous fuſſiez vous empeſchee
de retrancher quelque choſe ſinon de
voſtre affection, au moins du contentement que vous auiez pris à le regarder ? Prenez la peine, Madame, de
vous entretenir ſur ce que ie vous dy,
& vous ne treuuerez pas qu'en ce re-
tranchement de iours, il y ayt eſté ſi
mal traicté que vous le vous figurez.
Il eſt mort ieune : mais il eſt mort
heureux. Ses amis ne l'ont gueres poſſedé : mais ſa mort eſt la ſeule douleur qu'ils ont iamais euë pour l'amour
de luy. Il a peu iouyr des douceurs
du monde : mais il n'en a pas gouſté
les amertumes. Il n'y a gueres faict
de chemin : mais il n'y a marché que
ſur des fleurs. Ce que la vie a de rabo-

teux, d'aspre, & de picquant, estoit
en ce reste d'années qu'il n'a point
veuës. Que si au genre de mort vous
treuuez dequoy murmurer, comme ie
croy que vous faictes , que s'en faut-
il que cette plainte ne soit aussi delicate que les precedentes ? Ie parle auec liberté , Madame , mais ie
pense le pouuoir faire , pource
que ie parle auec affection. Ne sçauez vous pas que la plus part des
choses du monde, ayant deux visages,
font trouuées ou bonnes ou mauuaises selon qu'elles font considerées ? &
si vous le sçauez, pourquoy ne regardez vous celle-cy du costé qu'elle
vous peut donner du contentement?
Que ne dictes vous, comme il est tres-
veritable , que Monsieur vostre frere ayant à mourir, a esté bien heureux de rencontrer vne mort qui
l'ayt exempté d'estre cinq ou six sep-
maines, ou peut estre cinq ou six mois
dans vn lict , souffrir outre la rigueur
de son mal l'importunité des remedes que l'on eust inutilement essayez
pour le guerir ? Il a eu quatres heures

pour nettoyer son ame des soüilleures
de la terre, & les a si dignement em-
ployees, que sans faire iniure a ceste bôté misericordieuse, qui n'est iamais deniee aux repentances veritables il n'est
pas possible que nous doutions qu'il ne
possede auiourd'huy les felicitez du ciel.
Quel loisir luy eussiez vous desiré d'a-
uautage? Luy pouuoit il mieux arriuer
que ne souffrir gueres ce qu'il auoit à souffrir necessairement?

Ie pense, Madame, vous auoir con-
té qu'en l'entree douze ou quinze iours
auparauant qu'il auoit faicte en vne petite
ville (& ie croy que c'estoit celle mesme, où
par vn excez de ioye il fut receu d'vne
compagnie de femmes en habit d'Ama-
zones) ayant mis pied à terre à la porte
de son logis, & s'y estant arresté pour
voir repasser l'infanterie qui estoit venuë au deuant de luy; comme quelques
vns de ce nombre infiny de Noblesse qui
ne l'abandonnoit iamais, le priassent de se
retirer de peur des inconuenients que
le plus souuent on voit arriuer à telles
& semblables occasions, il leur respondit
en riant, qu'ils ne s'en missent point en
peine, & qu'il faloit vn coup de canon

pour le tuer. Que vous femble de cela,
Madame?Pouuez vous luy eftre fi bonne
fœur comme vous eftez, & luy fouhaitter
vne autre fin que celle qu'il a declaré luy
mefme luy eftre la plus agreable ? Ie ne
fçay pas le iugement que vous en pouuez faire : mais quant à moy , puifque
par la fageffe infinie de noftre Royne
vrayement bonne , vrayement grande,
& vrayement adorable , il eft impoffible à nos factieux de reffufciter la guerre,& que pour cefte raifon Monfieur voftre frere ne pouuoit mourir en aucune
de fes actions recherchees par ceux de
fon courage & de fa profeffion : ie ne
puis prendre ce qui luy eft arriué , que
pour vne gratification de fortune , qui
le traitant felon fon humeur , a voulu
qu'au milieu mefme de la paix il y euft
en fa mort quelque image de guerre :
& fe conformant encor à ce qu'il auoit
dit, que des armes communes n'eftoiét
pas capables de luy ofter la vie, a choifi celles qu'il auoit approuuees, & que
veritablement , comme les plus furieufes, ell'a creu les plus propres à tefmoigner l'eftime qu'elle faifoit de fa valeur.
Mais prenons le cas qu'il fe fuft noyé

dans vne riuiere , qu'vn cheual se fuſt
abbattu ſous luy , & luy euſt rompu le
col, que la cheute d'vne maiſon l'euſt ac-
cablé , ou que par quelque autre accident vous en fuſsiez eſté priuee; n'euſsiez
vous pas touſiours dit ce que vous dites,
& touſiours pleuré comme vous pleurez?
ie n'en doute point, Madame. En quelque
verre que l'ō vous euſt baillé ce breuuage,
vous ne pouuiez que luy faire mauuaiſe
mine. Oſtons donc ce pretexte à voſtre
douleur, & voyons ſi elle en a de plus
conſiderables. Elle eſt trop ingenieuſe
& trop diligente pour laiſſer en arriere
quelque raiſon dont elle ſe penſe iuſtifier. Vous n'auez point veu mourir Mō-
ſieur voſtre frere. Ie m'aſſeure que ceſte
circonſtance eſt de celles où vous croyez auoir quelque ſuiet de vous arreſter.
Mais Madame, quand en cela vous euſſiez eſté ſeruie ſelon voſtre ſouhait, que
vous en pouuoit il reuſsir ny pour voſtre ſoulagement , ny pour le ſien ?
Vous l'euſsiez veu nager dans le ſang,
il vous euſt veu noyer en larmes: & qui
doute que la preſence des obiets faiſant ſon effect ordinaire ne luy euſt ac-
creu le ſentiment de ſa douleur , & à

vous celuy de voltre affliction ? Mais il
euft pris plaifir de mourir entre les fiens.
Et quoy, Madame, n'eftimez vous rien
qu'il foit mort aux bras d'vne troupe
de Gentils hommes, qui en ceft accident
furent bien à peine empechez de fe preci-
piter eux mefmes, & s'adioufter aux exemples de ceux qui n'ôt point voulu garder
leurs vies, apres auoir perdu celles de leurs
amis ? Il n'eft pas croyable, Madame,
comme auec ceft art de charmer les efprits, qui certainement eft fatal à voftre
maifon, il auoit vniuerfellement acquis
les volontez de toute cefte Prouince. Ie
vous ay fait voir les lettres que Monfieur du Vair & Monfieur de la Cepede
m'en ont efcrites, où l'expreffió du regret
qu'ils en ont eft fi claire que l'on ne peut
douter de leur affection, & d'ailleurs
l'vn eftant premier Prefident au Parlement, & l'autre ayant la mefme charge
en la Court des Comptes, vous pouuez
bien iuger que ce gouft leur eft commun,
auec vne infinité de bons feruiteurs du
Roy, dont leurs compagnies font auffi
remplies que nulle autre qui foit en ce
Royaume : cela me gardera de vous en
produire d'autres tefmoignages. Et puis,

comme fçauriez vous ignorer chofe qui
touche Monfieur voftre frere, vous qui
felon la couftume de ceux qui ayment,
ne tenez point de temps mieux employé
que celuy que vous donnez à vous en
faire entretenir ? Ne fçauez vous pas
que le lendemain que fon corps fut arriué à Arles, le peuple criant & gemif-
fant d'vne façõ qu'il fembloit apres l'auoir
perdu, ne vouloir plus rien fauuer, ar-
racha les cloux de fa biere, defcoufit le
drap où il eftoit enfeuely, & ne trouuant
aucun changement en fon vifage, en fit
faire vn portrait qui a efté mis en leur
Maifon de ville pour eftre à ceux qui viuent vn aduertiffement de ne fe laffer
iamais de le plaindre, & à leur pofterité
vne exhortation comme hereditaire d'ẽ
garder la memoire eternellement ? Ne
fçauez vous pas que cefte mefme ville
& celle d'Aix ayans difputé l'honneur
de luy donner fepulture, la refolution
que l'on a prife d'ẽ laiffer le corps aux vns,
& enuoyer le cœur aux autres, a efté le
feul expedient qui les a peu mettre d'accord? Vous le fçauez, Madame,& par confequent ne pouuant douter qu'en vn
lieu où il eftoit fi cherement & fi paf-

fionnement aymé, il ne foit mort auffi
content que dans l'hoftel de Guife vous
auez dequoy en eftre fatisfaicte, & moy
dequoy ceffer d'en contefter auecques
vous. Ie croy qu'il ne me refte plus que
l'affemblement que vous faites de l'intereft du Roy & de la Reyne, auec le
voftre. Vous preuoyez, ce vous femble, des occafions où les gens de bien
feront neceffaires, tellement qu'apres a-
uoir pleuré pour vous la perte d'vn frere, vous pleurez pour leurs Maieftez celle d'vn feruiteur, que fa fidelité, fon
bras, & fon courage leur faifoient eftimer l'vne de plus fermes deffenfes de
leur Eftat. Ce n'eft pas d'auiourd'huy,
Madame, que ie recognois comme vous
aymez la Reyne, ie fçai qu'en vos propos
ordinaires, & aux lettres où vous parlez d'elle, vous ne l'appellez autrement
que voftre bonne maiftreffe: & qui plus
eft, ie vous ay ouy dire plufieurs fois
que fi elle eftoit morte, vous ne voudriez pas viure vne heure apres. C'eft
pourquoy ie ne m'eftonne pas que vous
foyez en peine de fon repos. Nous auós
tous cefte couftume que le falut des chofes qui nous font fi cheres, n'eft iamais

ſi aſſeuré que nous n'y ſoupçonnions
quelque danger. Et certainement c'eſt là
que la peur a bône grace, ſi elle peut iamais
l'auoir en quelque part. Mais Madame
à regarder les choſes, non ſelon ce qu'elles ſemblent en apparence , mais ſelon
ce qu'elles ſont en effect, combien s'en
faut il que nous ne ſoyons ſi mal qu'on
nous le veut perſuader ? Il ſe peut faire que nos derniers feux ont laiſſé
quelque chaleur en leurs cendres. Mais
qu'y a t'il en cela qui ſoit digne des alar-
mes que nous prenons ? Quelle doute
pouuons nous faire que la Reyne qui
les a eſteins , ne les empeſche de ſe ral-
lumer ? Si nous eſtions aux premiers iours
de ſon adminiſtration, la nouueauté nous
en pourroit eſtre ſuſpecte : Mais auiour-
d'huy qu'elle a veu les affaires aux formes les plus extrauagátes qu'elles puiſſent
eſtre , & que ſi victorieuſement elle nous
a mis hors du bourbier, où noſtre fureur nous auoit precipitez , à quel propos ceſte apprehenſion ? comme ſes yeux
ſont les plus beaux du monde, ils ſont
auſſi les plus clairvoyants il n'y a nuage
qui les offuſque, artifice qui les trompe,
ny charme qui les eſbloüiſſe. Tant qu'ils

veilleront pour nous nous, affaille qui
voudra , le paffé nous doit affeurer de
l'aduenir. Au pis aller , il ne faut plus que
trois ou quattre ans au Roy , pour faire
le monde fage & chaftier ceux qui ne
le feront pas: toutes grandes qualités ont
en luy de tres-grands commencements.
C'eft vn ieune Lyon qui aura bien-toft
de la force aux ongles: & alors malheur
aux oppreffeurs de fon peuple,& aux con-
tempteurs de fon authorité : attendons
en le terme auecque patience: nous y tou-
chôs du bout du doigt. Que fi no⁹ sômes
fi malheureux qu'entre cy & ce temps la
nous ne puiffions compatir auec le repos,& que nos mauuaifes humeurs facent renaiftre quelque defordre, l'honneur qu'en ces dernieres occafiôs la Reyne a fait à Monfieur voftre aifné de le
defigner Lieutenant general en l'armee
du Roy , ne vous eft ce pas vne obligation de croire auec elle qu'il n'y a
rien que l'on ne fe doiue promettre de
fa valeur ? Ce n'eft pas vn Prince du
rang du commun. Tous ceux qui font
de fa qualité ne font pas de fon merite. La nourriture qu'il a prife dans les
perils de la guerre , où Monfieur voftre

pere

pere le mena si ieune, qu'il a presque
aussi-tost sçeu combattre que marcher
& sans mettre en compte ses autres actiôs,
aussi infinies comme elles sont infiniment glorieuses.

La seule reprise de Marseille, qu'il
osta aux seditieux le iour mesme qu'ils la
deuoient bailler aux estrangers, sont des
considerations assez fortes pour autho-
riser toute la bonne opinion qu'on
sçauroit auoir de luy. Ne luy faictes
pas ceste iniure de croire que si nous
auons des monstres, il nous faille vn autre espee que la sienne pour les exterminer. Ne desobligez ny luy, ny messieurs vos deux autres freres auecque
des plaintes qui leur facent croire, que
vous preferez ce que vous auez perdu à
ce qui vous est demeuré. La diminution
de leur nombre n'a rien diminué de leur
grandeur. Ils sont ce qu'ils estoient, &
peuuent ce qu'ils pouuoient auparauant:
consolez vous en eux, & auec eux. La
nature est satisfaicte, il est temps que la
raison soit escoutee. Les hommes qui ne
sont que vers de terre, ou pour mieux dire, qui ne sont rien, s'offencent quand
on murmure contre eux: ils veulent que

H

leurs actions soient reputees irrepre-
henfibles : & le veulent fi abfolument,
qu'il fe faut refoudre , ou d'approuuer
tout ce qu'ils font , ou de les auoir
pour ennemis. Ie vous laiffe à penfer,
Madame , comme Dieu peut trouuer
bon que nous le fousmettions à noftre
cenfure. Vous auez eu toufiours peur
de luy defplaire. Ne foyez point dif-
femblable à vous mefme en cette occafion. S'il faict des chofes contre noftre gouft, il n'en faict point qui ne
foient pour noftre bien . Ie fçay qu'il
n'eft pas raifonnable de vouloir venir à
compte auecque luy . Sa qualité d'arbitre fouuerain de nos biens & de nos
vies , y refifte : & vous fçauez trop
bien ce qui luy eft deub pour efcouter
cefte propofition. Mais quand cela feroit, & que ie vous reprefenterois qu'il
a faict naiftre des maifons de Lorraine
& de Cleues, toutes deux fi renommees,
qu'il n'y a coin de la terre qui n'en cognoiffe la gloire, & toutes deux fi grandes que l'Europe n'a point de Roy à
qui l'vne ou l'autre ne vous face appar-
tenir: Quand de voftre naiffance venant à
voftre perfonne , ie vous ferois pren-

dre garde aux graces de corps & d'esprit
qu'il vous a données, si miraculeuses,
qu'il y a dequoy vous faire plus que ce
que vous estes d'extraction : & qu'à cela i'assemblerois l'honneur qu'il vous a
faict d'estre aymee d'vne Reyne qui porte la premiere coronne du monde : &
Reyne si accomplie en toute sorte de merites, que ses vertus ne la font point regner plus sagement, que ses beautez la
font regner de bonne grace : quelle si
mauuaise estimation sçauriez vous faire
de la moindre de ses obligations, que
vous n'y soyez plus que recompensee,
non seulement de la perte que vous auez
faicte de Monsieur vostre frere, mais de
tout ce que la fortune vous sçauroit
iamais oster à l'aduenir ? Ie sçay bien que
la priuation des choses nous estant amere selon que la passion nous en a esté douce, il est mal-aisé que sans des regrets incomparables, il vous ressouuienne des
soings dont Monsieur vostre frere a continuellement obligé vostre affection. Mais
puisque l'esperance de reuoir ceux que
nous aymons est la consolation de leur
esloignement, pourquoy ne peut elle

H ij

eftre employee en cefte abfence, comme en toutes celles qui autrefois l'a-
uoient feparé de vous? il n'y a pas d'apparence qu'il doiue reuenir au monde :
Mais y en a t'il que vous ne deuiez point
aller au Ciel ? On y va, Madame, par le
chemin que vous prenez; la pieté l'y a mené la pieté vous y menera. Ce fera la qu'vn
iour auecque luy vous aurez en la fource
mefme les plaifirs que vous n'auez icy
que dans les ruiffeaux . Ce fera là que les
eftoilles que vous auez fur la tefte, feront
à vos pieds : là que vous verrez paffer
les nuees , fondre les orages , gronder les
tonnerres au deffousde vous, & alors, Madame, fi parmy les glorieux obiects dont
vous ferez enuironee, il vous peut fouuenir des chofes du monde, auec quel mefpris regardez-vous , ou ce morceau de
terre dont les hommes font tant de
regions, ou cefte goute d'eau qu'ils diui-
fent en fi grand nombre de mers ? Quelle
rifee ferez vous de les voir tantoft empef-
chez apres les neceffitez d'vn corps, auquel ils n'ont pas fi toft baillé vne chofe qu'il leur en demande vne autre ? &
tantoft inquietez de la foibleffe d'vn
efprit qui tous les iours les met en

peine de se deliurer par vn second vœu
de ce qu'ils ont obtenu par le premier?
Preuenez s'il est possible ces genereuses
pensees. Commencez à parler du monde
comme vous en parlerez quand vous
en serez sortie. Recognoissez le pour
vn lieu, où iusques à ce que vous ayez
tout perdu, vous perdrez tous les iours
quelque chose : & de ces meditations
faictes vn preiugé à vostre belle ame,
qu'ayant eu son origine du ciel, elle est
de celles qui auront quelque iour la
grace d'y retourner. Il y a enuiron deux
ans que faisant office de bonne paren-
te au Roy & à la Reyne d'Angleterre,
vous les consolastes de la mort du
Prince de Gales auec vne lettre où ie
puis dire auoir veu des conceptions &
des parolles, que ie ne vy iamais ailleurs.
Tournez auiourd'huy les armes contre
vous mesme : & vous commandez en la
mort d'vn frere ce que vous auez exigé
d'vn pere, & d'vne mere, en la perte d'vn
fils. Toute la France a les yeux tournez
sur vous, pour y voir le combat d'vne
douleur infiniement sensible, & d'vn
courage extremement releué. Les vœux
des spectateurs sont differents comme

H iij

font leurs paſſions, ſoyez du coſté de
ceux qui vous deſirent la victoire. Ce que
noſtre infortune a de plus cuiſant, c'eſt la
ioye qu'en reçoiuent nos ennemis. Les
voſtres ont eu le plaiſir de voir chance-
ler voſtre conſtance : faites qu'ils ayent
le deſplaiſir de la voir demeurer debout,
En fin, Madame, ſi vous ne voulez auoir
ſoin de vous meſme; ne priuez pas Madame voſtre mere de ce que vous luy deuez. Tant que vos larmes couleront, il
eſt impoſſible que les ſiennes s'arreſtent.
Vous n'ignorez pas qu'à prendre les choſes comme la Nature les a rangees, ſon
affection n'aille deuant la voſtre, donnez luy exemple de ſe reſoudre. Toute
la Court qui adore ſa bonté, vous en ſupplie par ma bouche : & vous ſupplie auſſi
de vous ſouuenir qu'eſtât voſtre cópagnie
& la ſienne la plus agreable relache que
prenne la Reyne en ceſt infinité de trauaux
dont nous la perſecutons, il eſt à craindre
que ſi vous continuez en l'eſtat où vous
eſtes, elle n'en reçoiue pas le contétement
accouſtumé. Il n'y a rien de ſi contagieux
que la triſteſſe, ny que plus facilement
la communication faſſe paſſer d'vn eſprit à l'autre, prenez y garde, Madame.

Le plus loüable soin que nous pouuons
auoir, c'est de contribuer ce qui depend de nous à la conseruation d'vn si
precieux thresor. Recueillons y nos
vœux, rassemblons y nos affections, &
oublions tout pour son seruice, comme
nous la voyons s'oublier soy mesme pour
nostre salut. Ie veux croire que quand
vous fermerez l'oreille à toutes les raisons du monde, vous l'ouurirez à ce qui est
de sa consideration : & qu'apres auoir esté
coniuree par vne chose qui vous est si chere comme elle est, & qui peut sur vous ce
quelle y peut, vous ne sçauriez plus rien
ouyr qui ne vous soit importun. Ce sera
donc icy que ie finiray ma lettre. Ie m'y
suis plus estendu que ie ne pensois, mais
vostre aduertissement en sera plus long:
& vous y recognoistrez mieux la fin que
ie me suis proposee, qui est,

Madame, de vous tesmoigner que ie
suis & veux estre toute ma vie, vostre tres
humble.

H iij

LETTRE DE LA BEL-
le Evocalie prisonniere au grand Po-
re Roy des Indes.

Peut estre que vostre Maiesté s'offen-
cera de voir hors de ma prison ceste
lettre, apres auoir commandé de ne laisser
point sortir celle qui l'enuoye. Mais puis
qu'on permet ordinairement, & mesmes
aux plus coupables, de dire ce qu'ils desirent, Ie vous supplie Sire, auoir pour
le moins agreable de me donner ceste liberté d'escrire en me plaignant au lieu de
celle que ie perdis en aymant. Ie ne demande pas de me pouuoir iustifier auec
des parolles, puis que mes actions passees rendent suffisant tesmoignage de mes
desseins, & vostre iugement mesme. Vous
faictes assez entédre mes iustes raisons: ie
requiers seulement qu'il soit permis à ma
douleur de vous faire entédre mes plaintes & vrayement il est bien raisonnable,
puisque vostre Majesté veut que ie souffre
ceste douleur, qu'elle endure au moins que

ie la die, à fin qu'elle puisse dire apres que
ie ne l'ay iamais meritee. Vn téps fut que
vostre Majesté receuoit de moy de doux
baisers, au lieu de propos amers qu'elle
reçoit maintenant, & des soulpirs d'a-
mour au lieu de sanglots d'affliction. I'e-
stois tousiours collee à vostre bouche, &
mieux encore à vostre ame. Que si par fois
ie m'en separois, pour soulpirer mes
amours, mes soulpirs vous estoient les
plus doux & fauorables vents qui puissent conduire au port de la felicité la plus
desiree. Et si i'ouurois la bouche pour
vous dire quelque chose, il vous sembloit
que le Ciel s'ouurist pour vous receuoir.
Mais tous ces contentemens passez, se
font maintenát changez en degousts presens. Et ie croy que ie n'eusse iamais
possedé ce grád bien que ne meritiez pas,
si ce n'eust esté pour souffrir aussi ce grand
mal que ie ne merite aucunemét:& n'eusse iamais esté la plus heureuse de mon siecle, sinon pour en estre la plus malheureuse. Malheureuse veritablement, puis que
ie suis tombee d'vn lieu si haut où l'amour
m'auoit logee, sans que ce mesme amour
desloge de ma pensee en aucune sorte.
Malheureuse, puis que les cieux permet-

tent que ma condition se change, encore
que mon affection ne se soit changee.
J'aime comme auparauant, ie brusle auec
autant d'ardeur qu'auparauant, mais non
auec autant de felicité que ie ressentois
auāt cette derniere amertume ; par ce que
celuy qui m'aymoit plus que sa propre vie,
ne recherche à ceste heure que ma mort :
ou s'il ne la desire, il la cause. Que s'il brusle, c'est du feu d'vn violent courroux, qui
consomme son amour, & mon contentement. Pleust à Dieu que ma vie de-
meurast aussi par mesme moyen consommee : car quel plus rigoureux tourment
pourrois-ie souffrir que de n'estre pas aymee, & ne l'estant pas que d'estre viuante,
& estant en vie, de mourir tousiours de
regret de ne mourir iamais ? & quel plus
grand mal me pouuoit arriuer que de ne
voir esloigner mon ame de mon corps,
au mesme temps que celle de vostre Majesté se separa de la mienne ? Ce sont icy
les peines d'vne faute où iamais ie n'ay
pensé : ce sont aussi (s'il m'est permis de
le dire) des preuues d'vn amour, qui ne
fut iamais conceu dans vostre ame ; & ie
iuge en ce changement que vous n'eustes
iamais de l'amour pour moy : ou vous en

auez eu qui n'eftoit gueres ardent: ou
s'il l'a efté, pour le moins ie fuis affeuree
que ce cœur tant immuable aux dangers,
eſt fort muable en fon amour. Dieu vueille qu'il le foit auſſi en fa colere : & ie croy
que voftre Majefté le fera, fi vous balan-
cez d'vn cofté les effeſts de celle, qui
n'a point de pareille en l'affection qu'elle
vous porte, encores qu'elle foit haye, aux
faux rapports & aux langues de ceux qui
luy veulēt du mal. Que fi vous iettez l'œil
fur vos petits enfans, miens pareillemēt,
& qui nonobftant leur peu d'âge, ne laiſ-
fent pas d'auoir beaucoup de reſſentimēt
de douleur, entendent ma iufte plainte ,
& l'iniufte rigueur du Ciel auant que d'a-
uoir cognoiſſance deux-mefmes, ie croy
que vous m'octroyerez la liberté, pour l'af-
fſtió que vous leur portez, encore qu'elle foit deniee à celle quevous porte la mere. SIRE, fi vous auez part en eux, & eux
en ma douleur, & puis qu'ils font affligez
en ma perfonne, il femble que vous deuez
auoir compaſſion de moy, en l'ayát d'eux:
& par ce moyen vous aurez pitié de vous
mefme, puifque vous poffedez le nom de
pere, & d'auſſi bon pere , comme de bon
Roy. La nature de fes enfans parle auant

que leur langue, & l'amour paternel vous
doit auoir requis de mon eſlargiſſement,
pluſtoſt que ma lettre. Et meſme ie diray
que voſtre naturelle clemence eſt ſi grande, que vous me deuez deliurer de cette
captiuité, à fin de vous affranchir vous
meſme de l'ennuy, que l'affliction d'autruy vous donne. Que ſi vous ne voulez
pas que ie doiue ma liberté à mon innocence, pour le moins que ce ſoit à voſtre
bonté de meſme que ie vous ſuis redeuable de voſtre amour paſſee, plus qu'à mon
merite. Ainſi libre de la ſorte, ie ſeray plus
eſclaue de voſtre Majeſté & de beaucoup
plus ſa priſonniere, lors que ie le ſeray
moins.

AVTRE LETTRE DE LA
belle Erocalie priſonniere, au grand
Pore Roy des Indes.

ME voyant arreſtee au lieu où ie
penſois le moins, pour choſe que
ie n'ay iamais penſee, ie viens à demander
à voſtre Majeſté amoureuſe, à elle meſme
deſdaigneuſe & refroidie. A la verité ie ne

ſçay que peuuent dire ceux qui veulent
mal à cette pauure affligee, ny que penſe
faire celuy qui luy vouloit auparauant tāt
de bien. Et ce qui me trouble d'auantage,
c'eſt que i'ignore ce que ie veux faire ou
dire, encores que ie ſçache toutes ces choſes. D'ailleurs ie ne penſe pas que ie puiſſe
rien ſçauoir des premiers, ſinon des menſonges, du ſecond ſinon de la cruauté, &
du troiſieſme ſinō le ſuiet & la raiſon d'vn
grand deſeſpoir procedant d'vne deſraiſon & d'vne rigueur remarquable. Mais
i'ay vne grande innocence pour vaincre
ceux cy, de grands gages d'amour pour
oppoſer à l'autre, & vn grand courage
pour reſiſter au dernier. Et ie croy que
les vns s'eſloigneront en moyens, & l'autre s'aprochera de plus pres en me reuoyant : & le deſeſpoir verra qu'il n'a point
de puiſſance ſur celle, qui a tant eu de pouuoir ſur vn Roy ſi puiſſant, qu'il peut toutes choſes ſur tous les hommes. I'eſtois
bien abuſee ſi cela n'eſtoit, & bien heureuſe s'il a eſté : mais combien ſuis ie infortunee, ſi cela n'eſt plus , ains combien
ſuis ie redeuable au ſort de n'eſtre plus
abuſee ? que ſi ie l'ay eſté, ie ſuis à la fin de
mon aueuglement, lors que ie me vois au

bout de ma vie : & si ie fus fortunee, ie
le fus plus par la faueur, que par le merite.
Ie le meritay plus comme obeyssante, que
comme belle, puis que pour telle ie fus re-
cherchee. Que si ie suis mal heureuse, i'o-
se bien dire que ce malheur me suit plustost par enuie, que par ma faute : ou si ie
suis miserable pour auoir commis quelque
offense, ie me confesse criminelle, par ce
que ie n'ay pas voulu l'estre, puis que ie
me suis seulement offensee moy mesme,
à fin de n'offencer le desir & l'amour im-
patient de mon Prince. Mais comment
est ce que celuy qui desire maintenant ma
mort, a iamais peu desirer mon amour?
& comment se peut il faire qu'estant tous-
jours le mesme en amour, ie ne sois pas
toutesfois la mesme pour iouyr de la premiere gloire, mais seulemēt pour souffrir
la peine presēte? Ne suffisoit-il pas à vostre
Majesté de voir ma honte, sans chercher
encore ma douleur? & ne pouuoit-elle pas
estre assouuie de ma douleur sans vouloir
d'abondant ma mort? & ma mort ne la
pouuoit-elle pas satisfaire sans la ioindre
à celle de son amour? Mais comment est-
ce que son amour peut mourir, puis qu'il
n'a iamais vescu? ou cōment est ce que son
desdain pourra viure puisque mon affe-

&ion ne meurt pas? Veritablement, SIRE,
i'ay beaucoup de fuiet de la perdre, & de
me perdre tout enfemble, & de chercher
du repos par cette derniere perte, fi ie ne
confiderois que me repofant de la forte, ie
trauaillerois pour donner du contétemét
à mes ennemis, & de l'affliction à voftre
ame, lors que la raifon vous remettoit en
la memoire, que vous ne vouluftes pas
croire à mes paroles, apres auoir veu có-
bien legerement, & à mon preiudice i'a-
uois creü aux voftres. Que fi le Ciel eut
voulu rendre les voftres auffi veritables,
qu'elles furent iuftes, vous ne tiendrez pas
maintenant voftre foupçon pour veritable, ny ma prifon pour iufte, ny ma plainte pour iniufte. Mais ie fuis en telle extre-
mité que vos parolles pleines de promeffes, & les miennes de plaintes ne me feruent d'aucune chofe: & combien que iaye
fujet de me faire mourir, vous croyez que
ie ne l'ay pas de me douloir finon de moy
mefme. N'ayez plus cette penfee, ie vous
fupplie, veu que ma confcience m'empefche bien de me plaindre de ma faute: mais
le tort que voftre Majefté me fait, me có-
trainct de me plaindre de ma prifon: non
comme foible: mais comme courageufe,

& plus courageuse que libre, & toutesfois
de toute apprehension d'estre conuaincuë. Et certainement ie ne me plains pas,
sinõ à fin d'auoir les cieux pour tesmoings
si ie ne puis obtenir qu'ils soient mes ven-
geurs : & à fin que si la terre ne me reçoit
dans son sein, pour le moins elle m'entende : car lors que tout cecy me prestera l'o-
reille, si vostre Majesté ne m'escoute, &
m'oyant si elle ne me croit, ie n'estime pas
que les cieux la doiuent iamais ouyr, ny
que la terre la doiue iamais croire. Ie ne
vous demãde pas, SIRE, que vous me tiriez
hors d'icy, veu que la iustice de ma cause
le doit faire, & la cruauté necessaire de ma
main le peut aysément, en me tirant hors
de cette vie. Ie vous prie seulement, que
vous vous repentiez, à fin que vous ne veniez apres à vous repentir de m'auoir faict
tort, & que vostre courroux n'appelle celuy du Ciel, & la fin de ma vie & de mes
maux, celle de vos biens & de vos prof-
peritez plus agreables. Ie ne vous deurois
pas conseiller cecy : mais de mesme que
i'eus pitié de vostre passion amoureuse,
alors que vous me la descouuristes, encore
que vous ne compatissez point à la peine
que i'endure, i'ay toutesfois crainte & cõ-
                                    passion

paſſion de celle, qui vous doit arriuer par
vne cruauté ſi eſtrange, ſi vous ne l'amoin-
driſſez, ou ne la baniſſez du tout par voſtre repétance. Et ie ne le fais pas auſſi, à fin
que vous ſoyez plus coulpable des maux
que vous me faictes ſouffrir en m'eſtant
plus redeuable. Ne prenez donc pas cecy
pour des parolles flateuſes, mais pour
vne ſurcharge; veu que celuy qui n'a pas
faute de droict, n'a pas beſoing auſſi de
flatteries. Et quāt à moy i'ay tant de raiſon de mon coſté, que voyant le peu que
voſtre Majeſté en a, & cōſiderant ſon ingratitude ie ne puis plus parler eſtant ſi
fort irritee, ny plus aymee eſtant deſdai-
gnee; & ſuis contrainte en meſme temps
de finir mon amour, & ma lettre, attendant que la douleur finiſſe ma vie.

LETTRE DE CONSOLA-
tion du ſieur de Malerbe à Madame
la Marquiſe de Montlort, ſur la mort
de ſon mary.

MADAME.
Vous euſſiez eu pluſtoſt de mes

I

lettres, si i'eusse creu que plustost vous
estiez capable de les lire : mais certainement iusques icy, ie vous estimois si iu-
stement occupee à regretter vostre perte,
que ie faisois conscience de vous inter-
rompre, & pensois que sans vous priuer
d'vn contentement extreme, ie ne pouuois essayer de diminuer vostre douleur.
A c'est heure que vous auez eu quelque
loisir de reserrer le debordement de vos
larmes, & recueillir vos esprits dissipez
en la nouueauté de cest accident, il est
temps que par vn tesmoignage de compatir auec vous, i'euite la mauuaise opiniõ
que vous pourroit donner mon silence,
& vous face voir que si quelques vns m'õt
precedé en la diligence de plaindre vostre
affectiõ, pour le moins ne m'ont ils point
surpassé en la verité de la ressentir. Il faut
aduoüer, Madame, que ce me seroit vn
labeur fort agreable, de pouuoir faire
quelque chose pour vostre consolation.
Vostre mal en a besoin, vos qualitez y cõ-
uient, tous ceux qui vous cognoissent, &
l'affection particuliere que ie vous ay
voüee, semble me le commander. Ce qui
m'en empesche, c'est que ie ne croy point
qu'aux plus belles parolles du monde, il

y ayt affez de perfuafion pour adoucir
vne neceffité fi amere, comme celle où
vous eftes auiourd'huy reduite, de ne
voir iamais ce qu'autresfois vous auez
veu auec autant de defplaifir. Ie fçay bien
qu'en pareilles occafions, vne des raifons
principales que l'on nous propofe, c'eft
la condition bien heureufe de ceux pour
qui nous fommes affligez. Mais ferois-ie
fi mauuais eftimateur, ou de voftre merite,
ou de l'amour que feu Monfieur le Mar-
quis vous a portee, que ie puiffe douter
qu'au milieu mefme de la beatitude eternelle, il ne retourne les yeux vers la terre,
& qu'auec quelque foufpir, il ne tefmoi-
gne que les ioyes du Ciel ne luy font
point fi cheres, qu'il ne luy fouuienne
toufiours de la gloire qu'il a euë de vous
poffeder? Ie ne veux pas nier qu'en la côpagnie où il eft à cette heure, les delices
qu'il goufte ne foient infinies : mais ie fçay
bien, Madame, qu'il en auoit d'incomparables en la voftre. C'eft pourquoy de
vouloir que vous foulagiez voftre malheur par la confideration de fa felicité, ie
n'y vois point d'apparence : & de vous
dire qu'en ce qui eft ordonné par des loix
irreuocables, le feul expedient eft de fe

dispofer à les fouffrir : ie vous eftime trop
par deffus le commun, pour vous tenir des
langages fi vulgaires. I'ay perdu affez de
chofes, qui peut eftre ne m'ont efté oftees
que pour me chaftier d'vne fafcheufe inclination que i'ay d'aymer auec trop de
violence. Mais toutes les remonftrances
qu'on m'a fçeu faire, ne m'ayans iamais de
riẽ feruy, ie ferois iniufte d'exiger de vous
vne refolution, que ie n'ay peu obtenir
de moy mefme. Le temps qui termine
toutes chofes, a efté mon remede : & fans
doute, Madame, il fera le voftre, quelque
effort que voftre obftination face de les
empefcher. La procedure en eft léte, mais
le fuccez en eft infaillible. Contribuez y
ce qui depend de vous. Ie n'entens pas
que vous oubliez voftre mary. Les obligations que vous auez à toute la maifon,
me font trop cogneuës, pour vous donner vn fi mauuais confeil : & vous trop
fage pour le receuoir. Ce que ie veux c'eft
que vous deffendiez à voftre memoire les
obiets qui ne le vous peuuent ramenteuoir, vaincuës, que fi ma confcience ne
m'affeuroit, ie douterois de quelque tache à mon innocence, de m'eftre imaginé
que mes actiõs peuffent eftre iuftes, finon

éntant qu'elles feroient conformes à voftre volonté. Car à n'en point mentir,
auec quelle apparence vous promettriez
vous que ie vouluffe expofer ma vie pour
vous feruir, fi i'auois craint de hazarder
vne lettre pour vous complaire ? Il faut
s'il vous plaift, Madame, que comme au
fcrupule que ie faifois de vous efcrire, i'ay
quitté le party de la raifon, pour prendre
celuy de voftre defir : tout de mefme fi
d'auenture vous auez pris quelque mau-
aife impreffion de ma longueur, vous en
faciez l'interpretation à mon auantage: &
confiderez que fi voftre authorité n'y fuft
expreffement interuenuë, la hardieffe que
ie prens eftoit infaillíblement vn crime
qui ne fe pouuoit expier que de mon
fang. Voftre bonté, qui non moins que le
refte de vos diuines qualitez a fait naiftre
en moy cette paffion pour le contentement de voftre curiofité, daignera la faire vaincre pour la gloire de voftre nom :
Et acceptant comme quelque meilleure
offrande le vœu que ie fais de n'auoir iamais occupation fi chere que les benedictions & loüanges de voftre incomparable merite, vous croirez que du mefme
cœur, & de la mefme fubmiffion que ie

vous rends ceſt hommage. J'apporterois
à vos pieds toutes les Courónes du monde, ſi la fortune ne me les auoit miſes ſur
la teſte. En l'eſperance que i'ay que vous
ne douterez point de cette verité, i'oſe-
ray, Madame, vous baiſer tres-humblement les mains, pourueu que i'en obtien-
ne voſtre congé. Car en cette occaſion,
& en toutes, ie vous iure qu'à iamais mon
eſprit ne penſera choſe auec mon con-
ſentement, que ie ne croye pouuoir faire auec voſtre bonne grace.

AVTRE PAR LE
meſme.

IE me doute qu'à la fin vous n'aurez pas moins de peine à m'oſter la
hardieſſe de vous eſcrire, que vous en
auez eu à me la donner. Il n'y a remede,
ie ſuis trop en colere pour diſſimuler
mon deſplaiſir. C'eſt m'auoir faiᵈ perdre
vn ſiecle de felicitez que de m'auoir retranché vne heure de voſtre preſence. Ie
ne trouue pas eſtrange que la fortune

me trauerſe. Il n'appartient qu'à ceux qui
ont accouſtumé d'é receuoir des faueurs ,
de ſe plaindre de ſes iniures. Mais ſi ainſi
eſt qu'elle me vueille continuer les teſmoignages de ſa hayne , pourquoy ne le
peut elle faire en quelque autre occaſion
qu'en celle cy ? Et puis , qu'eſt ce que ie
n'en dois apprehender au progrez de mõ
affection ſi bien à peine elle a eu le loiſir
de la laiſſer naiſtre pour commencer à la
trauailler? Voulez vous bien faire? Madame, ſoyez plus ſoigneuſe de mon ſalut,
que ie ne ſuis moy meſme, oſtez à mon
imprudence la protection de voſtre bon
naturel, & l'abandonnez à voſtre rigueur.
Ne nourriſſez point de monſtres, ils viuent trop grands, ils viuent vn iour entier.
I'appelle ainſi ma paſſion , pour ce qu'il
n'eſt pas poſſible que ſelon nature elle fuſt
en ſi peu de temps arriuee à la grandeur
où elle eſt. L'experience des fortunes paſſees me fait trembler en la conſideration
de l'aduenir:& preuoy bien qu'ayãt perdu
la carte, autant de fois que ie me ſuis em-
barqué ſur cette mer, il ne faut pas qu'e-
ſtans auiourd'huy les cauſes plus grandes,
ie m'en promette de moindres effects.
Mais que fais-ie, Madame ? i'ay beſoin de

voftre mifericorde, & ie follicite voftre
cruauté. Ce font defia des fruicts de mon
imagination gaftee. Ie feray plus fage de
vous laiffer faire, & me preparer à receuoir auecque actió de graces tout ce qu'il
vous plaira m'ordonner. Ie reuoque donc
la priere que ie vous viens de faire, & vous
en fais vn autre. C'eft que vous croyez
que ces indifcretions, quelques temeraires qu'elles foient, partent de l'ame la plus
obeyffante & la plus humiliee, à qui iamais
vous ayez permis l'honneur de vous
adorer.

AVTRE PAR LE
mefme.

MADAME,

Il femble que i'ay quelque fuiect de me
plaindre de voftre iniuftice. Ie dy qu'il le
femble, pour ce qu'ayant fait refoudre
mes volontez à s'humilier eternellement
fouslus voftres, ie ne fçaurois plus tourner

les yeux fur vous, que pour vous regarder auec admiration, ny fur vos actions
que pour en parler auec reuerence. L'iniuftice que ie veux dire, c'eft que vous
auez fait naiftre ma paffion : vous eftes
au moins en apparence, bien aife qu'elle
continuë, & cependant vous ne voulez rien contribuer à l'entretenir, comme
fi vous n'auiez defiré fon eftre, que pour
auoir le plaifir d'en voir la ruyne. Vous
pouuez bien iuger que l'honneur qu'elle
a d'eftre creature de voftre bonté, me lafait
auoir affez chere, pour ne luy rien denier
de ce qui depend de moy. Mais en quel
long efpace de temps pourrois ie auec
toute ma folicitude la fortifier à beaucoup
pres de ce que vous feriez en vn momět, fi
vous luy daigniez monftrer le moindre
traict de voftre bien-veillance ou feulement tefmoigner en quelque chofe la
diminution de voftre froideur? Ie ne doute point, Madame que me permettant
comme vous faictes, la douceur ineftima-
ble de voftre communication, en laquelle fans mentir ie voy des graces que ie
ne trouue point ailleurs, vous ne m'obli-
giez de là des moyens que iay de me rendre digne, & vous protefte que cefte con-

feſſion me part tellement du cœur, qu'autant de lettres que ie forme ſur ce papier, autant de gouttes de ſang me rou-
giſſent le viſage pour la honte que i'ay de
produire à voſtre belle veuë vne temerité que ie ne ſçaurois cacher dans des
tenebres aſſez obſcures. Mais que faudroit il eſperer de l'eſtat du monde, ſi la
prouidence infinie qui le gouuerne, &
dont vous eſtes l'vn des plus admirables
ouurages, meſuroit ſes liberalités à nos
merites? Ceſte diligence à rechercher exa-
ſtement la propoſition d'entre les bien-
faiſts, & ceux qui les reçoiuent, eſt certainement indigne d'vne belle ame comme la voſtre. Toutesfois, Madame, vous
en vſerez comme il vous plaira; s'il faut
que ie face naufrage, i'ay de l'obligation à
ma fortune, de me le preparer dans vn
Ocean ſi glorieux. Ie m'en remets entierement à voſtre diſcretion. Vous ſçauez comme ie ſuis voſtre. Cela me fait
croire, que vous recognoiſſant intereſ-
ſee en ma perte, ce ne ſeroit point ſans
regrets, que vous y apporteriez du con-
ſentement.

AVTRE PAR LE
mefme.

IE fçay bien, Madame, que de quelque cofté que fe tournent vos affections, la raifon veut que les miennes
les accompagnent: & que fi ie ne me
refiouy de vos ioyes, fi ie ne mattrifte de
vos ennuis, & fi generalemét ie ne conforme toutes mes penfees aux voftres, il faut
que ie renonce au glorieux titre de voftre tres - humble feruiteur. Toutefois
pour ce que aux loix du repect font com-
prifes celles de la fidelité, & que le mefme
deuoir qui m'oblige à vous rendre obeyffance, veut que tant qu'il me fera poffible ie procure voftre bien & voftre
repos. Ie ne croy point vous offencer ,
Madame, fi en l'occafion qui fe prefente defirant foulager voftre douleur, &
ne le pouuant faire d'autre façon , ie
me difpofe de vous dire que le fuiet
n'en eft peut eftre ny fi grand, ny fi iufte
comme voftre bel efprit femble fe l'imaginer. Il eft bien certain que de tous

les troubles de l'ame, le plus excusable
& le mieux seant à la nature, c'est le desplaisir que nous auons d'estre priuez des
personnes qui nous sont cheres:Mais il est
clair aussi que si nous n'apportiós du choix
à discerner celles que nous deuons plaindre, ce seroit nous exposer tellement
aux iniures de la fortune , & luy donner tant de prise sur nous, qu'il ne se
passeroit heure que nous n'eussions quelque nouuelle matiere de nous affliger.
Ce n'est pas à moy, Madame, de m'in-
former si celle que vous regrettez auoit
du merite : car icy comme ailleurs , vostre iugement sera la regle du mien Mais
quand elle auroit esté non parfaite, mais
la perfection mesme, l'honneur qu'elle
reçoit que vous parlez d'elle apres sa mort
& conseruez son nom en vostre memoire, c'est à dire au plus digne lieu qui soit
au monde , ne luy est ce pas vne felicité,
qui surpasse de bien loing tout ce qu'elle
pouuoit iamais esperer ny desirer? Vous
estes, Madame le principal ornement de
nostre siecle. C'est pourquoy prenant
part à son interest, & y adioustant encore
le mien , ie penserois faire vn crime assez
grãd pour m'oster à iamais l'esperãce deuo

ftre mifericorde, fi ie ne vous fuppliois &
coniurois, par tout ce qui eft capable d'efmouuoir vne ame genereufe, de vouloir
auoir foin de vous mefme, finon pour
la gloire de voftre beauté, au moins pour
le contentemét de ceux qui comme moy
la regardent auec merueille; Croyez moy
Madame, oftez ce fafcheux obiet à voftre
imagination, & n'en receuez plus de femblables à l'auenir. Donnez des tefmoignages de voftre bon naturel, mais que
ce ne foit pas à voftre preiudice: & vous
fouuenés qu'il n'y a perfonne à qui plus
raifonnablement vous deuiez de la pitié,
qu'à ceux qui en font dignes par le mauuais traictement que leur fait voftre froideur. Ie ferois indifcret, fi i'en difois d'auátage. Ie vous donne le bon foir, Madame, & m'encline a vos pieds pour les
baifer en toute humilité, fi vous me faites la grace de me le permettre.

AVTRE PAR LE
mefme

A La fin cefte belle main, cefte main
incomparable, cefte main à qui mon

imaginatió ne peut dóner des qualitez qui
satisfacent ny à son merite, ny à la passion
que i'ay de l'adorer : ceste main plustost
perfection que parfaicte, plustost miracle
que miraculeuse , a daigné prendre la
peine non seulement de m'escrire,mais de
m'escrire que ma treshumble seruitude lui
est agreable. Elle a voulu qu'apres tant
de suiects de me plaindre, i'en eusse quelqu'vn de me cósoler. C'est a ce coup,Mada-
me, que par le glorieux effet de vostre
bonté ie me puis à bon escient reconci-
lier auec la fortune, & que si iusques à
cest' heure i'ay murmuré contre elle, i'ay
de quoy luy pardonner auecques les iniures passees toutes celles qu'elle me sçauroit faire à l'aduenir. Ie ne doute point
que vous ne vous estonniez de la
confusion dont ie vous escry . Mais
comme voudriez - vous qu'vne ame en
desordre comme la mienne, peût donner
de l'ordre à ses parolles ? Trouuez bon
s'il vous plaist, Madame, que ie vous
face paroistre comme ie puis, ce que
ie ne vous sçaurois celer qu'auec
ingratitude ; & ne vous persuadés pas
que mon contentement, quelque extreme qu'il soit, ny en ceste occasion, ny

en aucune autre, ayt aſſez de violence
pour me faire ſortir du reſpect que ie vous
ay iuré: ie ne ſuis pas de ceux qui ne
craignent le Ciel que quand il tonne.
Quelque grande que ſoit la bonaſſe,
il me ſouuient touſiours de reuerer le
lieu d'où vient la tempeſte. Et puis
comme il eſt difficile que la mauuaiſe opinion que ie puiſſe rien interpreter à mon aduantage, que ſçay ie ſi vous
m'auez point fait ceſte faueur, pour eſtre
le contre-poids de quelque douleur extraordinaire dont vos rigueurs ſe prepa-
rent à m'affliger? Il en ſera ce que vous or-
dónerez, Madame, ie ne veux ny mal pé-
ſer de voſtre bon naturel, ny mal augu-
rer de voſtre bóne fortune. Mais en quelque façon qu'il vous plaiſe diſpoſer de
moy, pour le moins auray ie touſiours
en ces belles lettres vn obiect pour fortifier ma patience contre toute ſorte d'accidens, & me confirmer en l'affection que i'ay de rapporter toutes mes
actions à voſtre gloire. Ie baiſeray quand
il me plaira l'ouurage en memoire de la
belle ouuriere qui l'a produite. I'en baiſeray le cachet, la ſoye, & le papier: & n'y aura petit charactere en

toute ceste diuine escriture à qui ie ne
donne quelque loüange & quelque benediction particuliere. Mais ie ne m'ap-
perçoy pas que ie retourne au transport
d'où ie voulois sortir : & que par ceste in-
discretion, auec laquelle ie vous represēte
ma ioye, ie pourrois faire en sorte que vous
ne m'en donneriez iamais d'autre. Ie finis
donc, Madame, & vous supplie tres humblemēt de croire que puisque vous me faites l'honneur d'approuuer ma resolution
d'estre vostre treshūble & tres fidelle seruiteur, il n'y a cōditiō au mōde si perilleuse
auec laquelle ie ne sois prest de la meriter.

AVTRE PAR LE
mesme.

IE ne me suis iamais promis, Madame, de
receuoir grands tesmoignages de vostre biē veillance. L'inegalité de vostre merite & du mien est vn obiet qui ne me part
point de la memoire , & par consequent il
n'y a gueres d'apparence que ie me doiue
donner ceste vanité mais sans mentir ie
ne croyois pas qu'il se peust faire des
lettres

lettres si froides comme vos dernieres, telles qu'elles sont, l honneur qu'elles ont
d'estre vostres leur est vne si chere & si
glorieuse recommandation qu'il ny a respect au monde, auquel ie n'aymasse mieux
faillir qu'à celuy que ie leur doy. Ie leur ay
fait le mesme accueil qu'aux premieres, ie
les ay leuës & releuës auec admiration
de la diligence dont vous auez sceu esuiter les paroles qui me pouuoient donner
du contentemét, mais tousiours auec ado-
ratió de ces belles mains qui n'ont point
desdaigné de me gratiffier de leur ouurage. Ie sçay bien, Madame, que vous me
pouuiez escrire quelque chose de plus
agreable; mais quand vous ne m'escririez
du tout point, & que l'impatiéce me voudroit emporter à quelque murmure, ne
me dois ie pas souuenir que vous & moy
sommes en des extremitez si esloignees
qu'autre que le mesme esprit que l'ordre
du monde fait presider sur les passions,
& en exciter les mouuemens, n'est capable de les approcher ? Non, non,
Madame, soyez froide, soyez rigoureuse, soyez cruelle, mon affection
pour cela ne sortira point de son assiette:
elle est en vn port où les vents ne luy

K

peuuent nuyre de quelque eofté qu'ils
fouffrent. Ie vous reprocheray bien toufiours que vous l'auez fait naiftre, pour
vous conuier à ne luy faire pas le mauuais traictement que voftre humeur
vous confeillera ; mais mon indiſcretion ne paſſera iamais plus outre. Viuez
heureuſe, Madame, c'eft le premier
vœu de voftre tres-humble & tres-fidelle feruiteur.

AVTRE PAR LE
mefme.

IL n'y a, Madame, que les mauuais
fuiects qui mettent en auant leurs priuileges quand il eft queftion du feruice de
leur fouuerain. Ie ne fuis point de ce
nombre. Ceft pourquoy quelque difpen-
fe que me femble donner le lieu de ma
naiffance, ie ne l'employeray iamais contre l'authorité abfoluë que vous auez fur
mes volontez. La fortune me rit icy parmy de petites affaires que ma conditiõ me
peut faire eftimer grandes, toutefois ce
ne font point chaifnes capables de me re-

tenir, puifque vous me faites l'honneur
de m'appeller. Toute la grace, Madame
qu'en cefte occafion ie defire obtenir de
vous, c'eft que puifque pour eftre fi fraif-
chemét arriuee, vous eftes encore occupee aux compliments de ceux quivous viennent vifiter, & que fans doute il vous
faut perdre cinq ou fix iours en ces importunitez; vous me donniez le mefme terme de vous aller trouuer, & vous affeu-
riez que ny en ce commandement, ny
en aucun autre dont vous me daigniez
honorer, il n'y aura iamais confideration
qui me puiffe reduire à la neceffité devous
defobeyr.

AVTRE PAR LE
mefme.

CE n'eft point icy la refponfe de voftre lettre, c'eft la côfeffion du plus
grãd & plus extraordinaire trãfport où fe
trouua iamais vne ame touchee de la mal-
heureufe paffió à laquelle vous m'auez af-
fujety. Vo° eftes toufiours belle, toufiours
incôparable,& toufioursdigne de l'éuie de

voftre fexe, & de l'admiration du noftre?
Mais, Madame, foit que mô affectiô s'au-
gmête, foit que mô iugemêt s'efclairciffe,
vous m'auez femblé ce foir auoir quelque
chofe au delà de l'ordinaire, & vo⁹ furpaf-
fer vous mefme autant que vous furpaffez
les autres auparauât. Iugez s'il vous plaift
auec quelles imaginatiôs, quelles ardeurs,
& quels rauiffemens ie fuis reuenu au logis. Ie ne fçay, Madame, ny flatter ny métir, mais ie ne croy point que vous ayant
veuë de cette façon, ie ne me puiffe glorifier d'auoir veu la beauté mefme affife en
fon throfne, & le fceptre à la main, dônant
imperieufement fes loix aux courages les
plus outrecuidez, & attachant des chaifnes aux efprits les plus opiniaftres en la
conferuation de leur liberté. Que voulez
vous, Madame, que ie vous die dauâtage?
quand vous feriez feruie de tous les Roys
de la terre, vous ne le feriez iamais comme vous meritez. Ie croy bien que la recherche que ie fais d'vne chofe, où ie tiés
le refte du monde indigne de paruenir, eft
vne condemnation de ma temerité, mais
ie n'y fçaurois que faire. Ce dernier coup
eft trop fenfible pour le pouuoir diffimuler. Et puis vous fçauez bien que ie ne prés

point de hardieſſe à quoy voſtre bonté ne
m'ayt conuié par vne infinité de commandement. Quand vous reuoquerez
ceſte grace, ie ne ſuis pas ſi mal aduiſé que
ie ne ſçache biē faire ce que vous ne vou-
drez point ouyr. Bon ſoir, Madame, Dieu
vous donne meilleure nuict que celle qui
m'eſt preparee. Iuſques icy ie m'eſtois vā-
té de ne ſçauoir que c'eſt que d'inquietudes, mais ie voy biē que ie ſuis ſur le point
de l'apprendre à bon eſcient.

AVTRE PAR LE
meſme.

SAns mentir, Madame, ie penſois que
ma derniere lettre m'euſt ſi bien iuſti-
fié de ce que i'auois eſté ſi long temps à
vous eſcrire, qu'infalliblement ie deuſſe
obtenir de vous vne declaration de mon
innocence. Toutesfois, puiſque vous
auez trouué plus à propos de me pardonner que de m'abſoudre, ce m'eſt tout
vn de quelle ſorte vous me faciez paroiſtre les effets de voſtre bonté. Vous
auez le choix de me traitter comme bon

vous femble, & moy la neceffité d'approuuer tout ce que vous m'ordon-
nez . Ie reçoy donc ,non auecque fatif-
faction feulement , mais auecque gloire,
la grace que me faict voftre mifericorde , & vous remercie d'vne faueur dont
l'Eloquence mefme ne fçauroit exprimer
le reffentiment . Mais pour cela , Madame, ie ne laiffe pas de me plaindre, que
vous reuoquiez ma fidelité en doute , &
que de peur de me trop obliger, comme vous dittes, vous offenciez vos belles qualitez , en ne me croyant pas capable de conferuer , auffi bien que d'acquerir. Ie me fuis toufiours foubmis, &
me veux eternellement foubmettre à la
cenfure de voftre iugement: mais quand
vous direz quelque chofe où vos loüanges auront de l'intereft, vous ne permettrez , s'il vous plaift, de vous contredire , & me difpenferez que pour
vous, i'ofe murmurer contre vous mefme. Vous auez des froidures incroyables, des iniuftices extraordinaires, & des
rigueurs qu'vn qui ne vous refpecte-
roit pas comme ie fais appelleroit des cruautez. Mais auec tout cela, ferois-ie fi
mal aduifé, qu'ayant eu le gouft de cet-

ce douceur incomparable, qui eſt en voſtre communication, ie peuſſe tranſpor-
ter ailleurs l'affection que ie vous ay
voüee, & faire comme ces intelligences
que l'on dit eſtre deſcendues au monde
pour eſſayer les plaiſirs des hommes, &
chercher aux vaines delices de la terre
quelque choſe de plus doux, qu'aux felicitez incomparables du ciel? Non, non,
Madame, fiez vous comme vous deuez
de voſtre merite, & vous ne vous deſfie-
rez point de ma côſtance: les beautés vulgaires peuuent auec apparence craindre
d'eſtre vulgairement aymees. Les voſtres ſont hors de ce rang, & par conſequent hors de ce danger. Il eſt mal-
ayſé que le courage du monde le plus
laſche, ne diſpute ſa liberté deuant que
de la rendre, mais quand elle eſt perduë
en de ſi belles mains comme les voſtres,
n'y a t'il plus de raiſon de ſe repentir de
l'auoir trop gardee, que de faire des efforts inutiles pour la recouurer? Ie ne
continuë point d'auantage ce diſcours,
pource qu'il me faudroit dire des choſes, auſquelles voſtre modeſtie vous feroit fermer les oreilles. Ie m'en vois faire place à quelque obiect qui vous ſera

plus agreable que mes importunitez. Bon
foir, Madame, trouuez bon qu'au moins
en imagination ie me profterne à vos
pieds pour les baifer, & puifque voftre
humeur eft portee aux vanitez, comme ie
penfe vous auoir ouy dire, fouuenez vous
que vous ne fçauriez iamais rien aymer de
fi grand , comme l'affection inuiolable
que i'ay de vous eftre toute ma vie tres-
humble & tres fidelle feruiteur.

AVTRE PAR
le mefme.

IL y a tantoft fix femaines, Madame,
que i'attens de vous la refponfe d'vne
lettre. Ie m'en voudrois plaindre, & penferois le pouuoir faire auec quelque pretexte, mais fans mentir depuis ce malheureux accident, dont la memoire me tient
en continuelle frayeur, ie me fuis propofé
de vous rendre mes actions fi nettes, que
pluftoft voftre mifericorde ayt fuiet de me
blafmer de peu de courage que voftre iuftice de me punir de trop de liberté. Il me
fuffit d'auoir veu vne fois vos beaux yeux,

& voftre belle bouche efclairer & tonner
côtre moy, c'eft vn fpectacle où ie ne veux
iamais retourner. Toute forte deuents me
doiuē teftre fufpects, apres m'eftre veu fi
presde faire naufrage. Ie ne puis nier, Madame, que ie ne tiēne vos lettres entre les
chofes du mōde qui me font les plus cheres: mais fi ie murmure de ce que ie n'en
reçoy point, n'eft-ce pas vous faire croire
que i'ay quelque opinion d'en eftre digne,
& par confequent retomber au crime de
prefomption que vous me venez de pardonner? Et en fin, que fçay-ie fi vous im-
portunant de m'efcrire, ie ne vous folicite
point de m'ofter ce peu qui me refte d'efperance, & ruiner tout a fait des imagi-
nations qui me font fi precieufes que fi ie
les auois perduës ie ferois content de ne
viure pas vne heure apres ? N'ay-ie pas
affez de tefmoignage du peu d'inclination
que vous auez en mon endroit, fans vous
preffer de m'en donner d'auātage? Depuis
quand ne feriez vous plus rigoureufe, plus
cruelle, plus inexorable, ou pour comprendre tout en vn mot, depuis quand ne
feriez vous plus vous mefme, pour vous
laiffer perfuader de m'efcrire quelque
chofe de plus agreable & plus obligeant

que ce que vous m'auez efcrit par le paffé.
Mais que fais-ie, Madame?ie ne m'aperçoy
pas que pendant que ie vous confirme le
refpect que ie vous porte, ie diminuë
vos loüanges, en me figurant que vous
foyez quelque rocher infenfible, & oftant
du nombre de vos diuines qualitez celle
d'eftre pitoyable, qui eft fans difficulté la
plus haute & la plus excellente dont vne
ame genereufe fe puiffe glorifier : Ie fçay
bien que felô voftre couftume vous direz
que vous ne pouuezvous affeurer de moy
que fur des paroles. Ie fuis d'accord auec
vous de mon peu de merite, & du peu de
pouuoir que i'ay de vous feruir. Mais fi
crois-ie bien que quelque defaut quevous
trouuiez en ma fortune, vous n'en foup-
çonnez point en mon affection. Et auec
cette vanité, Madame, i'oferay vous fupplier tres humblement de treuuer bon
que me laiffant aller à ce que la paffion me
confeille, ie vous demande trois ou quatre lignes de voftre belle main. Ie ne vous
parle point de me rien efcrire qui me plaife : efcriuez moy ce qui vous plaira,pour-
ueu que vous m'efcriuiez il me fuffit. Si
les fimples froideurs nevous contentent,
adiouftez y des glaces:i'adoreray fans ex-

ception tout ce qui viendra de voſtre part.
Mais ſur tout, Madame, ne faictes iamais
cette iniure à ma diſcretion de croire que
ſi ie recherche de vous quelque preuue
de voſtre bien-veillance, ce ſoit pour autre occaſion que pour me cōtinuer le deſir que i'ay de publier voſtre gloire, &
m'exciter à ce labeur par quelque ſorte
d'obligation. Tout voſtre ſexe void auec
enuie admirer vos perfections, il faut
qu'auec rage il oye reciter vos loüanges.
Ce me ſeroit vn regret perpetuel d'eſtre
priué d'vn ſi digne ſubiect comme le beau
nom de Caliſte:mais auſſi ne crois ie point
qu'ayant cette magnanime ambition que
vous auez, vous n'euſſiez quelque iour
vn deſplaiſir extreſme de n'auoir employé la volonté que me dōnent vos merites de vous ſeruir en vne ſi loüable occaſion. A Dieu, Madame, iouyſſez des felicitez que vous ſouhaitte voſtre tres-humble & tres-fidelle ſeruiteur, il ne vous re-
ſtera gueres de vœux à faire.

AVTRE PAR LE
mesme.

MADAME,

Ie ne ſçay quel iugement vous faiƈtes de
moy : mais il eſt certain que ſi ie ſuis re-
meraire à m'imprimer des affeƈtions, ie
ſuis aſſez retenu quand il eſt queſtion de
les deſcouurir. C'eſt infirmité que de cómettre des fautes, aueuglement que de ne
les cognoiſtre pas : mais prendre plaiſir
d'en faire monſtre, c'eſt à mon aduis de
toutes les preſomptions la plus imperti-
nente, & la moins excuſable qui ſe puiſſe
imaginer. Tournez vos yeux ſur vous &
ſur moy, c'eſt à dire ſur les deux plus iné-
gaux, & plus abjeƈts qui ſoient au monde.
Regardez vous d'vn coſté plein de toutes
les graces admirables, que par vne glorieuſe emulátion, la nature & la fortune
peuuent donner à voſtre ſexe : & de l'autre, voyez moy deſnué de toutes qualitez
dont le voſtre peut tirer quelque recommendation : vous me confeſſerez que les

difficultez que ie fais de vous escrire sont
si iustes, qu'elles ne le sçauroient estre d'a-
uantage, & que ce que vous blasmez en
moy comme longueur & paresse, y doit
estre loué comme respect & discretion.
Toutesfois, Madame, puis que par le cõ-
mandement qu'il vous plaist me faire, ie
me trouue reduit de l'election à la necessité, & qu'il semble qu'auec le contentement de me voir souffrir, vous affettiez
celuy de m'ouyr plaindre, ie recommen-
ceray pour le desir de vous complaire, ce
que i'auois discontinué pour la crainte de
vous importuner. C'est vn labeur dont
iusqu'à cest heure i'ay recueilly si peu de
fruict, & dont i'ay encore si peu de sujet
de m'en promettre à l'aduenir, que si i'a-
uois quelque soin de moy-mesme ou ie
me reposerois du tout, ou ie ferois quelque poursuitte qui auroit plus de proportion à ma foiblesse. Mais ayant tousiours
mis l'acquisition de vos bonnes graces au
nombre des choses qui se doiuent rechercher auec des efforts & des patiences extraordinaires, ie suis content de m'opi-
niastrer contre le mauuais succez, & me
persuader que c'est estre parfaittement sage, que d'estre parfaictemēt furieux pour

vne si digne passion. Voicy donc, Madame, vne confirmation des asseurances
que ie vous ay tousiours donnees de mon
obeyssance. Ce n'est rien, mais c'est assez,
puisque c'est ce que vous auez demandé.
Si quelque iour solicitee par vostre bonté,
vous permettiez à l'affection que vous
portez de s'estendre iusques à l'ouurier,
ce me seroit vne felicité qui passeroit
les vœux les plus grands & les plus outrecuidez que i'oserois iamais faire , mais il
n'en fera rien. C'est vostre vanité d'estre
cruelle , comme la mienne d'estre con-
stant: vous serez tousiours ce que vous
estes, dure & inexorable à me mal traicter,
& moy tousiours ce que ie suis, ferme &
inuariable en la resolution de vous bien
seruir. Bonsoir Madame , ie vous baise
tres-humblement les pieds ; s'il y auoit
quelque chose au dessous ce seroit mon
ambition de m'y abaisser.

AVTRE PAR LE
mesme.

S'Il est vray que la misericorde de Dieu puisse estre tellement offencee qu'il se trouue des pechez dont elle ne donne iamais grace , & que neantmoins ceux qui en parlent nous la figurent infinie & incomprehensible : Ie ne sçay, Madame, quelle assez digne qualité ie puis attribuer à la vostre, apres auoir obtenu la remission d'vn acte le plus lasche, le plus desloyal, & pour dire en vn mot, le plus irremissible qu'il soit possible de s'imaginer. Il est bien certain que si à la temerité de l'auoir commis, ie voulois adiouster l'impudence de le deffendre, i'ay pour moy ceste excuse cómune à tout le monde, que l'amour est vne maladie furieuse, & que par consequent la raison & luy sont incompatibles. Mais auec quelle asseurance entreprendrois ie de persuader à vn iugement clair & net

comme le voftre, qu'vne bonne caufe de
mauuais effects, & qu'il forte des iniures
& des offences d'vne paffion qui ne confeille iamais que l'obeyffance & le refpect?
Non, non, Madame, l'efprit par qui ie fus
porté à cette rebellion contre vous fut celuy mefme qui dés le commencement du
monde folicita les Anges de fe reuolter
contre leur Createur. Par la mefme voye
qu'il leur fit perdre les felicitez du Ciel, il
fe figura qu'il me priueroit de celles devoftre bonne grace : & l'euft faict fi auec vne
clemence vrayement admirable. Vous ne
l'euffiez empefché d'y paruenir, vous ne
fuftes pas fi toft en colere que vous en
fortiftes, & retournant à voftre douceur
accouftumee, fiftes voir combié il eft mal
ayfé que nous demeurions long temps en
vn eftat qui ne conuient point à voftre
naturel. Ce qui refte, Madame, pour l'accompliffement d'vne action fi genereufe,
c'eft que par l'oubly vous terminiez ce que
vous auez commencé par le pardon : &
que pour iamais impofant filence à voftre
iuftice, vous me faciez cognoiftre qu'à bô
efcient vous defirez que les chofes foient
aux termes où elles eftoient auparauant.
I'ay failly, Madame, & failly fi extraordi-
nairement

nairement que si i'auois trahy mon Roy,
vendu mon pays, & generalement violé
toute sorte de loix diuines & humaines, ie
ne penserois pas estre coupable comme ie
suis. Mais auec tout cela si vos beaux yeux,
à qui tout est penetrable, prennent la peine de regarder au fonds de mon cœur, ils
y trouueront voste image si entiere, qu'ils
la iugerôt auoir esté plustost approfondie
qu'effacee par ses violences: & finalement
ils vous rapporteront auec verité, que
vous n'auez iamais regné sur mes affectiós
absolument & souuerainement comme
vous y regnez auiourd'huy. Ces considerations, Madame, n'estans point si foibles
que de soy mesme elles ne puissent vaincre toutes celles du party contraire, iugez
ce qu'elles feront si vous les fortifiez de
voste assistance, & les fauorisez de la protection de vostre bonté. Faictes le, Madame, faictes le, miracle du monde, ostez à
mon ame ce qui luy est demeuré du desordre où ce malheureux mouuement
l'a reduite. Rayez cette histoire abomi-
nable du nombre des choses aduenuës,
& si mon crime a consommé tout ce
que mes seruices me pouuoient auoir
acquis de merite, trouuez bon que mal-

L

gré luy ie puiffe efperer quelque recompenfe de ceux que ie me propofe à l'aduc-
nir. Ie vous en conjure ma Royne, ie vous
en conjure ma Deeffe, auec toute forte
de tres-humbles fubmiffions. & vous fupplie à mains ioinctes de me tendre la permiffion de baifer les voftres : fi ce n'eft
pour m'obliger, au moins pour auecque
leur attouchement me purifier la bouche
de tant de blafphemes, & la preparer aux
benedictions qu'eternellement ie veux
donner à la gloire de voftre nom.

DERNIERES PAROLES

D'VN PRINCE.

Q V'eft cecy, faut-il que'ie facrifie fi
fouuent au malheur le fruict de
tant de peines? puis ie fentir les douleurs?
voir l'injure? tenir le filence? ne me plaindre? toutesfois ie croy que c'eft la main
de Dieu qui me touche. Ie la deurois fentir plus pefante fans murmurer: car quand

il redoubleroit le nombre des fleaux que ie reçoy de luy, l'innombrable multitude neantmoins de mes fautes ne feroient dignement expiees,& meriteroient plus de iuftice que de pardon. Mon Dieu ie fouffre tout foubs voftre nom : affiftez moy de voftre grace dans ces afflictions, & ne laiffez ployer ma conftance foubs le faix de tant de miferables tribulations.

De vray elles femblent aigres au fens humain, mais ie les trouue douces fous voftre protection. Que ie fuis redeuable à mon Dieu dequoy il daigne vifiter fa crea‚ture! I'ay receu de luy à ma naiffance nourriture, & à la recherche des grandeurs mondaines, des graces particulieres, & des faueurs fignalees, qui furpaffent mon merite. Il m'a donné des richeffes, des amis, & des feruiteurs, pour rendre mon nom fi cogneu, & illuftre, qu'on n'a point fujeét de me blafmer, ny mes actions. I'ay eu de grandes charges, des honneurs, & des heurs incroyables, qui n'eftoient proportionnez, ny auec ma condition, ny auec ma ieuneffe,& où vn plus grãd efprit que le mien fe fuft perdu; toutesfois Dieu m'a mené par la main à la preuoyance de mes affaires,à la conferuation des armees,

au respect & à la crainte de son nom. Mon
Dieu que de graces à vn pauure pecheur,
que d'obligatiõs immortelles à vn homme mortel, que de benedictions & prof-
peritez à vne simple & pauure creature!
I'en ay plustost abusé qu'vsé; & plus souuent prouoqué vostre courroux à me les
oster, que vostre douceur à les deffendre
de la disgrace & de l'enuie. Vous auez
long temps toleré mes fragilitez & mes
imperfections, & m'auez souuent depuis
deux ans en ça tesmoigné des courroux
de vostre iustice, & des gages de voste
patience. Vous auez regardé mes pechez
d'vn œil plein de grace. Vous m'auez appellé à la cognoissance de ma fragilité à
ces dernieres miseres : auiourd'huy encore vous entrez chez moy pour me sauuer
& consoler en cette maladie. O pitié sans
mesure! & bonté qui ne peut receuoir cõ-
paraison qu'auec soy mesme, donnez moy
des discours plus qu'humains pour vous
remercier. S   .arez des sens exterieurs les
plus sainctes conceptiõs de mõ ame, pour
les employer toutes à la meditation de tãt
de vos faueurs & de vos graces, & de tant
d'offenses commises par moy pauure pecheur. Faictes, s'il vous plaist, que comme

voftre mifericorde paffe les bornes de noftre malice, la lumiere de noftre iugement
& raifon, ma repentance eftant affiftee de
voftre grace, face en ma fin des miracles,
efmouuant tous ceux qui les verront aux
larmes, à la patience, au deüil, à la ioye, &
à la mort. I'ay en fin retiré, ô mon Dieu,
mes yeux & mes penfees du monde, fi ce
n'eft que pour vous feruir de moy, vous
m'y vueillez encore remettre. Si mes œuures y fontvtiles au bié de maReligió, i'ac-
cepte les peines, & treuue douce la charge que i'ay autresfois euë de la deffendre.
Ie renonce à toute ambition, & n'ay foin
plus poignant que voftre gloire, & le falut
de mon ame.

Quāt à vous, mes Peres, ie vous ay choi-
fis pour m'introduire tout ce qui me peut
mettre en la grace de mó Dieu, & me retirer du gouffre des precipices de tāt de pechez mortels, au rapport des iniquitez que
ie defcouure à ma confeffion. Vous eftes
mes iuges, il fera vn iour le voftre, fi vous
me cachez ce qui eft devoftre deuoir & du
miē. Que fi ie fuis trop foible pour faire la
penitéce égale, & proportionnee à la grādeur de mes pechez, ie remettray entre les
mains de la foy, & de la charité ce que ie ne

puis meriter auec les œuures. Ie ne mefprife point les remedes de la fanté, entant
qu'ils font recommandez du Ciel : mais
la fatisfaction de confcience va deuant
l'ordre de toutes mes penfees. Trauaillez
fi bien que vous & moy n'en foyons point
coupables lorsqu'il me faudra fortir d'icy.

Mes bons amis, il nous faut icy feparer:
voicy les adiournemens derniers : il faut
mourir, & demeurer vaincu fur le champ,
pour eftre plus glorieux vainqueurs. Pour
vne goutte de mon fang vous en euffiez
refpandu mille du voftre, & employé vies
& biens pour m'affranchir de la moindre
douleur: maintenát vos forces font vaines,
vos armes inutiles, & les vœux de tant
de gens de bien demeurét fteriles, lefquels
voudroient racheter ma vie au peril de la
leur. Mó heure eft venuë, mó Ange m'appelle: ie quitte les guerres ciuiles, pour aller plus loin iouyr du repos d'vne paix immortelle Ie vous laiffe auec mille regrets
de ne pouuoir d'auátage pour vous. Quád
ie ferois plus lóg téps en ce móde, ie n'aurois iamais tant de moyens que i'ay de volonté & d'obligation à vous recognoiftre
Voftre felicité a obligé les miens à fe feruir de vous, & tous autres de publier vos

valeurs & proüeſſes. Ie meurs glorieux
d'auoir fait vn ſi heureux rencôtre d'amis:
& me conſole, partant d'icy, de vous voir
tous enſemble portez apres ma mort
au ſeruice du Roy, & de mon frere qui a
du courage & des moyẽs aſſez pour vous
employer. Ie luy laiſſe les miens, à condition qu'il vous en departira comme à ſes
plus chers & fidelles amis, & vous conjure de l'aſſiſter comme moy meſme. Donnez moy la main, hauſſez la tous enſéble,
car ie vous cognois gens de foy, & ſçay
que me donnant voſtre parole, vous la tié-
drez chere & inuiolable apres mes cédres.
Cette aſſeurance me conſole beaucoup à
ceſt Adieu.

Vous mon frere, ſi vous auez creu que
ie vous aye aymé receuez, ie vous prie, à ce
coup mes parolles comme venans d'vn
frere, & intime amy. Entre les plus chers
threſors que ie vous laiſſe, ce ſont ces genereux & vaillans Gentils hômes. Ie ſçay
qu'ils ne vous manquerôt iamais. Aymez
les, cheriſſez les comme mes premiers &
certains amis qui m'ont aſſiſté le mieux,
& que i'ay le moins recogneus. Puis qu'ils
ſe ſont donnez à moy, comme de choſe
mienne, ie vous en fais mon heritier. Ay-

mez les au nom de Dieu, & les tenez pour
fi telles; & ie vous asseure qu'ils sont si ac-
coustumez & naiz à bié faire, qu'ils nevous
trôperont iamais. Ie vous côiure enfin par
le nô que ie vous laisse, les tesmoignages
signalez qu'auez receu de moy, & l'hôneur
qui vous oblige à ma memoire, ne les oublier point. Promettez-le moy, mô frere,
ensêble quevous ne vous separerez iamais
de l'Eglise Catholique, Apostolique, &
Romaine. Et sur tout ie vous prie d'obeyr
à nostre Roy, & n'espargner vie, biens, ny
rien qui depêde de vous pour son seruice:
car outre que vous le luy deuez, vous en
serez tousiours plus estimé des gens d'hôneur, & plus satisfait en vous mesme. I'appelle Dieu à tesmoin & le prie se vêger de
moy en vostre presence, si i'ay oncques eu
autre dessein que de seruir à Dieu, à son
Eglise & à vn Roy tres Chrestien. Au reste
si vous auez à obseruer quelque priere que
ie vous aye faicte, souuenez vo⁹ que nous
auôs vne mere, à laquelle outre l'obligatiô
generale, nous sommes tant particuliere-
mêt redeuables, que ce seroit double ingratitude, si nous ne la recognoissions.
Ie vous adiure par l'authorité que l'âge
me dône sur vous, que puis que ie ne peux
auoir ce dernier contentemêt de receuoir

fa faincte benediction, à la premiere venë
que vous en aurez de la prendre pour
moy, luy faifant entédre combien le defplaifir m'eft grand, de n'auoir peu luy rendre le feruice que ie luy dois ; & que ie la
fupplie bien humblement, que l'affection
qu'elle m'a faict paroiftre , reuiue en
vous, afin qu'elle reçoiue de vous les feruices en quoy mon deuoir m'obligeoit.
Honorez la, feruez la, & ne fortez iamais
de fes commandemens, fi voulez reuffir à
bonne fin ; d'autant que le plus fouuent
Dieu pardonne les forfaicts qui fe com-
mettent contre fa Maiefté, & ne pardonne pas volontiers la defobeiffance dont
vfent les enfans enuers leurs progeni-
teurs. Et pour le dernier bien que i'efpere
receuoir des hommes, promettés moy
mon frere, de ne prendre iamais vengeâ-
ce de mes ennemis : car outre que la loy le
deffend , les Payens nous l'enfeignent.
Callicratides ne voulut fouffrir que l'on
tuaft vn feul de fes ennemis , quoy qu'il
en fuft follicité par les amis de Lyfan-
der auec promeffe de cinquante talents.
Accordez moy ces miennes prieres, ie
vous en prie; donnez cela à vn qui ne
vous a iamais rien refufé : accordez le

moy deuant ceſte belle compagnie, & à
noſtre dernier A dieu. Mais vos larmes
m'en donnans deſia teſmoignage aſſeuré
pluſtoſt que vos parolles, me font mourir content, meſmement ayant les trois
bens que i'ay toūſiours le plus deſiré &
requis en ce monde ; ſçauoir dire A dieu
à mes amis, voir mon frere, mourir auiſé
& reſpandant mon ſang.

Puis donc que mon Dieu honore la fin
de mes iours des ſouhaits que i'ay faits
toute ma vie, ie le prie de tout mon cœur,
que comme il a reſpandu ſon ſang pour
lauer les fautes de tout l'vniuers, il laue
tellement les miennes qu'elles ſoient entierement effacees.

Mais Dieu, puiſque vous auez ſubmer-
gé mes premieres fautes dans l'eau ſacree
& myſterieuſe du Bapteſme, afin que voſtre courroux ne s'aigriſſe point ſur ma
deſobeïſſance, ſerrez la porte de voſtre
iuſtice à mes fautes mortelles, ouurez celles de la miſericorde à ceſte pauure ame,
qui ne s'arme que de l'attente de voſtre
ſecours. Ie ne me fie point à mes merites,
mais bien à vos liberalitez, ie n'apporte
pas deuant vous le regiſtre de mes œuures pour me iuſtifier : car telle iuſtifica-

tion prouoqueroit voftre cholere, &
voftre pitié aggraueroit ma coulpe: ainfi
ie laifferois plus de confufion à ma vie,
que d'efperance en ma mort. Ie parois
feulement comme criminel, repentant
toutesfois, & non obftiné à la licence de
mal faire. l'ay plus de raifon de m'accufer
que de me deffendre: car fi vous me de-
mandés des œuures, las le terroir de mon
infirmité en eft fterile. Remettez pere de
mifericorde au chemin de Paradis cefte
ame pelerine, qui fort efclaue des tenebres de ce monde, & des chaifnes de l'humanité. Ne la mefcognoiffez pas, fi elle
aporte encore quelque liuree de fa prifon,
puifque c'eft voftre gloire de viuifier les
morts & abfoudre les prifóniers,ie la vous
recommande au nom de voftre paffion,
& par le myftere de noftre redemption:
car puifque vous auez employé toute forte de faueurs à ma naiffance, ie croy que
vous n'oublierez pas vne feule efpece de
pardon à la repentãce de voftre creature.
Lors que vous entrepriftes de faire le voyage de ce móde, pour acquiter les debtes,
defquelles la fragilité de nos premiers
parens nous auoit chargez,ne nous fiftes
vous pas vne promeffe efcrite de voftre

fang, & fignee de voftre main, que l'Eglife
garde encores, que nous aurions vne place en voftre Paradis ? & que fi la mort de
nos peres empiroit ça bas noftre condition, elle feroit glorifiee là haut par le
miniftere de la voftre? moyennant toutef-
fois que nous nous rendions dignes de
fes effects. Mais quoy ; vous aurez auffi
efgard qu'autant de pardons que vous
octroyez aux pecheurs, autant de triomphes acquerez vous à voftre mifericorde. Qu'attendez vous donc pour me pardonner, puis que ie n'attens rien plus que
voftre pardon? Voulez vous apporter des
longueurs aux œuures de voftre mifer i-
corde, contre la couftume de voftre bonté? Me laifferez vous languir en mon
attente, & attendre vainement ce que ie
refpire? Eft-ce pour moy feul que vous
voulez retracter vos promeffes? Non, nó,
il vaut mieux que ma langue prononce
les douceurs de voftre clemence, que les
rigueurs de voftre iuftice. Partant en-
uoyez moy vos graces, & faites que voftre fainct Efprit iette les falutaires feux
autour de mon ame: car elle eft du nombre de celles qui s'accufent.

Et vous, glorieufe Vierge Marie, repos

des trauaillez, remede de douleur, receuez la fous voftre protection, & la deli-
urez des chaifnes de la captiuité du monde, du diable & de la chair, & foyez l'Ad-
uocate de mes offenfes : car qui le pourra mieux faire que vous, mere de mon
Dieu, & de mon Iuge, & qui auez eu la
grace d'enfanter noftre reconciliation,
noftre falut, & noftre iuftification ? Ie ne
fuis point fa prefence, car ie fçay bien qu'il
n'eft venu en ce monde que pour les
coulpables : mais i'ay mon recours à vous,
pour impetrer de luy cette grace, confi-
derant qu'il s'eft fait homme en vous, &
qu'il ne nous a point voulu fauuer fans
vous. Tout ainfi donc que par voftre moyen, il s'eft faict participant de nos miferes, & de noftre humanité, femblable-
ment par voftre interceffion, il nous face
participer à fa gloire, & à la beatitude qu'il
a preparee à fes efleus, qui par infinis trauaux & peines infinies, font venuës au
repos celefte.

O vous laborieux Athletes de Iefus
Chrift, puifque vous auez heureufement
acheué voftre combat, fauorifez ceux qui
font encores fur l'arene ; & du port où
vous eftes, iettez l'œil fur nous mifera-

bles, errans par les mers, à l'abandon des
vents, & des flots, & d'vn million de
perils. Vous fçauez quelles fortunes s'y
courent, & le peu de voyageurs qui s'y
garantiffent. Regardez, ô diuines eftoilles, que pour toutes ces tempeftes, nous
n'auons iamais abandonné la Naffelle de
l'Eglife;&que c'eft la feule Croix de Iefus
Chrift, qui nous fert de timon & de gouuernail. Il eft vray que nous nauigeons
lafchement, & femble que nous fuyons
le riuage. Aidez nous doncques lumieres
celeftes, & nous pouruoyez nouuelles
forces, à ce que par voftre fecours nous
puiffions aborder au port: faites que noftre commũ Sauueur reçoiue vos labeurs,
pour nos negligences, & que par voftre
merite il nous accorde la grace dont nous
fommes indignes. Que vos larmes, ô
bien-heureux fainct Pierre, feruent pour
celles que nous deurions à toute heure
refpandre, & la mort de tous ces glorieux Martyrs, pour la mort eternelle
que nous meritons. Seigneur tres-mife-
ricordieux, ie vous les offre tous pour
mes offenfes, vous fuppliant par la mort
de voftre Fils, qui donne force à leurs in-
terceffions, qu'il vous plaife de me par-

donner, & me faire la grace, que finalement ie puiſſe donner ma voix parmy les
loüanges, que donnent inceſſamment ces
bien-heureux eſprits, & que ie iouïſſe
auec eux de vous ma ſouueraine felicité.
Mais vous encor', ô Ange de Dieu, ma
chere garde, ie vous ſupplie de veiller
ſoigneuſement à ma conduite, me gui-
dant de telle ſorte, que toutes mes actiôs,
paroles, penſees, mouuemens, reſpira-
tions, ne tendent qu'à la gloire de mon
Dieu; & ne m'abandonnez point, ſur
tout (s'il vous plaiſt) à ce terrible aſſaut
que ie dois ſouſtenir: car mes ennemis
n'eſpargneront leurs ingenieuſes peines,
pour me mettre en peine, & me priuer
du glorieux, & delicieux heritage, &
ſejour.

HARANGVE A LA

Royne faisant son entreee en vne ville
par vn Deputé de la Cour.

MADAME,
Nous voicy tous en vn corps, auſſi
n'auons nous qu'vne meſme ame, dont la
puiſſance ſoubmet nos volontez ſoubs
vos loix. Si toſt que le iour eſt venu, voſtre
lumiere a eſclairé le monde, on n'a plus regardé le ſoleil, à l'obiet de vos yeux, ny
meſme le Ciel: vous voyant en terre, on
a creu que vous eſtiez plus que tout, puiſque vous le contenez deſia ſoubs voſtre
empire, on ne ſe trompe pas en ceſte cro-
yance. Madame vous pouuez eſtre le Soleil puis que vous en portez la lumiere,
auſſi bien que le Ciel, puiſque vous en
auez toutes les vertus, tellement que ſi voſtre Maieſté agreoit les ſacrifices, on vous
donneroit pluſtoſt l'ame que le cœur,
pour pouuoir dignement honorer vos
merites. Mais que peut on adiouſter à voſtre perfection? il vous ſuffit qu'en la co-
gnoiſſant, on l'admire & qu'en l'admirant
on pu-

blie par tout que vous estes sa cause : nostre Roy, qui n'a point d'autres defauts
qu'en son exces de vaillance, apres auoir
vaincu tous les hommes par force, s'est
laissé luy mesme vaincre par vostre douceur. Les triomphes qui pour triompher
suiuoyent ses combats, ont laschement
abandonné ses armes, ne pouuant resister
aux vostres, tellement qu'il est contraint
de confesser, que vos appas plus grands
que son courage, luy ont rauy le cœur
auant qu'il ait eu moyen de le vous donner. Ainsi les lauriers font hommage à vos
mirthes, puisque son humeur procede de
vostre gloire.

Vous venez donc, grande Reyne, conquerir le cœur d'vn grand Roy, en coniu-
rant tout le monde : car sa loy s'estend par
tout, vous l'auez seule limitee comme
estant sans limites. Mais si on ne peut conceuoir qu'vn tout, pour comprendre toutes choses, & si mon Roy, & vous ma
Reyne estes deux, & chacun tout, quel
miracle en ceste cognoissance? Ha! ie me
trompe, vous n'estes qu'vn, le cœur de
mon Prince est dans le vostre, & vostre
ame dans son corps, puis qu'il ne respire
que par vostre vie. De sorte que si nostre

M

Mars, ou pluftoft noftre amour s'efgaroit
de nos yeux, on le trouueroit dans le fein
de Minerue, ie dis dans le voftre, Madame
comme le plus fainét, & le plus chafte, où
il puiffe repofer. Ie ne puis maintenãt que
vo⁹ dire nos vœux. Le premier, que vos felicitez ne releuent iamais du malheur, toutesfois c'eft en vain de le defirer, cat vous
eftes le bon-heur de la terre. Le fecond,
que vos contentemens ne changét iamais
de nom, il ne fe peut auffi, puifque voftre
naiffance a fait naiftre les plaifirs dans le
monde. Le troifiefme, que vos iours foient
les derniers du foleil : il le faut infaillible-
mēt, puifque vous en portez la lumiere. Le
quatriefme, que les enfans qui prouien-
dront de voftre fainét Hymenee, foient
fans nombre & fans paix, il ne peut eftre
autrement, puifque leur caufe eft fans feconde. En fin pour le dernier, que le couchant de vos nuiéts fe termine dans l'O-
rient de l'eternité, le Ciel le veut & le promet auffi, puifque vous eftes fes miracles
en terre. Voila, Madame, tous les defirs de
vos feruiteurs, & voicy les demoirs de vos
fubiéts tres humbles.

DE L'IRE.
Du sieur Bertaud.

SIRE,

Aristote aux liures qu'il a faits de l'Ame, dict que l'*Ire*, n'estre autre chose sinõ quãd le sein eschauffé boüillonne autour du cœur. Mais cette deffinition appartient pluītost à la Philosophie Naturelle qu'à la Philosophie Morale, de laquelle nous traittons, qui considere la tristesse, la ioye, & l'Ire, comme affections & perturbatiós de la partie appetitiue, & ne s'arreste aux causes qui dependent des humeurs & diuers temperamens des hommes. Afin dõc, SIRE, que ie me cõtienne dãs les bornes & limites de nostre Philosophie, sans plus voguer; ie diray, que l'Ire n'est autre chose qu'vne perturbation irraisonnable, qui nous cause vn desir de punir celuy que nous pensons nous auoir offensé. Ie dis perturbation irraisonnable, parce qu'en la colere & ioye, ne se trouue aucune raison: combien qu'il semble que l'homme

M ij

colere vueille fuiure la raiſõ & luy obeïr.
Mais tout ainſi que nous voyons que les
eſtourdis & mauuais feruiteurs, lors que
leurs maiſtres leur veulent commander
quelque choſe auant que d'auoir entendu
le commandement entier partent, ce qui
eſt cauſe que le plus ſouuent ils n'obeïſ-
ſent pas au commandement, ains font
tout le contraire. Ainſi ſemble-il que
l'homme colere vueille ſuiure la raiſon,
mais vaincu d'impatience n'attend tout
le commandement, & fait tout le contraire de la raiſon, ſans aucune moderation.
La colere eſtant comme vn chien, qui
auſſi toſt que l'on frappe à la porte, aba-
ye auant que recognoiſtre ſi celuy qui
heurte eſt ſon maiſtre, ou vn eſtranger.
Et combien qu'en la colere les honneurs
ne facent rien auec raiſon : ſi leur ſem-
ble-t'il qu'ils ont bonne & legitime occaſion de faire ce qu'ils font. C'eſt pourquoy Sainſt Auguſtin eſcriuant à Dioſ-
corus, diſt, que perſonne n'eſtime ſa colere eſtre iniuſte, encores que l'homme colere ne face rien de iuſte, ainſi qu'eſcrit Sainſt Hieroſme ſur le Prophete
Ioël. Pour ceſte occaſion Pytagore re-
commandoit ſingulierement à ſes diſci-

ples, de ne faire, ny dire aucune chofe
eſtans en colere. Ce pretexte fut foigneu-
ſement obſerué par Architas Tarentin,
l'vn de ſes diſciples, lequel eſtant coleré
contre vn de ſes fermiers : Ie te pour-
ſuiuerois, dit il, ſi ie n'eſtois en colere. Pareillement Charilaus Roy des Lacedemoniens, ne voulut punir vn de ſes ſeruiteurs qui s'eſtoit comporté audacieuſe-
ment & inciuilement en ſon endroict.
Quelle occaſion, SIRE, a peu deſtour-
ner ces deux perſonnages, & auec eux, vn
Socrates, de punir & chaſtier ceux qui les
auoient offenſez, ſinon la crainte qu'ils
auoient, que la colere leur fiſt faire choſe
iniuſte, deshonneſte, & mal-ſeante, &
qu'elle gaignaſt tant ſur eux, qu'ils ne ſe
peuſſent, eſtans eſchauffez, commander &
moderer : Nó plus que Eutilochus, lequel
eſtant faſché contre ſon cuiſinier, print la
broche où eſtoit la chair à demy cuitte,
& le pourſuiuit iuſques en plain marché.
Non plus qu'Alexandre, qui comme furieux, tua Clitus, duquel ſon pere & luy
auoient reçeus tant de bons offices en
guerre. Non plus qu'vn Periander, qui
vaincu de colere, foula ſa femme aux
pieds de telle façon qu'il la fit mourir,

M iij

& le fruict qu'elle portoit en son ventre. Ie ne veux pas dire toutesfois, SI-
RE, que la colere doiue empescher vne
iuste punition, ou qu'il faille, si le Maistre est coleré, que le seruiteur demeure impuny de sa faute, & imiter vn Architas, vn Charilaus, ou Socrates, mais
il se faut moderer. Et si nous craignons
que la colere nous rende trop aigres, as-
pres ou seueres, imiter Platon, qui ne
voulut prendre punition de celuy qui l'a-
uoit offencé, mais pria son amy de la
prendre pour luy. Voyla, SIRE, la
premiere occasion qui nous doit garder
de nous colerer, de peur que la colere
ne soit si forte, qu'elle ne nous emporte
& face passer les limites de la raison.

La seconde occasion qui nous doit retirer de colere, est prinse des liures de
ce sage Roy Salomon, qui dict que la
colere engendre les noises & debats, la
patience les appaise, la colere fait haïr
& fuir l'homme, & le rend insociable,
la colere rend l'homme sans pitié. Que
si nous voulons parler du corps, la colere, comme escrit Hipocrate, engendre les fiebures, & pour dire tout en
vn mot, rend les hommes insensez, fu-

rieux & quaſi enragez. Ce qui ſe cognoiſt au viſage de l'homme colere : il a
le viſage enflambé, les yeux eſtincelans,
les cheueux heriſſez , les lévres trem-
blantes, perd le ſens de diſcretion : bref,
la couleur du viſage , la voix, le geſte,
montrent vne extreme paſſion,& faict ſouuent la colere voir des choſes prodigieu-
ſes. Tite Liue, Ciceron, & Valere le Grand
eſcriuent , qu'apres que les deux Sci-
pions eurent eſté deffaits & tuez en Eſpagne , Lucius Martius Cheualier Romain, s'efforçant de r'aſſembler ſes trou-
pes, fit vne harangue aux ſoldats, & ſe
mit tellement en colere, qu'on apper-
çeut des flames de feu qui luy ſortoient
de la teſte, ſans qu'il fuſt offencé . Ce
qui fut cauſe que les ſoldats ayans repris
courage ſe ruerent ſi furieuſement ſur
leurs ennemis qu'ils en deffirent trente
ſept mille. Alexandre le Grand, ainſi
que recite Plutarque, combattant contre les Barbares , fut veu tout en feu.
Ceux qui ont voulu rechercher la cauſe
de ces eſpouuentables effects , bien qu'ils
diſent que la colere aye cauſé ces prodiges, ſi ne peuuent-ils donner vne raiſon
peremptoire. De ma part ie penſerois

ou que cela eſt faict par illuſion du diable, qui de ce temps là ſe ioüoit de la
felicité des hommes, ou que les hiſto-
riens ont voulu vſer d'vne hyperbole
pour monſtrer la colere en laquelle ces
deux perſonnages ſe mirent. Et puis que
nous voyons par ces hiſtoires, que les
ſoldats ont eſté animez & rendus plus
courageux par telles viſions, ce ne ſera hors de propos, de ſçauoir ſi la colere eſt quelquefois neceſſaire. SIRE,
Platon, aux liures de la choſe publique qu'il a compoſez, tient reſolument,
que d'autant plus qu'vn homme eſt genereux & vaillant, d'autant plus ſe co-
lere-il moins. Seneque dict, que l'ire ne
ſert de rien, meſme en guerre; la vertu
eſtant aſſez forte de ſoy, ſans s'ayder du
vice contraire. Ariſtote a eſtimé la colere ſeruir pour ayguiſer la vertu: & pour
cette occaſion, les Peripateticiens l'appelloient l'organe de vaillāce. Ce queCiceró
cófirme aux Epiſtres à ſon frere Quintus.
Plutarque tient que l'ire rend la vertu plus
ferme & ſolide,& luy ſert comme de bouclier; pour cette occaſió Homere feint le
vaillant Ayax auoir eſté coleré En cette
diuerſité & contrarieté d'opinions pour

les accorder, s'il m'eſt poſſible, ie me ſerui-
ray de l'opinion de ſainct Gregoire en ſes
Morales, qui dit, qu'il y a deux manieres de
colere, l'vne qui prouient d'impatience,
l'autre de zele. La premiere vient du vice,
la ſeconde de la vertu. C'eſt pourquoy
ſainct Iean Chryſoſtome tiét que ce n'eſt
pas vne choſe mauuaiſe de ſe colerer, mais
qu'il eſt vicieux de ſe colerer ſans raiſon.
Les Theologiens quand ils diſputent de
la colere, dient reſolument que Dieu ſe
colere, mais que ceſte colere n'eſt autre
choſe que iuſtice. Nous liſons que Moyſe
retenoit Dieu, qui eſtoit coleré contre les
enfans d'Iſraël; ce qui nous ſignifie, que
par ſes prieres il empeſchoit Dieu de
prendre vne iuſte vengeance de leurs offences. Telle doit eſtre, SIRE, la colere
d'vn Prince & d'vn grand Roy, & faut
qu'elle prouienne non d'vne impatience,
mais d'vn bon zele : & ſe faut faſcher &
colerer contre ceux qui troublent vn repos public. Il ſe faut colerer contre vn
Magiſtrat auaricieux, vn Capitaine voleur,
vn Soldat rauiſſeur de filles, pilleur de maiſons, rançóneur de laboureur, renieur de
Dieu. Il ſe faut irriter contre vn marchát
vſurier, & vn peuple mutin, & faire punir

auec rigueur le vice, bon zele & amour
de Iustice, en imitant les loix ; *Quæ ad pu-*
niandum non iracundia, sed æquitate dirimitur.
Ceux qui ont escrit de la nature de l'Ele-
phant ont tesmoigné que c'est vne beste
douce de sa nature, & toutesfois estant offencee entre soudain en colere: ce que re-
cognoissant Annibal, menant auec soy vn
grand nombre d'Elephans, qu'il ne pouuoit faire passer par vn certain fleuue, cō-
manda à quelqu'vn d'en blesser vn sous
l'oreille, & soudain qu'il se iettast dans le
fleuue & qu'il le passast, ce qu'il fit, l'Ele-
phant se sentant blessé se iette dans le fleuue pour poursuiure ce Soldat, & fut suiuy
des autres Elephans. De cette histoire ie
veux inferer, & conclure, SIRE, qu'encore
que nous soyons difficiles à esmouuoir
pour estre doux de nature, toutesfois
quand nous sommes offencez, nous ne
pouuons ny ne deuōs nous contenir sans
poursuiure la vengeance auec vne moderation toutesfois de laquelle il me faut
parler en bref. SIRE, les Egyptiens pour
declarer vn homme colere peignoient vn
Ours, & pour cette occasion nous lisons
que les enfans d'Israël surmonterent Vr
Roy des Madianites, qui nous signifie

qu'il faut surmonter l'ire. Vr ne vouloit
dire autre chose que Ours, par lequel la
colere estoit declaree. Il y a plusieurs choses, SIRE, qui nous seruent à cet effect. La
premiere l'accoustumance: car jaçoit qu'il
soit difficile de surmonter la colere, si est-
ce que si nous nous accoustumons deux
ou trois fois à luy resister, ce nous sera en
fin vne chose facile, & nous aduiendra
comme aux Thebains, lesquels redoutoiét
tellement les Lacedemoniens qu'ils ne les
osoient attaquer en bataille, mais les ayás
surmontez vne fois, iamais depuis ne leur
quitterent ny cederent rien. Le temps
aussi sert de beaucoup pour moderer la
colere. A ce propos Seneque disoit qu'il
faut donner temps à sa colere. C'est
pourquoy on conseilloit à Augu-
ste Cesar, que quand il seroit irrité
auant que de rien executer, il contast les
XXIV. lettres Grecques. Les Romains faisoient porter deuant les Magistrats des
verges liees & attachees aux haches, à fin
que si le Consul vouloit en colere faire punir quelqu'vn, il eust vn peu de temps de
s'appaiser, pendant qu'on detacheroit, &
deslieroit ses verges. C'est donc vn singulier remede pour la colere que differer
& dilayer, comme Seneque le tesmoigne,

Il est aussi quelquesfois besoin, SIRE, d'o-
ster les occasions qui nous peuuent faire
colerer. Cotia se sentant boüillant & coleré de sa nature, fit casser la vaisselle de
terre qu'on luy auoit donnee, de peur que
quelqu'vn de ses gens ne la cassast, & qu'il
eut occasion de se fascher contre luy. Au-
guste Cesar fit casser tous les verres de
cristal de Vedius, au logis duquel il soup-
poit, & fit couler le viuier, par ce que Vedius auoit commandé qu'vn ieune garçon
qui auoit cassé vn verre, fut ietté dans ce
viuier pour estre mágé des brochets qu'il
nourrissoit. Ce Prince cognoissoit qu'il
falloit oster les occasions aux coleres cōme le cousteau de la main d'vn homme
furieux.

LETTRE DE DON
Ruàde Chartreux, & maintenant
Euesque.

MONSIEVR,

I'eusse esté facilement persuadé par mon
affection à vostre bien, & ma com-

paſſion à voſtre mal, d'y appliquer ce ſecond appareil, ſi ie n'en euſſe eſté diſſuadé
par la creance que i'auois priſe, qu'eſtant
voſtre playe refermee par le temps & la
raiſon, vouloir en effacer encore la cicatrice euſt eſté renouueler voſtre douleur
& me rendre conſolateur importun. Mais
voſtre lettre m'ayant annoncé contre mõ
attente, l'vlcere de voſtre ame auſſi ſan-
glant comme ſi le coup eſtoit fraichement
receu, elle m'a rendu eſtonné & affligé
tout enſemble, voyant que les remedes
ordinaires à ces bleſſeures ne font qu'irriter la voſtre, à laquelle ie crains encores
que cette emplaſtre ne cuiſe au lieu de l'a-
doucir. Mais i'ay penſé qu'il vaut mieux
auec vne therebétine vn peu cuiſante cõ-
ſommer la chair morte, que non pas vſer
d'vnguents trop doux qui donnaſſent ac-
cez à quelque cangrene, & donner vn vif
eſlancement à voſtre conſtance, qui la
pouſſe à quelque violent, mais ſalutaire
effort, pluſtoſt que tenir voſtre mal en cõ-
ſiſtance par quelque remede trop lenitif,
qui rendé voſtre vlcere inueteroit le feroit incurable. I'aduoüe, Monſieur, que
l'on ne peut perdre ſans grande douleur
ce qu'on a poſſedé auec grãd amour. Mais

il eſt vray auſſi qu'vne douleur exceſſiue
en la perte, teſmoigne vn amour deſor-
donné en la poſſeſſion, qui n'eſt approuué
que de la foibleſſe humaine, & improuué
maintenant du grand Iuge qui le doit
vn iour reprouuer. Vous voyant donc
ſentir auec tant de violence, ce que vous
auez eu lors que vous ceſſez de l'auoir; ie
pardónerois à voſtre deüil déreglé, & à la
qualité de mary, ſi celle que vous portez
de Chreſtien ne la rendoit icy inconſide-
rable. L'Eſcriture ſainðe nous repreſente
les funerailles de Moyſe, accompagnees
de larmes, & celle de Ieſus Naue au contraire ſans aucune affliðion : pour nous
inſtruire que les plaintes ne ſont ſuppor-
tables qu'en la mort de ceux qui n'entrent point en vne meilleure vie ſortans
de celle cy, tels que les Iuifs viuans ſous
la loy ; mais qu'apres que ce diuin Soleil,
duquel Ioſüé arreſta l'image viſible en
l'Orient de ſa reſureðion, deſſeicha les
larmes qui s'eſpandoient en la mort de
celuy, ne doit pas tant eſtre ploré pour
eſtre priué de cette tenebreuſe lumiere,
comme il doit eſtre congratulé d'entrer
en la ſplendeur de l'immortalité. Mais
n'eſt-ce pas auſſi vn abus intolerable que

l'experience de tant de calamitez qui
nous accablent en ce mortel sejour, non
seulement ne nous donne pas le desir
de l'affranchissement, mais nous fait encores plaindre comme perdus, ceux qui
en sont affranchis. Au moins si nostre
arrest irreuocable faict que la mort ne
se puisse euader par la fuitte, ny euiter
par raison, mettons difference entre le
bon-heur de mourir pour viure, & le
mal-heur de viure pour mourir : car ce
dernier met en peril de mourir en la
gloire, & le premier fournit de moyen
pour viure sans fin glorieux. Or Monsieur, puisque les derniers mouuemens
de la vie de celle dont vous plaignez
la mort, sont les premiers argumens
de vostre espoir, qu'elle vit auec Dieu,
bien heureuse, l'opiniastreté de vostre
douleur donne soupçon, ou que vous
ne le croyez pas, ou que vous ne le voulez
pas. Le premier ne se peut penser de vous,
mais le second vous faisant reuolter contre Dieu, ne vous seroit gueres moins preiudiciable. Car où est celuy qui peut
luy resister & subsister ensemble? Pensez donc à celle que vous regrettez,
comme à vne personne absente & non

morte, que vous fuiuez, & non pas qui
vous fuit, qui vous deuance, & à laquelle
vous vous aduancez à chafque inftant
que nous coulons infenfiblement d'aage
en aage à la mort. Et comme ceux qui
voguent en mer, quoy qu'il leur femble
ne bouger d'vn lieu, font beaucoup de
pays : Ainfi mourans imperceptible-
ment tous les iours, nous paffons toutes chofes & toutes chofes nous paffent,
fans que rien nous refte de tout le paffé, fors le feul bien qui reüffit d'auoir fi-
dellement aymé Dieu. Rendez donc,
Monfieur, à voftre chere compagne vn
plus vertueux tefmoignage de voftre
amitié, que des fouspirs & des larmes :
affiftez la de vos prieres & non pas de
vos plaintes, puis que les vnes feront
profitables à fon bien, & les autres font
inutiles, voire mefme importunes à fon
repos. Mais vous dites, c'eft ma condition & non pas la fienne que ie deplore.
Vous eftes donc plus amy de voftre intereft que du fien. Et encores en cette
confideration n'eftes vous point rece-
uable en vos afpres doleances, qui deuffent ceder à la neceffité. Car vouloir
poffeder en terre la felicité affeureé,

qui ne

se trouue qu'au Ciel, c'est vouloir estre
hôme & ne le vouloir pas. Puis donc que
la vie humaine cômence par les pleurs,
continuë en miseres, & finit en regrets,
si quelque contentement vous est rauy
aussi tost, que monstré, vous ne vous en
pouuez plaindre, sans accuser l'ordre de
la prouidence de Dieu, comme s'il estoit
obligé de differer la venuë de ses accidens, au temps que nous iugerions plus
opportun, prescriuant ainsi des loix à celuy de qui nous deuons receuoir les or-
donnances. Non, Monsieur, Dieu est la
mesme bonté, & comme vn mauuais effet,
ne sçauroit partir d'vne si bonne cause, sa
main aussi ne nous peut toucher par
aucune disgrace qui ne soit fauorable à
nostre bon-heur : mais il ne faut pas
tant abhorrer l'amertume presente de
ses medecines, comme il faut regarder
à l'heureuse fin qui s'en ensuit, dont
l'inaduertance vous fait perdre beaucoup de bien que meriteroit vostre patience, & acquerir beaucoup de mal qui
suiura vostre peu d'espoir. Mais direz
vous, mes delices passees me sont presen-
tes, le souuenir me presse de mon ancien
bon-heur, & la desolation m'oppresse

N

de me fentir priué d'vne conuerfation
fi chere, que ie ne voulois bien à ma vie,
finon pour iouyr de ce bien qui m'eft
ofté. Prenez garde, Monfieur, qu'apres
auoir perdu la iouyffance de ce bien
paffé, vous ne perdiez encore l'efperance de celuy que vous deuez attendre.
Car ces pretextes de lamentations que
voftre douleur vous fournit, ne font
qu'vn charmant erreur qui vous entretient en l'horreur funefte de voftre
dommage, & vous ofte la confiance
que vous deuez auoir en celuy, qui
apres vous auoir donné vne femme telle
que vous pouuiez defirer, peut reparer
voftre perte, par le recouurement d'v-
ne autre plus aymable que vous ne
fçauriez defirer, fuppleant ainfi ce qui
vous manque de contentement, au diuorce de voftre premier mariage, par
la benediction d'vn fecond, & com-
penfant le defplaifir de ne iouyr plus
d'vne conuerfation fi douce, par vne
autre douceur plus agreable, qui ne
vous peuuent donner le temps & les
iours. Supportez feulement la iuftice
de Dieu, apres qu'il a fupporté vos offences, & ce coup de verge fera pour

vous nettoyer, & non pour vous meur-
trir. Le dernier de tous les maux qu'-
efprouuerent la patience de Iob, fut la
referuation d'vne mefchante femme
qui le prouoquoit à blafpheme par fa
prefence. Et le premier examen de voftre
vertu commence au contraire, par la
priuation d'vne femme vertueufe, dont
l'abfence eft le fujet de voftre tentation. Autre chofe eft de fouftenir celle
que l'on ne voudroit, & autre chofe
de regretter celle que l'on ne defire.
L'vn & l'autre neantmoins font comme coups de touche, auec lefquels la
main de Dieu faict paroiftre l'or de noftre vertu autant maffif que luifant, à
fin que les autres tirent edification de
l'exemple de ceux qu'il efpreuue, &
foient attirez à leur imitation, par la
douce harmonie qui raifonne d'vne volonté accordante à celle de fa diuine
bonté ; Dieu ne fe contente pas de
veoir en celuy qu'il ayme toutes les
difcordantes facultez de fon ame bien
d'accord auec la raifon. Il veut toucher
ceft agreable inftrument de fa main,
pour faire entendre aux Anges & aux
hommes, cette douce melodie qui for-

toit de la bouche de ce fainct homme,
qui difoit foubs le faix de fes plus pref-
fantes afflictions, Dieu m'auoit donné
ce qu'il m'a ofté, il a difpofé de ce qui
eftoit à luy, loüange & benediction à
fon nom. Mais dites vous auec modeftie,
cela eftoit bon à vn homme iufte tel que
ie ne fuis pas. Et c'eft icy où ie vous attends, car où vous eftes iufte comme luy,
& ainfi vtil ement efprouué par la touche de cette puiffante main, ou vous
eftes pecheur, & Dieu vous donne ce
coup de lancette pour faire purger l'a-
poftheme qui vous enfloit le cœur d'vn
amour exceffiuement fenfuel, ainfi que
le Medecin taille & incize les malades, qui donnent encores quelques
fignes de conualefcence, laiffant mourir à leur aife ceux qui font hors d'efperance d'amendement. Vous vous
plaignez donc à tort d'vn chaftiment
trop fauorable, & apres cela vous con-
triftant ainfi, vous tombez en vne maladie mortelle au corps & à l'ame ; au
corps, d'autant que l'efprit de trifteffe
deffeiche les os, dit Salomon ; à l'ame,
pource que la trifteffe du monde a pour
effet la mort, dit fainct Paul, à caufe

qu'elle nous precipite, ou a quelque
damnable blaspheme contre Dieu, où à
quelque pernicieuse deffiance de sa
diuine bonté. Appoinctez donc desormais, Monsieur, vos pensees à vostre
repos, en les accordant à vostre deuoir, qui vous interdit ces larmes rebelles, & vous deffend de troubler la
paix de celle à qui vous rendez vostre
amour cruel, par les tourments qu'il
luy donne, de luy faire voir Dieu irrité
contre vous, par vostre deüil obstiné,
qui la force à vous faire ceste iuste plainte du Ciel, où mes vœux la desirent.
O, dit-elle, celuy qui possedastes les legitimes affections de mon cœur, iusi-
ques à quand trauerserez vous mon
bien, en flattant vostre mal : quand
cesserez vous d'enuier mon bon-heur,
me desirant encores en cette miserable
prison, où les liens de vostre mortalité
vous enferrent, & où combattant tous
les iours pour vostre deliurance, vous
estes incessamment poussé à la captiuité
eternelle, par les passions humaines
qui banissent du monde les diuines
vertus, instrumens de vostre liberté. Si
vous voulez que la mort apres la sepa-

ration de nos corps, ne rompe encores l'vnion de nos ames, craignez de
vous defunir auec Dieu, par vne volon-
te reuoltee contre la fienne. Car ie ne
puis, ny ne dois recognoiftre vn mary qui defplaife au Seigneur, en qui
feul ma beatitude confifte. Ne plaignez
plus donc l'anticipation de ma mort,
puis qu'en aduançant mon heure, elle
a auancé mon heur. Mais efleuant
vos yeux & voftre cœur au fepulchre
de mes os, au feiour de mon ame,
penfez à moy comme à vne perfonne occupee à moyenner voftre bien,
& m'aydez à vous ayder, rendant à
Dieu la fidelité que vous luy deuez,
& que ie defire. Ce font, ie m'affeure,
Monfieur, les conceptions de cette
ame, qu'elle vous exprimeroit fi vous
eftiez capable de fon langage, ou
qu'elle le fuft encores du voftre, &
c'eft icy où ie vous conjure de rap-
peler les forces de voftre courage at-
tendry, pour prendre vne genereufe refolution de Chreftien, qui vous
face dire à Dieu d'vne conftante
voix, Seigneur, vous aurez receu
celle que pour vn bref contentement

vous m'auiez presté. Ie ne me veux
pas plaindre de ce que vous l'auez
voulu retirer , mais ie vous veux
rendre graces de ce que pour vn temps
vous me l'auez donnée. Ainsi, Monsieur,
cette ineffable bonté benira vostre sub-
mission , par la suitte de ses consolations, dont il est vne source inespuisa-
ble. Et cependant vous verrez sur ce
papier celle que la presse de mille solli-
citudes qui m'occupent l'esprit , m'a
peu permettre de contribuer à vostre
soulagement , qui en pourroit reüssir
si vostre douleur estoit moindre, ou
ma suffisance plus grande. Au moins
si mes efforts sont sans effet , ils ne seront sans tesmoignage de ma fidelle affection, que i'offre à vostre seruice , en
acceptant l'honneur de la vostre que
vous m'offrez,& proteste d'estre sans fin

MONSIEVR,

Vostre bien-humble &
& affectionné serui-
teur en Dieu F.B.R.

De la Chartreuse lés Paris,
ce 23. d'Octobre, 1613.

N iiij

Que le mal produit le bien, & le bien le mal. Et que la mort aduancee des grãds personnages, pour plusieurs occasions, n'est pas tousiours regrettable.

CELA est estrange, Agathon, que quelque chose produise son contraire : & toutesfois nous le voyons en ceste grande Princesse, de qui tu m'escris la desolatiõ. Le bon-heur d'auoir tãt de beaux enfans, les voir tous princes tres estimez, aimez des leurs, & de; estrãgers, chargez de victoires & de reputation, & gouuerner partie de la Chrestienté, Agathon mon amy, c'estoit vn grand don du Ciel. Mais de ce bien quel mal luy est-il aduenu? Sans doute le plus grand & plus insupportable qu'vne mere peut auoir. Car lors que ces grands Princes reuenoient triomphans de ceste incroyable victoire des Reistres : que la France sembloit leur tendre les mains comme à des Dieux tutelaires, elle en a veu tuër deuãt ses yeux: a presque ouy craquetter le feu qui les a consommez: & n'a eu le cõtentement de

leur dire le dernier Adieu ; d'arrofer leur
tumbe de fes larmes , ny mefmes de leur
rendre vn feul office de pieté. Et là ne s'ar-
reftant le defplaifir, que fon plaifir luy deuoit rapporter, apres telles pertes, ayant
mis toute fon affection de telle forte en
ceftui-cy, qu'elle n'auoit rien deuant les
yeux que luy, ny nul deffein que fa grandeur : elle l'a veu deux fois prifonnier. Et
le beau cours de fa Fortune ayant efté rô-
pu par fes ennemis, il a fallu en fin qu'elle l'ait pleuré comme fes freres, non pas
meurtri par le glaiue , mais cruellement
empoifonné.

Or n'euft-il pas mieux valu , pour cette Princeffe, ie veux dire pour fon repos,
qu'elle n'euft iamais eu le contentement
de fe voir tels enfans, que d'auoir à cefte
heure l'occafion de les regretter? Ces larmes, dont à toute heure elle arrofe fon
lict: ces foufpirs, dont elle interrompt
inceffamment le repos de fon eftomach,
pouuoient-ils eftre achetez par les felicitez de fes plaifirs paffez ? Eh non ; Agathon, car croy moy, qu'il y a bien difference des contentemens que telles chofes
nous donnent, aux ennuis que leur perte
nous rapporte : d'autant que ces ioyes

ne font iamais fans eftre moderées,& peut
„ eftre furmontées du doubte qui nous va à
toute heure pourfuiuant, qu'il ne me-
faduienne à ce qui nous acquiert ce contentement. Et au contraire le perdant la
trifteffe n'en eft foulagee, non pas mefme
de l'efperance. Ceux le fçauent qui ont
quelquesfois perdu ce qu'ils ont eu de
cher. Hô comme la Fortune vend fine-
ment fes biens & auec vn prix bien haut:
puifque fes bons heurs font peu affeurez,
& fes malheurs fi certains, que rien ne les
peut foulager. Toutesfois puis qu'outre
les autres confiderations, le feruice que
nous auons voüé au fils, nous commande
de feruir la mere, entant qu'il nous fera
poffible, prefentons luy les mouchoirs,
dont elle pourra non pas tarir, mais fecher
les larmes de fa iufte douleur.

Q'elle fe reffouuienne, que quand elle
fit voir le iour à fes enfans, elle ne leur
donna pluftoft l'affeurance de la vie que
celle de la mort. Parce que l'obligation
humaine d'vne chaine d'airain, comme dit
Crator, nous lie à cefte fatale deftinee du
trefpas. Doncques les chofes ineuitables
leur eftans aduenuës, elles ne doiuent effacer le contentement des biens dont ils

ont iouy, non point par deftinee, mais
par leur propre vertu. Et mefme ayant
efté tels, que leur vie peut pluftoft eftre
admiree, que leurs actions imitees: ayant
efté en leur vertu fi efleuez, que la mort
des vns a efté accompagnee de tant de
morts de leurs ennemis, que ie ne fçay fi la
vengeance de Cefar en a traîné d'auantage: & de l'autre tellement regrettee, que
fes ennemis mefmes l'ont plainte.

Il me femble que quand l'on paruient à
ce que l'on entreprend, que comme l'en-
treprife eft parfaite, nous en deuons aufli
auoir vn parfait contentement. Or cefte
Princeffe n'auoit pas entrepris de faire
des hommes immortels, ains des Princes
vertueux, fuiuans & honorans leurs An-
ceftres. Mais ils n'ont pas vefcu tant qu'ils
euffent faict, fi on ne leur euft aduancé
leurs iours. A quoy feruent ces lógueurs,
fi au peu de temps qu'ils ont demeuré entre nous, ils ont par mille preuues donné
cognoiffance qu'ils eftoient vrayement
iffus de ces grands Princes leurs ayeuls?
Ils ont tellement vefcu, que pour les rendre plus honorez il ne faut pas rapporter
auec leur gloire celle de ces grands Re-
gnaults, de ces grands Boüillons, ny de

ces tres-grands Berols. Tant s'en faut, cõ
sont eux qui en leurs tumbes se doiuent
resiouïr de l'honneur de tels descendans.
Ie ne sçay (& cecy soit dit sans flatterie)
quel de tous ces anciens a esgalé par ses
faits les actes de ceux-cy.

Et c'est, me diras-tu, l'extreme deplai-
sir qui la presse, que telles perfections ayêt
si peu de temps demeuré entre nous. Il
faut qu'en cela elle prenne pour raison,
que ce n'est pas le longuement viure, mais
le bien viure, qui est estimé : Que le bien
de la vie ne se conte pas par ses iours, mais
par les belles actions. Et que celuy a vescu assez, qui s'est tousiours monstré vertueux. Qu'elle se resouuienne que les
Tragedies les plus longues ne sont pas
estimees les plus belles : ains celle qui a-
yant esté bien conduite en tous ses actes,
particulierement se clost par quelque
action fort remarquable. Et sur quel acte
de leur vie l'eussent ils mieux fermé, que
de laisser tout le monde en admiration
d'eux, & en attendre de leurs faicts he-
roïques ?

Et puis qu'elle se mette deuant les
yeux, à l'égal de l'eternité, que peuuent
estre vingt-cinq ou trente ans? Elle trou-

ſera que c'eſt beaucoup moins qu'vn
poinct:car encor le poinct a quelque choſe en la ligne,mais les ſiecles meſmes tous
entiers ne ſont rien à comparer à ceſte
eternité. A peine le ſera donc vne ſi petite
partie d'eux. Or puis que la mort eſtoit ineuitable à ces Princes, à quoy ſe tourmenter pour ce rien? Parce, dira-elle, que
s'ils euſſent veſcu leur aage, ils euſſent
peu faire de grandes choſes. Ie luy aduouë: mais auſſi elle me permettra de dire, que la Fortune les euſt parauenture
défauoriſez. Poſons encore que cela
n'euſt pas eſté:croira-elle toutesfois qu'au
peu de temps qu'ils auoient à viure ils
euſſent peu parfaire tous leurs loüables
deſſeins ? Aduoüons luy encor cela : ne
ſçait-elle pas qu'vn projet eſt attaché à
l'autre: & que lors que ſelon leur aage ils
euſſent deu mourir, elle en euſt eu, peut
eſtre, plus de regret, voyant de ſi belles
entrepriſes demeurer imparfaites, par le
defaut d'vn peu de iours? Mais or ſus,qu'il
ſoit ainſi: qu'ils ayent tous les contentemens qui ſe peuuent deſirer: qu'ils ſoient
paruenus à toutes les grandeurs des Alexandres, & des Ceſars: qu'elle ſe figure de les voir auec toutes les couronnes

de l'Vniuers triompher de leurs ennemis:
encores faut-il qu'ils meurent, & qu'elle confesse en son ame, si ces sceptres &
ces couronnes n'augmenteroient pas ses
pleurs, & ne feroiét rechaufer leurs tom-
beaux de plus chaudes larmes ? Si le regret à ceste heure de leurs desseins im-
parfaits luy donne du desplaisir : en ce
temps-là ce feroit celuy de leur voir
laisser tant de grandeurs acquises auec
tant de peines, sans auoir eu, parauenture, le loisir de les iouyr, ou gouster seulement.

Que ceste derniere consolation luy
demeure pour tres-souueraine en l'ame:
La reputation de ces grands Princes ses
enfans, estoit paruenuë à si haut degré,
en l'opinion de tout le monde, que quoy
qu'ils eussent peu faire à l'aduenir, à peine eussent-ils satisfaict à son attente: &
la mort qui auec le regret qu'elle nous
laisse de leurs pertes, nous fortifie en cette creance que s'ils eussent vescu, ils fussent paruenus plus haut encores que leur
reputation, nous faict plaindre auec plus
d'impatience leurs rauissemens precipitez.

Ie ne doute point qu'elle ne se plaigne

de les auoir furuefcu, & que le Ciel, apres
tât d'accidés, l'ait referuée à ces fanglantes
tragedies, & à voir la France toute rougif-
fante de fon fang. Mais qu'elle fe remette
deuant les yeux ce que ie difoy vn peu auparauant : Le mal caufe le bien, & le bien
le mal. Si elle n'auoit le defplaifir de regretter fes enfans, elle n'auroit pas le
contentement de les auoir eu, & de les
ouïr loüer & eftimer de telle forte : que fi
la cognoiffance Chreftienne ne le nous
defendoit, ils feroient pour eftre adorez
comme Dieux, n'ayans en leur vie donné
marque d'eftre hommes, finon par leur
mort. Et quant à ce que le Ciel l'a deftinee
à les plaindre au cercueil, comme 'autresfois à les cherir en leurs triomphes, ce
n'eft fans quelque grand myftere de Dieu,
qui toufiours difpofe toutes chofes pour
le mieux. Et qui fçait fi ce n'eft point pour
la conferuation, & pour la conduite encor
de ces valeureux Princes fes enfans, qui
luy reftent? les vertus, les actions, & les
efperancesdefquels ne font moindres que
celles de ceux qu'elle regrette?

Voilà, Agathon, quelques petits foula-
gemens aux grandes douleurs de cefte
Princeffe. Car pour luy donner des reme-

des pour l'entiere guerifon, ie croy qu'il
n'y a Medecin qui l'entreprenne : & quoy
que le temps foit vn fort hardy & fçauant
Chirurgien pour les douleurs de l'ame,
& qu'il en face ordinairement des cures
prefque defefperees, encore m'affeure-ie
que la cicatrice en fera toufiours tant profonde & endoluë, que pour peu qu'on y
retouche elle aura des grands reffenti-
mens de douleurs.

Le mefme fer d'Achille autresfois fut la cure.
De fa mefme bleffure.

Auffi faut-il attendre l'entiere guerifon
de celle-cy, non pas de noftre fecours, ou
de celuy du temps : mais de cefte puiffante & celefte main, dont toutes les affaires
du monde font conduites.

Il eft temps de finir. Pour conclufion,
ie te confeille, puis que des grands biens
viennent les grands regrets & defolatiós:
& que tout ainfi que les elements fe tranf-
muent les vns aux autres, que de mefme
les aduerfitez femblét eftre conceuës des
grandes felicitez : qu'à l'imitation de ce
grand Philippe, pere d'Alexandre, ayant
eu quelques contentemens, tu faffe prieres au Ciel de te moderer les faueurs par
quelque legere fortune. Que fi ce temps
dure

dure, ie n'auray gueres d'occasion de luy
faire ceste requeste, pouuant dire qu'il ne
m'est resté contentement, sinon celuy que
me donne ma plume, & ton amitié. Et
pourueu que celuy qui me vient de toy
me demeure tousiours, ie ne me diray
point encores trop mal traité de la fortune. Et adieu.

---

*Que la mescognoissance du lieu où nous
sommes, & du bien que nous iouyssons,
nous en rend la perte plus ennuyeuse.
Que les pleurs sont inutiles aux aduersitez: & qu'il ne faut auoir autre dessein que d'estre vertueux.*

ENtre les preceptes de ce grand Py-
thagoras, nous lisons, *Ne mãge pas ton
cœur.* C'est à dire, ô Agathon, qu'il ne
nous faut consommer l'ame, & l'esprit par
trop d'ennuis, & de solicitudes. Si tu ob-
seruois ce commandemēt, ie n'auroy que
faire de mettre si souuent la main à la
plume, pour deliurer ton ame des maux
qu'elle se prepare elle mesme. Et tout
ainsi qu'en vne dangereuse playe on n'a

O

pluſtoſt pourueu à vn mal, qu'vn autre
ſe met en auant, ſi bien qu'il faut touſiours auoir les remedes, & le fer entre les
mains.

Il ſemble auſſi que ton ame vlceree,
n'attende preſque la gueriſon d'vne de
ſes paſſions, qu'elle n'en face renaiſtre incontinent quelque nouuelle. De ſorte
qu'auec toy il ne faut iamais laiſſer chom-
mer les raiſons, & la plume. Il ſeroit toutes-fois deſormais temps, que de ton
coſté tu t'y aydaſſes, ſans attendre ton ſalut de moy entierement. Auſſi toſt, me
dis-tu, que i'vſe de tes remedes, ie gue-
ris bien, mais ſi quelque nouueau mal
me ſuruient, ne faut-il pas que ie recoure
au Medecin pour auoir vne nouuelle
ordonnance ? Ah ! ſi tu auois bien mis
en memoire & en effect mes preceptes, pour certain, Agathon, qu'elles te
ſeruiroient à plus que d'vn mal. Mais
bien i'auray touſiours bonne eſperance
de toy, tant que le deſir de ton ſalut te demeurera. Commençons dont de mettre
la main à ta cure.

Tu regrettes, dis-tu, la mort de ce grãd
Prince, de ſorte que tu voudrois ne l'a-
uoir iamais cogneu. Que tu le regrettes,

tu fais ton deuoir, pourueu que ce ſoit
modeſtement, & que tu ne donnes cognoiſſance, ny d'eſtre foible, ny d'eſtre
flatteur. Car ton regret trop diſſolu te
pourroit acquerir l'vn de ces deux tiltres.
Mais ie ne puis trouuer bon que tu deſi-
res de ne l'auoir iamais cogneu. Epicure
diſoit, *Souhaitter que ce qui a eſté n'ayt point*
eſté, c'eſt deſirer plus que Dieu meſme ne peut
faire. Voila ton premier erreur.

Mais ſur quoy fonde-tu ceſte volonté?
Sur le regret de n'auoir plus ce que tu as
eu autres fois. Et ne voudrois-tu auoir
vn contentement s'il n'eſtoit eternel? Si
cela eſt, c'eſt en vain que tu en attends en
ce monde. Or regarde d'où ton deſplaiſir
eſt procedé à ce coup: c'eſt de la meſme
cognoiſſance: & du lieu où tu es & du bié
que tu as eu.

Tant que tu as ſeruy ce maiſtre, tu n'as
iamais dit en toy-meſme, Ce grand Prince eſt vn homme: & moy ie ſuis au monde: Car ſi tu t'en fuſſes reſſouuenu, cette
memoire t'eut incontinent dit. Il eſt
donc mortel: & le bien que ie iouys ne
peut eſtre de duree, puis que le monde
dreſſe ſes actions, & ſes mouuemens à la
regle de l'inçonſtance. L'homme ne va vi-

O ij

uant que comme allant à la mort & ne
viura plus lors qu'il n'aura plus à mourir,
Car à tous ceux à qui le Ciel donne la vie,
c'eſt auec cette irreuocable condition,
Il ſuffit donc de dire homme, pour entendre mortel. C'eſt vne ſentence pro-
noncee par toutes les Deſtinees enſemble, dés le commencement de la vie des
choſes:Et ne s'eſt iuſques icy trouué perſonne qui n'y ait obey. Car ceſte loy n'eſt
pas comme celle des hommes, que l'on
dit reſſembler aux toiles d'Araignes.
Tous Princes & Rois, auſſi bien que les
ſimples laboureurs y ſont ſubiets:les Philoſophes auſſi bien que les ignorans, les
riches comme les pauures.

La mort n'a point d'eſgard à la grandeur
    royale:

Au ſceptre le plus grand la houlette eſt egale.
C'eſt donc vne vraye punition du Ciel,
que la peine que tu reſſens pour auoir meſ-
cogneu vne choſe ſi cognoiſſable.

A cette heure que nous ſçauons la nature & le principe de ton mal, appor-
tons y les remedes. Dy moy, ie te prie,
as-tu opinion que tes regrets puiſſent
r'appeller ton maiſtre, ou te rapporter
quelque allegement?Depuis que l'vne des

Parques a coupé le filet de la vie, les autres deux ensemble ne le sçauroient re-
mouër.

La descente aux Enfers à chacun est
aisee :
Mais r'appeller ses pas, & en haut remon-
ter.
C'est là l'œuure & la peine.

Quand tu auras pleuré vne Mer de larmes, crois-tu effacer le moindre desplaisir
que tu ressens ? Si cela estoit, ie te con-
seilleroy de ne te contenter des tiennes :
mais d'en acheter, quoy qu'elles fussent
cheres, de tous ceux qui en voudroient
vendre : comme anciennement quelques
peuples faisoient en la mort de leurs plus
chers amis. Mais c'est esperer en vain que
penser sortir de ce dedale des desplaisirs, qu'auec le filet de la raison, ou du
temps.

Quand tu desires de n'auoir point veu
ce Prince, il faut aussi souhaitter qu'il
n'eust point esté. Car quel regret plus
grand, que de n'auoir point seruy celuy
qui meritoit le mieux de l'estre ? Ce seroit
estre au monde, & n'auoir point veu le
Soleil, & semblable aux Cimmeriens dõt
parle Orphee :

O iij

Qui seuls entre les hommes
Sont priuez de clarté.

Ie m'asseure, amy, que tu regretterois
ta vie, & que tu ne le voudrois pas. Et
n'es-tu pas bien miserable, de vouloir que
le monde fut priué de ce que tu crois
estre son plus bel ornement ? Non, non
Agathon, aimons-en autant la memoire
que nous en auons aimé la veuë : & che-
rissons nos yeux d'auoir autres-fois esté
esclairez de si belle lumiere, & nostre esprit pour estre à ceste heure plain de si
belle Idee. Et nourrissons en nostre ame
ceste opinion : Que comme personne n'a
iamais eu plus d'heur que nous, en l'election que nous auions faite de le seruir,
que personne aussi ne le sera iamais dauā-
rage qu'il a esté au rencontre qu'il a eu de
telles affections que les nostres. Ceste
vanité pourra en quelque sorte nous
aider, contre ce regret que tu opposes,
d'auoir perdu de si longs seruices par sa
mort.

Mais ie te supplie, ne parle plus de ceste
sorte. Ie cognoy bien que le desplaisir
de la mort te trouble le iugement. Telles
paroles sont indignes du courage d'Agathon, & de celuy qui est nourry dans le

fein de Phytagoras, de Platon, de Seneque, de Plutarque, & de tant d'autres
grands perſonnages. Crois-tu que Py-
thagoras ne ſe faſche de t'auoir dit ſouuent, *La Vertu ſe forme d'Vn Cube droit : &*
de quel coſté qu'il ſera tourné, il eſt touſiours de
meſme forme : Puis que tu dis que la mort
a emporté tes ſeruices? Que ſi c'eſt pour
la vertu que tu as ſeruy, la mort renuerſe
en toy ce Cube. Que ſi ce n'a point
eſté pour la vertu, ha! tu n'es point Agathon. *Penſe tu que Platon ne ſoit marry de t'a-*
uoir enſeigné, que la Vertu eſt ſon meſme loyer:
Puis qu'il void que d'vn deſir ſeruile tu
cherches recompenſe ailleurs : Et ce grãd
Stoïque, auec quel ſoucy te reprendra-il?
puis que tant de fois il t'a dit: *D'enſeigner*
d'eſtre Vertueux, pour autre deſſein que pour
eſtre Vertueux, c'eſt profaner les choſes ſain-
ctes & celeſtes: & meſler les ſacrees auec les
ſoüillees. Puis que tu monſtres de regretter la recompenſe de ta vertu. Mais comment oſerois-tu approcher de ce grand
Plutarque, puis que par moy mille fois il
t'a dit, que *Toutes les choſes ſont ſubiettes*
à la Fortune, ſinon la Vertu : Et toutesfois
tu plains le coup qu'elle t'a donné, comme ſi ta vertu y eſtoit offenſee? Eh non,

Agathon! croy moy, il te fera plus honorable auec Stilpon, de dire à Deme-
trius, qu'au fac de la ville de Megare tu
n'as rien perdu, d'autant que la vertu ne
craint point telles armes, que non pas
en ceſte perte generale plaindre celle de
tõ ſeruice. Puis que toute perſonne comme toy, doit croire que nulle recompenſe ne peut eſtre digne de luy. Ce qui ſe
peut acheter eſt choſe mercenaire, & le
ſoldat meſme qui ſert pour la playe, n'eſt
pas perſonne d'honneur. Cela ſeulement
eſt digne de l'homme libre, qui ne ſe peut
acheter que par la vertu, & c'eſt l'honneur. Dieu ne receuroit meſmes nos ſacrifices, ſi ce n'eſtoit pour teſmoignage des
vertus admirables que nous croyons en
luy, & pour leſquelles nous l'adorons.
Mets donc icy fin à tes larmes : Et t'aſſeure que ſi elles côtinuent, elles t'offenſerõt
d'auantage que l'occaſion meſmes qui te
les fait naiſtre. Ie t'enuoye pour concluſi-
ſion ceſte ſentence tant remarquée d'Euripide.

   Il faut pour t'aſſeurer chercher ton fonde-
     ment,

   Hors de la terre, où rien ne dire aſſeuré-
     ment.

Baſtis donc d'oreſnauant ſur le rocher
de l'ame,& nõ pas ſur le grauier du corps:
& des proſperitez de la fortune. Excuſe ſi
ma plume eſt vn peu trop rude:il eſt neceſſaire d'vſer du fer quand on voit que la
gangrene commence à monter.

Qu'il ne faut ſeulement eſtre vertueux:
mais qu'il eſt neceſſaire d'eſtre tenu
pour tel. Et que c'eſt que nous rapporte
la bonne ou mauuaiſe reputation entre
les hommes.

COnduis toy de cette ſorte:ne vueilles
pas ſeulemēt eſtre vertueux,ains auſſi
taſche de faire paroiſtre que tu le ſois. Vne
des plus grandes punitiõs du vice eſt,d'e-
ſtre tenu pour vitieux:& vne des plus grã-
des recompenſes de la vertu,eſt d'eſtre re-
cognen pour vertueux. Demoſthenes La-
cedemonien propoſa vn aduis qui eſtoit
tres vtile, & tres-bon : mais à cauſe qu'il
eſtoit eſtimé tres meſchant,& de vie tres-
diſſoluë, le peuple rejetta ſon conſeil. Les
Ephores, qui en recogneſrent l'occaſion

firent faire la mesme proposition par vn
des plus sages du conseil qu'ils esleurent,
& lors le peuple l'approuua, & s'en seruit:
non autrement que nous voyons aduenir
bien souuent des viandes, qui encore que
bonnes d'elles-mesmes, toutesfois nous
degoustent infiniemét sijelles sont seruies
dans les plats sales & couuerts d'ordures.
Il ne faut point douter, que cette opinion
n'ayt vne tres-grande force en l'ame des
plus aduisez. De sorte qu'il semble que par
elle toutes nos actions soient tournees ou
en bien ou en mal. Aussi ne croirons nous
si nostre amy nous presente quelque chose, qu'elle n'est point empoisonnee? Et s'il
nous en vient de nos ennemis, qui croi-
ra que ce ne soit pour nous nuire?

Croyez vous aucun don des Grecs estre
sans fraude.

Mais qui persuadera que le poison luy
puisse rapporter la santé: & la bonne nourriture la mort ? Et y a il plus grand poison
que le vice ? ou quelque meilleure nourriture pour nostre ame que la vertu ? Mais
diras tu, l'opinió que l'on a de moy ne me
fait estre ny plus ny moins homme de bié:
Non pas en toy-mesme, mais si fait bien
en la creance que les autres ont de toy:

Que si tu auois à viure tout seul, cette reputation seroit vaine : mais puis que tu ne
peux t'esloigner ny separer des hommes,
il faut qu'à l'imitation de la rose, non seulement tu ayes la bonne senteur en toy-
mesme, mais que tu la faces aussi ressentir
à ceux qui s'approcherons de toy. Vois-tu
que sert l'opinion ? En temps de peste si
quelqu'vn vient d'vne ville suspecte, nous
l'esloignons de nous, & luy faisons faire la quarātaine:& encore qu'il n'ayt point
de mal,nous ne toucherions quoy que ce
soit du sien: Au côtraire vn autre qui peut
estre viendra du mesme lieu, mais qui par
quelque moyen aura eu vne attestation du
contraire, nous le receuons parmy nous,
nous mangeons à mesme table, beuuons
à mesme verre, & peut estre couchons en
mesme lict:& à l'aduenture que cestuy-cy
aura desia la glande : comment veux-tu
que ie croye les remedes que tu me don-
neras estre bons,si ie n'ay opinion que tu
sois bon Medecin ? A plus forte raison , si
vn homme que ie croiray vicieux me con-
seille, ie fuiray son conseil, craignant qu'il
me traine à son precipice:qui est celuy qui
ne doit desirer de n'estre point contraint
de cacher les actions ? Et toutesfois il faut

que celuy qui eſt creu mauuais, les tienne
cachees : car telle creance les fera interpreter toutes ſelon le vice dõt il ſera taxé.
Si c'eſt vn hõme plein devolupté, c'eſtpour
desbaucher quelque perſonne: s'il eſt auare, c'eſt pour quelque vſure: s'il eſt larron,
pour quelque vollerie. Au cõtraire ſi nous
voyons faire quelque choſe de mauuais à
ceux dõt nous auons bonne opiniõ, nous
voyons que c'eſt pour quelque deſſein,
qui doit eſtre ainſi caché. Et comme ces
diſciples affectionnez à quelques vns de
ces grands Philoſophes, chefs de l'vne des
ſectes, ſe conſomment l'ame & l'eſprit
pour tourner, a bien quelque opiniõ fauſſe des leurs: auſſi nous trauaillons à rendre
meſme leurs mauuaiſes actions, loüables:
Et ſuffit pour dire qu'il eſt vray de rapporter, qu'ils l'ont dit ainſi. Quand il me ſouuient de l'hõneur que les Atheniens fixér
à Xenocrates pour la bonne reputation
qu'il auoit entr'eux, ie ne puis qu'eſtimer
infiniement ce bruit que quelques vns
croyent deuoir eſtre deſdaigné. C'eſtoit
la couſtume de leur Republique, apres
auoir diſpoſé de quelque choſe, de iurer
ſur l'Autel, qu'on auoit dit verité: Mais

quand il s'y prefenta, tous les iuges fe le-
uerent, & luy dirent ; La parole de Xenocrates nous eft plus affeuree que le ferment d'vn autre : Au contraire, le peuple
Romain, quand Carbon luy affeura quelque chofe auant ferment plein d'execra-
tion, tout d'vne voix iura hautement qu'il
n'en croyoit rien : toutesfois ce mefme
Senat, quand Marcellus fut appellé deuant luy en Iugement, lors que ceux qui
l'accufoient prefenterent leur liure, tous
les Senateurs en detournerent les yeux,
pour ne monftrer feulement de douter de
fa vertu, & quelqu'vn d'entre eux refpondit aux impofteurs : Il vaut mieux, pour
iuger Metellus, lire fa vie en fes actions,
que en vos liures : Mais quand par le mefme Senat Publius Rutilius fut banny en
Afie, où il auoit retranché les Threfo-
riers Generaux, tant s'en faut qu'il y fut
traitté en banny, que ceux de la Prouince
luy enuoyerent des Ambaffadeurs qui le
feftoyerent par toutes les villes où il paffa,
non point comme chaffé de fa patrie, mais
prefque comme venu parmy eux pour
triompher. Ce fut fa feule bonne reputation, qui au lieu de la honte, prepara tant
d'honneur à ce grand perfonnage. Et par

là nous cognoiſſons tres-veritable, ce
que dit Valere le Grand, que cette reputation eſt vn honneur perpetuel, & ſans
office. Que faut-il donc autre choſe à
l'ambitieux ? Quoy dauantage au magnanime ? Et quoy au vertueux ? Aux premiers, pour ſouler le deſir d'hôneur, qu'ils
ont tant en l'ame : Et aux ſeconds, pour
recompence de leurs vertus , que cette
bonne renommee. Quelques ouuriers
promettoient à Liuius Druſus, Senateur
Romain, de faire en ſorte que ſes voiſins
qui deſcouuroiēt & voyoient en pluſieurs
endrois de ſa maiſon , n'auroient plus de
veuë ſur luy, pourueu qu'il leur donnaſt
trois mille eſcus. *Mais ie vous en donneray*
ſix mille, leur dit-il, & faictes en ſorte que l'on
voye en ma maiſon de tous côſtez. Cet homme ſage & graue cognoiſſoit combien la
vertu cogneuë rapporte de bien aux vertueux. Mais que profite le threſor caché
à l'auare ? Et la ſcience au docte Legiſte,
quãd perſonne ne le ſçait? nul iamais n'ira
prendre ſon conſeil, ny l'employer à ſa
cauſe, s'il n'a reputation de ſçauant, ou
d'eloquent : & s'il t'aduenoit d'auoir affaire de quelque grande ſomme de deniers,
ne t'adreſſerois-tu pas pluſtoſt à vn ban-

quier incogneu, qu'à moy qui te suis amy?
Il n'en auient point autrement de ceux
que nous croyons ou mescroyons gens
de bien. Viuons donc : mais viuons en
public, & n'obseruons point ce vieux prouerbe, *Cache ta Vie*, pour le moins tant que
nous ferons parmy les hommes, viuons
au iour, & donnons plustost grandes sommes d'argent si nous les auons, pour faire
chanter nos actions, que non point pour
les couurir de silence. Considere quels
oyseaux sont ceux qui vont de nuict & tu
cognoistras que ce sōt ceux qui ne peuuēt
supporter la lumiere : de mesme ceux qui
fuyēt ce Soleil de la veuë de chacun, c'est
pour ne se ressētir assez forts pour telle lumiere. Ceux qui aymēt les tenebres craignent d'estre esclairez, & c'est vne marque presque certaine de se cognoistre dif-
formes en quelque sorte : car la nuict cache telles laideurs. Mets toy donc au iour
à fin que si tu es beau, tu te puisses acquerir la reputatiō que merite telle beauté: &
si tu es laid tu regardes par l'artifice de
t'accommoder, au mieux qu'il te sera
possible, le vice de la nature. Mais as tu iamais pris la peine de voir faire les rēparts?

Figure toy que pour baftir cette bonne
opinion, il en faut vfer de la mefme forte.
Combien de hottees de terre : combien
de liɛts de fafcines, combien de rangs de
gazons, faut-il coucher l'vn fur l'autre
auant que telles fortifications foient mifes en deffence. Pour mettre en mefme
eftat cette reputation, il faut de toutes les
Vertus faire vn fi grand amas, qu'eftant
difpofee chacune en leur place par la
prudence, il s'en efleue comme vne grande montagne. Il faut auoir dóné cognoiffance de iuftice, tenant la main à ce que
les foibles ne foient oppreffez, & que les
autres ne demeurent impunis. De la magnanimité, fe maintenant dans les plus
hautes gloires fans gloire. De force, viuant d'vne efgale balance, en la bonne
comme en la mauuaife fortune. De temperance, ne fe laiffant non plus vaincre
aux voluptez qu'aux douleurs. De vaillance, ayant cent fois enfanglanté l'efpee
de fon ennemy & la fienne, du fang l'vn de
l'autre, pour le feruice de la patrie, ou du
Prince qui fert: & ainfi des autres vertus.

Mais comme il ne fuffit pas d'vne hot-
tee de terre, d'vn liɛt de fafcine, & d'vn rãg
de gazons, pour parfaire vn rampart :
Auffi

Aussi ce n'est point assez d'auoir de chacune de ces vertus donné vn seul tesmoignage, il faut en toutes les occasions y en re-
ioindre de nouuelles: & ne faut seulement
les prendre quand elles se presenteront:
mais les rechercher auec la mesme curiosité, que les choses plus necessaires à nostre vie. Ne te souuiens - tu point de la
response que Phocion fit aux Ambassa-
deurs d'Alexandre? Ce grand Roy luy
auoit enuoyé par eux cent talents. Il
leur demanda pourquoy leur maistre
enuoyoit à luy seul tels presents, veu
qu'il y auoit tant d'autres Atheniens ?
Ils luy respondirent, que c'estoit parce qu'il l'estimoit entre eux tous, seul
homme de bien & vertueux: *Qu'il me laisse*
se donc, leur respondit-il, *& l'estre & le*
sembler. O que ce Phocion cognoissoit
bien & le merite de cette reputation, &
comme il la falloit conseruer. Vne hous-
sine rompra plustost les reins à vn ser-
pent, qu'vn plus gros basto: Et vn coup de
baguette sur le nez tuera plustost vn ressó,
qu'vne masse qui luy donnera ailleurs sur
le corps. Aussi les gräds coups ne sont pas
ceux qui peuuent abbattre ces remparts:

P

les tonnerres de la fortune y perdent
bien souuent leurs forces : mais le soupçon les ruine entierement. Il ne faut s'e-
ftonner, ſi peu de choſe a tant de puiſſance contre vne fortereſſe, qui couſte
tant à baſtir. Le Lyon, qui eſt ſi fort &
courageux, s'eſpouuante de ſorte, oyant
le cry du coq, qu'il ſe renferme trem-
blant dans ſa cauerne. On dit que les
choſes plus parfaictes ſont plus ayſement alterées, & que les plus parfaictes
complexions ſont plus ſuiettes à toutes
ſortes d'inconueniens.

Ne t'esbays donc qu'vn ſoupçon puiſſe
offencer la reputation : mais à l'imitation
des prudens Capitaines, taſchons de rem-
parer de plus forts artifices, les aduenuës
les plus foibles de noſtre camp. Ie vouloy
clorre ceſte lettre, mais j'ay tant deuant
les yeux la memoire de ce grand Prince
que nous auons ſuiuy, qu'à la plus part
de mes conceptions, il faut que le reſſou-
uenir de ſes actions ait lieu. Apres que
Vienne luy euſt eſté ſouſtraicte de la ſorte que tu ſçais : il tomba en ceſte grande
maladie, dont il ne releua depuis. Et encore que ſes affaires allaſſent en decadence,
à cauſe du grand coup que ceſte ville luy

auoit donné, si ne laissa il d'estre fort recherché de ses ennemis. Ie vis lors quelques vns de ses seruiteurs, qui le conseilloient d'accorder ses affaires, puis que le temps le requeroit, & que l'occasion en estoit belle: *Tant s'en faut* (leur respondit-il) *c'est à ceste heure qu'il faut que nostre resolution se change, s'il est possible en opiniastreté, pour faire paroistre que non point l'ambition mais la Religiõ vous a mis les armes à la main: & en ma mauuaise fortune. pour le moins i'ay ce contentement, de pouuoir rendre preuue irreprochable de mon intention: Car si tenant fort peu en France: & ayant opinion d'y deuoir tenir encore moins dans peu de temps, toutesfois à cause de ma Religion, ie refuse de tres-belles & honorables conditions des ennemis, où est l'ambition dont autresfois on m'a tant accusé.*

Et il est tres-veritable, amy Agathon, que par ce moyen ce grand Prince ne laissa persóne en doute que ce ne fut ce sainct dessein du seruice de Dieu, qui l'eut armé en ces dernieres gueres: Puis que se voyãt delaissé des siens, & ses ennemis tres-grãds & s'accroissans de iour en iour, le requerir toutesfois d'amitié, auec de tres-belles offres, il ne les voulut iamais escouter. A son exemple, ô amy, desdaignons tout ce

qui peut amoindrir la bóne opinion qu'on
peut auoir de nous:& nous ressouuenons
de ce qu'il souloit dire si souuent : Que
le seruiteur qui auoit reputation d'estre
vaillant plusieurs fois, estoit plus honnoré que son maistre.

Que nous ne sçaurions auoir cognoissance
asseuree de nos amis, que par la preuue
que nous en faisons aux aduersitez.

IL est vray, Agathon mó amy, quelques
fois les plus experts lapidaires sont tró-
pez de la belle apparence de pierres falsi-
fiees. La prudence est abusee de l'artifice:
& quelques fois l'or faux a plus d'esclat
que le bon. A cela la preuue peut estre vn
bon remede, encore qu'elle soit bien dangereuse : Car celuy ne nous manquera en
vne occasion legere, qui aura dessein de
nous tromper en chose de plus d'importance. Que faut-il donc que nous facions?
L'Aigle ayāt espreuué ses petits au Soleil,
reçoit pour siés ceux de qui les yeux sou-
stiennent les rayons sans siller: & nous au
contraire, nous recognoistrós les nostres
aux tenebres de nos aduersitez, ceux desquels la foy esclairera, auec autant de viue
lumiere qu'en nos bō-heurs doiuét asseu-

rement eftre tenus des noftres. *E lamor* (dit
Perez) *es como carbunco que fe haze luz en lo*
obfcuro. Mais en cet effay il ne faut pas croire que tout ce qui nous fafche foit aduerfité : non plus que les efgratigneures d'ef-
pingles ne fe doiuent nommer playes, encores que le fág en forte.pour auoir ce nó,
& pour nous rendre cette preuue de nos
amis, il faut que ce foit vn grád chágemét
de bóne en mauuaife fortune:ou de fi grá-
des& cuifátes pertes, qu'elles ayét accouftumé d'esbráler la cóftáce d'autruy. Quoy
dóc?fi nous ne fommes malheureux nous
nepouuons auoir affeurance de nos amis?
Nó certes:car ceux qui en nos bónes fortunes nous preffét les coftez,sót les mou-
chesde Plutarque. Malheureux dóc celuy
qui met fa felicité en l'amitié puis qu'il
n'en peut eftre affeuré qu'auec fon propre dommage.

Piace nol figlio di Padre crudele.

Mais qui fera celuy qui n'aura eu plufieurs commoditez de faire telle preuue?
Croy,amy Agathon,que l'homme quand
il naift,ne naift point autre qu'hóme. C'eft
à dire,qu'à fa naiffance il traine comme vn
deftin ineuitable , vne longue chaifne
d'infortunes &de miferes. Qui eft celuy,

P iij

ſi tu l'enquiers, qui en ſon ame ne trouué
vn exain d'ennuis:& qui ne croye ſa charge plus mal-ayſee à ſupporter que celle
de tout autre?Et il eſt vray,ſans métir que
chacun en ſoy meſme a les plus grands
malheurs. D'autant que le deſaſtre n'eſt
point,s'il n'eſt cogneu. Et il n'y en a point
qui le ſoit mieux que celuy que chacũ reſ-
ſent.Pourquoy dõc eſtimerõs nous celuy
malheureux qui fait profeſſion d'amy,en-
cor que par le malheur ſeulement il puiſſe
eſtre aſſeuré de ce qu'il deſire,puis qu'il ne
peut viure ſans les pierres de touche de ſõ
affection;& que le Ciel,comme fauoriſant
à ſi belles actions,nous donne tant d'irreprochables occaſions de nous aſſeurer de
la fidelité de nos amis,que c'eſt faute d'entendement ſi nous ne le ſçauons faire?

Pour ne chercher des exemples plus
eſloignees , regardons quelle a eſſé cette
vingt ſeptieſme annee de mõ aage.Le plus
cher de mes freres par ſa mort me marqua
de noir le premier d'Octobre. Inconti-
tinent le mois de Feurier d'apres,pour ne
m'eſtre plus heureux, me veil vendre à
Feurs, ſous l'entrepriſe d'autruy. Depuis
ie n'ay plus eſté à moy-meſme : car apres
auoir languy quelque temps en vne

tres-estroitte prison, & plaint longuemét
la maladie du Prince que ie suiuois, la nuit
du quinziesme d'Aoust de l'annee 1595. ra-
uit toutes mes esperances de la mesme
main dont elle trancha le filet de la vie de
ce grand Prince. Ces occasions, que coup
sur coup le Ciel m'a donnees, ne sont elles
suffisantes à me faire recognoistre mes
amis ? Aussi aurois-ie honte de m'y estre
trompé. Que si tu demandes que vouloit
signifier cette estroitte pratique auec cet
hôme. Croy que ce n'estoit point amitié,
mais arres d'vn fondement, où encores
les premieres pierres n'estoient bien iet-
tees. Car ie cherchois l'argile, à fin que sur
le fort ie peusse asseurer mon edifice. Que
si ie n'ay point à me plaindre de ma cognoissance : encores moins le dois-ie de
luy. Tant s'en faut il m'a dessillé les yeux,
me monstrant la rougeur de son or faux.
Et encores que i'en aye receu quelque
desplaisir, si ne laissay-ie de l'auoir agreable, considerant que les plus souueraines
medecines ne peuuent faire leur effect
sans laisser quelque amertume à la bouche. Il a preueu que la pesanteur de
mon amitié estoit vn trop grand fardeau pour ses foibles espaules, & qu'il ne

pouuoit endurer la touche dont mes aduerſitez ont accouſtumé d'eſprouuer mes
amis. Et en cela, certes, il a monſtré d'auoir
vne tres grãde cognoiſſãce de ſoy meſme
& de moy. Auſſi la perte d'vn Prince, dont
pour lors dependoit ma fortune, pour vn
eſſay premier, eſtoit vn peu bien difficile.
Il n'importe, c'eſt ainſi que le veut mon
humeur : il faut qu'à la premiere occaſion
ie cognoiſſe ſi l'on eſt pour moy : & comme dit Ennius.

Ie ſuis d'vn naturel ſi rond
Que ie porte deſſus le front
D'abort ou l'amour ou la hayne.

Et ſemble que la fortune en cela vueille
ſeconder ma volonté. Car au commencement de mes amitiez, elle m'offre touſ-
jours de ſes preuues, qui me rendent du
tout aſſeuré, leurs difficultez eſtans telles qu'il faut ou qu'il ſoit vrayement amy
en les ſurmontant, ou qu'il la rompe entierement auec moy, en les refuſant. De
ſorte que pour le moin, ie ſuis tenu de cela à mauuaiſe fortune, qu'elle ne me laiſſe
longuement deceu.

Voyla Agathon mon amy, comme ie me
vay conſolant remerciant le Ciel en ceſte
Fortune, que ce venin, qui ſe couuroit ſi

dangereux contre moy, se soit esclos
sans nul plus grand effet, qu'en donnant
cognoissance de soy-mesme.

Du changement de la Fortune, & des choses qui sont en nous & hors de nous.

N'En doutez plus Agathon, c'en est
faict. Ce grand Prince nous a laissé,
& lassé la Fortune par la force de son courage. Mais pour Dieu ! regarde quel beau
theatre a esté sa vie aux diuers euenemens
des choses du monde ! Le voila comblé
de trophees, & de puissances, & à peine
auons nous tourné l'œil qu'il ne luy reste
plus que le ressouuenir des choses. Quel
de ses voisins n'a desiré, & recherché son
amitié ? Et quel de ses ennemis n'a craint
& fuy sa haine ? De quelle grandeur le de-
sesperoit la grandeur de sa Fortune ? Et
quels desastres sembloient estre suffisans
de diuertir le cours de ses esperances ?
Quelles colomnes d'Hercule ne promet-
toit-il d'outrepasser ? Et quelles mers se
monstroient estre assez difficiles pour in-

terrompre la fuitte de ſes victoires?Tou-
tes ſes grädeurs:toutes ſes eſperáces: toutes ſes forces,toutes ſes victoires que ſont
elles deuenuës? Vn ſeul malheur les a ac-
cablees&eſgalees à la terre. Auſſi de la grã
deur à la ruine d'Ilion quelle ſeparation
plus gräde y mirét les Deſtinees que d'v-
ne ſeule nuiĉt?Si bien que le Soleil,qui ſe
couchant ſe reſiouyſſoit d'eſclairer de ſes
rayons vn ſi bel Empire, ſe leuant eut occaſion d'en pleurer les ruines.

E monſtro l'ombra d'Vna breue noĉte
All'hora quel ch'él longuo corſo élume
De mille giorni non hauea monſtrato.

O folle aſſeurance des mortels! qui ſe
figurent pouuoir trouuer fermeté pour
eux,en ce qui n'a point pour ſoy-meſme.
Les batteries de la Fortune ne ſont pas à
coup de belliers, mais de canons, ou pluſtoſt de tonnerres,dont l'eſclair ne paroiſt
pluſtoſt que le coup ne donne; & le coup
ne vient ſi toſt, que le fracas de ce qu'il ré-
contre ne s'en enſuiue entierement. Il eſt
vray que ces demolitions ne demeurent
pas inutiles, mais comme d'vn marrain
deſia tout trouué, elle en baſtit le bon
heur de quelqu'autre.

En cela il n'en faut rechercher autre

raison : (Car la Fortune & l'Amour sont
des deitez aueugles.) Sinon que comme
l'eau coule tousiours en bas, & le feu s'esleue tousiours en haut d'vn estre naturel,
poussee de mesme puissance, elle refait ce
que peu auparauant elle a desfait : & ne le
void plustost en estre qu'elle ne coure à le
destruire. C'est ce Saturne malicieux, qui
mange & deuore ses propres enfans aussi
tost qu'ils sont nais. Mais ces femmes qui
par leurs chansons & hautbois cachoient
la voix du petit Iupiter à sa naissance, ne
nous ont-elles appris que pour tromper
ceste muable Fortune, il faut feindre de
n'auoir point de Fortune ? Il me semble que le Peintre, qui voulant figurer
celle d'vne personne peindroit son ombre
pres de son corps, le feroit auec beaucoup
de iugement. Car veux-tu que ton ombre te suiue ? fuis-la : veux-tu qu'elle te
fuye ? poursuis-la : & la veux tu prendre?
iette toy en terre. Aussi iamais, qui
poursuyura la Fortune, ne la prendra.
Car elle est du naturel , en cela, du
chasseur, qui desdaigne la proye prise,
& ne desire que celle qui fuit. Or celuy
qui poursuit ceste Fortune est desia pris
d'elle , & de ses sorciers allechements.

Mais qui en est defireux, il faut qu'il la
fuye : & il s'en verra talonné à tous les
pas. Et plus encores la possedera-il, s'il se
iette en terre : & si pour quelque faueur
qu'il ait d'elle il ne s'esleue point. Et cela d'autant qu'elle est comme ces personnes foibles d'esprit, qui recherchent
ceux de qui elles sont mesprisees. Tu
treuueras peut estre estrange, Agathon,
de m'ouyr dire que la Fortune fuye ceux
qui la suiuent, & suiue ceux qui la fuyent : mais considere auec quelle importunité Catilina l'a poursuiuie dans sa
Republique, & auec quelle opiniastreté elle s'est esloignee de luy : au contraire prens garde comme Timoleon le
plus heureux Capitaine des Grecs s'e-
stant retiré apres la mort de son frere
loing de la veuë de toute Fortune, fut
par elle recherché dans les plus esloignees
cachettes de ses affaires domestiques,
pour assembler sur sa teste toutes ses plus
agreables faueurs, & clorre ainsi heureusement les dernieres iournees de son
aage. Regarde outre cela ce grand Senateur Romain, qui s'estoit tellemens
esloigné de ceste Fortune que tous ses
plaisirs estoient enfermez dans le clos de

sa metairie, cepédant qu'il s'amuse à conduire vne penible & vile charruë, elle le fait saluër Empereur de la plus grande & genereuse nation de la terre : remettant ainsi le Sceptre dans la mesme main qui estoit encore toute empoulee du trauail & du labourage. Le Soleil, & la Fortune ont vne grande difference en la communication qu'ils font d'eux mesmes. Car le Soleil esclaire plus aux yeux qui sont plus capables de sa clairté, & la Fortune ordinairement se donne plus à ceux qui le sont moins d'elle. De là vient qu'elle semble si volage : toutesfois au changement qu'elle fait de la plus-part des personnes, elle n'y est pas seulement poussee de son inconstance : ains de leur incapacité, qui ne la sçait plus longuement retenir. I'ay veu des grandes tours, & de fort sumptueux bastimens, qui n'estoient si tost esleuez en leurs perfections, que leurs fondemens venans à manquer, ou pour leur foiblesse, ou pour estre mal posez, ils tomboient en vne deplorable ruine. Et en cela le haut du bastiment doit-il estre accusé, ou le fondement? Aussi si vn esprit foible ne peut plus longuement soustenir le faix d'vne grande Fortune, que

peut-mais le fardeau fi on le laiſſe tomē
ber? En cela ie ne la nomme pas volage,
mais imprudente, de ne ſçauoir recognoiſtre ceux qui meritent deiouyr d'elle.
Et pouuons auec beaucoup de raiſon luy
reprocher comme Accius en ſon Philo-
ctete:

    Ah Mulciber, à vn homme de peu
    Tu as forgé des armes inuicibles.

Que dirons-nous donc de ces beaux
& diuins eſprits? Et ſans aller plus loing,
que dirons nous de ce grand Prince, de
qui nous auons veu la Fortune s'eſleuer
comme le vol de l'Aigle, preſque plus
haut que noſtre veuë ne pouuoit s'eſtendre? De ſorte que comme vn autre Ga-
nymedes, il ſembloit que l'oiſeau de Iupiter le deuſt porter au Ciel. Que dirons
nous que tout à coup nous l'auons veu
fondre comme le gibier, qui en volant eſt
frapé dans le cœur? En cela, Agathon,
outre qu'il aduient bien ſouuent, que
comme l'aueugle rencontre quelques fois
par hazard le droict chemin, quoy qu'il
ne le voye point, que la Fortune auſſi face des faueurs à celuy qui veritablement
les merite, leſquelles elle va par apres re-
tirant lors qu'elle recognoiſt qu'il n'eſt

pas des siens ; encore y a-il vn autre consideration. De tout temps la Vertu & la
Fortune ont guerre declaree l'vne contre
l'autre : & ont sous leurs enseignes tout
ce qui est au monde. N'aduient-il pas bié
souuent que l'on prend ses ennemis pri-
sonniers ? Que si cela est, pourquoy celuy
qui est soldat de la Vertu ne pourra il quelquefois prendre ceste Fortune ? Quand
cela luy arriue, il se sert d'elle comme de
son esclaue, & de ses mains mesmes se fortifie contre elle : Mais qu'il se donne bien
garde qu'elle n'eschape. Car comme le
captif fait tout ce qu'il peut pour se sauuer, elle n'oublie rien pour sortir de ses
prisons: quelquefois faussant ses defenses:
quelquesfois corrompant ses gardes : &
d'autresfois en les ensorcelant par ses en-
chantemens. Lors on appelle sa fuite volage, & toutefois ce n'est qu'vn desir de
liberté. Que si pour la perte d'vn prison-
nier on ne tombe pas en plus de honte:
tant s'en faut, si cela ne nous touche presque point, au prix de l'honneur qu'on
s'est acquis en le prenant, le vertueux ne
doit pas estre plus blasmé de la perte de
sa Fortune, qu'honoré pour l'acquisition
qu'il en auoit faicte auparauant. Epictete

separe fort bien,ce me semble, tout le gē-
re des choses, sur ce suiet. Les vnes,dit-il,
sont hors de nous: & les autres en nous.
Hors de nous sont les grandeurs, les Empires,la richesse,les enfans, la santé, & telles autres choses subiettes à la Fortune.
En nous est la constance, la prudence, la
force,la iustice,la magnanimité,la vaillance, & bref tout ce qui procede de l'esprit.
Or s'il me saduient des choses qui sont de
nous,nous en sommes coulpables : car elles sont entierement en nostre puissance:
& n'y a personne qui en ait la disposition
que nous. Mais des autres, tant s'en faut
que nous en deuions estre taxez, que la
perte, qui en est supportee auec prudence, en est loüable. Parce que n'ayant nul
pouuoir sur telles choses,la disposition en
est à ceux de qui elles dependent.

Donc la Fortune a voulu disposer de
ces biens qu'elle auoit donnez comme en
garde à ce Prince, cela ne le touche nullement. Ou bien si elle estant sa prisonniere luy a quelque temps serui comme d'e-
sclaue,il ne doit estre blasmé si sa bonté
a esté deceuë par la malice de sa prisonniere: mesme n'y ayant eu faute de vigilance à la bien garder : ny de prudence à
                                    s'en

s'en sçauoir seruir. A cette heure, Agathon mon amy, sans que ie t'en face plus
grande ouuerture, tu pourras iuger ce que
tu me demandes, du changement de cette Fortune: & m'asseure, si tu suis le chemin que ie t'ay frayé, que tu ne manque-
ras d'en trouuer la verité. Mais me diras-
tu, comment recognoistrons nous ceux
qui la tiennent prisonniere, ou à qui par
hazard elle s'est adressée, de ceux ausquels
elle se donne de bonne volonté? Fort aysément, si tu consideres, Agathon, ce
que ie te vay dire. Ceux ausquels elle se
donne, se voyent sans peine & sans prudence obtenir ses faueurs, & naistre comme quelques herbes en vne nuict, sans que
les plus aduisez puissent treuuer quelque
raison à la naissance de leur bon-heur, ny
suitte en la continuation de leurs prosperitez: Au contraire, ceux qui la prennent
prisonniere, c'est auec peine, auec longueur de temps, & suiuant les voyes de la
raison & de la prudéce. Et quoy que ceux
ausquels elle s'addresse par hazard ayent
vn commencement presque semblable, si
est ce que la suitte les fait assez recognoistre, parce que ceux-cy la conduisent
auec le frein de la raison, & les autres se

Q

laiffent emporter à elle & à ſon impetuoſité. Mais on les coguoiſt encor plus aiſément lors qu'ils en ſont deſpouillez, parce que celuy qui l'a priſe auec la vertu, ou le vertueux à qui elle s'eſt addreſſee par hazard, ſi elle eſchappe de ſes mains, il ſupporte ceſte fuite auec la meſme prudence dont il en a iouy, ainſi que nous liſons dans la perfidie :

   Quel eſtat qu'à chacun ordonne la Fortune,

   Elle ne peut pourtant vn grand cœur abaiſſer.

Les autres au rebours s'abatent de telle ſorte qu'ils ne retiennent que le nom de ceux qu'ils ſouloient eſtre.

Mais comme que ce ſoit, ie concluray ceſte fois par la ſentence de ce grand Prince des Medecins : *La plus grande medecine eſt ne point vſer de medecine.* Auſſi la plus grande Fortune, eſt ne point vſer de Fortune : mais de la Vertu ſeulement. Et adieu Agathon : Aime moy touſiours, ſi tu ne veux ſortir de ma priſon ma plus grande Fortune.

Que l'homme de bien doit fur tout crain-
dre le bon-heur. Et d'où vient la co-
gnoiſſance & meſcognoiſſance de ſoy-
meſme.

VEux tu ſçauoir, Agathon, ce que
l'homme de bien doit craindre le
plus? En peu de mots ie te le diray. C'eſt
le bon-heur. Et en voicy la raiſon. Ce qui
demolit plus aiſément, & plus promptte-
ment noſtre principale forterefſe, eſt l'a-
me de l'ennemy que nous deuons la plus
craindre. La principale forterefſe du ſage
c'eſt la cognoiſſance de ſoy-meſme. Et
y a-il quelque choſe qui la demolifſe plus
promptement que le bon-heur? Comme
lors que le Soleil nous donne droit dedãs
les yeux, nous demeurons esblouïs pluſtoſt qu'eſclairez. Quand auſſi le Soleil de
la bonne fortune donne à plomb defſus
nous, noſtre entendement malayſément
ſe peut recognoiſtre, esblouy par la vaine opinion d'eſtre plus que nous ne ſommes pas.

De là vient, que ce grand Alexandre,

emporté de la vanité de son bon-heur, permettoit qu'on luy dreffat des autels, comme aux Dieux, & ne le cogneut, ny recogneut iamais mieux ses flatteurs, que quand blessé il leur dit.

C'eſt là du ſang, & non de l humeur telle
Qu'il ſort aux Dieux, de nature immor-
telle.

Les Philoſophes naturels tiennent, que la vertu vnie a plus de force. Il s'enſuit dôc par ſon contraire, que la des-vnie eſt la plus foible.

Quand eſt ce que l'homme eſt plus fort que lors que l'on taſche de le jetter en terre? On luy void roidir les bras, aſſeurer fermes les pieds, & n'y a partie en luy qui ſoit participante à la force, qui ne ſe joigne enſemble pour le maintenir l'vne l'autre. Auſſi noſtre eſprit ne roidit iamais mieux les nerfs de ſes puiſſances, & ne ſe rappelle iamais mieux à la defenſe de ſoy-meſme, que quand il ſe ſent esbranler, & qu'il void la fortune s'efforcer contre luy à le vouloir abatre. Alors il ſe cognoiſt homme, c'eſt à dire, expoſé au change-ment des choſes mortelles, le ioüet de la fortune, qui ſur ce grand Ocean des affai-res du monde, auance, & recule ainſi qu'il

luy plaut le vaiffeau de fes deffeins: & que
pour refifter il ne luy refte que la vertu,
auec laquelle il faut qu'il fe conduife en
vn port affeuré. Au contraire ces grandes
lumiers des felicitez, l'esblouyffent de for
te qu'en l'opinion d'eftre plus que Dieu il
deuient moins qu'homme. Ce que con-
fiderant Phocilides il commande tres à
propos:

Garde-toy bien qu'aux malheurs la dou-
leur
La ioye au bien ne te trouble le cœur.

Mais fçais-tu, amy Agathon, quel remede il me femble qu'on peut vfer en la
bonne fortune ? Il faut faire ce que la nature nous apprend lors que nous voulons voir eftant au Soleil. Car de peur
qu'il ne nous esblouyffe, elle apprend
voire mefme aux plus petits enfans de
mettre la main fur les fourcils pour faire
ombre à nos yeux. De mefmes entre
nous & le bon-heur, mettons quelque
chofe qui face ombre, à fin que cefte feparation nous def-vniffe en quelque forte
de luy, & que nous le puiffions laiffer auãt
qu'il nous laiffe.

Or ce qui nous doit faire cet ombre;
que penfes-tu Agathon, que ce puiffe

eltre. C'eſt la cognoiſſāce de la legereté, &
de la flatterie de ſes douceurs. Ces peuples
qui ſe reſiouyſſoient quand ils voyoient
pleuuoir, ſous l'eſperance qu'ils auoient
du beau: & qui au contraire s'attriſtoient
quand ils l'auoient beau, par la preuoyance qu'ils auoient des orages & des pluyes
futures, ſçachant bien que rien n'eſt de
durable en terre, & que

Touſiours ne tempeſte enragee,
Contre ſes bords la mer Egee.

Nous apprenent aſſez comment nous
deuons receuoir le bon-heur, & nous faire ombre auec la cognoiſſance de ſon peu
de duree. Xerxes fils de Darius, indigné
contre les Babyloniens, à cauſe de leur
rebellion, apres les auoir reconquis, leur
defendit toute choſe penible, comme de
porter armes, de ſe trauailler, meſmes
à la conſeruation de leur païs , & leur
commanda tout au rebours de danſer,
ioüer, & d'vſer de toutes ſortes de delices, puniſſant par la volupté ceux que des
autres euſſent punis par des peines Mais
il iugea que ce chaſtiment eſtoit le plus
grand de tous , comprenãt bien que tout
ainſi que par l'infortune & par le trauail,
nous nous rendons plus que nous n'e-

ſtions, que par le bon-heur auſſi, & par les voluptez nous deuenons moindres que nous auons eſté. Les delices de Capoüe apprindrent bien à Hannibal à ſes deſpens, quel eſt l'effect qu'elles produiſent en nos ames, puis qu'en fin elles le rendirent vaincu de ceux deſquels ſa vertu l'auoit fait triompher mille fois.

Philippus Roy de Macedoine ſouloit dire, qu'il eſtoit bien tenu aux harãgueurs des Atheniens, parce que mediſans de luy, ils eſtoient cauſe de le rendre plus homme de bien. *Car ie m'efforce tous les iours*, dit-il *de les faire trouuer menteurs.*

L'homme de bien eſt de meſme obligé aux aduerſitez, d'autant que ſi elles l'accuſent de foibleſſe il les dement par ſa conſtance. Si elles luy reprochent vn corps ſujet à tous inconueniens, il leur oppoſe vn eſprit qui ne peut eſtre bleſſé. Et ſi elles veulent vſurper ſa domination, il leur fait paroiſtre que le ſage ne domine pas ſeulement la terre, mais auſſi les aſtres auec ſa prudence. Et c'eſt ce qui me fait dire que nous ſommes obligez à nos aduerſitez, puis qu'elles nous donnent occaſion de nous ſeruir des armes de noſtre vertu. Et au contraire, Agathon, ie te dy encore

Q iiij

qu'il n'y a rien qui foit plus à craindre que
la bonne Fortune.

Bias fouloit dire, que celuy qui eftoit
porté d'vn grand heur, couroit la mefme
Fortune que le vaiffeau qui en pleine
Mer eftoit emporté d'vn vent tres-impe-
tueux, parce qu'il eftoit bien vray qu'il
faifoit beaucoup de chemin d'vne vi-
fteffe extreme: mais qu'au moindre ef-
cueil qu'il rencontroit, il fe brifoit d'autant plus aifement que le vent eftoit plus
violent. Et de fait, nous n'auons iamais
veu vne grande Fortune qui fe foit ruinee
peu à peu. Les exemples de noftre âge
ne feroient que trop familiers fi nous
voulions les rapporter. Mais chacun ne
peut encor auoit la memoire fraifche fans
les relire icy. Et me fuffira d'alleguer celuy de ce grand Bajazet, furnommé la
foudre du Ciel, qui de Monarque de prefque tout l'Orient, fe vit en vn iour le mar-
chepied de fon ennemy. Et Brennus Roy
des Gaulois, ayant furmonté toute l'Italie, vaincu les Romains, pris & faccagé
Rome d'vn Soleil à l'autre, fe veit entre
les mains de fes vaincus, fon armee deffaite, & fa Fortune tellement tout à coup
accablee, qu'il n'y auoit plus riē qui peuft

augmenter d'auantage son malheur que la continuation de sa vie.

Les Medecins disent, qu'entre toutes les maladies celle-là est la plus dangereuse qui assoupit de sorte le malade, qu'en l'extremité de son mal il demeure sans ressentiment de douleur. Et nous, ne dirons nous pas que la plus grande maladie de l'ame est celle qui luy empesche de pouuoir ressentir le sien?

Il n'y a rien qui puisse guerir l'ame que le iugement : mais le iugement estant atteint de cette maladie, ou plustost flatté par la douceur apparente du bonheur, n'est plus Iuge capable pour discerner la verité. Et ainsi son mal demeure sans espoir.

Quel homme, s'il n'a esté particulierement fauorisé du Ciel, a rendu preuue estant en vn extréme bon-heur de se recognoistre : Qui est-ce qui ne s'est laissé emporter au delà de la raison, ou par l'ambition, ou par la vengeance, ou par l'auarice, ou par la volupté ? Et cela c'est d'autant que quand tout reüssit à souhait, la presomption nous empesche de tourner les yeux à ce que nous sommes. Et au contraire les malheurs nous font r'entrer en

nous mesmes, nous tesmoignent ce que
nous sommes, nous monstrent vne à vne
toutes nos fautes, & nous apprennent,
si nous ne les cognoissons, qu'ils en sont
les chastimens. Et outre les maux que
l'esprit en reçoit en soy-mesme, encore
entraine-il vne chaisne infinie du dehors.
Car infailliblement les flatteurs, qui n'ont
autre Dieu que cette grandeur de fortune,
adorent le bon-heur en celuy qui le possede. Et ainsi n'ont garde de reprendre ce
qu'ils y recognoissent de mal: & ne se sou-
ciant, que comme que ce soit, de s'insinuer
en la bône grace de celuy qui est puissant,
ne luy remplissent les oreilles que de ses
loüanges, & quoy qu'il fust de moindre
courage qu'vn Thersites, plus auare
qu'vn Midas, & plus cruel qu'vn Anthro-
pophage, pourueu qu'il soit heureux, ils
le diront plus vaillant qu'vn Achilles,
plus liberal qu'vn Alexandre, & plus clement qu'vn Iules Cesar. Antiochus, celuy
qui fit deux voyages contre les Parthes,
s'estant esgaré à la chasse, logea en vne ca-
bane de paysans, là où en souppant, il s'en-
quit que l'on disoit du Roy. Il luy fut respondu, que le Roy estoit vn bien bon
Prince, mais que pour estre trop addon-

né à la chaffe il fe remettoit de fes affaires
à certaines perfonnes qui s'en acquittoiét
tres-mal. Pour l'heure il ne refpondit rié:
mais le matin que fes gardes furent arri-
uees, reprenant fon habit Royal de Pourpre, & le diadefme. *Depuis*, dit-il, *que ie
vous pris premierement à mon feruice, iufques
à hier au foir, ie n'auois entendu vne feule parole veritable de moy.*

Les aduerfitez, Agathon, par ainfi ne
font pas feulement chaftimens de nos er-
reurs, mais auffi les foufflets quelquesfois
qui vont allumant nos ames en la vertu,
d'autant que comme vn fouffle fait fortir
bien fouuent mille eftincelles d'vn tifon
à moitié affoupi, auffi vne feule aduerfité
fait plufieurs fois eftinceller mille gene-
reufes actions de l'homme genereux.

Il y en aura peut eftre à qui ces conditions de la vertu fembleront bien rudes, mais qu'ils fe reffouuiennent qu'il
n'y a que ceux qui fe font lauez dans le
fleuue d'Eurotas, qui puiffent trouuer
bon le boüillon noir de Sparte.

Que la mort n'eſt point redoutable. Et
　　quelles ſont les paſsions & douleurs
　　de l'ame & du corps.

IE viens de receuoir ta lettre, par les
mains de Lidias, en laquelle i'ay leu le
contentement que ma gueriſon t'a rapporté. Et par ce que tu iuges qu'il eſt
plus ayſé de Philoſopher en diſcours,
qu'en effeᶜᵗ tu me demandes quel i'ay
eſté en cette maladie, & ſi l'horreur de la
mort n'a point esbranlé la conſtance qui
eſt en mes enſeignemens. Ie te diray,
Agathon, pour reſpondre à ta curioſité,
que ie croy la mort eſtre plus eſpouuentable à l'ame que douloureuſe au corps, &
beaucoup plus eſpouuentable à qui ſeulement en a ouy parler, qu'à celuy qui l'a
veuë & recogneuë de pres. Si bien qu'on
la peut comparer à ces peintures, qui de
loing nous repreſentent en deceuant nos
yeux, des monſtres hydeux en des formes
eſtranges, mais qui de pres ſont recogneus par le iugement pour n'eſtre que
peintures. Car l'horreur de ce nom de

mort,de loing fait fremir l'hôme, par l'o-
pinion qu'il a que c'eſt vne choſe mauuai-
ſe:mais de pres,la raiſon & l'experiēce luy
teſmoignent, que s'il y a quelque choſe
de mauuais, c'eſt qu'elle eſt ſuſceptible du
bien & du mal.Ie t'en puis parler auec plus
d'aſſeurance que ie n'euſſe pas fait il y a
quelque temps. Car en cette maladie ie
l'ay veuë d'aſſez pres pour la pouuoir recognoiſtre, & ſçauoir par quels chemins
on va à elle. Et d'autant que ie n'ay iamais
creu quelque choſe deuoir eſtre honorable à vne perſónevertueuſe qui ne la deuſt
eſtre à moy auſſi, dés que ie recogneus le
peril de mó mal,ie me reſolus à le ſupporter auec le meſmeviſage,& la meſme conſtance que i'auois loüee aux perſonnes de
vertu. Cela fut cauſe que me remettant
deuant les yeux les exemples de pluſieurs
grands perſonnages,entr'autres ie me reſ-
ſouuiens de Caninius, auquel eſtant demandé ſur le point de ſon ſuppl'ce à quoy
il péſoit à ceſt inſtāt-là : reſpondit: *Ie con-*
ſidere ſi ie pourray prendre garde au paſſage
que fait l'ame,de la vie à la mort.

Ceſte fermeté de courage, qui me pleut
en luy me fit deſirer de l'imiter en quelque
ſorte. Et par ainſi durant toute ma mala-

dir, ce à quoy ie me fuis le plus eſtudié, a
eſté de remarquer quelles eſtoiét les douleurs qui deuançoient la mort, quelles
celles qui l'accompagnoient, & quelles
celles qui la ſuiuoient. Que ſi ie puis
auſſi bien te les repreſenter que la preuue m'en a fait reſſentir vne bonne partie,
i'eſpere que tu cognoiſtras que l'horreur
de la mort eſt pluſtoſt en vne imagination
bleſſee, qu'en vne ſaine raiſon.

L'homme eſtant compoſé d'ame & de
corps, eſt ſans doute paſſible en tous les
deux, car l'eſtroitte vnion qui eſt entr'eux,
ne peut permettre que l'vn ayt du mal
ſans que l'autre s'en reſſente. De là vient
que l'ame ſe deult des bleſſures du corps:
& que les paſſions de l'ame affoibliſſent
les forces du corps, le rendent malade,&
quelquesfois le conduiſent au tombeau.
Doncques toutes les paſſions & les douleurs naiſſent en l'homme de l'ame & du
corps.

Les paſſions s'eſcoulent principalement en l'ame, par la crainte, par le regret,
& les douleurs au corps par le toucher.
Car pour les autres eſmotions de l'ame,
comme le deſir, l'eſpoir, la cholere, & ſemblables, ce ſont pluſtoſt affections que

paſſions, comme au corps les demangeai-
ſons ne ſe doiuent nommer douleurs. Et
quoy qu'il ayt les cinq ſentimens par leſquels il repreſente à l'ame tout ce qui luy
plaiſt ou deſplaiſt, ſi eſt-ce qu'il n'y a que le
toucher qui s'appelle douleur. Car nul ne
dira vn ſon deſaccordant, vne veuë faſ-
cheuſe, vne mauuaiſe odeur, ou vn gouſt
amer eſtre vne douleur, mais pluſtoſt vne
offenſe aux ſentimens. Doncques par ces
trois du toucher, du craindre & du regretter, vient en l'homme tout ce qui peut ſe
nommer douleur & paſſion. Que s'il y a
quelque choſe en la mort de mauuais
pour l'hóme, elle ne peut eſtre que pour
la douleur que nous croyons eſtre en elle,
ou par la paſſion dôt elle bleſſe l'ame. Parce que mal ayſément ſe peut-on figurer
que ces liens eſtroits qui ioignent enſemble l'ame & le corps, viennent à ſe delaſ-
ſer ſans vn grand effort, & que cet effort
n'apporte vne extreme douleur, & par
ainſi le corps ſe reſſent de cette deſ-vnion
de l'ame, qui eſt ſa perfection, & l'ame le
laiſſe à regret, l'ayant tant aymé, & craint
les choſes qui luy peuuent aduenir apres
cet eſloignement. Voila, ce me ſemble,
Agathó mó amy, ce qui peut rêdre la mort

mal-ayſee. Or voyons ſi ces choſes ne cõ-
ſiſtent point plus en l'apprehenſion qu'en
la verité. Et pour ne rien confondre,
commençons à la douleur.

En toutes les choſes humaines il y
a trois temps, celuy qui deuance, celuy qui eſt, & celuy qui ſuit. Ceux qui
craignent la douleur de la mort, peuuent de meſme craindre ces trois temps.
Mais pour le premier, auant que d'arriuer à la mort, toutes douleurs ne nous
ſont elles douces pour l'euiter? Qu'elle difficulté faiſons-nous, ſous l'eſpoir
de gueriſon, de ſouffrir toutes les plus
aſpres douleurs du fer, & du feu? Quel
d'entre nous a iamais refuſé, s'il n'y a point
eu d'autre remede, de ſe voir couper vn
bras ou vne iambe de cette rançon?

Qui dira donc, que nous craignons les
douleurs qui deuancent la mort, puis que
les plus aſpres nous ſõt douces pour l'euiter? Mais c'eſt peut eſtre ce qui ſuit le corps
apres la mort. Et pouuons nous eſtimer
qu'il y ait differẽce entre n'auoir oncques
eſté & ceſſer d'eſtre apres auoir eſté? Fort
à propos certes dit le Philoſophe Arche-
ſilaus. Ce mal qu'on appelle mort ſeul entre
tous ceux que l'on eſtime maux, ne fit onc mal
à perſonne

à perfonne luy eſtant arriué. Et Simonides ſe
conformant à ceſte meſme opinion, demande à ceux qui en ont peur:

Quel mal reſſentois-tu lors que tu n'eſtois pas?
Et quel redoutes tu n'eſtant plus icy bas?

Le corps eſloigné de l'ame, tout ainſi que
deſpoüillé des mouuemens, l'eſt auſſi des
ſentimens. Car ce n'eſt que par elle qu'il
ſe meut, & reſſent. Et parce que ie ne croy
point qu'il y ayt perſonne qui ayt ſi peu
de cognoiſſance de ſoymeſme qui puiſſe
penſer le corps eſtre ſenſible ſans ſentiment, ie ne m'arreſteray point d'auantage ſur ce poinct, & viendray au dernier
qui eſt de la douleur qui accompagne la
mort.

Nous auons deſia dit, que les ſentimẽs
ſeuls produiſent la douleur. Or ſi auant
que de venir à cette extremité de la mort
nous eſprouuons que la veuë s'eſbloüit,
l'ouye ſe perd, le gouſt ſe peruertit, pourquoy ne iugerons nous que l'attouchement s'aſſoupiſſe de meſme? Pour moy,
Agathon, ie te diray auec verité qu'en
mon mal i'auois tous les autres encore
plus ſains que ceſtuy-cy : car ceux qui ſe
preſentoient à moy, ie les recognoiſ-

R

fois, & les oyois parler. Mais ie ne reſſentis en telle extremité iamais douleur eſgale à pluſieurs autres que i'auois eu auparauant. Que ſi nous eſprouuons, que le ſentiment de la veuë, de l'ouye & des autres, ſe perd ſans douleur, pourquoy ne croirons nous, que de meſme celuy du toucher nous doiue laiſſer ſans nous faire mal ? C'eſt ſans doute que nous perdons a veuë, l'ouye, & le gouſt, ſans y prendre garde, & nous croirons que le ſentir ne nous puiſſe laiſſer ſans vn extreme reſſentiment? Les perſonnes mieux compoſees ſont celles qui reſſentent plus viuement la douleur. Il s'enſuit donc par les contraires, que les plus mal compoſees la reſſentent le moins. Et par cette raiſon toutes perſonnes malades ne la doiuent pas beaucoup reſſentir : car ſi elles n'eſtoient mal compoſees, elles ne ſeroient pas malades.

La douleur ne vient que de la force des ſentimens, auant que l'on vienne à cette extremité du mal qui fait mourir, ils ſont tant abbattus qu'ils ont peu ou point de force. Que la foibleſſe des ſens amoindriſſent la douleur, on l'eſpreuue aux parties offencees, où la nourriture defaut, qui

font beaucoup moins fenfibles que les autres, & aux vieillards aufquels diminuant
la force, les forces auffi de la douleur di-
minuent. Outre que ce qui eft capable de
reffentir, ce font les efprits vitaux qui en
l'homme fain font efpanchez par tout le
corps, & pource par tout le corps
il eft capable de la douleur ; Mais
aux malades nous voyons que peu à peu
les parties plus efloignees du cœur demeu
rent froides, & que defnuez de la chaleur
naturelle toute la douleur qu'elles reffen-
tēt c'eft de ne pouuoir refsētir la douleur.
Or tout ainfi que fans que le malade le re-
cognoiffe, fes efprits fe fōt retirez de toute l'eftenduë du corps, autour du cœur, de
mefme abandonnent ils le cœur fans nul
reffentimēt, ny effort, ainfi que la flamme
s'efloigne de la mefche quand l'huyle luy
defaut fans nulle violence.

De dire que cet inftant apporte vne extreme douleur, cela ne fe peut, car fi les
efprits vitaux font ceux qui fentent, lors
qu'ils fe perdent, toute douleur auffi fe
perd. Mais c'eft peut-eftre, la feparation
que nous croyons eftre douloureufe. Cela ne peut eftre fenfible, puis que les fens,
comme nous auons dit, font defia affou-

pis. Et si des semblables on peut tirer quelque cognoissance, pourquoy croirons nous la separation des esprits vitaux & du cœur, estre tant douloureuse, puis que nous esprouuons que celle qu'ils font des autres membres, ne se peut à peine ressentir? comme nous venons de dire.

Mais quand il seroit ainsi, que ce fust vne extreme douleur, que peut-ce estre qu'vn instant? Car ainsi que nous enseigne Aristote, *Les sens ne peuuent agir en nous qu'auec le temps.* Or ce temps estant moins qu'vn moment, quelle en peut estre la douleur? Car le moment que nous voyons bransler la flamme, n'est pas celuy de la mort du flambeau, ny celuy qui suit aussi pres sa mort. Si bien que c'est vn certain temps sans temps qui est entre ces deux momens. Chose si briefue, que puis que l'esprit la peut à peine comprendre, il n'y a pas apparence que le ressentiment en soit beaucoup plus capable.

Il est vray que quelques vns pourroient peut estre dire qu'encore que la flamme meure, la mesche ne laisse de demeurer chaude quelque temps, & qu'aussi apres cet instant de la mort il peut demeurer encore quelque ressentiment qui doit

eſtre grand puis qu'on void ces conuul-
ſions des nerfs, & des membres, qui
ſont teſmoignages des grandes douleurs.

Mais cela, comme ie t'ay dit, eſt digne
de riſee, de penſer qu'vn corps mort
reſſente du mal. Et quant aux retiremens
& contractions des nerfs, qu'ils ſe figurent de voir des cordes de luth tenduës
qui venans à eſtre laſchees, ſe retirent
d'elles meſmes à leur repos. Car de meſme les nerfs de tout le corps, qui reſpon-
dent au cerueau, venans à eſtre deſten-
dus, par le deffaut de ſes forces, font ces
meſmes effects ſans ſe donner du mal,
& auec relaſchement de leur trauail continuel. Et tout ainſi que la queuë du Lezar
va longuement ſautant apres qu'elle eſt
diuiſee du corps, ſans toutesfois que le
Lezar mort en ſente quelque choſe. Il
peut bien eſtre auſſi qu'apres la mort,
le corps ayt quelque mouuement que les
Latins appellent palpitation, mais cela
ſans ſentiment, tout ainſi qu'vn arc cour-
bé par violence de ſa corde, lors qu'elle
veint à rompre ſe va de ſoymeſme remettant en ſon premier eſtat.

Ie ſçay, Agathon, que tu me pour-

ras refpondre, que ces raifons pourroient
eftre valables pour ceux qui languiffent
longuement en vn lict, ou pour les vieillards, defquels Ariftote affeure la mort
eftre fi ayfee qu'à peine elle eft reffentie d'eux, mais que pour ceux qui font
emportez d'vne mort violente,& prompte, il n'y a pas apparence que la douleur ne foit extreme : Ie te refpondray,
Agathon, que fi la mort eft prompte,
elle ne donne le loifir d'eftre reffentie,
ainfi que ie t'ay defia dit. De forte que
la douleur ne doit pas eftre crainte, qui
eft finie auffi toft que commencee. Et
toutesfois ie t'auoüeray bien que comme
il y a diuerfes fortes de morts, auffi y a
il en elles diuerfes fortes de douleurs.
Mais quelles qu'elles puiffent eftre, elles
ne font point redoutees comme douleurs, mais comme mort, c'eft à dire
comme fin de toutes nos actions en ce
monde. Et par là nous pouuons conclurre, que l'horreur que l'on a de la mort
ne procede pas de la douleur du corps,
mais de la paffion de l'ame, qui regrette
& qui craint.

Et à la verité, qui regardera feulement
à la commune opinion, s'y lairra en quel-

que forte emporter : car laiffer la lumiere du iour, les douceurs de cette
vie, les richeffes, les commoditez,
les parents, les amis, la femme, les enfans, & bref le propre corps, auec lequel on a fi longuement & eftroitte -
tement vefcu : Il faut aduoüer qu'il eft
bien mal ayfé de le pouuoir faire fans
regret. Et il y a bien apparence, que fi
la perte d'vne feule de ces chofes nous
apporte vn extréme defplaifir, qu'à plus
forte raifon les perdant toutes, nous
en deuons eftre infiniment offencez.
Mais, Agathon, il faut auoir vne autre confideration, fi la perte particuliere de quelqu'vn de ces chofes nous eft
facheufe cependant que nous viuons,
c'eft que nous demeurons en lieu où
nous en auons affaire. Mais fi pour perdre vne maifon nous en recouurions
quantité de plus belles & de plus com-
modes, à peine regretterions - nous la
perte que nous aurions faite. L'experience en cela nous feruira de raifon.
Il n'y a rien que les auaricieux ay -
ment dauantage que l'or : & toutesfois ils fe contentent bien de changer cet or, en achetant les moindres cho-

ses qui leur sont necessaires. Ie veux
dire aussi, que si nous perdions toutes ces
choses que i'ay nommees, demeurans en
vn lieu où nous puissions en auoir necessité, c'est sans doute que la perte en seroit regrettable. Mais nous en allant de
cette vie par la porte de la mort, nous lais-
sons auec le corps toutes les choses qui
peuuent estre necessaires au corps. Et ne
faut point croire que le regret au partir de
là nous en demeure, parce que comme
dit Crantor, *On ne regrette iamais que ce*
que la necessité nous remet en memoire. Ces
opinions, qu'il soit fascheux de laisser les
gouuernemens des Republiques & des
Royaumes, les douceurs de la vie, & la societé des hommes, sont des tributs de
l'humanité. Et lors que nous lairrons toute cette humanité, nous nous despoüille-
rons aussi de toutes ses perfections. Et à
fin qu'estant encore enuie, tu en puisses
recognoistre quelque chose, ne te ressou-
uiens-tu point d'auoir leu dans Homere.

Le sommeil & la mort sont freres &
sœurs iumeaux?

Peut-estre n'as-tu iamais songé à quelle

occasion illes appelle iumeaux. Ie te le
diray auec Plutarque, c'est à cause de leur
ressemblance, par ce que les iumeaux d'ordinaire se ressemblent. Que si cela est,
comme ces grands personnages nous en-
seignent, voyons par les effects du sommeil quels doiuent estre les effects de la
mort. Et me respons, Agathon, si lors
que tu es profondement assoupy, tu as
quelque memoire de tes freres, parens,
femme, ny enfans, ou si tu as soucy de
tes biens, honneurs, authoritez, ou domination quelconque : Et si cela n'est
point, pourquoy n'aduoüeras-tu, que la
mort, comme sœur de ce frere, ne te laira
non plus de regret de toutes les choses
laissées que le sommeil quand tu en es le
plus assoupy ; Ce qu'Orphee nous a voulu enseigner dans l'Hymne du sommeil,
quand en luy parlant il luy dit:

Tu es frere engendré & d'oubly & de
mort.

Car s'ils sont frere & sœur de l'oubly,
& si les freres se ressemblent, sans doute
la mort & le sommeil font oublier toute chose. Iuge par là, Agathon, que ce
regret n'est seulement qu'en apprehension durant la vie, & non pas en effect

apres la mort. Et refponds luy auec moy
lors qu'il te viendra attacquer, & qu'il te
dira. Tu laiffes ce monde : Ie parts d'vn
long exil pour aller en ma patrie. Tu laiffes
tant de biens diuers, ie laiffe encor plus
de diuers maux. Tu laiffes tes richeffes, ce que ie laiffe eft à autruy, mais ce
qui eft mien ie l'emporte. Qui les peut
laiffer fort de feruitude. Tu laiffes ta
femme & tes enfans, ie les laiffe à celuy
à qui ils font, comme moy. Il eft bien
fafcheux que tu laiffes ceux que tu aimes,
ils me fuiuront bien toft, & ne peuuent
faillir le chemin. Tu es comme arraché
d'aupres de tes chers amis, ie vay en vn
lieu où il y en a encore de plus agreables,
& eux eftans perfonnes vertueufes ne peuuent demeurer longuement fans s'en acquerir plufieurs autres. *Puis que la Vertu,*
comme dit Ariftote, *ne peut eftre fans eftre*
aimee.

Bref, Agathon, tu peux aifément refpondre en cefte forte à toutes les oppo-
fitions que le regret te fera. Car c'eft fans
doute que la raifon ne demeurera iamais
muette, fi tu la veux ouyr en femblable
occafion.

Mais ce n'eft pas peut-eftre le regret de

toutes ces chofes qui nous faict apprehender la mort: car pour peu que nous vueil-
lons tourner les yeux fur celles que nous
laiffons en mourât, nous verrôs bien qu'elles trainent beaucoup plus d'incommoditez que de commoditez : & que l'efloignement ne doit pas eftre regrettable,
de ce dont la prefence eft fi peu vtile.
*Puis que, comme dit Panetius, fi le nom
doit conuenir à la plus grande partie de la
chofe, fans doute ce que nous appellons les
biens en cefte vie, fe doiuent appeller maux,
nous caufant beaucoup plus de trauail que de
repos.*

Que fi nous les voulions particulierement appeller chacunes en iugement,
nous trouuerions qu'il n'y en a vne feule
qui ne donne plus de peine à l'acquerir,
que deplaifir à la poffeder, & plus de foucy à la conferuer, que de repos en fa iouyffance. Mefme que la mifere humaine s'eft
ie ne fçay comment afferuie à cefte loy,
que rien ne nous plaift tant que ce qui
nous a caufé beaucoup de peine. Et
femble que le prix feul, & non pas leur
valeur, les nous face eftimer. De forte
que la faine raifon ne les regrettera iamais à la mort. Que s'il y a quelque chofe

qui la bleſſe en ce poinct-là, ce ſera pluſ
ſtoſt la crainte de ce qui nous doit aduenir,
apres la ſeparation du corps & de l'ame.

Diogenes, qui commanda que l'on luy
miſt quand il ſeroit mort vn baſton aupres pour ſe deffendre des animaux qui
le voudroient manger, nous enſeigne,
que le ſoucy du corps ne doit gueres nous
trauailler.

Et à la verité les honneurs des ſepultu-
res ſont pluſtoſt pour le contentement
des ſuruiuans que des morts. De ſorte
que ceux qui craignent ce qui doit aduenir, redoutent ſans plus le chaſtiment
de leurs mauuaiſes actions paſſees, le iugement deſquelles ils croyent eſloigner
demeurant en terre ignorants, qui ne ſçauent pas qu'en quel lieu que le vice ſoit, il
traine ſon ſupplice auec luy, & que s'il n'y
a point eu de cachette au Ciel pour l'orgueil, qu'encore moins y en aura-il en terre pour leurs vices. Si bien que nous pouuons conlurre, que ceux qui craignẽt ceſte
punition future, ſont ou meſchans ou j-
gnorés, d'autant que s'ils craignent d'eſtre
punis, il faut que ce ſoit de Dieu. Car s'il
n'y a point de Dieu, nul ne les peut cõdã-
ner: & s'il y en a vn, ne ſçauent-ils pas qu'il

eſt tout bon. La bonté, & la miſericorde
ne peuuent eſtre l'vne ſans l'autre. S'il eſt
bon & miſericordieux, pourquoy en redoutent ils le iugement?

Fort à propos dit Mercure Triſmegiſte:
Nul ne cognoiſt ſi bien quelque choſe que ce-
luy qui l'a faitte, & nul ne la flatte dauan-
tage que luy meſme, parce qu'il l'ayme plus
que tout autre. Dieu qui nous a fait, ſçait
mieux que nous-meſmes les vices auſquels l'homme eſt de nature incliné, &
ainſi l'excuſe & le patiente. Et d'autant
qu'il l'aime comme ſon ouurage, il ne le
chaſtie iamais ſans y appeller enſemble
ſon amitié & ſa miſericorde.

Que ſi entre nous, nous eſprouuons
que nul ne ſupporte tant les vices des enfans que les pere & mere, cóment ne croirons nous que Dieu n'en face de meſme
enuers nous? Doncques la meſcognoiſſance de la bonté de Dieu, eſt celle qui les
fait craindre.

Et ſi tu veux conſiderer de pres ce
poinɛt, tu trouueras que c'eſt le chaſtiement de la vie paſſee que l'on craint, & nó
pas la mort. Mais ce chaſtiement eſt ineuitable, puis que ſi Dieu veut il peut auſſi
bien le donner en la vie qu'apres. De ſor-

te que c'eſt l'ignorance & le vice qui nous
fait trembler. C'eſt pourquoy Orphee
dit,

La fin des bons eſt beaucoup plus aiſee.

Et tant s'en faut que nous deuions
craindre, qu'au contraire nous deuons eſperer tant de biens, que Platon meſme
dit, que c'eſt par la ſeule mort que nous
pouuons paruenir à noſtre perfection. Et
ce ſera la concluſion de cette lettre : *Il eſt*
force, dit-il, *puis qu'il n'eſt pas poſſible qu'a-*
uec le corps on puiſſe rien cognoiſtre nette-
ment, que l'vn de ces deux ſoit, ou que du tout
l'homme ne puiſſe iamais rien ſçauoir, ou que
ce ſoit apres ſa mort. Car alors l'ame ſera à
ſon apart ſeparee de ſon corps, d'autant qu'il
n'eſt pas permis, que ce qui n'eſt pas pur & net,
touche & atteigne à ce qui l'eſt.

Par là il nous a voulu monſtrer combié la mort doit pluſtoſt eſtre deſiree que
redoutee, puis que la perfection de l'hóme, eſtant la cognoiſſance, & ceſte cognoiſſance ne pouuant eſtre entiere qu'a-
pres ſa mort, celuy ne haïra point ſa mort
qui aymera ſa perfection. Et à la verité n'y
ayát peu ou point de douleur en la mort,
les choſes que nous laiſſons en ce monde, n'eſtans point regrettables, ny à crain-

dre celles que nous attendons en l'autre,
ie ne voy point, Agathon, pourquoy ce
paſſage doiue eſtre ſi redoutable aux
hommes, puis meſme, comme dit Arche-
ſilaus, que

La mort ſans plus eſt guariſon certaine
De tous les maux dont noſtre vie eſt pleine.

Que les ames ne ſont point engendrees ny creées des intelligences. Que la Creation ne peut proceder que d'vne vertu infinie. Et que le retour de l'ame eſt en Dieu ſeul.

MA I S reprenons à ceſte heure,
Agathon, le diſcours que nous laiſ-
ſames auant hier, & paracheuós les deux
points qui nous reſtent touchant le MA-
HAD, ou retour de l'homme à ſon principe. Les troiſieſmes donc ſont ceux, cóme ie t'ay dit, qui ont tenu que l'ame ſeule le pouuoit faire. Auicenna a eſté de
ceux-cy, & depuis Seleucus & Hermias.
Ils ont tenu, ainſi que tu as debattu en ta
lettre, que les ames eſtoient bien imma-
terielles, mais non pas toutesfois creées

de Dieu, ains des intelligences superieures, aufquelles Dieu donne la vertu de
les creer, & s'en sert comme instrument
capable de tel ouurage: & leurs raisons
font celles que tu viens d'alleguer, par
lesquelles ils concluent, que l'Entendement Angelique est le Createur plus proche de l'ame,& puisque c'est à ce principe
où toutes choses doiuët retourner, il faut
que l'ame pour estre heureuse face son
MAHAD à son Intelligence Creatri-
ce. Mais Auicenne ne prend pas garde,
que dans le liure qu'il nomme, ALMA-
HAD, il se contredit euidemment: car
ayant tenu que la souueraine felicité de
l'ame, estoit la contemplation de l'intelligence de qui elle est formee, sans passer
à celle de Dieu, il dit peu apres,que la perfection des ames raisonnables, c'est d'e-
stre faites Essences dépoüillees de toute
alteration & changement, & de deuenir
telles que les mesmes Intelligences. Car
la felicité & la perfection de deux mesmes choses n'estant qu'vn mesme bien, il
s'ensuit que si la perfection des ames est
d'estre semblables & telles que les Anges,
que leur felicité aussi sera vne mesme chose. Or la felicité des intelligences n'est

pas la

pas la contemplation & vision d'elles mesmes, mais celle de Dieu, & par ainsi celle de l'ame ne sera pas de s'arrester à l'intelligence, mais de passer à la veuë & à la contemplation de Dieu. Et voicy comme on peut respondre aux raisons que tu as alleguees.

Quand Aristote a dit, que ce qui est parfaict engendre son semblable, il ne l'a entendu que des choses viuantes corporelles, & non pas de celles qui ayans corps n'ont point de vie, ou qui ayans vie n'ont point de corps : car vne pierre ne peut-elle pas estre parfaicte en son espece, sans toutesfois engendrer vne autre pierre ? & des Estres spirituels la perfection se doit bien prendre de plus haut. Que si mesme les Anges pouuoient engendrer, il faudroit qu'ils engendrassent des Anges & non pas des ames, qui sont d'espece differente, puisque telle generation seroit aussi monstrueuse que si vn cheual engendroit vn chien. Et quant à l'ordre des choses superieures spirituelles, que tu dis deuoir estre beaucoup plus parfaict qu'aux inferieures corporelles, il ne faut pas conclurre, comme tu fais, à sçauoir que puisque les corps inferieurs sont produits par

S

les superieurs, les esprits de mesme qui
sont superieurs doiuent aussi pouuoir
produire les Esprits inferieurs. Car ie t'a-
uoüe bien que l'ordre de ces Esprits est
beaucoup plus parfaict, mais cela ne regarde point la production l'vn de l'autre,
mesme quand ils doiuent estre creez, mais
seulement à l'ordre de leurs Hierarchies,
& à l'office de leur administration. Et en
fin, Agathon, considere ce que ie te
vay dire.

Toute substance qui se produit, elle
s'engendre ou de soy, ou par accident,
ou par Creation. Tu ne doutes point
que les ames raisonnables ne soient des
substances. Elles ne peuuent s'engendrer
de soy, d'autant qu'il faudroit qu'elles
eussent esté auant que d'estre, puisque le
facteur est auant la chose qui se fait. Elles
ne s'engendrent point aussi par accident,
car il faudroit que ce fut par quelqu'vn
de ceux de la generation, ce que nous
auons reprouué. Il reste dõc que leur Estre
vienne de pure creation: mais la creation
estant vne production du rien, c'est à dire,
de nul supposé, il s'ensuit que creer soit
seulement propre du premier agent: car
toutes les causes secondes requierent

touſiours pour agir vn ſujet, la creation
eſtant acte d'vne vertu infinie, & l'infinité
ne ſe trouuant qu'en Dieu ſeul.

Tu demandes deſia pourquoy la creation ne peut proceder que d'vne vertu infinie: En voicy la raiſon. Tant l'art que la
Nature, tout ce qu'elles font, ce n'eſt que
produire en acte, ce qui n'eſt qu'en puiſſance. Le Sculpteur produict en acte la
ſtatue: mais d'vne pierre tellement preparee, qu'en quelque ſorte elle a deſia la
ſtatue en puiſſance. L'Animal engendre
de meſme l'Animal de ce en quoy la vertu
de l'Animal eſt deſia. Or ceſte matiere
de laquelle l'Art & la Nature font quelque choſe, eſt quelque fois fort obeiſſante
& preparee à l'ouurage que l'on veut faire,
& d'autrefois au contraire fort contrariante & mal propre : & ainſi la puiſſance eſt quelquefois plus proche, &
quelquesfois plus eſloignee de l'acte en
quoy elle doit eſtre produite. L'air en
puiſſance n'eſt pas fort loin de deuenir
feu : l'eau l'eſt beaucoup d'auantage : Il
ſera donc fort aiſé, que l'air ſoit changé
en feu, & fort difficile, que l'eau le puiſſe eſtre. Ces choſes ainſi poſees, il faut
que celuy qui agit, ſoit d'autant plus

S ij

puiſſant que l'interualle eſt plus long entre la puiſſance & l'acte, de laquelle &
auquel l'œuure le doit déduire. Or la diſtance entre le rien & l'eſtre eſt infinie, tãt
parce que du Rien à l'eſtre il n'y a nulle
proportion, que d'autant que nulle diſtance ne peut eſtre imaginee plus grande que celle-cy. Mais la diſtance qui n'a
ny proportion, ny fin, ne peut eſtre ou-
trepaſſee que par la puiſſance qui n'a nulle proportion aux autres puiſſances, &
qui eſt ſans fin. Il n'y en a point qui ait
ces conditions de puiſſance que Dieu
ſeul: & par ainſi il n'y a que luy ſeul auſſi
qui puiſſe de rien produire quelque choſe
en Eſtre.

Et quant à ce qu'ils diſent que Dieu
eſt bien l'auheur de ceſte creation, mais
que l'Ange en eſt l'inſtrument, il faut conſiderer quelle eſt la nature de tout inſtrument. Car ſi ie ne me trompe, nous
pouuons dire qu'il eſt de telle nature,
qu'eſtant meu de quelqu'vn, il en meut
vn autre, & agit en vn ſuiect où il tranſporte la forme du premier Agent, par in-
teruallе de temps: mais la creation ne
requiert ny le ſuiect, ny ſe faict auec le
temps ny auec mouuement. De plus, ſi

l'acte de la creation veut vne puissance infinie, y a-il rien de si hors de propos, que
de dire, que Dieu pour la parfaire premierement rende ceste vertu qui est en luy
infinie, finie, afin de la mettre en l'Ange,
qui est d'vne nature terminee, & apres
la rende vne autrefois infinie pour parfaire l'acte de la creation : Aussi encores que Platon ait en quelque sorte tenu
le retour de l'ame à son Idee ou intelligence, & non pas à Dieu, si est-ce que cognoissant bien que tout ce qui estoit immortel procedoit de pure creation, &
que la creation, estoit de Dieu seul, il dit
dans le Thimee, que le grand Artisan du
monde commanda aux moindres Dieux
de faire ces choses mortelles & caduques,
de peur (dit-il) *que s'il en estoit l'autheur, elles ne fussent eternelles.*

Et quant à ce qu'ils disent, que l'vn
agent, en tant qu'vn, ne peut prouenir
immediatement qu'vn, il faut respondre,
Agathon, que de ce qui est simplement
vn, quant à l'essence & quant à la vertu,
il est certain qu'il ne peut prouenir qu'vn:
mais de ce qui est vn quant à l'essence,
& plusieurs quant à la puissance & quant
à la vertu, plusieurs aussi peuuët immedia-

rement prouenir, & c'est pourquoy plusieurs des anciens ont dit, qu'encore que
Dieu soit en soy simplement vn, toutesfois en tant qu'il cree, il est en quelque sorte plusieurs : parce qu'il a en soy plusieurs Idees des choses, s'il est permis
de dire ainsi.

Ie t'ay dit que Platon est en quelque sorte de l'opinion de ceux qui nioyent le retour du corps, car c'a esté luy qui le plus
absolument a disputé & soustenu le corps
n'estre point partie de l'homme, mais
que l'ame seule en estoit le tout, non le
corps la prison & le fardeau seulement de
ceste ame. Et à la verité, s'il estoit ainsi,
luy & Auicenna auroient beaucoup de
raison, de dire, que l'homme faisant son
retour à son principe, n'y rapporteroit
point le corps : car disant le corps n'estre
rien de l'homme, & ne parlant que du retour de l'homme, le corps n'a rien à faire
en cela. Mais pour ne point chercher
d'autres raisons, si l'ame seule est l'homme, sans doute l'ame & le corps assemblez, seront autre chose qu'homme : &
ce que sera cest assemblage, ce sera ce que
nous auons accoustumé de nommer homme : que s'ils luy veulent donner quelque

autre nom, noſtre different ne conſiſtera
plus au faict, mais en la parole ſeulement.
Et ceſte diſpute ſera plus propre aux Grā-
mairiens qu'à nous, qui ne nous voulons
pas arreſter aux mots. Tant y a que de
ceſte vnion, comment qu'ils la vueillent
nommer, le corps & l'ame ont à faire
leur retour à leurs principes naturellement, comme entre les Arabes les Althenuyens ont fort bien recognoeu, quoy que
fondez ſur des mauuaiſes maximes, & ce
ſont ceux-cy entre les autres qui ont tenu le retour de l'ame & du corps, ainſi que
nous auons dit, à ſçauoir le corps à ſon
ALHANSOR (ſi toutesfois les tenebres ſelon leur doctrine peuuent obtenir ce nom, deſquelles ils diſoient que la
ſubſtance du corps eſtoit faicte) & l'a-
me à ſon ALANIE, c'eſt à dire à ſa
premiere & propre ſubſtance, qu'ils diſoient eſtre la lumiere. Car ces Althenuyens comme leur nom en Arabe le de-
monſtre (car ETNES ſignifie deux)
mettoient deux principes de toutes choſes naturelles, à ſçauoir la lumiere & les
tenebres: & diſoient que l'ame eſtoit vne
ſubſtance lumineuſe, procedante du môde de lumiere & meſlee au corps: & que

le corps eſtoit vne ſubſtance obſcure en-
gendree du monde des tenebres. Et d'autant que chaque choſe, diſoient-ils, eſt
lors heureuſe quand elle fait MAHAD,
c'eſt à dire retour à ſon principe, ils te-
noient que la felicité du corps deuoit
eſtre à lors qu'eſtant deſtaché de toute
ſubſtance lumineuſe, il retourneroit purement obſcur dans le monde des tenebres, & s'vniroit auec luy: Et que celle de
l'ame eſtoit ſa ſortie de ce monde des tenebres au monde de lumiere, en pene-
trant iuſques aux eſtoilles: auſquelles ils
croyent la ſource de toute lumiere: & au
contraire diſoiét que la demeure de ceſte
ſubſtance lumineuſe entre les tenebres,
eſtoit ſon infelicité. Heraclite de Pont
auoit en quelque ſorte ceſte opinion, lors
qu'il diſoit que l'ame eſtoit vne lumiere.
Mais Procle Lycien en ſon hymne du Soleil, ſe montre preſque tout à faict de la
ſecte des Althenuyens, quand il dit.

Donne à mon ame vne lumiere pure
Toy qui ſi riche és de toute clairté.
Chaſſant bien loing toute tenebre obſcure
Trop dommageable à la felicité.

Or Agathon reuenons à ce qui a donné commencement à noſtre diſpute: Puis

(diſois-tu) que la fin, le commencement,
& la felicité ne ſont qu'vne meſme choſe,
& que le principe eſt beaucoup plus ayſé
à recouurer, voyons d'où l'ame a tiré le
ſien, à fin que nous puiſſions ſçauoir
quelle eſt la fin & la felicité de l'homme.
Nous auons veu, Amy, les opinions de
tous ceux qui en ont voulu parler, & les
auons reduits en ces quatre chefs, dont
iuſques icy nous auons diſcouru : & ie
croy que nos raiſons ont eſté aſſez clai-
res, pour faire voir que veritablement
l'ame a ſon origine immediatement de
Dieu,& que par ainſi ſon retour & ſa felicité doiuent eſtre en Dieu ſeul, encores que ce ſoit contre l'opinion de ce diuin Platon, ainſi qu'il nous enſeigne lors
qu'il a dit que quand le charton rame-
nera les cheuaux à la mangeoire, il leur
abbatra l'Ambroſie, & de plus leur donnera le Nectar à boire. Car ainſi que
l'expliquent tous les meilleurs Platoniciens, les cheuaux ſont pris pour les
deux puiſſances de noſtre ame,raiſonna-
ble & contrariante à la raiſon, qui toutes
deux ſont noſtre ame, comme les deux
cheuaux le couple dont le chariot eſt tiré pour le charton, l'intelligence dont

particulierement chaque ame eſt aſſi-
ſtee, pour la mangeoire le lieu du repos;
pour l'Ambroſie, la viſion de Dieu : &
pour le Nectar, la ioye que cette viſion
rapporte. Car puiſque c'eſt le charton
qui abbatra l'Ambroſie, & qui donnera
à boire le Nectar, ne vois-tu pas, Agathon, que c'eſt par l'adminiſtration de ce
charton que ces cheuaux doiuent eſtre
conduits en leur repos, & receuoir de ſes
mains leur ioye & leur contentement ?
Mais il ne faut pas trouuer cela eſtrange,
puiſque Ariſtote meſme que pluſieurs
par illuſion au lieu D'ARISTOTELES
ont nommé ARISTONTELOS,
pour auoir ſi bien recogneu la bonne &
veritable fin de l'homme, n'a pas luy meſme paſſé plus outre, lors qu'il en a parlé,
que de la mettre en l'operation parfaicte
de chaque nature : car la felicité eſtant naturelle, & ſurnaturelle, l'operation ſelon
la nature, ne peut atteindre qu'à la naturelle, de ſorte que l'autre a eſté entierement meſcogneuë de luy, qui toutesfois
eſtoit la principale. Et cela c'eſt d'autant,
que n'eſtans eſclairez & l'vn & l'autre que
de la nature, ils ne pouuoient rien voir
par delà la nature.

QVE DIEV EST EN

toute chofe, & que toute chofe peut iouyr de Dieu felon fa nature. Que la felicité naturelle n'eft pas la fupreme de l'homme : & de quelle forte l'ame peut iouyr de Dieu.

TV trouues eftrange, Agathon, que fur la fin de ma derniere lettre, i'aye dit que la felicité fe diuife en naturelle & furnaturelle : puifque il te femble qu'il n'y en doit auoir qu'vne : car n'y ayant qu'vne vraye fin de chaque chofe, il n'y peut auoir qu'vne felicité, puifque la fin & la felicité ne font qu'vn. Outre que la raifon y contrarie : car ou elles font efgalement parfaictes : ou l'vne l'eft plus que l'autre : Si elles font efgales, c'eft donner deux principes à vne mefme chofe, puifque le principe & la fin ne font qu'vn. Que s'il y a plus de perfection en l'vne qu'en l'autre, la moins parfaicte fera milieu pour paruenir à la perfection.

Tu as raison, Agathon, en considerant les choses qui ne sont qu'vnes, mais non pas si nous regardons celles qui sont mixtes : car ces dernieres peuuent naturellement paruenir à vne fin, qui selon leur nature sera veritablement leur fin : mais d'autant qu'elles sont capables d'en receuoir vne plus parfaicte, elles peuuent auec vne force suruenante paruenir encores à vne surnaturelle, & tel est l'homme entre plusieurs autres, ainsi que ie te declareray cy apres. Mais outre cela, puisque l'homme doit passer deux vies, l'vn qui est mortelle & sujette à toutes les côditions du corps, & l'autre immortelle & exempte de toute corruption, il y a bien apparence, que selon la vie qu'il doit passer, il se propose vne fin particuliere en l'vne, qui sera differente de l'autre. Et à fin que ie te face mieux entendre ce que ie te dis, il faut que nous facions encores vne plus ample diuision.

Ceux qui ont consideré auec vn sain iugement le suiet que nous traitons, voyans qu'il y auoit deux sortes de vertu en l'homme, l'vne intellectuelle & l'autre

morale, ont auſſi ſeparé la felicité en
deux, à ſçauoir en contemplatiue &
en ciuile : la contemplatiue procedant
de la vertu intellectuelle, embraſſe
la cognoiſſance de toutes les choſes,
voire monte par deſſus toutes les choſes : & la ciuile venant de la vertu Morale, contient non ſeulement la conduite
des propres mœurs, paſſions & affections
de l'ame, mais encores l'œconomie des
familles, & la police des villes & grands
Eſtats. Et parce que cette felicité contemplatiue s'acquiert de deux ſortes,
l'vne par ſoy & en ſoy, & l'autre par
le bien & dans le bien meſme, ils l'ont,
comme ie te diſois, diuiſee en naturelle & ſurnaturelle, & puis la naturelle
encore en deux, à ſçauoir en celle qui
s'acquiert par l'Eſtre, & en celle qui
s'acquiert par la volonté & conſul-
tation.

Tu te plaignois de la diuiſion que i'a-
uois faicte, mais tu as bien plus d'occaſion de trouuer celle-cy eſtrange, puiſque ie l'ay ſi fort multipliee. Et parce
que ie ſçay que ie ſembleray obſcur ſi ie ne
m'explique d'auantage, ie veux que ce ſoit
noſtre entretien pour auiourd'huy.

Ie te diray donc en premier lieu, que
i'appelle felicité l'acquifition & poffeffion de ce bien, à quoy tend toute creature, foit fenfiblement, foit infenfiblement, ie dis infenfiblement : car Dieu
a mis des aimants naturels aux chofes
mefmes infenfibles, par lefquels il les
attire à foy : outre que s'eftant mis en
toutes, plus ou moins parfaictement,
toutesfois, il leur permet de iouyr de
luy felon que leur nature en participe.

C'eft Iupiter ce que tu vois par tout.
E T
De Iupiter toutes chofes font pleines.

Difent les Poëtes. Et cela c'eft d'autant
que toute nature a autant en foy de Dieu
qu'elle a de bon : de forte que fi elle s'acquiert & poffede foy-mefme en fa perfection, elle acquiert autant de Dieu qu'elle en a, & l'acquifition de Dieu eftant la
felicité, il s'enfuit que toute chofe qui
acquerra & poffedera la propre perfection de fa nature, acquerra & poffedera de mefme fa felicité. Et c'eft celle-cy
qui eft naturelle, & qui s'acquiert par
l'Eftre, qui eft moindre ou plus graa-

de selon la nature de chaque chose, & de laquelle sont capables, soient les animaux, soient les choses insensibles. Et c'est pourquoy nous voyons les pesantes tendre tousiours en bas, & les legeres en haut : parce qu'en cela git la perfection de leur nature, & les plantes se nourrir, croistre, & produire les fleurs, les fueilles, & les fruicts. Les animaux aussi chercher les choses qui leurs sont propres, & fuir les autres, & trauailler à la conseruation de leur espece.

L'homme tend bien aussi à sa felicité, mais ce n'est pas insensiblement, ains par volonté & par election : car il a par dessus toutes les creatures corporelles vne plus viue ressemblance de Dieu, ayant la volonté & l'entendement, qui sont les vrays instrumens de la parfaicte & entiere felicité. Et c'est pouquoy les Anges qui ont mesme cette intelligence plus parfaicte, sont aussi de leur nature plus capables de ce souuerain bien. Et ces differences se peuuent aysément comprendre, si nous prenons garde au Soleil : car il est lumineux de son essence, & en vn instant illumine tant les corps celestes que les elementaires, & toutesfois tous

ne participent pas efgalement à cefté lumiere : car en fa fource dans le corps fo-
laire, elle eft beaucoup plus excellente
que dans les eftoilles, ny aux elemens. Et
d'autant que les eftoilles font d'vne plus
noble nature que les elemens, elles relui-
fent auffi d'vne façon plus noble : voire mefme il y a difference entre les elemens, car le feu, encore qu'il ne nous
reluife pas en fa propre fphere à caufe de
fa trop grande rareté, fi en participe-il plus
noblement que l'air, & l'air plus que l'eau,
& l'eau plus que la terre. De mefme faut-il
confiderer le Soleil intelligible, qui eft
Dieu, & nous verrons que fa lumiere en
fa fource eft bien differente de ce qu'elle eft aux intelligences, encores qu'elle
foit plus noblement aux intelligences
qu'aux ames raifonnables, plus aux ames
raifonnables qu'aux brutes, plus aux brutes qu'aux plantes, & plus aux plantes,
qu'aux elemens : ainfi que leur nature le
requiert, felon laquelle chafque chofe a
naturellement vne plus grande perfection de felicité.

Or les Philofophes qui n'ont eu autre
lumiere que celle que la nature leur a
donnee, n'ont peu voir plus outre que
cette

ceſte felicité, qu'auec beaucoup de raiſon
ils ont miſe en la bonne & parfaite operation de la nature de chaſque choſe. Ie
dis auec beaucoup de raiſon, eſtant impoſſible que rien de ſoy puiſſe s'eſleuer
plus haut que ſon pouuoir ne peut attaindre. Car ſi rien ne peut faire dauantage
(n'eſtant aidé que de ſa propre force) que
ce que ſa propre force peut faire (autrement il ſeroit plus fort que ſoy-meſme)
il ne peut de ſa nature acquerir rien de
plus parfaict que la perfection de ſa nature: & ceſte felicité eſt celle que ie t'ay dit,
Agathon, que chaſque choſe peut atrein-
dre en ſoy & par ſoy, & que pour ceſte
occaſion nous nommons naturelle aux
choſes inſenſibles par leur eſtre, & aux
ames raiſonnables par election & par volonté. Mais encore n'eſt ce pas l'entiere & parfaicte pour les hommes, quoy
qu'Ariſtote & pluſieurs autres Philoſophes dient, qu'elle ſoit en la parfaicte
action de la parfaicte nature de chaſque
choſe : parce que la parfaicte felicité
eſtant celle, comme nous auons dit, qui
remplit tellement tout le deſir de noſtre
ame, qu'il ne peut s'eſtendre à rien d'a-
uantage, il faut aduoüer que ſi l'homme

T

peut defirer quelque autre chofe outre ce
qui eft de fa nature, qu'en la perfection
qui luy peut venir de fa nature, ne confifte pas ce fouuerain bien que nous cherchons. Or eft-il qu'il refte encore place en
noftre defir pour la fur-naturelle felicité:
d'autant qu'en ayant la cognoiffance, fi
nous n'en auons la poffeffion, noftre defir
ne peuft eftre remply. Et voicy, Agathon,
la refolution de ton doute : car aux animaux irraifonnables & aux chofes infenfibles, l'operation parfaicte de leur nature,
eft la parfaicte & entiere felicité, parce
que n'en cognoiffant point d'autre, ils n'é
peuuent point defirer : mais l'homme,
comme ie t'ay dit, doit bien eftre efleué
plus haut pour eftre content & heureux.
De forte que ce n'a point efté fans raifon,
fi i'ay dit qu'il y auoit deux felicitez, l'vne
naturelle, & l'autre fur-naturelle, puifque
toutes deux felon la nature des chofes,
font entieres & parfaictes: Nous dirons
donc, que l'homme comme animal fimplement peut naturellement auoir en foy
& par foy fon entiere felicité, mais comme animal intellectuel, il faut qu'il obtien-
ne toutes les chofes qu'il defire. Et parce
qu'il en void par deffus fa nature plufieurs

qui sont tres bonnes, il faut pour y paruenir qu'il sorte de soy mesme. Mais rien
ne peut naturellement sortir de soy par sa
propre force: car à ce qui est par dessus la
nature de chasque chose, la chose de soy
ne sçauroit paruenir. Que si la pierre monte bien contre sa nature, c'est par vne vertu suruenante qui est plus forte que sa nature mesme, mais iamais nous n'appelle-
rons ce mouuement-là naturel, aussi ne
deuons nous faire la felicité qui sortant de nous, nous esleue par dessus nostre nature, à laquelle les hommes peuuent bien en estre attirez, mais non pas
aller: & les Anges mesmes y peuuent biē
estre esleuez & non pas monter: Mais les
brutes, les plantes, ny les pierres, ne peuuent ny y aller, ny y estre attirees : car ce
souuerain bien ne peut estre iouy, que par
ce qui le cognoist, & ces choses n'ayans
point d'entendement ne peuuent l'entendre. Et voicy la comparaison que Picus.
fait de ces deux felicitez au mouuement
des corps, dont les vns sont droits & les
autres circulaires. Le mouuement droit
par lequel les elemens sont portez à leur
propre demeure, c'est la figure de la felicité que chasque chose peut acquerir par

la propre perfection de la nature. Le
mouuemét circulaire, par lequel le corps
reuient au mefme terme d'où il eft party,
c'eft l'image de la furnaturelle, par laquelle la creature reuient à fon premier principe: auffi en rond ne fe meuuent que les
corps immortels & incorruptibles, comme de mefme à Dieu ne retourne que la
fubftance incorruptible & immortelle.
De plus, les elemens en leurs mouuemens
droits n'ont affaire de nulle aide exterieure pour paruenir à leur poinct & demeure, ayant la pefanteur ou la legereté qui
les y attire ou efleue naturellement. De
mefme par fa propre vertu toute chofe
auffi peut obtenir fa felicité naturelle:
Mais les corps celeftes, encor que le mouuement circulaire leur foit propre, fi ne
peuuent-ils toutesfois tourner d'eux-
mefmes, & faut qu'ils ayent vn diuin mo-
teur, & quoy que capables de ce mouuement, fi ne fçauroient-ils fe le donner
eux mefmes, comme auffi nous ne fçau-
rions fans Dieu nous efleuer à cefte felicité, quoy que nous foyons capables de
la receuoir. Et c'eft pourquoy i'ay dit
qu'elle s'acqueroit par le bien, & dans le
bien. Et c'eft par celle-cy que nos efprits

en fin rendus heureux, & retournez dans
le ciel, lieu de leur origine, il leur sera
permis de iouyr de Dieu, non pas toutesfois de la sorte que l'ame iouït d'elle mesme & de son corps, car elle n'est pas seulement coniointe de lieu, mais d'essence
aussi, ny aussi comme l'amy iouït de l'a-
my: car encor qu'en la vraye amitié il y
ait vne grande & perpetuelle concorde,
& qu'il y apparoisse vne mesme volonté,
toutesfois les amis ne sont ny vn mesme,
ny sont enserrez par vn mesme lien: mais
l'ame sera tellement adherente à Dieu,
qu'encor qu'elle ne soit pas vne mesme
essence, elle ne sera point toutesfois separee de luy par nul interualle. Et c'est pourquoy, tout ainsi que l'œil iouyt de la lumiere, de mesme nostre ame iouyra-elle
de Dieu : car comme l'œil par la lumiere,
peut voir toutes choses corporelles, de
mesmes nostre ame par la iouyssance de
Dieu verra toutes les choses qu'elle est
capable de voir. Et comme encor que
l'œil soit quelque autre chose que la lumiere, il n'y a toutefois rien qui soit entre
luy & la lumiere, de mesme encor que nostre ame soit d'vne differente essence de
celle de Dieu, il n'y aura rien toutesfois

T iij

entre luy & elle: voire pour te monſtrer
l'extreme grandeur de ceſte felicité, ie te
diray bien encor d'auantage: L'ame autant qu'elle ſera capable de receuoir Dieu,
elle ſera la meſme choſe auec Dieu : & cela d'autant que l'intelligible & l'entendement en acte, ne ſont qu'vne meſme choſe, car l'entendemẽt ſe conjoint auec elle,
comme diſent les Peripatetiques, par ce
que la forme de la choſe entẽdue eſt dans
l'entendement comme attachee. Or les
choſes dont la forme n'eſt qu'vne, ne
ſont qu'vne auſſi : & puis que la forme de
la choſe intelligible eſt celle qui forme
l'entendement, il faut que l'entendement
qui entend, & la choſe qui eſt entendue,
ne ſoient que vn auſſi. Et de là nous pouuons conſiderer, en quelle perfection de
beatitude l'ame ſera miſe a'ors, puis que
ce qui conuient à l'intelligible, entant
qu'il eſt intelligible, conuient à l'entendement entant qu'entendement, parce que
la perfection & la choſe perfectionee ſont
d'vn meſme genre, & touſiours ſe lient
enſemble d'vne mutuelle proportion.

LETTRES DIVERSES
du Sieur d'Audiguieres.

ARGVMENT.

Il monſtre que les douleurs extremes eſtonnent les ſens, & les empeſchent meſme de les reſſentir. Veut teſmoigner la ſienne pluſ oſt par la confuſion de ſon ame, que par l'ordre de ſon diſcours. Entre en raiſon auec ſa Maiſtreſſe, luy repreſente ſes ſeruices, & l'ingratitude dont elle les a recognus. Se plaint d'eſtre meſpriſé pour les meſmes cauſes qui le deuoient honorer. Fait le ſoldat, prie, promet, menace, flate, & s'abaiſſe en des ſubmiſſions ſi humbles, pleines d'vn reſpect ſi nouueau & quaſi incognu, qu'elles ne peuuent ſortir que d'vne paſſion extremement amoureuſe.

I.

E n'eus iamais tant d'enuie, ny ſi peu de moyen d'eſcrire ; autresfois l'eſperance que i'auois d'exprimer mes conceptions me mit la main à la plume, mais à preſent

T iiij

le defefpoir d'en pouuoir expliquer la
moindre partie me l'en arrache, l'apprem
tous les iours que les moyennes douleurs
peuuent eftre foufpirees , mais que les
grandes eftonnent les fens, & les empef-
chent mefmes de les goufter. C'eft pourquoy l'on reffent d'auantage vn grand
coup long temps apres l'auoir receu, qu'à
l'heure mefme qu'on le reçoit; & que nos
playes nous fôt moins de mal alors qu'on
les fait, qu'alors qu'on les penfe. I'eftime
aufsi que c'eft vne raifon pour laquelle
nous pleurons pluftoft la perte de nos
amis que la noftre, encore que nous plai-
gnions plus la noftre que celle de nos
amis; parce que le reffentiment de celle-là
fe peut tefmoigner par les pleurs, & que
celle-cy furpaffe toutes les plaintes qu'on
en fçauroit faire. De là les exemples d'He-
cube & de Pfammeticq, dont l'vne apres
auoir ietté de grands cris en la perte de
fes premiers enfans, fe teut en ce le du
dernier, en la vie duquel elle efperoit la
vengeance de la mort des autres; & l'autre apres auoir veu conduire fes amis au
fupplice auec vne contenance pleine de
gemiffemens & de larmes, y vid mener
fon propre fils d'vn œil fec, la bouche

muette, & le corps tellement immobile,
qu'il sembloit plus tenir de l'insensibilité
que de la constance.

Ie m'esgare icy mal à propos en recherchant en autruy ce que ie trouue si veritablement en moy-mesme; mais cest esga-
rement est encore vn tesmoignage de ma
douleur. Vn malade ne peut mieux monstrer sa fieure que par le mouuement des-
reiglé de son pouls, ny moy tesmoigner
ma passion que par le desreiglement de
mes paroles. Ceux-là se trompent à mon
aduis qui pensent monstrer la confusion
de leur ame par l'ordre d'vn beau discours
qui ne peut sortir que d'vn esprit sain &
tranquille, & non pas d'vne ame malade
& agitee comme la mienne. Ou bien ils
cherchent de la gloire en leurs raisons,
& i'en cherche tout au rebours en mes
passions; mes foiblesses, & mes resueries
sont les choses que ie desire plus de vous
faire voir, encore que ie sçache bien que
vous vous en mocquerez ; car c'est ainsi
que vous auez accoustumé de recognoistre les honneurs & les seruices que ie
vous rends. Encore auez vous le courage de me demander quels seruices ie vous
ay faicts, & de me dire que mes reproches

m'en defrobent la gloire : combien qu'
s'en faut tant que i'aye iamais penfé de
vous les reprocher, que mefme vous ne
les fçauez pas : & à peine les ay-ie iamais
ofé dire à perfonne qui vous les peuft
rapporter, qui eft bien efloigné de vous
les reprocher moy-mefme. Ie vous ay
bien dir quelque chofe du mal que vous
m'auez faict, mais non pas iamais rien du
bien que ie vous en ay rendu , fçachant
bien que les feruices que l'on reproche
font recogneus : & eftant d'ailleurs auffi
tardif à reciter les chofes que i'ay bien
faictes, comme ie fuis prompt à les faire.
Il eft vray que d'entrer en raifon auecques
vous, c'eft defia refmoigner que i'en fuis
forty : mais encore faut-il monftrer qu'il
m'en refte quelque peu, pour faire voir
que vous n'en auez point du tout.

Laiffons à part mes feruices, le temps
qui comme la mer ne peut rien tenir dedans qu'il ne rejette dehors, ou toft ou
tard, les mettra tellement au iour que
vous n'en pourrez fuyr l'euidence. Et
voyons cependant fi depuis que vous me
defdaignez, i'ay iamais eu mouuement,
refpiration ny penfee qui ne tendift à
vous honnorer : fi i'ay iamais fongé qu'à

contenter vos humeurs, preuenir vos defirs, & renoncer à mes volontez pour me
conformer à la voftre. Si tout fanglant &
tout diffamé des iniures que vous me faites, i'ay refpiré iamais que voftre fcruice,
foufpiré que vos honneurs, & admiré que
vos perfections : & fi en les admirant ie
ne me fuis faict admirer moy-mefme, &
tranfi d'eftonnement tout le monde par
le recit de vos qualitez. Si mon obeyffance s'eft iamais feparee de ma feruitude, &
s'il y a chofe au monde de celles qui me
peuuent eftre plus contraires, que ie n'aye
point faicte lors que vous me l'auez com-
mandee : ou fi i'en ay faict quelqu'vne de
celles qui me font plus agreables, lors
que vous me l'auez defenduë. Et pour
me recompenfer de cela, voyez s'il y a
forte de defplaifir que vous n'ayez effayé
de me rendre. Mais ce mot eft trop foible
pour exprimer des affronts qui m'euffent
faict hazarder mille fois la vie pour les
venger fur tout autre qui les euft ofé feulement penfer. Car quels fupplices peut-
on imaginer pour le chaftiment de la
plus criminelle ame du monde, que
vous ne les ayez exercez fur mon innocence ? Si le mefpris eft le plus

cruel tourment des cœurs genereux,
quels nouueaux defdains n'auez vous
point inuentez pour me tourmenter ?
I'ay honte d'eftre viuant apres auoir en-
duréles indignitez que vous m'auez faict
fouffrir. Vous m'auez faict cognoiftre
qu'entre les plus miferables conqueftes
dont ie vous ay fi fouuent ouy plaindre, ie
fuis vne de celles qui vous apporte plus
de regret de l'auoir faicte. Vous ne me
l'auez pas dit, mais vous me l'auez bien
faict voir quand vous m'auez refufé les
alliances que vous auez accordees à tous
les autres. Vous m'auez defendu trois ou
quatre fois deuant tout le monde de prendre la qualité de voftre feruiteur encore
que ie le fois, & m'auez donné celle de
Poëte encore que ie ne le fois pas, au
moins que pour voftre feruice ; car vous
m'auez faict faire par obeyffance, ce que
i'auois iuré par raifon de ne faire point, &
le guerdon de vous auoir obey contre
mon ferment, a efté cette belle qualité.
Vous auez euhonte d'auoir prefté l'oreille
aux parolles que vous m'auiez commandé de faire & de dire ; & auez fauori-
fé l'ignorance pour rendre le fçauoir
honteux & preiudiciable à celuy qui le

pratiquoit en voftre feruice. Vous auez
tourné en rifee ce dont vous m'auiez
preffé tout de bon, & m'auez reproché
les mefmes folies que vous m'auiez
faict commettre. Vous auez faict pis encore que tout cela, car apres m'auoir appellé d'vn nom iniurieux, vous auez adjoufté que ie n'en auois que les pires
qualitez.

Or ie ne veux point produire d'autres
tefmoings pour verifier fi ie tiens des defauts, ou des perfections de ces gens-là,
que les propres vers que vous m'auez
commandez. Mais comme ce font des
chofes que ie ne mefprife point, aufsi ne
les eftimerois-ie pas tant que i'en vueille
tirer ma gloire, car elle confifte plus en
mes actions qu'en mes efcrits, & plus en
voftre feruice qu'en toutes mes autres
actions. I'honore fort vne belle plume
qui fçait arrefter les aifles du temps, &
malgré la mort rendre vne renommee
toufiours viuante. Mais la droite inclination de mon naturel, & la condition en
laquelle Dieu m'a faict naiftre, me faict
preferer vne bonne efpee. Ie ne difpute
point l'aduantage des armes fur les lettres, ny des lettres fur les armes; ie parle

de mon humeur qui m'a faict perdre plus
de sang courant apres le laurier de Mars,
que ie n'ay iamais consommé d'ancre
pour meriter celuy d'Appollon : & me
transporte encore en ce mesme instant,
que ie ne m'aduise pas qu'au lieu de faire
icy l'amoureux, se fay le soldat auecques
vous, & vous donne plus de sujeçt de rire
de cette prose, que vous n'en auez iamais
eu de mes vers.

Ie ne sçay comment ie suis tombé sur
ce propos, car ie ne serois pas trop mal,
si ie ne sçauois ce que ie fay : mais tant y
a qu'il me chatoüille en quelque façon, &
suis bien ayse de l'auoir changé auec le
precedent. Vous me permettrez s'il vous
plaist de le suiure encore d'vn mot : car
ie vous veux asseurer que ie n'ay point
donné tant de traicts de plume pour vostre loüange, que ie ne donne encore
plus de coups d'espee pour vostre seruice:
& veux n'en porter iamais si ie ne vous
en fay voir autant de preuues, comme
vous en sçauriez auoir de desirs. Mais
apres cela, ne tournez point contre moy
le mesme fer que ie porte pour vous : ne
faictes point mourir vne creature qui ne
vid que pour vostre gloire. Vous ne per-

derez rien à me laisser viure, mais vous ga-
gnerez encore moins en ma mort. Dieu
vueille qu'elle ne vous apporte point de
regret, & que le souuenir de mes passions
vous puisse flechir à quelque pitié, deuant
que le ressentiment de voftre mespris me
jette en ce desespoir. Encores feriez vous
marrie d'en estre cause, car vous n'auez
point l'ame si mauuaise de desirer sans aucun suject la perte d'vn autre quand mesmes elle ne seroit point vostre comme la
mienne. Aussi n'auez vous pas succé la
mammelle d'vne louue qui vous aye donné du sang pour du laict, & vous aye com-
muniqué ses qualitez auec la nourriture.
Au contraire voftre douceur exterieure
porte en soy les marques d'vne generosité
pleine de clemence. Et comment seroit-
il possible que celle qui se laissa toucher
autresfois aux atraintes d'vne ame infidelle, feust maintenant insensible aux
traicts d'vne si grande fidelité? Que s'il
faut neantmoins que pour voftre seul
plaisir ie sois miserable, ie le veux estre,
& bien que ie ne puisse souffrir qu'vne
seule mort, ie suis prest pour voftre contentement d'esprouuer la rigueur de toutes. Mais d'autant belle, que cela ne con-

uient point à voſtre douceur, il ne ſe peut
accorder auec ma creance, qui a vne telle
preſomption de voſtre bonté que quand
meſmes vn iuſte courroux vous anime-
roit à chercher ma perte, i'eſtime que ce
ſeroit touſiours auec apprehenſion de la
rencontrer. Ne trompez point la bonne
opinion que i'ay de voſtre courage, & ne
refuſez point à mon innocence le pardon
que vous octroyez à mes fautes, ſi i'en
auois iamais faictes. Que ſi d'aduenture
i'en ay commiſe quelqu'vne, ie vous ſupplie, non pas de me la pardonner, puis que
ie ne me la pardonnerois pas moy-meſme ; mais au moins de me la faire cognoiſtre afin que ie la laue de mon ſang ſi ce
n'eſt aſſez de mes larmes, & iperde la vie
pour acquerir voſtre grace ; puis que ma
vie ne m'eſt pas ſi neceſſaire à moy-meſme, comme voſtre grace l'eſt à ma vie.
Mais donnez moy des raiſons par leſquelles en m'accuſant moy-meſme ie puiſſe iuſtifier voſtre cruauté. Faictes moy mourir en ſorte que voſtre reputation n'y ſoit
point bleſſée, & vengez vous tellement
de moy que vous ne vous faſſiez point
de tort à vous meſme. Car voſtre meſpris ne m'eſt inſupportable qu'entant que
vousy

vous y estes offensee, & que la honte du
seruiteur rejalit ordinairement sur l'honneur du maistre.

Il est vray belle, que si iustice estoit faite, ie serois moins digne de vos desdains,
que de vos faueurs. Que si des choses si
precieuses se doiuent reseruer à quelqu'vn
qui les sçache estimer ; souuenez-vous
qu'il n'y a homme au monde qui aye vne
plus parfaicte cognoissance de leur valeur,
qui puisse plus auoir souffert pour les meriter, ny qui les puisse tant cherir que celuy qui les a si cherement achetees : &
que les belles qui s'en rendent auares enuers ceux qui les meritent, sont apres con-
traintes, & comme destinees d'en estre
prodigues à l'endroit de ceux qui en sont
indignes : lesquels les mesprisent incontinent pour n'en sçauoir pas le prix, & se
mocquent de leurs maistresses, comme
elles se sont mocquees de leurs Amans.
Ie veux biē que cecy ne vous puisse point
arriuer : mais souuenez vous qu'il vous
a esté d'autre fois predit, & que i'aymerois
mieux estre mort, que vous voir ressentir l'effect d'vn si mal-heureux presage.

Icy ie sens la fin de ce discours, comme
si ie sentois approcher celle de ma vie.

V

Efprit prompt, mais folide, qui hayffez les
chofes prolixes, mais qui aymez auffi les
parfaictes, pardonnez à fa longueur en
faueur de fa perfection, ou pour mieux
dire de la voftre dont il n'eft qu'vne imparfaicte peinture. Ne regrettez point
le temps que vous mettez à le voir, puis
que c'eft voftre pourtraict ; & imitez la
Diuinité qui fe contemple elle mefme en
tous fes ouurages, & tous fes ouurages en elle-mefme. Il a fallu dire beaucoup de paroles pour dire beaucoup de
chofes, & en euft bien fallu d'auantage pour toucher toutes mes affections. Mais de qui les pouuez vous
mieux apprendre que de vous mefme
qui les caufez ? ô ma belle, fi vous les
iugez par voftre beauté, qui pourra
iamais qu'elle mefme affez dignement
recompenfer leur merite ? Vous, pitoyables yeux d'vne impitoyable, qui
m'auez faict l'honneur de vous arrefter
fi long temps fur vn obiect indigne de
vous ; s'il faut que pour auoir adoré vos
rais, i'aueugle ma veuë, & ferme icy cette
derniere periode par le dernier acte de ma
vie : Aftres benins, deftournez vn peu vos
regards de ce fpectacle, & ne les rendez

point coupables d'auoir veu mourir sans
secours, celuy qui ne pouuoit cesser de
vous honorer qu'en cessant de viure.

ARGVMENT.

Il dit qu'encores qu'il y ayt toute sorte de sujets
de luy vouloir du mal, il ne se peut empes-
cher de l'aymer : Et que s'il s'est esloigné
d'elle, ç a esté par obeyssance : Que son af-
fection est la seule offence qu'il a commise.
Que bien qu'il ne puisse iamais oublier les
maux qu'elle luy faict, sa vengeance toutes-
fois ne s'estend que iusques à luy faire voir
sa deuotion : Que c'est sa mauuaise fortune,
& non pas son bon naturel, qui est cause de
son malheur. Se plaint qu'elle fasse vn cri-
me de sa vertu, & punisse en luy seul, ce
qu'elle recognoist en tous autres, puis se con-
sole que quelque mal qu'elle luy fasse, elle ne
luy peut oster la gloire de le souffrir. La
supplie que la fortune ne donne point à l'in-
dignité, ce que le malheur refuse au merite.
Demande pardon de son amour, à condition
de s'en departir. Luy dit Adieu: & ne deman-
de plus de grace qu'apres la mort: Mais alors
il la supplie de se ressouuenir de sa vie, & la
desirer à fin que son ame quitte incontinent

V   iij

les esprits heureux pour la retourner seruir. Bref c'est vne des plus belles lettres, & des plus amoureuses qui soient en ce
liure, comme on pourra mieux voir en li-
sant, que par ce sommaire.

I I.

ENcore que ie ne me deuisse iamais
souuenir de vous qu'auec vne memoire toute sanglante de mes infortunes, & que le sang des dernieres playes
de voftre rigueur, deuft auoir eftainct
les premieres flammes de mon amour:
fi eft-ce qu'apres tant de maux il faut
que ie vous vueille encore du bien, &
qu'il s'en faut tant que l'objeft de voftre ingratitude me puiffe faire oublier
celuy de voftre beauté, qu'au contraire le refpeft de voftre beauté me
faift encores aymer voftre ingratitude.

Il eft bien vray que ie me fuis efloigné de voftre prefence, & me fuis im-
pofé le filence, & le tourment que vous
m'auiez commandé, pour vous difpofer
par cette affliftion d'auoir pitié de ma
vie, qui fe puniffoit elle-mefme deuant
fa faute pour preuenir voftre volonté.
Mais non pas qu'vne fi grande obeyf-

fance ayt iamais amoindry mon affection,
de laquelle ie puis dire n'auoir iamais recogneu la force, iufques à ce que vous
me l'auez voulu faire rompre : car alors
vous voulant obeyr en vne chofe mefme
iniufte, i'ay trouué qu'elle m'eftoit encore impoffible, & que les volontez humaines eftoient trop foibles pour violer les
loix des affections diuines. Et fi vous n'e-
ftiez plus que certaine de la verité de cefte parole, & que l'abondance des preuues que i'en ay renduës n'en euft faict venir le mefpris, il m'euft efté fort aylé d'en
produire d'autres : Mais ce feroit tefmoigner contre moy-mefme les offences
que ie vous ay faictes, puis que rien ne
vous a peu iamais offencer que mes affections, & le defpit que vous auez eu de ne
les pouuoir deftruire.

Ce n'eft pas auffi que le mal que vous
m'auez faict fe puiffe iamais oublier, car
c'eft l'object de toutes les douleurs de
mon ame, & le reffentiment procedant de
voftre rigueur, n'en peut eftre que tref-
cruel fuiuant la nature de fa caufe. Mais
la vengeance que i'en efpere ne s'eftend
que iufques à vous tefmoigner ma deuotion, & vous faire aduoüer que n'ayant

V iij

rien au monde plus digne de vous, vous
ne la pouuiez mespriser si cruellemét sans
luy faire tort. Aussi n'est-ce point sur vostre bon naturel, mais sur ma mauuaise
fortune que i'ay tousiours rapporté la cause de mon malheur, ayant apris que les
Astres ne sont point mauuais par leur
influence: mais par la disposition du subje-
ject, qui change quelquesfois en mauuais
effects la bonne action des creatures celestes.

C'est doncques ma mauuaise fortune
qui m'a rendu vostre pitié sourde, & qui a
changé vostre courtois naturel en des humeurs desdaigneuses : mais elle n'a peu
changer mon affection qui n'est point
subiecte au tour de la rouë, pour vous
faire voir que rien ne me trauaille que sa
constance, & que vous ne me tourmen-
tez que parce que ie vous suis encore fidelle. Vous verrez par là si mon sort n'est
pas bien estrange, de me faire punir de ce
qu'on guerdonne, & me faire souffrir tãt
de peine de ce qui merite tant de faueur,
puis que vous faictes vn crime de ma vertu, & punissez en moy seul, ce que vous
recognoissez en tous autres. Mais cela me console qu'elle est elle-mesme sa

recompenfe,& que quelque mal que vous
me faſſiez, vous ne me pouuez oſter la
gloire de le fouffrir.

Ne conceuez point cecy d'autre forte
que vous auez conceû mes premiers diſcours, ny ne penſez point aux douceurs
que vous auez produite d'vne racine
tant amere : ie ne veux point auſſi que
vous obſeruiez auec quel reſpect i'obeys
encore à voftre rigueur, cherchant à la
contenter par mon ſilence,& par mon abſence, qui font mes derniers & plus extrémes meſcontentemens. Mais ſi quelque
deſir peut loger encore en mon ame, c'eſt
que de ce dont ie ne puis eſtre le ſeruiteur,
vn autre moins accomply n'en ſoit point
le maiſtre : & que la fortune ne donne
point à l'indignité, ce que le malheur refufe au merite.

Si apres cela il vous plaiſt de pardonner mon offence, (malheur qu'il me faille ainſi nommer mon affection,) vous
ſçauez qu'elle procede de vous, & qu'a-
uec moy vous eſtes complice de meſme
faute:pardonnez-la moy pour l'amour de
voᵒ, puis que c'eſt pour l'amour de voᵒque
ie l'ay cõmiſe, à conditiõ au moins de m'ẽ
departir, qui eſt la plus cruelle grace que

V iiij

vous me ſçeuſſiez iamais faire. Ie ſçay
que c'eſt renoncer à toutes les douceurs
de ma vie, & tuer toutes les eſperances
de mon bon heūr : mais patience, ie vous
feray voir au moins ce miracle ſi rare au
monde que i'ay plus reſpecté voſtre hayne que mon amour, & ay eu plus cher de
mourir en obeyſſant à vos volontez ini-
ques,& côtraires,qu'à ſuiure malgré vous
les iuſtes & droites loix de ma deuotion.

Adieu donc, belle, pardonnez moy ſi
ie ne puis rien inuenter de plus grand
pour me martyrer dauantage : & cependant que ma vie s'en va ſouſpirer ſes afflictions, cherchant à vous aſſouuir par le
deffaut d'elle meſme, iouyſſez en paix de
la ioye de ſa deffaitte, & que des cendres
de ſes mortes affections, vous renaiſſent
touſiours des gloires viuantes. Ie ne vous
demande plus d'auoir pitié d'elle qu'apres
que vous m'aurez tué, & que ma mort
vous rendra certaine que ie n'en pourray iamais faire gloire. Mais alors faictes
luy ceſt honneur de la deſirer quelquefois
apres qu'elle ſera eſteinte, afin que mon
ame repoſant au milieu des Anges, quitte
incontinent les eſprits heureux pour retourner derechef en voſtre ſeruice. Helas

qu'eſt-ce que ie ne quitterois point pour
voſtre faueur, quand pour ſouſpirer encore vos deſdains ie ſouhaiterois de quitter le Ciel ! Quelle obeyſſance d'abandonner maintenant des choſes, pour les
pires actions deſquelles ie voudrois ſortir
de mon paradis ! Confeſſez icy que toutes les plus rares & parfaites affections qui
furent iamais quand elles ſeroient fon-
duës & reſoluës enſemble, ne feroient pas
vne ombre de la perfection de la mienne;
& que c'eſt auiourd'huy pour cela ſans autre ſubjet, que vous pourſuiuez cruellement ma vie, & vous baignez au ſang de
la meſme innocence qui vous adore, &
d'vne voix foible & mourante vous ſouſpire encore en ce dernier adieu.

Honneur du monde! c'eſt donc pour
vous que ie meurs, comme c'eſt auſſi pour
vous que i'auois veſcu. Ie n'ay point de
regret en ma mort, ſçachant que c'eſt voſtre plaiſir, tout ainſi que ie n'ay point eu
de plaiſir en ma vie, ſçachant que c'eſtoit
voſtre regret. Heureuſe creature qui me
produiſez ces malheurs, ayez agreable
que ie les ſouffre, & que voſtre orgueil ne
s'indigne point du reſpect honnorable
que ie luy porte. L'offenſe fut bien extre-

me d'ofer regarder vos yeux, mais le chaſtiment n'eſt pas moindre d'en eſtre priué.
Belle Deeſſe, agreez au moins ce dernier
homage de mon treſpas. Abaiſſez vn peu
vos hautains regards ſur la profondeur de
ces ſubmiſſions, & que la nouueauté
d'vn ſi grand reſpeĉt ſatisface au peu de
maux que ie puis ſouffrir pour voſtre
merite.

ARGVMENT.

Adieux amoureux, & teſmoins de l'extreme
regret de ſon depart: qu'il exprime par vn
ſtile ſi bref, qu'il eſt impoſſible de l'abreger
dauantage. Il ſouhaite de luy pouuoir auſſi
bien eſcrire qu'il eſt mort comme il la peut
aſſeurer qu'il ſe meurt. Demande pardon
s'il n'a peu mourir ſans le demander, &
crie mercy de l'auoir oſé quelquesfois crier,
puis que c'eſt la ſeule offenſe qu'il a commi-
ſe. Accuſe ſa fiere humeur qui la priue du
plus durable fruiĉt de ſa gloire, & tache la
generoſité de ſon courage d'vne infame in-
gratitude. Et puis qu'elle n'a peu ſouffrir
l'eſclat de ſes honneurs, qu'elle en ſouffre au
moins l'Eclypſe.

III.

DE cent mille pleurs efpandus pour vous, recueillez vne feule larme, de cent mille voix vne plainte, d'autant de penfers ce feul mot. Adieu, encore ne le puis-ie dire, l'efprit fe perd feulement de l'imaginer, la feule penfee me fend le cœur. Qui peut dire comme il brufle eft en petit feu, qui peut dire comme il meurt eft encor en vie. Ce font contes de penfer exprimer ce qu'on n'entend point, mon mal furmonte mon entendement & moy-mefme. Ma douleur ne fe laiffe toucher, ny par le difcours, ny par le filence, toutes conceptions font baffes pour elle, l'imagination mefme n'y peut pas attaindre, pour la bien cognoiftre il la faut imaginer, incognoiffable, inimaginable.

Ma Deeffe, que dois ie faire en cefte deffaite? ie me retire à vous quand ie m'é fepare, donnez moy des adieux capables de mon depart; ie meurs en les voulant dire, & les taifant ie ne puis pas viure. Au moins que ces mots coupez, & ce difcours imparfait vous foit tefmoing de ma peine, & que le delaiffement que ie vous fais icy de mon ame, vous laiffe quelque foucy de mon corps.

Adieu ny pour vous l'auoir tant de
fois redit, ie n'en suis pas encore assouuy,
Puis que vous auez agreé le premier, le
dernier vous doit estre dautant plus cher
qu'il approche plus de ma fin, & que c'est
le but de vostre desir. Permettez-moy de
le redire, sinó pour ceste raison, au moins
pour la reuerence qu'on doit aux dernieres paroles de ceux qui s'en vont mourir.

Adieu donc encore, pleust à Dieu que
ie vous peusse aussi bien escrire que ie suis
mort, comme ie vous puis asseurer que ie
meurs : vous en seriez plus ioyeuse &
moy plus content d'auoir satisfait par vn
seul trespas, au mutuel desir de deux vies.
Pardonnez moy si ie ne l'ay peu sans vous
demander encore pardon, & vous crier
mercy de vous l'auoir osé quelquesfois
crier, qui est la seule offence que ie vous
puis auoir faite. Mettez ces escrits au rang
des autres que i'ay perdus, & souffrez l'e-
clypse de vos honneurs, puis que vous
n'en auez peu supporter l'esclat. Accusez
nostre fiere humeur, qui comme vne che-
nille attachee sur la plus belle fleur de vostre printemps, vous pille le plus durable
fruict de vostre gloire. Plaignez tant de

belles vertus dont vous eſtouffez cruellement les ſemences, que le Ciel m'auoit
promis de reſpandre ſur toute la terre, &
eſleuer en fin iuſques à luy meſme. Plaignez encore, non point moy qui ne ſuis
pas digne de voſtre plainte, non point
vous qui n'eſtes pas moins belle de ce deffaut ? mais la France que vous priuez de
la lumiere de vos beautez, & de la cognoiſſance d'vne ſi nouuelle perfection.
Adiouſtez-y la generoſité de voſtre courage tachee à iamais de ceſt infame vice
d'ingratitude, & permettez que ſuiuant
le cours de vos volontez, ie traine les miſerables reſtes de ma vie en vn perpetuel
exil, d'où mes cris ny mes eſcrits ne troublent iamais la ſerenité de voſtre ame.

ARGVMENT.

Apres tant d'Adieux, il prend finalement ſon
dernier congé, & la ſuplie de receuoir ſes
derniers ſouſpirs. Trouue eſtrange qu'vne
Deeſſe foudroye ſes propres Autels, & per-
de les meſmes offrandes qu'elle a demādees.
S'eſtonne qu'il s'obſtine luy meſme à ſemer
vne terre ingratte, qui pour des eſſics, ne

*luy rend que des espines. Et parce qu'il auoit
desia fait vn tombeau, & vne defaite d'A-
mour: il dit qu'il a fait iusques à son tombeau pour luy obeyr, & vne defaite de luy
mesme pour la satisfaire, bien qu'il ne luy
deust aucune satisfaction. Qu'il a horreur
de sa condition, & que toutes les cruautez
du monde ne sont qu'vne ombre de sa rigueur.*

I I I I.

Vant que mourir, permettez que ie
vous enuoye les derniers soufpirs
de ma vie. Helas! que les euenemens de
nostre esperance sont incertains! I'auois
bien touïours craint que ce départ seroit celuy de mon ame,& la crainte qui ne
m'a serui que d'auancer le mal , m'en fit
soufpirer le remede ; mais non pas iamais
creu que vous n'eussiez eu la patiéce d'attendre ce coup , ny que ce peu de temps
que i'auois à contempler le bien-heureux
obiect de mes sens , me deust estre retranché par vostre rigueur. Ha! que i'ay grand'
peur que voulant aller par le monde , ie
n'en sois venu, & que la premiere sortie
que ie feray ne soit l'entree de la sepultu-
re! Vie; toutesfois pour ma vie, c'est bien
peu de chose, puis qu'elle ne vous est rien,

laiſſons-la mourir autant pour ſon contentement, comme pour le voſtre. Mais
pour vos honneurs, mourront-ils auſſi
pour auoir voulu immortaliſer voſtre vie?
Ma Deeſſe, que vous eſtes eſtrange de
foudroyer vos propres Autels, & perdre
les meſmes vœux que vous commandez
qu'on vous offre! & que ie ſuis obſtiné
de ſemer en vain vne terre ingrate, qui
pour des eſpics ne me rend que des eſpines, dont la moindre m'eſt vne ſagette
dans l'ame! Non pas que ie plaigne mon
labeur, mais voſtre culture, ny que ie regrette ma ſemence, que d'autant que vous
ne la receuez; mais ie plains le grain que
vous nourriſſez pour vn autre, & me me-
nacez que ie n'auray pas ſeulement la paille de celuy que i'auray ſemé. Ie ne ſçay
quel fruict vous en eſperez, ny qui vous
peut tant obſtiner à la pourſuitte d'vne
ame ſi religieuſe, ou quelles ſubmiſſions
vous en pouuez ſouhaitter que vous ne
les ayez deſia receuës. I'ay fait iuſques à
mon tombeau pour vous obeyr, i'ay fait
encore vne defaite de moy-meſme pour
vous ſatisfaire, & tout cela ſans denoir aucune ſatisfaction. Ie meure ſi ie n'ay horreur de ma condition, & ſi toutes les cru-

autez du monde font qu'vne ombre de
voftre rigueur. Excufez moy vous eftes
inexcufable ; le moins que vous deuiez à
tant de belles affeƈtions eftoit de la bien-
vueillance. Pour vous auoir tant efleuee,
vous ne me deuiez point tant abaiſſer. Le
Soleil ſe monftre plus petit lors qu'il eft
plus haut, vous deuiez imiter vn peu ce
que vous reſſemblez tant. C'eft ce qui me
paſſionne d'auoir merité de la grace, &
trouué de l'ingratitude en vn ſubiet le
plus gracieux qui fut iamais veu, eſperé de
la recognoiſſance, & rencontré de l'indignation. Ie ſuis maintenant au bout de
ma paſſion, ce que ie ſens ne ſe peut pas
dire, ny ce que ie dy ne ſe peut pas croire:
voulez vous ſçauoir mon impatience ?
meſurez-la par voftre rigueur. Autant de
penſers autant de treſpas, vn tombeau ne
ſuffiſoit pas à tant de morts. Encore faut-
il deſhonnorer celuy que vous auez tué,
& encore luy ſera ce de l'honneur. Belle
ingratitude où me menez vous ? faites pis
ſi vous pouuez, i'eſpargneray voftre hon
neur, mais non pas ma vie, qui vous dit
icy le dernier adieu.

ARGV°

ARGVMENT.

Il dit, que si elle auoit autant de soin de sa vie, qu'il en a de sa gloire, elle s'informeroit de ce qu'il fait; & ne trouueroit point estrange qu'il ne fasse iamais autre chose que repasser ses perfectiōs en sa memoire. Qu'elle dira qu'il est fol, de s'estre laissé prendre à vne personne qui est prise; mais qu'elle ne doit point trouuer mauuais en luy, ce qu'elle trouue bon en elle mesme. Que son amour est d'autant plus excusable que le sien, que le suiet en est plus parfait. Combien plus de raison il a de l'aymer, qu'elle n'en peut auoir d'aymer son Riual. Le blasme, & le regret qui l'attend, s'il arriue que pour estre auare de ses faueurs en son endroit, le Ciel permette qu'elle en soit apres liberale à quelqu'autre qui les mesprise, comme il luy a predit. Qu'il luy veut rendre par vne seule action trois belles preuues de son amour, de son obeissance, & de sa sagesse. Finalement il regrette qu'vn Amant plus heureux, mais moins fidelle que luy, triomphe par sa fortune, de ce que meritoit sa fidelité.

X

V.

SI vous auiez autant de foin d'vne creature qui vous adore, comme vous en
auez d'vne autre qui vous maitrife, & que
vous fuffiez auffi curieufe de me conferuer la vie que ie ne garde moy mefme
que pour vous feruir, comme ie le fuis,
non pas d'augmenter (puis que les chofes
parfaites ne peuuent point eftre acreuës)
mais d'eftendre & d'eternifer voftre gloire, vous vous informeriez de ce que i'ay
fait depuis hier au foir, & ne trouueriez
point eftrange que celuy qui ne penfe
viure que le temps qu'ila le bien de penfer
en vous, ne faïfe iamais autre chofe que
repaffer vos belles perfections l'vne apres
l'autre, & puis toutes enfemble dans fa
memoire, s'il faut appeller memoire vn
oubly de moy-mefme qui me tient fi doucement enchanté dans la nouuelle prifon
où vous m'auez mis, que ie ne me fou-
uiës d'autre chofe que d'y contempler les
riches merueilles de vos beautez,

Ie fçay bien que vous me refpondrez
icy que ie fuis vn fol de m'eftre ainfi laiffé
prendre à vne perfonne qui eftoit prife,
comme à la verité ce feroit vne grande
follie que mon amour, fi la beauté qui le

cauſe encor plus grande ne la rendoit excuſable. Mais s'ilſe trouue que vous ſoyez
frappee d'vn meſme coup, ou que voſtre
affection ſoit encore moins raiſonnable
que la mienne, ne me pardonnerez vous
point ce que vous deſirez que l'on vous
pardonne, ou trouuerez vous mauuais en
moy ce que vous trouuez ſi bon en vous
meſme?

Traictons l'Amour auec raiſon, ſi c'eſt
choſe qui ſe puiſſe faire, & voyons ſi vous
en auez en l'affection que vous portez à
ceſt Eſtranger qui s'eſt ſi bien naturaliſé
dans voſtre ame; vn homme de là les
monts qu'on m'a figuré ſans nom, ſans
qualité, ny ſans bien; Ie veux bien qu'il
ayt d'autres belles parties, mais touſiours
celles-là luy manquent, & quand vous ſeriez égaux en toute autre choſe (ce que
ie ne croiray iamais) vous ne pouuez nier
contre vous - meſme que vous ne l'exce-
diez au moins en cela. D'où ie conclus
que mon amour eſt dautant plus raiſonnable que le voſtre, que le ſuiect en eſt in-
comparablement plus parfait. Laiſſant à
part que vous aymez ſans deſſein, ou pluſtoſt auec deſſein de ne poſſeder iamais ce
que vous aymez ; C'eſt à dire de ruiner

voſtre amour apres l'auoir bien fondé,
qui eſt ſe preparer vn ſupplice pour ſe
tourmenter ſoy-meſme, & monter auec
grand trauail vne roche deſſus vn mont
pour en rouler apres auec elle. Et la merueille de tout cecy, c'eſt ; qu'ayant deſia
failly d'eſtre trompee par vn infidelle,
vous en puiſſiez aymer encores vn autre
d'autant plus à craindre que le premier,
qu'il ne vous entretient que des diſcours
de ſon inconſtance, & des trophees, qu'il
en eſleue à ſa vanité au preiudice de la diſcretion dont on doit vſer en telles fortunes. Et cependant commeſi vous luy pouuiez donner auſſi bien de la fidelité comme de l'amour, vous croyez qu'il vous ſera meilleur que Dieu ne l'a fait, & viuez
comme charmee en vne creanſe plus
amoureuſe que raiſonnable.

Opoſons maintenant les raiſons que
i'ay de vous aymer à celles que vous auez
de ne l'aymer point, & voyons ſans vous
appeller folle, ſi ie ne ſuis pas plus ſage en
ma paſſion que vous n'eſtes en la voſtre.
Premierement cela eſt deſia bien certain
que ie vous ayme ſans eſtre aymé, en quoy
ie ne teſmoigne pas auoir beaucoup de
ſageſſe : mais i'ay tant de compagnons en

cefte follie, que fi l'erreur commune fait
vne loy, il femble qu'il y a plus de raifon
de flefchir auec tout le monde foubs voftre Empire, qu'à vous vouloir refifter
tout feul. Il y a tant de gens qui vous ayment defquels vous ne pouuez aymer
qu'vn, s'enfuit il pour cela que tous les
autres foient fols, ou que celuy là foit plus
fage ? Non, mais il s'enfuit qu'il eft plus
heureux.

D'auãtage fi l'on ayme les chofes pour
leur beauté, fi l'on les honore pour leur
vertu, que l'on les eftime pour leur valeur, & que l'on les ferue pour leur merite, eftant fi vertueufe & fi belle, qui m'é-
pefchera de vous honorer & de vous aymer ? Et ayant tant de merite & tant de
valeur, qui me deffendra de vous eftimer
& de vous feruir ? Mais auffi fi c'eft vne
cruauté de hayr ce qui nous ayme, vne iniuftice d'offencer ce qui nous honore, vne
arrogance de méprifer ce qui nous eftime,
& vne ingratitude de mécognoiftre ce qui
nous fert ; Et que vous pratiquiez encor
ces maximes en mon endroit pour vous
ietter entre les bras de ceft Inconftant.
Qui vous pourra iamais garentir des
blafmes que la memoire de ces crimes

X iij

attachera fur voftre belle ame? Ou bien
s'il arriue comme ie vous ay predit autresfois, que pour eftre trop auare de vos faueurs, à vn efprit fi capable de la cognoiffance de leur valeur, le Ciel apres par vne
iufte vengeance confente que vous en
foyez vn iour liberale à quelque ignorant
qui ne fçache pas cognoiftre leur prix; Au
contraire qui s'ennuye de vos careffes, &
s'affligeant de trop de bon heur, méprife
outrageufement vos beautez pour quelque miferable fuieà? Qui vous aydera
lors à plaindre voftre difgrace apres en
auoir efté fi bien aduertie! Qui ne dira
qu'il eft bien employé, que cefte cruelle
qui fe baignoit au fang de fes amoureux,
& ne fe plaifoit qu'au meurtre de leurs plus
fidelles affeâions, foit maintenant tom-
bec entre les mains d'vn fot, qui venge
par fon mepris les iniurieux dédains dont
elle a fait mourir tant de belles ames? Or
fouuenez vous queie vous ay dit que c'eft
vn malheur fatal à celles qui vous reffem-
blent, & qu'il vous eft d'autant plus certain que vous l'aprehendez moins.

Mais d'autant qu'i ne fert de rien d'en
parler, & qu'apres tant de peine & de
temps perdu, vous me deffendites encor

hier contre vos premieres promeſſes, d'eſperer de vous autre choſe qu'vne ſimple
bien-veillance ; ie ne veux point vous
eſtourdir de tant de diſcours, ny vous accabler de tant de viſites qui ne font qu'at-
tizer des feux que vous auez allumez pour
le ſeul plaiſir de les voir eſteindre. Mais ie
vous veux rendre icy par vne ſeule action
trois belles preuues de mon amour, de
mon obeiſſance, & de ma ſageſſe. De
mon amour, en me conformant au voſtre, & vous aymant comme vous m'aymez, puis que vous ne me pouuez aymer
comme ie vous ayme. De mon obeyſſance, en cedant à voſtre paſſion, & violen-
tant la mienne pour laiſſer la voſtre libre
de tant d'importunitez amoureuſes. Et de
ma ſageſſe, en arreſtant mon mal à la ſource, & n'attendant pas qu'vne plus longue
habitude le rende du tout incurable. Le
tout en me priuant de la gloire de voſtre
veuë qui eſt la plus chere felicité de ma
vie, & vous conſeruant iuſques à la mort
l'humble reſpect dont ie ſuis eternellemét
redeuable à la grandeur & perfection de
voſtre merite. Afin que vous cognoiſſiez
que ie ne briſe point vos chaiſnes, mais
que ie les emporte toutes entieres comme

X iiij

pretieuses enseignes de ma seruitude &
glorieuses marques de mon amour? que
ie souspireray tousiours en ce monde, &
me plaindray encores en l'autre qu'vn
Amant plus heureux, mais moins fidelle
que moy, reçoiue icy la coronne de mon
martyre, & triomphe par sa fortune de ce
que meritoit ma fidelité; si ce n'est point
vn blaspheme de dire que quelque chose
puisse meriter vostre grace. Et adieu ma
Deesse pardonnez moy, si apres vn entier
sacrifice de toutes mes volontez, religieu-
sement offert à vostre Diuinité, par la plus
deuotieuse creature qui vous ayt iamais
adoree, ie vous confirme encores icy les
vœux eternels de mon fidelle seruice, &
me conserue le nom de vostre tres-humble & tres-obeissant seruiteur.

DISCOVRS SVR
ses Amours.

APRES tant de coups dont la seule
pensee est mortelle, il faut que ie reste en'ore viuant, & que ie me plaise en la
souu nance de mes plus sanglans deplai-
sirs. Que i'adoucisse mon mal de la me-

moire de mes malheurs, que ie flatte mon
esperance de mon desespoir, & que ie ne
me console que du souuenir de ma desolation. Que ie sacrifie mon ame à celle
qui la veut perdre, que ie batisse ses honneurs sur les ruïnes de ma vie, & que la
fin de mon labeur soit la mort, & la recognoissance de ma deuotion vn tombeau.

Belle criminelle de mon trespas, dont
i'ayme encore la cruauté d'vn amour aussi
violent en sa duree, que durable en sa violence. Que les outrages & mespris dont
vous m'auez couuert, ny les desplaisirs
que vous m'auez faicts, n'ont peu seulement iamais moderer ; Si ce n'est point
vous faire vne iniure que vous vouloir
encore honorer , & inuoquer vostre
nom aux derniers souspirs de ma vie. Si
ce n'est vne offence à mon ame de vous
vouloir imprimer en ces derniers Adieux,
de plus pitoyables characteres de son appart. Permettez que ie vous conjure par
les douces flammes de cette vie que ie
vous ay long temps y a donnee, & par les
tristes cendres de cette mort que vous me
rendez : si iamais ces parolles arriuent
iusques à vous, de les vouloir obseruer

comme mes dernieres. Ie ne les noirci-
ray point d'imprecations, ny ne prieray le
Ciel d'autre chofe que fe conformer à la
volonté que vous auez de me perdre. Ie
ne regretteray ma mort que pour n'eſtre
arriuee deuant ma diſgrace, ny ne plaindray point ma vie que pour auoir eſté le
ſujeƈt de voſtre courroux. Ie ne me
plaindray que de mon malheur qui s'eſt
mis au deuant de mon amour, & luy a
faiƈt rencontrer les eſcueils de voſtre fureur, en cherchant le port de vos bonnes graces.

Que ſi vous auez peur que ma vie affligee & indignement pourſuiuie de voſtre
rigueur, deffaillant entre les tourmens,
eſchappe en fin à ma patience, & ſe de-
ſeſpere en ſa paſſion. Si vous craignez
que mon cœur deshonoré de vos deſdains, & maſſacré de vos cruautez, ſe rende à la violence de ſa douleur; & que s'eſ-
criant d'angoiſſe ſur le tranchant de tant
de raſoüers qui repaſſent ſes plus ſenſibles
parties, il eſclatte quelque coup de deſpit
contraire à la modeſtie de ſa conſtance.
Belle, oppoſez à cette crainte le reſpeƈt
& l'humilité dont i'ay touſiours recom-
mandé mes affeƈtions amoureuſes. Et

penſez, que ſi ie ne m'en ſuis iamais depar-
ty durant ma vie au feu de vos plus cruelles rigueurs ; ie ne m'en departiray iamais
en la mort, qui eſt la moindre de vos
cruautez. Ne croyez point que ma vie ſi-
lee ſeulement pour la tiſſure de vos honneurs, ſe puiſſe iamais acheuer qu'à voſtre
loüange, & croyez pluſtoſt que ſi ie la
pouuois porter par delà, i'en rempli-
rois auſſi bien les cieux, comme vos
merites en ont remply pluſieurs fois
la terre.

Et jà à Dieu ne plaiſe que ie meure iamais d'autre ſorte que i'ay veſcu, ny que
ie terniſſe l'honneur & la beauté de mes
actions paſſees du reproche de ce dernier
acte. Non vous n'auez point aſſeruie vne
ame ſi mal-heureuſe, ny ſi peu capable de
voſtre amour qu'elle n'ẽ puiſſe ſouffrir les
loix. Elle eſt plus genereuſe que vous ne
penſez, & ſe reſſouuient trop de la gloire
de ſõ martyre pour en pouuoir iamais oublier l'hõneur. Vous luy trouuerez vn courage plus grãd que vos cruautez, & vne cõ-
ſtãce plº forte que vos tourmẽs, qui aſſou-
uira voſtre naturel homicide, & ſe mõſtre-
ra plus digne de vos affections que de vos
affronts. Qu'à ma volonté les euſſe ie

receus de quelque autre, fut-il le plus cher
de mes amis, ou le plus redoutable des
voſtres; ie les euſſe mille fois lauez de
mon ſang, & vous euſſe fait voir au premier que vous eſtes ſeule au monde ſans
repentir, qui ioüyſſez du priuilege de
m'offencer. Qu'ils ſçachent ce mot, &
que ie leur aye cette obligation de l'a-
uoir pluſtoſt eſſayé que creu.

Que ſi vous penſez que ce ſoit vne liberté trop hardie à vn eſclaue, de meſler,
& menacer icy des courages qui ne voyẽt
aucun danger que par les yeux de l'honneur, & que ſans cela voſtre ſeul reſpect
m'oblige de reuerer. Sçachez belle, que
vos amitiez & les miennes ſont les principales ſouuerainetez de mon ame, &
qu'aprez vous il n'y a rien d'humain ſur
la terre que ie puiſſe reſpecter dauantage. Que pour cette cauſe ie les ay miſes
icy comme les plus grandes, & les plus
fortes obligations qui ſe puiſſent rompre; pour vous monſtrer combien ſont
extrémes les deffaueurs qui me redui-
roient à les violer, & combien plus les
affections qui me les font trouuer douces. Mais qu'à raiſon de mon amour,
tous autres deuoirs me ſont moins que

rien, & que pour vous tefmoigner celuy-
là, ie voudrois auoir trahy ma patrie,
efteinte toute mā race, & tranché d'vn
reuers toutes les teftes du monde.

Oyez doncques, belle, le dernier efclat de ma voix, & fouffrez que criant ma
mort iufques au Ciel, elle l'ennobliffe de
vos honneurs. Que puis que mon malheur eft arriué iufques là de m'interdire
le contentement de les proferer en ce
monde, il me foit permis de les publier
au moins en l'autre, & de refiouyr les
Cieux, & les Enfers des merueilles de
voftre beauté. Que les peines des damnez s'allegent de ces difcours, & que
les demons amoureux du feul recit de vos
perfections, les rapportent à voftre efprit,
& vous touche le cœur d'auoir deffaict
vne creature qui vous honore encore
apres fa defaicte, & faict reuiure & ref-
pecter voftre amour au Royaume de la
mort. Que vous entendiez que voftre
efclaue porte encore fon ioug par dela
le monde, & rend la feruitude honorable, à ceux mefmes qui font morts pour
la liberté. Que vos chaifnes me retiennent encore apres la vie, & que
cette nouuelle penetrans les cœurs, &

les oreilles de tout le monde ; luy apprennent que vos feux font imperiffables, que ceux qui en font vne fois attains les portent tous vifs dans le tombeau, & les paffent tous entiers à trauers l'oubly, qui n'a point de reffort fur les ames qui releuent de voftre Empire.

Et ces honneurs vous venans ainfi d'vne ame que vous aurez diffamee & perduë, vous feront d'autant plus illuftres, & glorieux, qu'on n'a iamais ouy dire qu'ils ayent efté communiquez à perfonne, & que ie fuis feul au monde qui en recompenfe voftre rigueur. Helas! quelle tyrannie d'amour, d'exiger des benedictions de ceux qu'il maudit, & quelle infolence de beauté, d'arracher des hymnes de ceux qu'elle tue, comme s'ils ne pouuoient pas mourir fans cela, & qu'il leur fallut acheter l'honneur du fupplice, par le prix de telles loüanges. Conceuez cecy, belle, & voyez qu'eft deuenu l'orgueil de ce grand courage, qui ne fe pouuoit pas fupporter feulement foy-mefme, de feruir ainfi de curee à voftre defdain, & s'humilier tellement fous voftre mefpris, qu'apres auoir crié mille fois mercy fans fçauoir dequoy, & fans

esperance de l'obtenir, il faut qu'il en
beniſſe le refus, & vous rende grace de
ce que vous ne m'en auez point voulu
faire.

Ie commenceray par le premier iour
de voſtre veuë, qui fut le premier de mon
amour, & que ie puis auſſi appeller le premier de mon infortune. Iour de ma nuiɛt,
& de mon malheur, où ie perdy la liberté
de mes iours, & trouuay la lumiere qui
m'a produit ces tenebres. Ie vous vy
comme vn Aſtre eſtincelant de flammes
& de clartez, toute reluiſante des traiɛts,
& des beautez qui vous enuironnent, &
recognoiſſant en vous vne viue Image,&
vn diuin pourtraiɛt de l'eternité,ie permis
à mon ame de l'adorer, & euſſe penſé faillir, & l'euſſe faiɛt de ne reuerer point vne
choſe ſi venerable. Si cela eſtoit vn crime,
du moins eſtoit il puniſſable d'vn plus
doux ſupplice que celuy de voſtre deſ-
dain, qui ſortant peu de iours apres du
milieu de cette douceur oh vous le cachez, m'ordonne vne abſence de quatre mois pour ſeruir de diette à mon
amour, & digerer les cruels boüillons de
ſon amertume. Le deſpit fit ſes efforts à
chaſſer l'amour,&le réps apres ſon effeɛt à

chaffer le defpit : voftre courroux s'adoucit de l'autre cofté, & comme ie vous
criois mercy des offences que vous m'a-
uiez faictes, voftre beauté confeffa les
auoir cōmifes, s'accufa de trop de rigueur,
& me pria de perdre le fouuenir du paffé
dans l'efperáce d'vn meilleur euenement.

Celuy duquel les deftins font pendus
à vos volontez, duquel les mouuemens
& puiffances s'efleuent ou s'abaiffent à la
regle de vos apetits, forma fon obeyffance au moule de vos defirs, vous rendit
graces de fa difgrace, qui auoit faict reluire fa conftance au milieu de fes aduerfitez, & pour ne tomber en vne mortelle
recheute, vous fupplie de luy prononcer
les loix de fa feruitude : à fin que venant
à les tranfgreffer, il fut puis apres fans excufe, ou que les obferuant infailliblement
vous fuffiez fans accufation. L'accord fut
iuré de cette façon, & cette paix qui deuoit eftre de fel pour donner gouft aux
affections, & les conferuer eternelles,
fentit incontinent la mauuaife odeur de
fa corruption. Le mefme Soleil qui l'a-
uoit veu naiftre, la veit mourir. Qu'eft-
ce que ie feis lors amour ? pour meriter
cette indignation, dis-le moy mainte-
                                        nant

nant fi tu m'oys,& que tu fois Dieu comme l'on te chante ; car i'atefte ton pouuoir de ne l'auoir iamais fçeu.

Nous eftions bien à la chaffe, & me fouuient que vous pourmenant fur vne aduenuë, en difcourant de mes paffions, & de voftre perfection, (trop riche fujet d'vne fi pauure langue) vous me dites affez franchement que ie vous entretinffe d'vn autre difcours ; que ces paffions eftoient ennemies de voftre humeur & contraires à voftre naturel impaffible, me priant auecque force froideur de vous tefmoigner en cela mon obeyffance, & eftre content que vous me fuffiez bonne amie, fans m'engager plus auant en ces affections amoureufes. Que cela me feroit facile puis que ie n'y eftois entré que pour le plaifir d'en fortir, & que vous ne faifiez que preuenir le deffein que i'auois defia faict de m'en departir. Helas qui ne fut mort à la nouuelle de ceft arreft, prononcé fi cruellement apres vne fi douce grace ! Mon ame peux-tu bien fouffrir cette propofition fans mourir ? De quelles trempes s'arma mon cœur pour refifter aux violences de cette pointe ? De quelles forces fe roidit mon

Y

corps pour fouftenir l'effort d'vn fi grand
malheur ? Il n'y a que le filence qui le
puiffe dire; Cefte conception eft incon-
ceuable, & la mefme douleur qui me gar-
da de la plaindre, m'empefche encore de
la defcouurir. Cefte cruauté fut animee
de tant de douceur, qu'en me menaçât de
me perdre, il fembloit qu'elle me promit
de me conferuer ; Mais cette douceur
eftoit empoifonnee d'vn cruel refus, qui
me rendoit encore plus cher le haut prix
de voftre valeur, & m'en laiffoit autant de
regret, qu'elle m'en donnoit de cognoiffance; c'eftoit me parler de mourir apres
m'auoir affeuré la vie, c'eftoit me pendre
la grace au col, & me faire croire que ie le
voulois ainfi.

A la fin apres vous auoir monftré, que
ie ne pouuois retirer mes volontez d'vn
lieu où le deftin les auoit portees ny tuer
des affections dont la fource eftoit immortelle : Que ie refpectois trop ce qui
me venoit de vous, pour le faire ainfi
mourir, & que fi ce feu fe pouuoit iamais
efteindre, il falloit que ce fut en mon
propre fang. Vous vous laiffaftes toucher
à mes paffions, & me fiftés vne promeffe,
dont il ne vous fouuint plus le lende-

main que pour me commander de l'oublier : & me faire perdre l'esperance de ce
dont vous m'auiez faict venir le desir.
Le bris de ceste promesse, fut le nauffrage
de mon amour. Ie prens l'essor que vous
m'auiez donné le iour precedent, & recherche vostre contentement en la perte de tout le mien. Ie vous dy le dernier adieu, & vous supplie de perdre tout
ce qui vous pouuoit incliner à ma souuenance, afin que la memoire de mon malheur ne peut iamais troubler la tranquilité de vostre repos, qui seul m'estoit encore recommandable. Ie fus rappellé par
Philinde, & comme ie fusse de retour
alors que vous l'attendiez moins, & que
mon obeyssance eust trompé vostre iugement ; Ainsi que ie vous suppliois de reprendre ma vie, & ne me vouloir point
auoir gardé de mourir pour la faire seruir encore à vostre desdain, & irriter
dauantage mes passions de la presence d'vn bien deffendu. Vous tournez à fainte la verité de tous mes discours, & m'accusez d'vne chose, dont
autre que moy ne se pouuoit plein-
dre.

Là dessus nasquit vne autre dispute du

manuel d'amour, liure que i'auois acheté
pour vous, & retenu pour moy fur la confideration de voftre mefpris. Vous me le
reprochaftes alors que vous n'auiez plus
rien à dire, & moy qui croyois que le iour
que vous auiez refufé mon feruice vous
auiez refufé ce liure , qui eftoit vne de fes
moindres dependances, ne pouuois penfer qu'apres auoir mefprifé mon cœur, il
fut à propos de vous donner fi petite chofe, eftimant que vous le prefenter de ma
main en cette difgrace, eftoit vn moyen
de vous le rendre odieux, quand d'ailleurs
il vous euft efté recommandable. Et de
faiƈt il fe rencontra que i'auois deuiné voftre humeur ; & vous mefme, m'ayant
côfeffé que c'euft efté vous offencer, vous
offençaftes encore de ce que ie ne vous
auois point offencee. Ie m'en vay plus
mal que iamais, & vous enuoye vn pour-
traiƈt de ma mort, peinte au vif des plus
pitoyables couleurs de mô fang. I'y com-
prens tout ce qui fe peut imaginer de plus
mol, pour flefchir la fierté d'vn hautain
courage, prens le Ciel à tefmoing de ma
deuotion, le deffie d'en fçauoir monftrer
vne autre femblable. Et pour la recognoiftre, vous m'efcriuez vne lettre toute de

fer dont la dureté ne fe peut exprimer que
par elle mefme. Vous m'accufez d'artifice :
C'eſt voſtre mal-heur de vous voir ad-
dreſſer ces feintes, dont vous n'eſtes
point capable, & que voſtre deſtin eſt de
ne les croire pas. Mon Dieu eſt-il poſſible que i'aye peu fupporter cela ! amour
en foit loüé qui m'en a donné la grace
pour l'honneur d'vne ſi belle caufe, & a
mefuré mon courage, à la grandeur de
mes paſſions.

Le plus beau moyen pour fe garder
d'enrager, eſt la patience: & le plus grand
remede contre la fureur, eſt la raifon: Mais
les enragez, ny les furieux, ne les voyent
pas : ceſte medecine ne fe baille qu'à ceux
qui font fains: pour les autres, elle leur fert
autant que ſi on leur difoit, que le premier
regime pour entretenir la fanté, c'eſt de fe
garder de venir malade : Parquoy l'eſtant
defia des plus incurables, ie fouffris alors
des fupplices, que vous euſſiez faict confcience d'exercer fur vn ennemy. Et le
meilleur de tout cecy fut, que vous remerciant encore de ceſte rigueur, & reprenant la feruitude que vous auiez def-
daignee: vous vous indignaſtes encore de
cela: & ne vous offençaſtes pas moins de ce

que ie me difois mon feruiteur, que de
ce que ie m'eftois ofé defcouurir le voftre.
Si i'eftois maintenant à faire vn fouhait, ie
defirerois que vous fuffiez pour quelque
temps en ma place, pour voir ce que vous
euffiez peu faire aux tranfes de cette mortelle perplexité. Vous m'auiez deffendu
de me qualifier voftre, & vous offenciez
de ce que i'auois obmis cette qualité. Vous
ne vouliez point voir mon manuel, & me
vouliez mal quand ie ne l'auois monftré.
Si ie l'apportois, vous l'auiez en hayne ; fi
ie ne l'auois point, vous le defiriez. Si ie
cherchois à vous accofter, vous trouuiez
à vous defrober ; Et fi i'y faillois, ie ren-
controis voftre indignation. Si ie vous
parlois, vous ne difiez mot, & fi ie ne
difois rien, vous vous en alliez. Tellement que ie ne voyois plus à me conduire en la nuict d'vne tourmente tant in-
certaine.

Ie feray contrainct de dire icy apres vn
grand, qu'il n'y a forte de tyran au monde qu'on ne puiffe flefchir par feruices
horfmis les Dames, qu'on ne peut iamais
contenter ; Qu'on faffe tout ce qu'on
pourra pour leur agreer, elles s'imagine-
ront toufioufiours quelque chofe pour

vous defplaire ; Si vous la fouffrez, elles
vous mefprifent ; Si vous ne la fouffrez,
elles vous hayffent. Bref elles ne nous
traictent iamais qu'en efclaues , ou en
ennemis. Auffi voit-on que le Roy de
Thrace contraignit les Daces de feruir
leurs femmes en figne d'vne extreme
feruitude ; Et Dieu mefme menace fes
ennemis de leur donner des femmes pour
maiftreffes , comme d'vne malediction
execrable. Mais laiffons les femmes ; ce
n'eft pas icy le lieu où i'en voudroy dire
tout ce que i'en fçay ; ie refpecte trop
voftre fexe. Vous le fçauez belle, & toute la terre ne l'ignore pas. Si cette montagne fçauoit parler qui borne la veuë
de voftre maifon, ou qu'il y euft quelque pitoyable Echo , qui vous fceuft redire mes plaintes , vous les receuriez
peut eftre mieux que vous ne fiftes de
ma voix , lors que i'eus ce bon heur de
vous y rencontrer, regardant tomber les
efpics de vos jauelles fous les faucilles
des moiffonneurs. Il n'y eut iamais
moyen que les efclats de mille cris, animez d'autant de foufpirs peuffent efmouuoir vn feul de vos regards à ma
compaffion. Mais comme celuy qui

se perd en l'eau , ne peut faire que ses
cris arrestent ses sourdes vagues, qui l'en-
gloutissent en leurs abysmes: vostre naturel plus impitoyable que ce cruel elemét ,
se rit amerement de son desespoir, me permet de mourir , & me deffend en mesme
temps de parler.

Ie puis dire que ma constance fut lors,
& a esté tousiours admirable , & que sa
nouueauté la fera plustost calomnier que
croire. Mais il me suffit que vous la sça-
chiez, belle , & que les autres iouyssent
de leur opinion , il ne m'importe point,
que ceux qui ne sçauent l'eternité de vos
chaisnes , en discourent à leur fantasie,
que ie les deurois auoir mille fois rom-
puës : Que c'est simplesse de se sacrifier
soy mesme au desdain, & se rendre mini-
stre des caprices d'vne fille. Qu'il faut aymer toutes choses selon leur nature, &
non pas chercher la ciguë pour en pretendre de la douceur : Que le naturel de
ce sexe estant muable, il se faut accommoder à son humeur volage, & l'aymer
aussi de mesme , quand il s'arme de sa
mobilité. Quiconque soient ceux - là ,
ie ne leur souhaitte que des yeux pour
vous admirer , & du iugement pour

vous connoiftre, ils crieront mille fois
pardon à voftre beauté, d'auoir blafphe-
mé contre fa puiffance, & ne trouueront
rien fi doux que de fouffrir les precieufes
violences qui la communiquent, à trauers
le corps de tant de fuplices.

Vn mien amy me difoit vn iour fur ce
fuieɕt, que comme les fages marchans ne
hazardent iamais tous leurs trefors à la
fortune? vn difcret amant ne doit iamais
engager toutes fes affections à la fois, ny
receuoir indiferemment tout ce qui luy
eft ordonné d'Amour; car outre que c'e-
ftoit folie de prendre fon ennemy pour
fon medecin, c'eftoit auffi le moyen de fe
faire mal mener à celles, qui ne fondent
leur mefpris, que fur les honneurs excef-
fifs qui leur font rendus. Qu'vn homme
fe doit toufiours reffouuenir qu'il eft
mafle, & ne s'abaiffer iamais tant apres
vne femme, qu'il en oublie fa dignité;
Que ceux-là font dignes de poffeder leur
mal, qui fe defplaifent eux mefmes, pour
l'agreer; & fe raualent à la condition de
ces miferables, qui pour le plaifir d'autruy,
defirent doucement mourir, & pour fe
fatisfaire à eux-mefmes, font contrainɕts
de viure en melayfe. Ie trouuay ce pro-

pos fort meur, pour vn homme verd:
mais neantmoins vn peu cru, & difficile à
digerer. Amour s'en offéça comme moy,
& ne pouuant plus souffrir la ieune arrogance de ce mortel, la courba sous l'infolence d'vne vieille, qui changea tellement
la forme, & le courage de ce mauuais,
qu'il ne voyoit que par les yeux, & ne
parloit que par la bouche de ceste Alcine,
laquelle n'ayant plus rien d'elle mesme
qu'vne ombre, & les miserables restes de
ses beautez demy-mortes, n'auoit point
honte de se mocquer encore de luy. Ce
fut vn de mes plaisirs de l'aller voir dans
son lict trauaillé d'Amour, & de fieure, &
luy refraischir la memoire de ses raisons:
Vous dy-ie, qui vous estes tant de fois
mocqué de ces vains attraits, qui auez re-
serué tousiours la raison maistresse sur ces
seditieuses affections, qui croyez qu'A-
mour est vn mal volontaire, dont la gue-
rison depend de nostre consentement ;
auez vous oublié que vous aymez par
ellection, & non par destin, & qu'il ne faut
que vouloir vostre santé pour la recouurer ? Il faut la fieure quartaine, dit-il, il
n'est pas maintenant en mon choix, de
guerir d'vn mal, qu'il ne fut iamais en mõ

pouuoir d'euiter. Amour eſt vn mal neceſſaire, auquel vouloir chercher quelque reigle, eſt deuenir fol par raiſon. I'ay tout eſſayé, mais en vain, ceſte belle Image me reuient touſiours en l'ame, ſans en eſtre iamais partie ; & bien que ie ſois fort mal, & que la douleur qui me tue, ne me laiſſe pas ſeulement mourir, ſi n'y a-il rien, ou ie meure, que ie redoute tant que ma gueriſon. Sa maiſtreſſe auoit eſté belle, mais elle commençoit à ne l'eſtre plus, & ie croy qu'il l'auoit ainſi choiſie, afin qu'elle duraſt moins, ſçachant bien que les plus courtes tyrannies, ſont les meilleures.

Il faut reuenir au lieu d'où nous ſommes partis, & faire eſclatter comme du ſein d'vne nuee, les eſclairs de la generoſité de mon cœur qui ne reſſentant pas tant de vos deſdains, que de voſtre Amour, & ne s'eſtimant pas ſi malheureux de les ſuporter, que d'en eſtre cauſe ſans le ſçauoir : Vous enuoye des honneurs, alors que vous en attendiez du blaſme, & fait retentir vos loüanges, ſur le point que vous penſiez ouyr tóner des iniures: vous repreſente comme en vn tableau, la gloire qu'il y a de ſauuer ce qu'on peut perdre, & par le cótraire l'infamie qu'ó s'acquiert

de perdre ce qu'on peut ſauuer. Vous ſuplie de ne cheɪcher point l'honneur en ſõ
contraire, & ne tuer point vn Amour,
qui n'a rien ſi doux que voſtre rigueur,
qui ne pleint ſa fin que pour voir finir ſon
tourment, & ne regrette ſa mort de crainte de vous priuer du pouuoir qui vous eſt
acquis ſur ſa vie. Que ce n'eſt point ſon
treſpas, mais voſtre honneur, qui luy faiɪ
crier mercy, afin que vous ayez la gloire
de l'auoir pardonné, & ne ſoyez point
blaſmee de l'auoir eſteinɑ. Que c'eſt toute mõ ambition de pouuoir mourir pourueu que vous n'en ayez point de reproche, & tout mon deſeſpoir, que d'eſtre
contraint de viure au moindre de vos regrets. Que ie ne pouuois rien craindre de
pire, que de me voir en vie, apres auoir
perdu voſtre grace ; ny rien eſperer de
plus doux, que de ſouffrir la mort apres
l'auoir recouuree. Ayez donc aggreable
que i'emporte dans le tombeau ce contentement de l'auoir receüe; faites moy
mourir d'vn coup de grace, vous qui eſtes
le plus doux & le plus gracieux ennemy
de mon ame. I'adiouſte ma preſence à ceſte priere, & vous preſente en ma face vn
vray pourtraiɑ de voſtre rigueur ; vous la

voyez couuerte de cendre n'ayant plus
dequoy nourrir le feu qu'elle cache, ie
n'ay plus d'humeur seulement pourviure,
ny de vie que pour mourir.

Voſtre generoſité, qui vous eſt plus
naturelle, & certes ie diray encore plus
propre, que voſtre rigueur, veinquit la
fierté de voſtre courage. Vous faites renaiſtre ma vie, mere de mon deſeſpoir,
vous m'auez fait deux fois naiſtre, pour
me faire mourir dix mille, bien que dix
mille de telles vies, ne meritaſſent pas vne
ſeulle mort. Vous me donnez vne ſecon·
de paix pour laquelle obtenir ie fis tout
ce que ie peux, & tout ce que ie ne peux
pas. Il ſe fallut accuſer d'auoir fait des cho·
ſes qui n'auoient iamais eſté faites, non
pas ſeulement en ſonge ; & s'accuſer d'a-
uoir commis des offences, qui n'auoient
iamais eſté commiſes, non pas ſeulement
penſees. Oublier tout le paſſé; n'ouurir iamais la bouche pour ſe plaindre, ny pour
s'enquerir des cauſes de voſtre indignation, à peine de l'encourir : & ſe contenter que toutes mes peines paſſees, fuſſent
à l'aduenir reconnuës d'vn bon viſage.
Helas : pleuſt à Dieu qu'il euſt au moins
duré de la ſorte; mais ce Soleil trop brillãt

estoit vn presage de pluye. Les sages ma-
riniers redoutent le calme d'vne trop riate
bonace, ayans esprouué les bourrasques
qui talônent ordinairement ces douces se-
renitez, & les medecins aprehendans vne
trop parfaicte santé, en tirent l'argument
d'vne dangereuse maladie. Ie deuois penser que ceste pileule estoit de la nature
des autres, pour entretenir mon mal non
pour le guerir, & pour m'esueiller le sen-
timent que la conuulsion de tant de sym-
ptomes, mauoit endormy.

Ils se dirent icy des parolles qui n'ont iamais esté redites ; ou ie n'entre iamais en
vos bonnes graces (Serment que ie n'ay
iamais fait, & que ie ne ferois pas icy sans
vne veritable necessité.) Quand ie songe
maintenant à ce que vous dites lors, & à
ce que vous auez faict depuis, ie doute si
vous estes encor ceste belle, dont la con-
fidence obligea tant ma fidelité, de luy
declarer des choses, que vous ne vouliez
point estre declarees; & si vous auez encore ce ingemét admirable, qui par l'experié-
ce de tant de preuues, fut contraint de me
confesser veritable. Pardon belle cruauté,
Si ie vous offence, il faudroit estre lié de
quatre chaisnes, pour ne perdre icy la

raifon, & la patience, & pouuoit mourir,
pour ne pouuoir point parler.

Belle bouche, feule & veritable caufe
de tous les maux que ie crains, & de tous
les biens que i'efpere. Qui des coups de
voftre voix, efgarez les ames plus rete-
nuës, & des chaifnes de vos difcours, re-
tenez les plus efgarees, euffe-ie iamais
creu que vos feintes parolles deuffent
eftre les vrays oracles de ma ruine? pouuez vous mourir apres les auoir for-
mees? pouuez-vous viure apres les auoir
faucees? Helas! que n'eftes vous auffi fe-
courable que belle: les huict tons du
Ciel qu'on dit ne pouuoir eftre ouys des
mortels fans vn extreme peril à caufe de
leur extreme douceur, cederoient à voftre harmonie. Mais pourquoy ne l'eftes
vous point? Ay-ie iamais rien dit de ce
que vous vouliez que ie teuffe? ou ay-ie
iamais rien teu de ce que vous vouliez
que ie diffe? y a-il chofe au monde que
i'aye faite de celles que vous m'auez def-
fendus? ou bien en y a-il quelqu'vne que
ie n'aye point faite, de celles que vous
m'auez commandees? Quelle de mes
actions ou de mes parolles vous obligent
à me mal traitter? Vous ay-ie iamais fait

offence que d'auoir osé conspirer voftre
feruice, & n'eftre point mort deuant la
naiffance de voftre courroux? Et fi ce n'eft
point offence, (comme ce n'en eft point
fans doute,puis que la deuotion ne peut
porter iuftement ce tiltre) pourquoy
pourfuiuez-vous donques vn innocent,
qui cherche fa franchife au temple de vos
bonnes graces? Qui profterné continuellement deuant vos autels, n'a point d'affeurance, ny de refuge qu'en l'Azile de
voftre mifericorde? Voulez vous demen-
tir voftre naturel pitoyable ? ou fi vous
penfez que ce foit chofe honnefte d'eftre
cruelle? vous eftes donc comme ce Cy-
clope, qui fe remirant en la mer s'efiouïf-
foit de fa difformité,& trouuoit que c'e-
ftoit belle chofe que d'eftre laid.

Vne ame genereufe n'eft iamais capable de cruauté, ny d'ingratitude, & recognoift toufiours les affections de quelque
lieu qu'elles fe deriuent. Les beftes plus
nobles font les moins farouches , & s'a-
priuoifent plus facilement. Les hommes
plus rares , font les plus clemens , & ne
font pas moins de gloire d'oublier vne
offenfe, que de fe reffouuenir d'vn bien
faict. Dieu mefme qui eft la cime , & la
baze

baze de toute perfection eſt tellement
pitoyable enuers les pecheurs, qu'il ayme
mieux eſtre appellé pere des miſericordes
que Dieu des vengeances. Il a noyé la
cruauté de ce tiltre dans ſon propre ſang,
comme s'il eut voulu noyer ſa puiſſance
dans ſa bonté, & ne nous a rien tant recó-
mandé que ceſte clemence, par laquelle
les Anciens diſoient que les hommes s'e-
ſtoient faits Dieux, & ſans laquelle les
Dieux ſeroient encore moins qu'hommes. Si bien que depuis la terre iuſques
au Ciel, & des beſtes iuſques à Dieu, il
n'y a rien en toute la Nature de beau, qui
ne reluiſe en ceſte action. Et vous Belle,
comme ſi c'eſtoit par deſpit de celuy qui
vous a faite tant admirable, voulez em-
braſſer ce qu'il deteſte, & chercher la vertu dans la cruauté, que les hommes haïſ-
ſent plus que tous vices ? Ah, ja à Dieu
ne plaiſe que la terre qui eſt pleine de voſtre honneur, entende vn ſi grand diffa-
me. Cela n'appartient qu'aux demons &
malins eſprits, qui ne ſe paiſſent que de
chair cruë & ſanglante, & comme cor-
beaux affamez ne croüaſſent que carna-
ges, & voiries. C'eſt à faire à vn Omeſtes
d'agreer l'horreur des ſacrifices humains,

Z

& aux humains de les detester. Le plus
grand tyran du monde (afin de puiser la
douceur en la cruauté) se doulut de la
rigueur d'vne sienne fille, qui auoit mal
reconnu les affections d'vn esclaue de sa
tyrannie, luy disant que feroit-elle à ses
ennemis, puis qu'elle traictoit ainsi ses seruiteurs? Et vous seriez pire que ce tigre-là
vous auriez le cœur d'vn demon, sous la
face & le nom d'vn Ange ? Non, ie ne le
croy pas ; vos beaux yeux ne le veulent
point : il y a trop de douceur en leur cruauté. Mais las : pourquoy vay-ie icy fla-
tant mes humeurs malades de ce discours?
Ne l'ay-ie pas essayé moy mesme ? n'en
suis-ie pas la trop veritable preuue ? Mes
playes, mes miseres, & mes tourmens,
n'en sont ils pas les irreprochables tesmoins ? Suis-ie encore de ceux, qui apres
tant d'experience, s'abusent aux douceurs
de vostre visage ? Ha ! c'est trop d'affection, de publier icy le contraire de ce
qu'on ressent. Mais il en faut accuser
Amour qui le veut ainsi, & penser que ie
vous croy telle que ie voudroy que vous
me fussiez, & non pas telle que vous m'e:
stes.

Aussi ne veux-ie point faire ce tort à

voftre rigueur, de dire qu'elle me pour-
fuiue du tout fans raifon. Ie fçay qu'on
vous en a donné beaucoup de fuiect, &
que s'il vous euft pleu de le m'efclaircir,
vous ne l'eufliez pas peut-eftre fi viuement pris. He! qu'eft-ce qu'on n'a point
fait pour rendre mes actions criminelles
de voftre courroux? Quelles pierres n'a-
l'on point mifes en œuure? Quels refforts
n'a-l'on faits ioüer, pour faire prendrevne
fi fubtile amorce? On a fait des difcours de
ma prefomption : on eft allé chercher des
perfonnes à Tholoze, pour porter des fables en Quercy, & mes ennemis par leur
malice, mes amis par fantafie, & les autres
par charité , m'ont rendu finalement
odieux. Ie ne veux pas nier aufli d'y auoir
apporté quelque difpofition de moy-mefme, & c'eft ce qu'il me faut principalemēt
toucher, car de s'arrefter à ces raports, ce
font bourdes, ie voudrois biē qu'il m'euft
couflé cher, & que quelque braue les euft
aduancez. Mais il me doit fuffire qu'ils ne
font pas, & que ceux-là mefme qui les ont
dits ne les ont iamais peu croire. Et outre
que vous n'y auez point d'intereft, ie m'ē
fuis defia efclaircy, auec ceux qui en y
pouuoient iuftement pretendre. Tant y a

Z ij

que ie ne nieray point que voftre nom ne
foit fort fouuent en ma bouche, & que
comme les femmes groffes oyans lire la
vie de faincte Marguerite, ie ne reçoiue
beaucoup d'allegement à l'oüir nommer.
Mais d'en difcourir mal à propos, ie ne le
fay pas, mefme de mes ennemis, tant s'en
faut de ce que i'adore. Et de cela, ie n'en
veux point autre telmoignage qu'eux-
mémes, defquels ie ne vous ay iamais parlé que fort fobrement. Il y a plus, que vous
m'auiez defia telmoigné voftre rigueur
auant qu'il fut iamais nouuelle de cefte
feinte : d'où s'enfuit qu'elle procede de
quelque autre fource inconnuë qui la fit
premierement naiftre, & que ce ruiffeau
n'a fait depuis que l'accroiftre. Il faut faire icy trois pas hors de noftre difcours
pour voir fi nous la pourrons trouuer, &
chercher par l'humeur des autres, en
quoy ie puis auoir offencé la voftre.

Les femmes (il n'y a remede , il faut
que ie me iette encore fur elles) ont naturellement vn efprit de contradictió, vne
humeur eftrange & diuifee des autres, qui
veut toufiours glofer la nature, & violer fes
loix en l'eftabliffemét de fes Antipathies.
Il fembleroit qu'elles ne feroient pas fem-

mes, si elles n'estoient tousiours contraires. On a dit de la femme, que c'estoit le
plus grand ennemy de l'homme : que si
elle auoit la force, il seroit impossible d'ha-
biter au monde : Que la meilleure estoit
pire que l'homme mauuais, & que la plus
habile estoit le plus souuent la plus mal
timbrée. Ceux qui les ont le plus aymées,
font ceux qui les ont le mieux connuës, &
qui en ont le plus parlé. Clinias dit qu'il
ne les faut iamais aprocher que lors qu'on
en voudra pis valoir. Teophraste, que
toutes sont indifferemment mauuaises.
Platon a esté en doubte, s'il les deuoit loger entre les animaux raisonnables. Vn
Autheur Espagnol a laissé par escrit qu'elles estoient pires que les furies : parce que
celles là ne tourmentent que les mauuais,
& celles-cy trauaillent ordinairement les
meilleurs. Vn Empereur Romain enuioit
les Dieux viuans, & les hommes morts,
parce que les vns viuent sans crainte des
malicieux, les autres dorment sans necessité de femmes. Et le Duc de Bretagne
disoit de fort bonne grace, que si l'Amour
estoit aussi volontaire que naturel, elles
ne se mesleroient d'autre chose, que de
sçauoir discerner les pourpoints, d'auec

Z iij

les chemifes de leurs maris. Entre mille
beaux traicts du fieur des Montaignes ceftui-cy reialit contre ce fexe. Ceft apetit
fantaftique, (dit-il,) qui leur fait trouuer meilleurs les charbons que les le-
uraux, Ce gouft malade & defreiglé qu'elles ont au temps de leur groiffe, elles l'ont
en l'ame en tout temps. Auffi void-on
que les Anciens parlans fimplement de
l'infirmité, entendoient la femme. Et en
l'Efcriture elle eft prife pour la partie fen-
fuelle, & plus infirme de l'ame. Que les
Egyptiens portoient l'efcarbot en leur de-
uife, pour vn aduertiffement d'eftre total-
lement mafles, d'autant qu'en l'efpece de
ceft animal, n'y a point de femelle. Et que
les premiers Romains qui retenoient encore la marque de leur fouueraineté, les
auoient efloignees de toutes charges, &
deffendu iufques au parler. Tellement
qu'eftant aduenu qu'vne femme plaida fa
caufe, le Senat enuoya tout incontinent
vers l'oracle, pour en enquerir le prefage.
C'eftoit alors vn prodige d'ouyr parler
vne femme, & c'eft maintenant vn miracle de la voir taire. Vergongne, qu'elles
nous impofent à ceft heure, ce qu'on leur
commandoit alors.

Cecy n'eſt pas dit pour vous enueloper
parmy toutes ces qualitez. Au contraire
il eſt amené pour monſtrer que vous en
eſtes exempte, en faiſant voir qu'aucune
de ces choſes ne vous a diſpoſee à me mal
vouloir, & que la cauſe eſt en l'accident,
non en la Nature. Vous m'auez bien eſté
contraire, & m'auez fait, & dit pluſieurs
choſes, qui ne ſe deuoient ny dire, ny faire. Mais on reconnoiſſoit que cela n'e-
ſtoit point naturel, & qu'auant me les faire ſouffrir, vous les auiez premierement
reſſenties. On pourroit croire auſſi que
la médiſance m'a fait aduancer ces parolles contre voſtre ſexe, ce qui n'eſt pas. Ie
ſuis amoureux des femmes, non pas ennemy, & ſuis ennemy de la detraction,
non pas amoureux. Ie ne loüe que peu
ſouuent, mais ie ne blaſme iamais: & ſi
l'amour n'eſt point ſans reſpect, & que ie
ne ſois point auſſi ſans Amour, il faut
croire que ce ſeul ſuiect forceroit mon inclination à les reſpecter, quand meſmes
elle pancheroit du coſté de la médiſance:
Ce que Dieu n'a iamais permis, & le permettra encore moins s'il luy plaiſt. Il m'a
fait d'vne humeur plus douce, & m'a beny
d'vne amoureuſe reuerence qui me rend

fuiect à les honorer. En quoy ie penfe sãs
me flatter, retenir quelque qualité de ces
grands qui mefprifans les plus hauts courages, & remuans du pied les chofes plus
efleuees, s'abaiffent d'eux mefmes en la
fubiection d'vne maiftreffe, qui fera quelquefois leur fubiecte. Car ce ne font point
les ames vulgaires, qui font les plus poffedees de ce demon. Amour auroit honte
qu'elles paruffent entre les captifs de fa
tyrannie, où il ne reçoit pour efclaues que
les heros. On fçait affez qu'il eft femblable au Soleil, qui de tant d'obiects n'allu-
me que le Phœnix. Voila pourquoy ceux
qui me connoiffent iugeront affez à ma
feule humeur, que ce que i'en ay dit icy
de plus afpre, eft le plus doux de ce qu'on
en chante, & fe raporte plus à l'opinion
d'autruy qu'à mon inuention.

Auffi aurois-ie mal pris mon temps
d'en vouloir mefdire, en parlant à vous.
Mais comme il n'y a plus beau traict de
difcours que la verité, il me plaift extremement de la dire, & appeller les chofes
par leur propre nom. Voyant les belles
faire loy de la cruauté, & prendre l'ingratitude à tiltre d'honneur, contre les rei-
gles de l'honneur mefme. Ie ne puis nier

qu'elles n'outragent en cela la nature, &
ne renuerfent la ferme conftitution deffes
plus iuftes, & droites loix. Il y a auffi quelquefois de la paffió aux raifons des autres ;
Mais on fe doit garder de la faire naiftre
és cœurs qui ont principalement moyen
d'eternifer vne vengeance quand il leur
plaift : & fe reffouuenir qu'ils font du naturel des cheuaux, dont les meilleurs
reffentent plus viuement les picqueu-
res.

Elles oppofent icy l'honneur contre
lequel la malice, ou pour mieux dire, l'affection des hommes a dreffé tant de pie-
ges, qu'elles n'en fçauroient iamais affez
apprehender la deffiance. A la verité, c'eft
vne couleur fi delicate, qu'elle tache en
l'air par maniere de dire, le moindre vent
& d'vn fimple foupçon, la fleftrit. Parquoy
les belles ayans en depoft vne chofe qui
leur eft fi chere, pour laquelle elles font
ordinairement recherchees, & feruies,
ne fçauroient eftre affez cruelles, & in-
grates, à ceux qui comme les Crocodil-
les ne pleurent que pour les tromper : &
l'eftre pitoyable en ce cas, eft vne cruauté contre foy. Mais cela ne va pas touf-
jours ainfi, & le plus fouuent on voit,

que les plus rudes à l'abord, sont les plus
ployables au ioindre. Il est bien vray que
ce Dragon doit tousiours veiller aux pieds
de ceste Minerue ; Mais elle ne doit estre
armee que contre ses ennemis. L'honneur
est le Palladium , & la forteresse des Dames , mais à quel propos d'en vouloir abbatre les deffences ? Tous hommes ne
sont pas Grecs, il y a tousieurs des Troyens
qui la deffendent, les faut il tuer pour cela?
Ce seroit affoiblir la garnison, & monstrer
de vouloir perdre ce qu'on tient, en tra-
hissant ce qui la conserue. Or cela est si re-
culé de l'hôneur de mes actiós, que le vouloir excuser, seroit cómettre vne offence ;
ie ne le croy pas assez apparent pour estre
seulement le pretexte de vostre rigueur.

Et de dire que l'amour se nourrit de telles delicatesses: cela est bon pour ces petites coleres qui disparoissent en se monstrant, parce que comme le Soleil est plus
chaud apres vn nuage , l'amour se rend
aussi plus ardent apres ces petites noises.
C'est pourquoy les Poëtes ont tissu le ceste de Venus de petites pointes fondües
en larmes , attrépees de deux sousris, d'a-
miables questions, & de gracieuses querel-
les suiuis d'appointemés, & de caresses en-

semblement defdaigneufes &attrayantes.
Pour monftrer que le plaifir eft plus cher
apres le refus, & que fi nous n'auiôs gou-
fté les chofes ameres, nous ferions encore
à recognoiftre les douces. Mais de penfer
que cette glace eftant vne fois formee, &
durcie en criftal, fe doiue refoudre au premier feu qui la touchera; cela ne fe peut.
Au contraire, ces longs courroux detrui-
fent l'amour, & comme l'habitude eft vne
autre nature, depuis qu'on s'accouftume
vne fois à fe paiftre de telles difputes, le
venin fe change en nourriture, & peruertit tellement les affections, que de ces
feintes Amours, s'engendrent des inimi-
tiez veritables. Ioinct que de croire que
vous ayez iamais pratiqué ces artifices en
mon endroit; ce feroit vne vanité que ie
n'ay pas. De quelle façon que vous m'e-
ftimiez, de quelle couleur qu'on me pein-
de:on trouuera au fonds que ie fuis tel que
ie me dis, & non pas ce qu'on me croit.

Iufques icy, nous n'auons point peu
trouuer le veritable fujet de voftre rigueur: ny en la nature, ny en l'artifice de voftre fexe. Tellement qu'il
faut que ce foit quelqu'vne de mes
actions ou de mes qualitez qui l'ayent

produit : & c'eſt icy la corde qu'il faut
pincer. Pour la premiere i'en ay faict vn
examen auſſi curieux que ie fiſſe iamais
pour ma conſcience, & n'ay point trouué
de vous auoir iamais rien faict que ſeruice. Et certes ſi vous en oſtez les honneurs
d'Angelique , que ie deffis auant les parfaire, vous ne trouuerez rien en toute ma
vie, où vous puiſſiez iuſtement aſſoir aucune reprehenſiõ. Sacrilege!ay-ie biẽ oſé
commettre vne offence dont le ſeul penſer eſt inexpiable? Me prendre à vos honneurs, & les deffaires ! Ceſte defaicte meritoit la mienne. Ie n'en ay point ſouffert
ce que i'en merite. Mais auſſi ne doit-on
pas tant regarder aux choſes qu'on faict,
qu'à celles pourquoy l'on les faict. Ie les
auois dreſſez pour vous , qui me les fiſtes
abbatre. Ma deuotion les auoit faict naiſtre, mon obeyſſance les fit mourir. Que
pouuois-ie faire dauantage que voſtre
vouloir. C'eſtoit vn effect de ma ſeruitude, & vous en vouliez effacer la cauſe. Ie
fis comme la Sibylle deuant Tarquin, qui
bruſla ſes liures pour auoir eſté refuſee,
horſmis qu'elle n'en bruſla qu'vne partie,
& ie gaſtay tout. Ie m'en repens toutesfois pour le regret de ma peine, qui pou-

uoit eftre, non pas mieux employee:mais
à tout le moins mieux recogneuë. Or ie
ne doute point que ces honneurs ne fuffent tres petits pour vous, (ie croy bien,
c'eft chofe dont tout le monde fe mefle.)
Mais s'en m'efler, & s'en acquiter, font
deux chofes, dont tout le monde ne fe
mefle pas. Voftre valeur vous en promet
dauantage, & vn efprit plus net que le
mien pour les animer, (le voftre mefme
s'il luy plaifoit,) mais de trauailler le mien
en vn fujeƈt eftranger, fans permiffion de
rien efperer, fans ofer feulement adorer
les fueilles, dont vn autre doit cueillir le
fruiƈt, c'eft chofe que vous ne me con-
feilleriez pas ; ie n'ay donc point de tort
pour cela.

Pour l'autre i'en pourrois auoir dauantage, & le tort feroit, en ce que voyant
ouuertement la difparité de mes qualitez
à voftre merite, & le long chemin qu'il y
a de ma recherche à voftre feruice ; ie
m'obftine encore à le vouloir fuiure parmy la difproportion de mes deffauts à voftre perfeƈtion. D'autant qu'en ces cho-
fes-là, la fymmetrie eft tellement obfer-
uee, que par les qualitez du feruant, on
iuge du merite de la maiftreffe,& des qua-

litez de la maiſtreſſe, on paſſe au merite du
ſeruiteur : Qui faict que voſtre perfection
eſtant extréme, s'offence des affectiõs d'v-
ne moindre, qui ne luy faict pas tant d'hõneur comme il ſemble luy faire de honte,
en mõſtrãt par elle meſme qu'il y a du rap-
port:parce que l'amant eſtant le plus ſouuent ſemblable à l'aymee,on iuge ordinairemẽt l'vn par l'autre. D'où vient que voſtre meſpris ne s'eſtend que ſur l'imprudẽ-
ce de ceux qui vous honorẽt de cette ſorte. Parce que ce qui ne merite point d'e-
ſtre offert ſemble indigne d'eſtre receu:&
ce qui n'eſt point digne d'eſtre receu, merite d'eſtre deſdaigné.

Contre cecy nous auons dit & prouué
qu'õ doit touſiours recognoiſtre les affections de quelque lieu qu'elles ſe deriuẽt:
Mais ce n'eſt pas aſſez,il faut dire & prouuer encore dauãtage. Laiſſons à part qu'il
faict vn beau preſẽt qui s'offre ſoy-meſme:
Qu'il donne tout, qui donne ſa volonté,
& que les hõmes en meritẽt de Dieu,quoy
qu'infiniment eſloignez de ſa perfection
auec toutes les belles raiſons que ce ſuiect
pourroit amener. Et diſons,que quãd vne
ame vulgaire offriroit ſes inepties à voſtre
valeur, & ſes indignitez à voſtre merite:il

eſt digne que ſes larmes vous faſſent rire
de ſó enuie, & quevoſtre riſee le faſſe pleurer luy meſme de ſa pitié. Mais lors qu'vne
ame braue, genereuſe, & diſcrette vous
porte ſon honneur, ſa valeur & ſon courage, & ſe ſacrifie elle meſme à voſtre beauté, quoy qu'elle n'en ſoit point du tout capable, la deuotion toutesfois eſt digne
d'en eſtre receuë, & ne la recognoiſtre
point telle, eſt ingratitude: tant s'en faut
qu'elle puiſſe eſtre qualifiee du tiltre d'offence. Or d'auoir ces qualitez autant qu'il
peut eſtre requis à vn homme de ma ſorte,
ie ne penſe point qu'il ſoit permis à mes
ennemis d'en douter ; pour le moins ne
me feroient-ils pas plaiſir de me vouloir
diſputer cela.

Mais ce n'eſt pas tout, la valeur eſt ſemblable aux fruicts qui viennent hors de
ſaiſó, on la louë fort, mais on n'en vſe plus:
le courage eſt acroché auecque la paix,
l'honneur ſe recouure pour de l'argent.
En vn mot, ie ne ſuis pas aſſez grand monſieur pour vous, cela eſt vray, ie ſuis toutesfois du bois qu'on les faict, ce que n'eſt
pas tout le móde, ie dy pluſieurs autres qui
le pourroient ſembler plus, & l'eſtre
moins: car il n'eſt pas croyable que ie m'ar

reste en si beau chemin, mon ambition ne me le pourroit iamais permettre , quand bien elle ne seroit portee du desir de vous meriter. Et vous sçauez que les premieres offres de mes seruices furent limitees de cette reigle, au dela de laquelle ie n'y ay iamais pretendu : quoy que l'ayant bien, ie ne penserois point vous auoir faict tort. Pour cette cause ie me suis esloigné de la compagnie des bonnes villes, ay quitté les exercices d'vne profession que ie pouuois assez honorablement embrasser pour eui- ter cette esgalité populaire qu'on est con- trainct d'y souffrir, & qui ne se peut côpa- tir auec ma nature : Aymant mieux estre pardeça maistre d'vn meschant vilage, que compagnon d'vne bonne ville. Comme Cesar aymoit mieux estre le premier dans vne bicoque, que second à Rome. Ambi- tion à mon aduis qui n'est pas fort esloi- gnee de vostre humeur, & qui m'est com- mune auec force gens. Ce qui soit dit en passant pour contenter les opinions de ceux qui pensent que ie me sois faict vn grand tort de m'arrester en ce lieu.

Que si de tout cecy il se peut recueillir que i'aye iamais faict offence qui merite vostre indignation , ne me la pardonnez point,

point, mais faictes la moy recognoistre. Dites moy au moins ce que vous diriez à vn fot. Vous m'auez faschee, & ne rendez point ma conditió pire que celle des criminels, à qui l'on dit bien la caufe de leur fupplice, en leur en faifant reffentir l'effect. Ie vous promets de l'amender de ma vie ; & d'en mettre ma tefte à vos pieds toutes les fois qu'il vous plaira luy faire ceft honneur de l'eftimer affez digne d'en eftre foulee ; fans vous demander autre grace que le mourir de cette forte, en fupportác le plus noble poids, & le plus agreable fardeau que la terre ayt iamais porté. Que fi ce n'eft pas encore affez pour affouuir la cruauté de voftre vengeance, Arrachez moy le cœur auffi bien que l'ame, battez m'en le vifage encore viuant, qui a efté fi hardy d'ofer regarder le voftre; & ne croyez point que cela ne me foit agreable, pouruue qu'il plaife à voftre rigueur, & que la gloire de cette mort ne repare la fin de ma vie: voire ne me tienne lieu de guerdon, fi ie fuis tant heureux d'en pouuoir appaifer voftre ire.

Mais fi apres cela il ne fe peut rien voir en toute ma vie, qui defembelliffe la nette face de mes actions. Si au contraire la viue

force de la verité vous oblige encore vne
fois de recognoiſtre mõ innocence;& cõ-
feſſer que de toutes les occaſions que vous
auez cherché de vous offencer, il ne s'en
trouue pas vne qui ſoit ſeulement vray-
ſemblable. Si au lieu de m'eſtre vanté de
poſſeder vos affections, il ſe void que ie
fais gloire de ſouffrir vos affronts,& m'hõ-
norer de vos deſdains. Que vous cognoiſſiez que toutes mes paroles, mes penſees,
& mes actiõs ne conſpirent que la gloire,
& l'immortalité de voſtre ſeruice. Que
vous eſtes le riche ſujet de mes veilles, la
veritable cauſe de mon trauail & de mon
repos, l'vnique penſer de mon ame, & la
ſeule ame de mon penſer. Et que pour vne
plus grande,& plus extraordinaire preuue
de ma ſubiection, vous auez veu ſortir les
plus baſſes actions de l'humilité, des plus
importunes humeurs de mon arrogance.
Alors ne me recompenſiez point, ne me
donnez rien, c'eſt tout ce que ie vous demande. Il me ſemble que ce n'eſt pas eſtre
trop importun de vouloir eſtre puny du
mal,& vous quitter la recompẽſe du bien.
Mais auſſi ne vous baignez point au
ſang d'vne ame innocẽte dont la deuotiõ
vous eſt ſi cogneuë. Que le plaiſir de ma
peine ne vous marque point d'opiniaſtre-

té. Que mon malheur ne vous addreſſe
point quelque coup de mon deſeſpoir ; &
que ſi ma ſeruitude n'eſt point recogneuë,
qu'elle ne ſoit point au moins meſpriſee.
Ne repliquez pas ſur l'occaſion du rapport que l'on vous a faict. Il n'eſt ny veritable ny vray-ſemblable ; Non pas ſeulement poſſible que i'aye dit de moy meſme vne choſe fauſſe, que les eſpraintes de
mille tourmens ne m'euſſent iamais arra-
chee eſtant veritable. Cela vous doit contenter ſi vous n'aymez mieux des declara-
tions du propre ſang de ceux qui l'ont dit,
& le vouloir excuſer dauantage, ſeroit autât de foibleſſe, que de le croire. Vous dites
que c'eſt tout le monde. Ne m'en môſtrez
qu'vn, & laiſſez moy la charge du reſte.

Voila, Belle, le dernier ſouſpir d'vne vie
qui ſe meut par voſtre rigueur. Conferez-
la s'il vous plaiſt auec tout le monde ; Et
voyez ſi celuy qui la doit eſgaler en affection, n'eſt pas encore à naiſtre. Si ceux
que pour l'accroiſſemêt de mes douleurs,
vous auez voulu tant cherir que de les fa-
uoriſer ouuertement à la veuë de mon
amour, leur tournât le plus beau de voſtre
face, & les careſſant d'autant de douleurs
que ie reſſentois de contraires poin-

tes de me voir tout couuert de voftre mé-
pris & de ma honte, ne font pas bien dignes que vous facrifiez ma vie à leur appetit. Non pas que ce ne me foit toufiours
de l'hôneur de mourir pour voftre plaifir,
en quelque façon que ce foit. Mais fouuenez vous, belle, que vous m'auez mis apres
des gens qui ne marchêt pas toufiours du
pair auecque mon ombre, au moins fans
s'en effrayer, & que pour ne nous laiffer
toucher à mes raisós, vous auez ouy leurs
fottifes : & presté voftre confentement à
des exercices, qui ne vous agreoient que
pour me defplaire. Que vous m'auez ofté
cruellement voftre prefence pour la leur
donner : & m'auez rendu le fpectacle &
l'exemple de deux perfonnes, la mieux
faicte defquelles vous n'auez pas trouué
digne de vous porter vne de mes lettres.
Imaginez vous que vous fçauez la verité
de ces chofes, & que ie n'ignore point auffi
que ce ne foit vn artifice pour me faire fé-
tir par les faueurs que vous refpandez fur
leur indignité, le prix & la valeur de celles que vous refuruez à celuy qui fera tant
heureux de les meriter. Que ie fçay que
ce ne feront point eux, que vous co-
gnoiffez non moins indignes de ma ia-

loufie, que de vos graces, & que vous
n'approchez de voftre courtoifie, que
pour les voir reculez du foupçon, & du
merite de voftre amour. Que voftre beauté rougiroit de leur defaicte, & que vous
cherchez en cela pluftoft mon fupplice,
que leurs delices. Mais penfez que pour
en aymer encore la cruauté comme ie fais,
(voire iufques à perte de vie) il faut que
comme vous eftes la plus pure, & la plus
parfaicte effence, qui fut iamais extraicte
de la beauté, ie fois auffi le plus fidel & le
plus religieux de tous ceux qui ont iamais faict profeffion d'amour.

Soit donc icy la fin de mes triftes iours,
puis que pour eftre tel, pour eftre parfaict
en cela mefme où la perfection eft le plus
fouuent imparfaicte, ie fouffre de voftre
rigueur tout ce qu'elle pourroit faire fouffrir au plus perfide, & defloyal ingrat de
tous les mortels. Ce tombeau que ie me
fuis bafty de mes mains, arreftera ma douleur auec ma vie, & me donnera la paix,
que voftre cruauté me refufe. Pitoyable
tombeau que l'amour mefme a iugé
digne de fa demeure : receuez vn corps
que l'amour, & la mort vous enuoyent,
ou pour mieux dire qui vous les emmeine

tous deux. Soyez deformais l'Autel, où ie
doreray la belle Image de Gabrielle, eftimez vo⁹ heureux par defs⁹ toutes les Pyra-
mides d'Egypte, de garder en cette figure
le plus grãd threfor de la terre. Vãtezvous
cher tombeau du plus beau feu qui brufla
iamais. Dites au Soleil qu'il cache fa flâme,
de peur d'eftre esblouy de la voftre, & fi
vous eftes iamais veu des beaux yenx qui
l'ont allumee, eftimez moy encore plus
heureux d'en eftre bruflé. Encore void on
le tôbeau d'vn ennemy; Encores ne l'eftes
vous pas. Tombeau, arrachez dõc icy des
larmes de cette Deité, fur les cendres d'vn
hõme mortel, & permettez que du milieu
de voftre fejour, ie luy foufpire pour la
derniere fois, cette pitoyable parole.

Honneur du monde, ie fuis maintenãt
au tombeau, afin que vous n'y foyez iamais. Ie me fuis approché de l'oubly, pour
en reculer voftre nõ, & fuis mort icy, pour
vous acquerir l'immortalité. Le mourir
m'a efté doux fçachant que c'eftoit voftre
plaifir, & que ie ne vous pouuois agreer
que dãs le tôbeau. Pardõnez moy fi ie n'ay
rien peu dauantage pour vous obeyr. Et
ayez agreable que les funerailles de ma
mort, foient les feux de ioye de voftre vie.

A MONSIEVR DE
sainct Luc, sur la mort de Madame
de sainct Luc sa femme.

MONSIEVR,

La perte que vous auez
faicte est si grande, & la consolation que
ie vous puis donner si petite, que iugeant les paroles inutiles où les effects ne
peuuent de rien seruir, ie pense qu'elles
renouuelleront plustost vos regrets,
qu'elles n'allegeront vos douleurs; principalement d'autant plus que la nouuelle
de vostre malheur m'estant arriuee sur le
coup d'vne maladie qui ne me laisse pas
tousiours la liberté de songer à moy : ie
me suis trouué si foible pour la supporter,
& si engagé dans mes propres afflictions,
que i'ay eu plus de besoin de consolation
pour moy-mesme, que de moyen de
vous en donner. D'où vient que ce discours sortant vn peu tard, auec autant

A a iiij

moins de grace que l'occasion en est jà
passee, seruira plustost à vous rafraischir la
memoire de vostre mal, qu'à vous cōsoler.

Mais i'estime aussi que s'il vous eust esté
presenté plustost sur les premiers mouuemens de vostre passion, il vous eust trouué moins disposé de vous en seruir, & qu'il
fera plus d'effect maintenant que la violence en doit estre aucunement addoucie.
Certes il falloit que vos larmes fissent
leurs cours, & ie croy que les vouloir arrester au commencement, c'eust esté vous
retrancher vne grande partie de vostre
consolation. Car auoir la possession d'vne
telle femme, en qui la perfection des autres estoit si parfaicte, & la perdre en cette
perfection sans le ressentir, c'eust esté plustost insensibilité que constance. Il faut
donner quelque chose à nos passions, mais
aux affections legitimes rien ne peut estre
refusé. Comment donc eussiez vous peu
refuser des larmes à celle-là? Vous fussiez
vo' peu tout seul abstenir de regretter vne
creature qui est deploree de tout le mōde?

Vostre douleur estant donc si iuste, i'ay
pensé que les premieres plaintes vous
en deuoient estre plustost permises que
defenduës. Mais à present que la

raifon doit auoir repris la place qu'elle
pouuoit auoir cedee à la paffion, confide-
rant les diuers fuiets que vous auez de
vous confoler, i'eftime que ce feroit autant de foibleffe de s'affliger de cefte infortune, comme c'euft efté d'inhumanité
de fe garder d'en eftre touché.

Ceux qui fçauent quelle eftoit feu Madame de Sainct Luc, (& qui font ceux qui
ne le fçauent point, foufpirent auec que
vous vne mefme plainte: ceux qui ont eu
l'honneur de la voir, regrettent de l'auoir
veuë ; & ceux-là mefmes qui gemiffent
fous leurs propres maux, oublient leurs
douleurs pour pleurer les voftres. Tellement que voftre dueil n'eft pas feulement
particulier, mais auffi public : voire le public fe deult pour elle & pour vous, au
lieu que vous vous lamentez feulement
pour elle : que fi c'eft vne confolation aux
mal-heureux d'auoir des femblables, vous
ne pouuez faillir d'eftre confolé ayant tât
de compagnons en voftre mal-heur.

Ie fçay bien que de tous ceux-là, il n'en
y a pas vn qui la doiue tant regretter que
vous, ny tous enfemble ne la plaignent
pas tât comme vous tout feul. Mais fi voftre douleur n'eft point commune, vous

n'eſtes pas auſſi du commun; & moins encor le doit eſtre la conſolation que vous
deuez emprunter de vous meſme. Combien qu'à le bien prendre il ne vous eſt riē
arriué qui ne ſoit ordinaire à tous, & c'eſt
vne eſpece d'iniuſtice de vouloir eſtre ſeul
exempt d'vne choſe, à laquelle vn chacun
eſt ſujet.

Vn chacun eſt ſujet à perdre ce qu'il poſſede, voire aucun ne poſſede rien qu'à
condition de le perdre : vous ſçauiez bien
que c'eſtoit vne clauſe du contract de voſtre acquiſition, & que vous ne la pouuiez
poſſeder qu'en vertu de ce tiltre. Puis que
vous le ſçauiez, pourquoy vous accor-
diez-vous de la prédre à ceſte condition ?
ou puis que vous l'y auez priſe, pourquoy
vous plaignez vous qu'il ſoit arriué ſelon
voſtre accord ? Mais quoy ? la perdre ſi
toſt en la vigueur de ſes ans, de ſes beautez, & de vos flames, cela eſt cruel. Mais
vous ne vous eſtiez pas accordé du temps,
la mort ne vous auoit pas menacé de la
prendre ſi toſt, elle ne vous auoit pas auſſi
promis d'attendre plus tard. Qui s'oblige
à la volonté de ſon creancier, le doit payer
quand il veut. Souuenez-vous que vous
meſmes luy eſtes obligé de la propre vie,

& qu'elle en peut difpofer à fa volonté.
Que fi elle a commencé par voftre moitié,
c'eft peut-eftre pour vous aduertir d'apre-
fter la voftre, afin de n'eftre furpris au terme: Et ne vous plaignez point du peu de
téps que vous auez demeuré auec elle, car
tãt plus vous y euffiez demeuré, tant plus
vous l'euffiez regretté, puis que telles
amours ne vieilliffent point, & que plus
on a de plaifir auec elles, plus on a de regret d'en eftre priué.

Ouy, mais c'eftoit vne creature fi excellente, en qui le ciel auoit mis tant de graces; quel moyen de la pouuoir oublier,
ou de s'é pouuoir reffouuenir sãs la plaindre? Vous ne la deuez pas oublier auffi,
ce feroit vn remede indigne de vous, &
d'elle : vous vous en pouuez reffouuenir,
& la plaindre pourueu que ce foit auec
moderation, comme l'on fe reffouuient
des chofes qu'on a faites en fa ieuneffe
auec vn certain regret meflé de quelque
douceur, ou comme des bonnes fortunes que nous auons tous les iours, auec
plus de plaifir de les auoir cuës, que de regret de ne les plus auoir. Car vous ne nie-
rez pas qu'elle ne fut vne bonne fortune
pour vous, & que vous n'ayez plus de

ſuiet de vous reſiouyr pour l'auoir autresfois poſſedee, que de vous affliger pour
l'auoir maintenant perduë : puis qu'en la
poſſeſſion vous eſtiez tout ſeul, & que
vous auez tant de compagnons en la perte.

Et pour vous mieux faire toucher cecy:
eſt-ce pour l'amour d'elle, ou pour l'a-
mour de vous que vous la plaignez. Si
c'eſt pour l'amour d'elle, vous auez tort
de vous affliger pour vne perſonne qu'on
deuroit pluſtoſt enuier que plaindre : car
les ames heureuſes ſont pluſtoſt vn obiet
d'enuie que de pitié, & celle-là eſt tellement heureuſe, & l'a eſté touſiours en telle perfection, qu'on ne ſçauroit dire en
quoy elle l'a eſté d'auantage. Si elle a eſté
mieux nourrie ou mieux nee, plus vertu-
euſe ou plus belle, mieux partagee de la
Nature ou de la Fortune, plus heureuſe
en frere, ou en mary, plus loüable en ſa
vie ou en ſa mort. Tellement que la regretter principalement à ceſte heure
qu'elle eſt en ſon extreme felicité, c'eſt
porter enuie à ſa gloire & troubler pluſtoſt en tant qu'il eſt en vous, ſa beatitude, que luy rendre quelque deuoir. Mais
ſi c'eſt pour l'amour de vous que vous la

plaignez: vous auez encore tort encela, de
preferer voſtre paſſion à ſon propre bien.

C'eſt vne queſtion d'amour, à ſçauoir,
ſi nous aimons les femmes pour l'amour
d'elles, ou pour l'amour de nous meſmes.
Quelques vns tiennent le dernier, mais
ils ne voyent pas que puis que nous les
aimons plus que nous, il faut que la cauſe
en ſoit hors de nous : d'autant qu'on ne
ſçauroit aimer quelque choſe plus que la
cauſe pour laquelle on l'ayme : De ceſte
façon il ne ſe peut croire que comme voſtre amour eſtoit vne des plus parfaites,
vous ne l'ayez aymee plus que vous meſme. Pourquoy donc voulez vous maintenant démentir ceſte belle affection, &
faire voir que vous l'aymez moins, en re-
grettant ſa felicité ? Si vous euſſiez eſté
tous deux en priſon, euſſiez-vous eſté
marry qu'on l'euſt miſe en liberté deuant
que vous y mettre vous meſme ? Et puis
que le corps n'eſt autre choſe qu'vne priſon, pourquoy vous plaignez-vous qu'elle en ſoit deliuree pluſtoſt que vous?

Vne autre raiſon pour laquelle ſeule
vous deuez du tout arreſter vos plaintes:
c'eſt parce qu'elles ſont inutiles. Vous
auez beau vous douloir & vous plaindre,

vous ne la recouurirés pas . Et quand
vous la pourriez recouurer par vos larmes , ie ne ſçay pas s'il vous ſeroit encore
permis de le deſirer ; ie ne penſe pas que
vous le deuſſiez ſeulement penſer : car
prefereriez - vous voſtre deſir à ſa gloire?
luy voudriez vous faire quitter ceſte Eternité , pour eſprouuer de rechef les miſeres de ceſte vie ? Voudriez - vous qu'elle
mouruſt encore vne fois ? Cela ne ſe peut
imaginer, & cependant il le faudroit. Que
s'il ne vous eſt plus permis de la pleurer quand meſme vos pleurs vous pourroient ſeruir ; combien moins eſtans inutiles ? & combien moins encore eſtans
dommageables?

Paſſons aux exemples . Ceſt ancien
Euefque de Carthage ſortant tout nud de
ſa ville , dépoüillé de ſes biens , de ſes enfans , & de ſa femme; Ie te remercie, di-
ſoit-il , mon Dieu , de ce qu'on ne m'a
rien encores oſté de ce qui eſtoit à moy.
Qu'eſtoit- ce à dire , ſinon que nous n'a-
uons rien de propre ; que ce que nous appellons noſtre , n'eſt point à nous; & que
nous auons plus de ſujet de rendre graces à Dieu des biens qu'il nous laiſſe , que
de nous plaindre de ceux qu'il reprend?

Alcibiade estant vn iour entré dedans
vn festin qu'on faisoit chez vn sien amy, &
y voyant vn riche buffet chargé de vaissel-
les d'or, commanda qu'on en emportast
la moitié chez luy. Tous les assistans s'e-
stonnerent de ceste action pleine, à leur
aduis, d'inciuilité: Mais plus gratieuse-
ment respondit le proprietaire: Que de
ce qu'il pouuoit tout prendre, il s'estoit
contenté de la moitié. Imitez ces grands
personnages, Monsieur, ausquels vous ne
pouuez ceder qu'en nombre d'annees, &
puis qu'il a pleu à Dieu d'entrer chez vous,
remerciez le plustost de tant de graces
qu'il vous a faites, que de vous affliger de
ceste disgrace.

Ie ne veux point confirmer cecy par
autres exemples, ils ne doiuent point
estre proposez à celuy qui sert luy-mesme
d'exemple aux autres. Mais ie vous voudrois proposer vous mesme, pour vous
conuier de vous imiter : & ne noyez
point en vos larmes la vertu de ce grand
courage, qui ne vous doit pas moins seruir aux afflictions domestiques, qu'aux
executions militaires.

Consolez-vous donc Monsieur, qu'a-
pres vne belle vie, succede vne belle mort

c'eſt tout ce qu'on peut ſouhaiter, & vous
conſolez encore pour la priere que vous
en fit celle-la meſme que vous plaignez.
Vous ſçauez qu'elle n'en emporta point
de plus grand regret, que celuy qu'elle
euſt de vous en laiſſer. Si en la gloire où
elle eſt, ſa felicité pouuoit eſtre troublee de quelque plainte; quel deſplaiſir
penſez-vous qu'elle receuroit de voſtre
douleur? mais combien plus de ſujet au-
roit-elle de vous regretter vous voyant en ceſte valee, iuſtement appellee
de larmes, puis que nous y naiſſons en
pleurs, y viuons & mourons entre les
pleurs? Là où elle eſt maintenant là haut,
iouïſſant de l'eternelle gloire des bien-
heureux qui eſt vne beatitude incompre-
henſible, meſmes aux Anges. Ce qui
n'eſt pas ſeulement capable de vous conſoler, mais auſſi de vous reſiouyr.

Or ie ne doute point Monſieur,
que pluſieurs beaux eſprits ne vous y
ayent deſia diſpoſé, & deuant, & mieux que moy. Mais s'ils me deuancent
en diligence, ils ne le font pas en affection; & en voſtre ſeruice, ils ne
me deuanceront iamais en l'vn ny en
l'autre

l'autre, tant qu'il vous plaira de me laiſſer eſtre,

MONSIEVR

Voſtre tres-humble, & tres-
obeiſſant ſeruiteur,

A MADAME DE SIEVGEAC,
ſur la mort de Monſieur de Sieugeac
ſon mary.

MADAME,
Ayant ſçeu le treſpas de feu
Monſieur de Sieugeac au meſme temps que Monſieur de la
Molle & moy, nous entretenions de
vous & de luy; Et reſſenty ce mal-heur
comme m'y obligeoient les affections
que ie dois à l'vn & à l'autre: I'ay penſé
que ce n'eſtoit pas aſſez de le reſſentir ſi
ie n'en témoignois encor le reſſentiment,
& ſi iugeant la douleur que vous en deuez auoir par celle que i'en ſouffre, ie
ne m'eſſayois à la conſoler par la mien-

B b

ne, & vous donner vn allegement que ie
ne puis trouuer en moy-mefme.

A la verité, MADAME, vous auez
fujet de vous plaindre de la fortune qui
vous a priuee par vn tel reuers d'vne fi
chere compagnie: Et ie croy que la plus
douce confolation qu'on vous fceuft de
donner en cefte fignalee perte, ce feroit
vous ayder à la regretter: comme i'en
fuis beaucoup plus capable que d'aucune autre. Mais apres les premiers mouuemens qui paffent pardeffus tout difcours, & ne prennent en payement aucune raifon, toufiours faut-il reuenir à
foy, & les promptes refolutions font en
cela les meilleures : A quoy il faut vn
courage vigoureux & conftant, vne ame
forte & refoluë comme la voftre, qui reçoiue de fa propre vertu les difcours &
les raifons qu'elle donneroit aux autres.

Car en fin, MADAME, fi vous le regrettez par ce qu'il eft mort, vous tef-
moignez vne foibleffe, qui fait tort non
feulement à voftre conftance, mais auffi à voftre iugement, d'autant que vous
fçauez bien qu'il eftoit d'vne condition mortelle, & d'vn aage, qui felon le
cours de nature, ne pouuoit gueres plus

viure. Et ſi vous le plaignez pour ſa façon
de mourir inopinée, & ſanglante, c'eſt
encore vne infirmité moins excuſable que
la premiere, car la façon ne met point de
difference en la perte, & ne nous le rend
ny plus grande, ny plus petite: Que s'il eſt
deffẽdu de regretter les morts parce qu'ils
eſtoiẽt ſujets à mourir, encore doit il eſtre
moins permis de les plaindre pour la façõ
de leur mort, puis qu'ils y eſtoiẽt auſſi biẽ
ſujets, que la façon de mourir eſt vn accident moindre que la mort.

Or, MADAME, voſtre douleur vous
eſt commune auec tant d'Illuſtres vefues
qui ont perdu leurs maris par des coups
ineſperez, & tragiques, que vous auez plus
de ſuiet de les imiter en leur conſtãce, que
par vne contraire foibleſſe renoncer à la
vertu qui les fait reluire au milieu de leurs
infortune. Et ſans ſortir de chez nous, en
voulez-vous vn exemple plus frais que
celuy de ceſte grande Reyne, qui porte encor le deuil de ce braue Prince,
qui penſant conquerir l'Vniuers fut
arreſté par vn ver de terre? Quel deſaſtre ſi funeſte à toute la France, quel
regret à luy de mourir ſans parler alors
qu'il y penſoit le moins! ſortir ſi ſoudai-

nement du monde auquel il faisoit toutes choses à son plaisir, & voir arrester la
course de ses victoires par vn si miserable
instrument? Quelle douleur à ceste Princesse, qui le iour auparauant auoit esté co-
ronnee, & qui deuoit entrer le lendemain
en triomphe dans ceste grande & superbe
ville, de voir changer les appareils de son
entree en la pompe de ses funerailles,&
l'esclat de tant de Royaux ornemens en
la funebre couleur d'vn si triste deüil ? Et
toutesfois, MADAME, nous la vismes
alors, & auons eu l'honneur de la voir encore depuis auec vne resolution aussi digne d'elle, qu'elle estoit indigne de ce malheur, & non moins admiree pour ceste
grandeur & force de courage, que regrettee pour ce mal-heureux accident.

Mesurez maintenant vostre mal auec le
sien, MADAME, & si vous le trouuez
plus petit, pensez qu'il vous sera plus facile de luy resister, ou s'il semble plus grãd
que la resistance en sera d'autant plus glorieuse qu'elle vous aura semblé difficile.
Sur tout prenez garde que la mort n'est
que le passage de ceste vie à vne meilleure, en laquelle nous nous deuons tous
retrouuer sans craindre de nous iamais

perdre, & où noſtre felicité ne peut
ſouffrir l'alteration d'aucun changement;
que le chemin en eſt court, & que celuy
qui l'a deffriché, en a mis les eſpines en
ſa teſte de peur qu'elles ne nous bleſſaſ-
ſent les piedz. Voyez quel amour! que
nous ferions bien peu d'eſtat de nous
meſmes ſi nous pouuions eſleuer nos penſees iuſques à luy, & que nous mépriſe-
rions ces periſſables momens ſi nous pouuions conceuoir ceſte Eternité.

Voila, MADAME, le peu de raiſons
que ie me contenteray de vous dire ſur
ce deplorable ſuiet, eſtimant que ie ne
vous en ſçaurois iamais tant repreſenter
que vous n'en pratiquiez d'auantage.
Que ſi parmy vos afflictions il vous reſte encor quelque ſouuenir d'vne creature que vous auez infiniment obligee;
ie vous ſupplie de receuoir cecy de ſa part,
en recognoiſſance du ſeruice qu'il vous en
doit, & de la tres-humble affection qu'il a
de vous demeurer,

MADAME,
Tres-humble, & tres-obeïſſant
ſeruiteur.
B b iij

A MADAME LA
Conteſſe de Cabrayreʒ, ſur la mort de ſes filles.

MADAME,

Ayant eſté voir Monſieur le Conte de Cabrayrez , ſur l'occaſion d'vne double perte , & luy voulant toucher quelque mot à propos de tels accidens : encore que ſes premiers mouuemens ayent emporté mes raiſons, ce n'a pas eſté toutesfois fort loin, parce que i'ay rrouué en ceſte ame forte & Chreſtienne vn courage extremement genereux, & non moins plein de religion que de conſtance ? qui s'eſt reſolu tout d'vn coup à ſe conformere àla volonté de Dieu , & ne teſmoigner point par vn deuil inconſolable qu'il ait rien de ſi cher au monde qui la luy puiſſe faire choquer. Mais i'ay auſſi remarqué que le regret de la mort de ſes filles quoy que violent, eſt encor moindre que le ſoucy de voſtre vie, & que le meilleur moyen de le conſoler eſtoit de luy perſuader que vous en pouuiez eſtre

confolee. Ce qui me l'a fait entreprendre
MADAME, encore que ie m'en recog-
noiffe tres-incapable, m'affeurant plus
de la force de voftre efprit que ie ne me
deffie de la foibleffe du mien, & croyant
que la raifon aura defia fait en vous, ce que
le temps & les remonftrances ont accouftumé de faire en autruy.

Ie fçay bien, MADAME, qu'eftant mere & que les affections maternelles eftant
fi tendres, & les fujets que vous regrettez fi chers, ie fuis plus propre à fouf-
pirer voftre affection qu'à la confoler: Et que vous reprefenter la richeffe
& la beauté des ioyaux que vous auez
perdus, c'eft pluftoft irriter qu'adoucir
la rigueur de voftre mal. Auffi ne veux
ie pas tellement arrefter vos larmes qu'il
ne vous foit aucunement permis de les
efpancher, ny vous ofter le premier appareil qu'on a accouftumé d'apliquer à
femblables maux qui eft de leur laiffer faire leur cours, & obeïr pluftoft que refifter à la violence de la douleur. Mais
prenez garde auffi, MADAME, que
voftre deüil tienne pluftoft de la generofité des femmes illuftres que de la foibleffe
des vulgaires, puis que la grandeur de vo-

ſtre naiſſance, & celle de voſtre merite
vous font marcher en ce premier rang,
& que toutes deux vous obligent à vne
conſtance plus releuee que le commun
de voſtre ſexe. Il eſt vray qu'auec vn extreme ſujeƈt vous regrettez la perte de
deux filles que vous euſſiez eſlenees auec
grand ſoin , & non moins de contentement: Vous les euſſiez hautement pour-
ueuës, & euſſiez, ſelon l'aparence, paſſé
doucement auec elles les reſtes de voſtre vie. Et au lieu de cela la mort impitoyable vous les a maintenant rauies d'é-
tre les bras & en vn âge encore innocent
les a fait paſſer quaſi du berceau à la ſepulture. Cela eſt ſi cruel que ce ſeroit
n'auoir point d'humanité que n'en auoir
point de reſſentiment. Mais MADAME,
ſçachant qu'elles eſtoient obligees à
mourir dés leur naiſſance, eſperiez vous
quelque grace de la mort qui n'en fit
iamais à perſonne? Ne ſçauez - vous
pas qu'elle eſt ſourde, inflexible & inexorable, & que ſi elle pouuoit eſtre touchee de quelque plainte, iamais perſonne ne mourroit, puis qu'il n'y a homme au
monde ſi mal-heureux qui ne ſoit plaint
de quelqu'vn? Ne ſçauez vous pas qu'a-

pres auoir fait mourir tous nos peres, elle
s'est prise encore à Dieu, lors qu'il s'est
faict homme, & luy a osté cette humanité
laquelle il auoit vestuë? Qu'elle ne s'arre-
stera pas encore là, & qu'apres auoir rauy
vos enfans, elle s'attaquera encore à vous
mesme? Si vous le sçauez pourquoy vous
affligez vous iniustement d'vne chose qui
vous est commune auec tout le monde?
Et si commune que c'est merueille que les
hommes se puissent estonner de la mort,
attendu qu'il n'y a rien entre les hommes
dequoy l'on s'estonne le moins que des
choses ordinaires, ny rien qui leur soit
plus ordinaire que le mourir. Si la mort
n'entroit qu'en vostre maison, & ne se pre-
noit qu'à vostre famille, vous auriez quelque raison de vous plaindre d'elle ; mais
puis qu'il n'y a lieu si clos où elle n'aye ses
entrees & ses yssuës, qu'elle passe indifferemment par tout, rauage, tue, & deuore
tout, sans respect d'aage, sexe, ou qualité;
c'est à vous vne espece d'iniustice de vouloir estre seule exempte d'vne loy, à laquelle vn chacun est suject.

Ouy, mais vous regrettez qu'elles sont
mortes si ieunes : C'est là où ie vous attés,
Madame, pour vous demander en quel

aage peut-on mieux fouhaitter la mort,
qu'en cette premiere ieuneſſe ou ſans re-
mords d'aucune offence , ny ſans crainte d'aucun tourment on s'en va droictement à Dieu? Les hommes plus iuſtes ont
de la peine à eſtre ſauuez, & leur vie d'autant plus puniſſable qu'elle eſt plus lōgue
leur faict craindre l'enfer, & n'eſperer le
Paradis qu'en paſſant par le Purgatoire.
Vos filles, Madame, ſont exemptes de cela, par la grace que Dieu leur a faicte, de
les prendre en leur innocence ; leur en
portez vous enuie? Eſtes vous marrie
qu'elles ſoient eſchappees au monde à ſi
bon marché? Les pouuiez vous marier
plus hautement qu'auec Dieu? ny dans
vne meilleure maiſon que le Ciel? Regardez la haut, Madame, c'eſt le plus digne
objet des plus belles ames. Et vous vous
mocqueriez bien du monde, quand vous
ne conſidererez que le moindre de ſes
feux, qui eſt pluſieurs fois plus grand que
toute la terre. Qu'eſt-ce donc de cette
grande eſtenduë du firmament qui en
contient vne infinité: Qu'eſt-ce de Dieu
meſme qui comprend incomprehenſible-
ment toutes choſes , & ne peut eſtre
compris d'aucune? Mais ie me perds, Ma-

dame, & abuse vainement du peu de loisir qui m'est donné à vous representer vne
chose que vous sçauez mieux pratiquer
que ie ne sçay dire ; permettez moy seulement que ie vous supplie de ne considerer point vos filles dans le tombeau,
car il n'y a que la depoüille, l'ecorce & la
matiere qui est corruptible & nous est
commune auec les animaux : Mais representez vous qu'elles sont au Ciel en la belle forme que Dieu imprima dans leur ame
auec son image, qui est la principale &
plus excellente partie de nous mesmes, &
qui a sa place là haut, non seulement entre
la splendeur & la beauté des globes, & des
intelligences celestes, à comparaison desquels le plus beau sejour de la terre n'est
qu'vn cachot plein d'obscurité : Mais au
deuant de l'Eternité deuant laquelle le
Soleil mesme n'est que tenebres. Proposez vous doncques, Madame, que
vous estes encore en prison dans ce
noir cachot, dont Dieu à voulu tirer vos
enfans pour leur bien, & pour le vostre, car il ne l'eust pas faict autrement
estant nostre pere : & ne soyez point
ialouse de la liberté qu'il leur a donnée. Vous vous fussiez bien con-

damnee à vous priuer de leur veuë pour
les marier à des Princes estrangers (à tout
le moins la Royne mere en a faict autant)
& eussiez preferé vne miserable grandeur
à vostre contentement : preferez à plus
forte raison leur eternelle felicité aux ennuis qui s'attachent en cette vie, dont elles n'eussent pas esté plus dispensees que
vous mesme. Si elles eussent faict vn voyage sur terre ou sur mer, vous eussiez esté
tousiours en priere,& n'eussiez esté iamais
en repos que vous n'eussiez sçeu qu'elles
estoient hors des tourmentes & des dangers dont l'vne & l'autre sont pleines. A
quel propos donc s'affliger maintenant
qu'elles sont à l'abry des tempestes de ce
monde? Vous plaignez vous qu'elles n'en
ont pas esté longuement battuës,ou qu'elles ont surgy trop heureusement à vn plus
salutaire port que vous n'eussiez desiré?

Consolez vous doncques, Madame,
qu'on ne touche point encore à vous,&
que Dieu vous laisse icy auec ce qui vous
reste encore de plus cher pour y pleurer
vos pechez, & non pas vos filles , qui
pleureroiĕt elles mesmes vos propres larmes, si leur extreme bon-heur pouuoit
estre alteré d'aucun accident. Faictes vo-

lontairement de vous mefme, ce que le
temps vous contraindroit à la fin de faire
par force : car apres vous eſtre bien tourmentee, touſiours en faudra-il venir là, &
vous trouuerez que le plus court euſt eſté
de s'y reſoudre du premier coup. Et pardonnez s'il vous plaiſt à la liberté, ou pour
mieux dire, à la rudeſſe de ces raiſons, qui
ne peuuent pas eſtre enſemblement douces & veritables ſur vn ſujeẛ ſi delicat &
chatoüilleux, & venant d'vne perſonne
qui veut guerir voſtre mal, & non le flatter & meriter auec l'honneur de voſtre
cognoiſſance celuy devoſtre ſeruice, pour
lequel ie ne perdray iamais aucune occaſion de me teſmoigner.

MADAME,

Voſtre tres-humble & tres-
affectionné ſeruiteur.

Monſieur du Vair à Monſieur de Roſny.

MONSIEVR,

C'eſt vne experience ordinaire que la grãdeur auecques les honneurs offuſquent
les eſprits des hommes, en la claire intelligence des choſes, voire ſouuent en la cognoiſſance d'eux meſmes, & vne pratique
bien rare de voir ces meſmes hómes reſiſter à leurs impetuoſitez naturelles, cóme
à des vents contraires, & rabattre par prudence cette legere partie de l'ame, qui ne
s'eſleue que trop ayſement en eux, tant il
eſt naturel à l'hóme de n'auoir pas la puiſſance ſur ces mouuemés, & d'eſtre ordinairement le plus dangereux flatteur de ſoy-
meſme. Tous les plus grands hommes qui
furét iamais l'ont reſſenty en eux, & quelquesfois l'ont aſſez librement cófeſſé n'a-
yãt ny deſpit ny honte, quand il s'eſt trouué des eſprits aſſez hardis pour le leur dire
en face, lors qu'il en a eſté beſoin. Celuy
qui iugea par la phyſionomie de Socrate
les vitieuſes inclinations de ſon ame, il fut
aduoüé par Socrate meſme, qu'il auoit raiſon & qu'elles luy fuſſent paſſees en habi-

tude,s'il n'euſt corrigé par la vertu,les deffauts de ſon naturel.Ce grand perſonnage
& les autres imitateurs de ſa generoſité,
ont tant aymé la franchiſe de ceux qui de-
ſiroiẽt les rendre meilleurs, que le receuãs
de bonne part, & en faiſant leur proffit,ils
feront reputez en cela plus heureux que
les Roys,meſmes deuant leſquels la verité
n'oſe comparoiſtre qu'en habit deſguiſé.
Puis dõc que c'eſt choſe cõfeſſee qu'il n'y
a perſonne ſi accõplie en laquelle il n'y ayt
quelque choſe à deſirer,& que chacun rẽ-
trant en la cognoiſſance de ſoy-meſme,ne
doit point auoir de regret de couper les
aiſles à ſa preſomption, & de retrancher à
toute heure quelque choſe qui empeſc
ſa perfection, i'entreprendray auec plus
de hardieſſe de faire comparoiſtre deuant
vous ma liberté, parlant ce langage de la
verité, laquelle i'eſpere ne vous deuoir
eſtre odieux, puis qu'elle peut ſeruir à voſtre gloire,ne requerant cette prerogatiue
que pour le deſir que i'ay de voir voſtre
prudence eſtimer auec voſtre bonne fortune, à fin que vous ne ſoyez pas ſeulement conſideré pour heureux : mais
admiré pour vertueux. Car parmy
tant d'imprecations que pluſieurs vous

font tranfporter de leurs interefts partï-
culiers. Ie fay profeffion auec vne Ancienne Religieufe de benir & non de maudire, fouhaittant d'affectió que de vos có-
mencemés fi beaux, l'arriere faifon en foit
encore plus belle. Or chacũ fçait qu'apres
les heureux fuccez, defquels Dieu a couró-
né les trauaux du Roy, pour ramener la
France en elle mefme, & ayant raffemblé
les bris comme d'vn naufrage, duquel elle
s'eft prefque fauuee toute nue : la plus
vifible marque de la fageffe de fa Majefté,
s'eft faict voir en l'election qu'elle a voulu
faire de perfonnes capables, pour rejoin-
dre les entr'ouuertures par où la Nauire
auoit faict caue, qui par bon mefnage &
frugalité, y refiffent amas d'autant de
commoditez qu'il en auoit falu ietter du
vaiffeau pour fauuer le Pilote, les Ma-
telots & ceux qui nauigeoient foubs leur
conduitte. Et certes ayans faict tomber
les armes des mains de fes ennemis, ou
par laffitude, ou par traictés, mais principalement par fes victoires, il ne pouuoit rien de meilleur, ny de plus grand,
que d'eftablir vn bon ordre à la conduitte de fes affaires, nommément au mani-
ment de fes finances, n'en donnant pas
                                    la charge

la charge à ceux dont l'auarice l'euſt plus
euidemment briguee : mais à vous dont
la felicité l'auoit tres-dignement meritee.
Les grands teſmoignages d'œconomie
que vous auez rendus depuis voſtre adminiſtration , ſeruent de forte preuue,
combien vous honorez le choix qui a eſté
faict pour cela, de voſtre perſonne miſe
en cet œuure, auquel on peut dire qu'elle
eſtoit de longue main reſeruee , comme
vne perle non de grande monſtre , mais
de beaucoup de valeur. Le Roy le reſſent,
la France le recognoiſt, ceux qui ayment
le public le confeſſent , & c'eſt beaucoup
d'eſtre ſi fidelle à ſon Prince, & ſi vtile à
ſa patrie , car nul ne peut auoir vn plus
glorieux but de ſes actions. Mais vne
ſeule choſe vous ſemble defaillir en ces
loüables exploits, qui eſt l'vſage des procedures, agreables autant qu'il ſe peut
honneſtement, à fin qu'en ne viſant qu'au
bien de la Republique , on ne meſpriſe
pas ſi abſolument le contentement des
particuliers deſquels elle eſt compoſee.
Il eſt certain que les demãdes de pluſieurs ne ſont refuſees que de la ſeule
neceſſité, par l'organe de voſtre bouche,
& non par le Roy ny par vous, mais c'eſt

Cc

la couftume que ceux qui font frappez
s'en prennent pluftoft au bras qu'à la caufe qui fe faict agir, de là fe forment les
animofitez qui font defirer à plufieurs de
vous voir defarçonner, plus pour affou-
uiffement de leurs vengeances que pour
remede à leurs incommoditez. Contre
tout cela vous auez deux forts, la faueur
de voftre maiftre, & ce qui vaut mieux encore, voftre prud'hommie: mais celle la ne
foufflant pas toufiours d'vn mefme cofté,
& celle cy n'eftant pas toufiours en mefme recommandation , ceux qui font paruenus aux charges ne s'y peuuent maintenir en trop de bonnes fortes , defquelles ils peuuent chercher ce moyen auec
le compas de la raifon. On tient qu'il eft
bon aux combats d'eftreindre aux coups
effroyables de la voix , & terrible au regard, mais pas vn de ces trois ne femble
propre aux affaires. Et fi le defordre où
elles eftoiét n'a peu eftre debroüillé qu'en
vfant de ces voyes, c'eft deformais affez. Il
fe dit d'vn bon Gendarme qui en vn côbat
où il s'eftoit vaillammét porté, rehauffant
l'efpee pour tuer encore, & entendant la
retraicte fe retint, & fe retira. Iufques icy
vous auez faict beaucoup d'efchec , mais

dorefnauant la raifon,& voftre propre cõ-
rentement vous conuient de faire halte.
non pas de bien faire, car ce deuoir veut
eftre continué fans intermiffion, mais biẽ
de n'adjoufter encore és efprits des hommes le defplaifir d'eftre gourmandez, au
mefcontentement de ne recueillir aucun
fruict de leurs penibles pourfuites. Quelques perfonnages fameux fe font autresfois veu par l'excellence de leur vertu, def-
poüillez de ce qu'il y auoit de vehement &
de paifible en eux, & ioignant fa bonne
grace auec l'authorité, ont reduit ces affaires & vne vnion bien accordee à vn bõ &
parfaict gouuernement, & ont cogneu &
faict cognoiftre qu'à ceux qui s'entremet-
tent à faire des affaires, la patience eft vne
partie de magnanimité; & de fait l'eftre af-
fable & parler gracieufement à tout le mõ-
de, ne fe faict pas tant par bonté de nature
que par difcours de iugemẽt, & fcience de
raifon, eftant hors de doute que la vertu
n'a point de fi puiffans inftrumens,que les
agreables paroles. Le premier fouhait
d'vn des plus grands hommes de l'antiquité, eftoit qu'il ne luy efchap-
paft mot qui peuft offencer perfonne,

Cc ij

puis apres sa charge publique estant expi-
ree, il reputa le plus glorieux acte de son
administration, de n'auoir en icelle rien
concedé à hayne, enuie, ny courroux.
Or puis que toutes les plaintes de ceste
Cour se resoluent en cela seulement,
que l'on ne trouue en vous ny accueil,
ny douceur, il ne sera pas mal-aysé de les
vestir, & de vous en seruir comme d'armes, non pas nees auec vous: mais que
vous mesmes vous serez forgees par la
cognoissance du besoing que vous en
auez en cest aage, ou la meureté, l'entéde-
ment, & la hardiesse sont ioinctes auec le
pouuoir, à fin que ioignant encore ces
graces là aux autres que Dieu vous a de-
parties, vous en composiez vne beauté
qui se fasse admirer en vous, par vn con-
cert de plusieurs beautez concurrentes
ensemble, euitant la laydeur qui s'engendre par la seule defectuosité d'icelles.
Vous pouuez dire en la condition où
vous estes, qu'auant mesme y estre paruenu, vous y auez gagné de grandes batailles aux despens d'autruy, dont il vous est
prouenu des exēples qui sont encore tres
recentes, pour tirer proffit de ce qui a
esté preiudiciable à ceux dont les opi-

niaſtretez & violences ſont maintenant
dans vne triſte ſolitude. Que ſi es prunel-
les des yeux d'autruy, nous voyons bien
les noſtres, ne refuſons point de voir
nos deffauts en ceux de nos prochains,
& de nous en chaſtier par leur dommage.

Quant à cette maxime d'eſtre égal enuers tous, il n'y en a point, eſtant bien en-
tenduë de iuſte, ny qui le ſoｒｔ moins,
eſtant mal interpretee. Lors que le Sage
d'Athenes diſoit que s'il euſt peu refai-
re de nouuelles loix, il euſt remis l'egalité
entre ſes Citoyens : Les plus groſſiers
l'entendirent de la proportion arithmetique, & les plus aduiſez de l'arithmetique.
Et qui peut douter qu'il n'entendiſt parler de ceſte derniere? Certainement
c'euſt eſté vne extréme diſpoſition de
n'auoir non plus d'eſgard à la qualité,
& au merite des plus grands, & des
meilleurs, que des moindres & des pires. Or comme il eſt difficile de bien
obſeruer cette proportion, auſſi faut-
il confeſſer qu'il eſt fort vtile de s'y
efforcer, à fin que ſi l'on n'en peut at-
trapper la perfection, au moins on la
ſuiue de bien pres. Car il importe infini-

ment de prendre garde que d'vne exacté
iuſtice qu'on veut eſtablir, on ne paſſe à
l'iniuſtice ; n'eſtant pas moins inique de
donner pareil traictement à toutes ſortes
de perſonnes, c'eſt à dire rigoureux, qu'à
celuy qui à toutes eſpeces de fautes, auroit
ordonné meſmes peines. Auſſi dit-on de
ſes loix, qu'elles auoient eſté eſcrites non
pas auec de l'ancre, mais auec du ſang.
Que ſi la prodigalité a eſté offencee ſous
les regnes precedents, que depuis encore
le mauuais meſnage ayt duré fort long
temps, & que pour guarir ces maux, on
peut bien faire de n'exercer ny liberalité,
ny recompenſe ; qu'au côtraire au lieu d'ē
planter le deſir au cœur du Prince, on ſē-
ble vouloir meſme, s'il eſtoit poſſible, arracher ces noms de la memoire des hômes.
L'extremité de ceſt expedient n'eſt pas
moins vitieuſe, que d'exterminer la vigne
pour empeſcher l'yurongnerie. Car côme
il euſt eſté plus à propos d'ē approcher les
Nymphes, c'eſt à dire l'eau pour retenir
en office vne liqueur violente, par vne plus
douce, auſſi appartient-il au iugement de
ceux qui ont l'adminiſtration d'apporter
le correctif, a l'excez de la profuſion des
bien-faicts, qui ſe departoient côme à clos

yeux, & les reduire à la mesure des moyës
de l'estat & des personnes, les restraindre à
quelque maniere, & non pas les esteindre
du tout. Au surplus il s'est laissé couler
vne opinió en ce Royaume, que vous fai-
ƒtes profession de n'auoir point d'amis, &
que vous penseriez ne pouuoir demeurer
en bon predicament vers le Roy, ƒi vous
n'estes accompagné de plaintes & de mal-
ueillances d'vn chacun, à fin qu'il iuge de
là, que vous renonciez à toute autre affection qu'à celle de ƒon ƒeruice, & de ƒon
profit. Quiconque ayme ƒon honneur &
ƒon maiƒtre, ƒe gardera touƒiours bien de
faire des amitiez aux deƒpens de l'vn ny de
l'autre, mais neãtmoins ne laiƒƒera de chercher exquiƒement tous moyens licites de
s'en acquerir le plus qu'il pourra. Conƒide-
rant auec vn grãd Philoƒophe, que ƒi pour
garder vn homme d'eƒtre meƒchant, il luy
eƒt bon d'auoir des ennemis qui le ƒindi-
quent, il luy eƒt encore meilleur d'auoir
des bons amis qui l'amourachent & ƒou-
ƒtiẽnent, & que ƒe peut-il adjouƒter de plus
grand, en vne perƒonne eƒleuee en dignité comme vous, que la bien-veillance de
pluƒieurs, nommément de ceux qui ƒont
remarquez de prud'hommie, & de me-

Cc iiij

rite pourfuiuans chofes iuftes & poffibles,
au lieu de les rejetter auec de l'affe&ion
pour fembler defpoüiller de toute affe-
&ion humaine, & de defdaigner la courtoifie, iufques là, de ne luy vouloir pas
feulemēt facrifier vne feule parole. Quelqu'vn a fai& autre foisvne belle plainte de
foy-mefme, qu'en ouurant fes coffres,
il trouuoit celuy des recompenfes touf-
jours plain, & celuy des graces toufiours
vuide. Et fouhaittant le contraire, a laiffé
vn bel exemple en ce defir, combien l'in-
digence des graces eft infupportable, &
l'abondance de toutes autres commoditez. Au refte le but de ce difcours n'eft pas
pour vous pretendre efclairer au chemin
où vous eftes, car l'experience le vous a
mieux apris, mais c'eft feulemēt pour vous
faire rapport fidelle de ce que i'entends
eftre defiré en vous, en ce qui cōcerne les
eflans de voftre efprit, qui iufques icy en a
tāt bleflé d'autres, qu'écorefque vos a&iós
en leur nature foient bonnes, vous ne deuez pas dauantage mefprifer d'eflayer que
la forme n'ē foit pas mauuaife, à fin que de
plufieurs mefcontētemés d'autruy, il n'en
redóde quelqu'vn par malheur au voftre.
Vous reffouuenant cōbien la neceffité eft

ingenieuse, que le deipic est aueuglé, &
qu'ils se vangent quelquesfois aux despens de leur propre vie. Ce que ie ne
dis que par crainte pour vous , & non par
douleur que ie ressente en mō particulier,
esperant, qu'en l'ouuerte profession que
vous faictes de dire la verité à chacun, celle cy qui s'adresse hardiment à vous ne
vous desplaira point : & finiray par ces
paroles de Hermolaus à Alexādre, ques'il
vous plaist faire proffit de ma franchise,
encores en vostre grandeur aurez - vous
quelque obligation à ma petitesse sans
toutesfois que ie m'en promette ny recognoissance , ny gré, que celuy que ie me
sçauray à moy mesme de n'auoir trahy
par mon silence, l'occasion de m'acquiter de ce deuoir enuers vous.

Monsieur de la Brosse , à Madame la
Duchesse de Bar, sœur vnique du Roy.

MADAME,
Il y a quelque temps que i'essayay
de recueillir en l'ame du Roy le desir
d'aymer & fauoriser les lettres , & ceux

qui par les tefmoignáges immortels dé
leurs efcrits, pouuoient donner à la pofterité cognoiffance de fa valeur, & de fa
fortune. Pour ceft effect ie luy pre-
fentay vn difcours de la gloire militai-
re, parmy lequel ie difois le grand befoing
que les Roys, mais principalement les
Roys vertueux, ont de perfonnages de
telle profeffion, fi d'aduanture eux mefmes ne font capables de faire l'vn & l'autre? Comme ce grand fondateur de l'Empire Romain duquel la main n'eftoit pas
moins excellente a defcrire fes exploits
de guerre que vaillante à combatre & à
tourner en fuite fes ennemys. Ie luy re-
monftrois combien de beaux actes de
nos Roys fes predeceffeurs depuis la fon-
dation de cefte monarchie font demeurez eftaints & enfeuelis, pourceque durant leurs regnes les lettres eftoient ou
fort rares, ou quafi du tout incognuës
en ce Royaume : & comment au lieu de
l'hiftoire de tant de hautes entreprinfes,&
hauts faits d'armes des valeureux Gots
les feules ruynes des grandes Monarchies
renuerfees par leur redoutable puiffance
nous reftoient pour marques & enfeigne-
mens de leurs proüeffes, pour n'auoir pas

eu de leur temps les efcriuains à commandement qui laiffaffent aux fiecles futurs
le tefmoignage de la vertu extraordinaire
de l'Empire Romain : ie luy reprefentois
auffi combien il eft neceffaire d'auoir des
efcriuains de fa nation pour en toufiours
illuftrer la langue.(qui en eft vn des principaux ornemens) pour n'eftre poinct cô-
trainct de foubsmettre fa reputation à
l'enuie & à la calomnie d'vn eftranger,
ainfi que la renommee des mefmes Gots
qui auoit efté tachee & diffamee pour iamais d'auarice & de cruauté par les Hiftoriens Latins, qui ont auec tel moyen ven-
gé les cendres & le ruines de leur patrie.
Sa Majefté comprit bien toft l'importance de ces raifons & encore plus pregnan-
tes qui luy furent alleguees par Monfieur
l'Euefque d'Eureux la prefent, de forte
qu'à l'inftant mefme elle donna l'efperance de faire à l'imitation du grand Roy
François,refleurir les lettres en fon Royaume, & de les auoir à l'aduenir en particuliere recommendation : Mais en mefme
temps le flot des affaires emporta fon efprit à d'autres deffeins, & l'a depuis tellement agité qu'il luy a efté impoffible iufques à prefent de prendre port, voire de

ietter l'anchre pour refpirer vn peu de fa
courfe impetueufe. Mais vous, Madame,
qui par voftre condition eftes exempte
de fi rudes exercices , & qui auez l'efprit
libre des tempeftes de la guerre , c'eft à
vous à l'embrafer & à fauorifer les eftudes
de la paix, entre lefquels celle des lettres
eftant la premiere , elle eft digne d'eftre
receuë en voftre particuliere tutelle , &
protection: & comme vous eftes la plus
grande Princeffe entre les Chreftiennes,
vous debuez eftre ialouze qu'aucune autre de voftre temps n'emporte cefte palme, & ne vous rauiffe vn fi glorieux trophee. Vous fçauez, Madame, quel honneur en rapporta de fon temps la Reyne
Marguerite voftre ayeule d'augufte memoire, qui print cefte protection , comme à l'enuy de ce grand Roy fon frere:
& en cefte genereufe contention faifant
preuue de la grandeur de fon courage, ne
fuft point furmontee. Cefte autre Marguerite fa niepce & principale heritiere
en l'ardente affection des lettres, n'a point
femé fur le fable , exerçant fa Royale
liberalité enuers les hommes de lettres de
fon temps . Car autant que dureront les
doctes efcrits de Ronfard , du Belay &

autres excellens escriuains de son temps:
c'est à dire autant que durera la langue
Françoise , autant durera le lustre & la
splendeur de ceste excellente Marguerite, de laquelle ils ont poussé l'honneur &
les loüanges à telle hauteur, que comme
nouueaux Geants, ils ont posé les monts
de Sauoye, au dessus de Parnasse & d'O-
limpe, pour luy esleuer vn monument esgal à sa vertu. Ces exemples domestiques,
Madame , vous doiuent embraser le
cœur de semblable desir , outre lesquels
vous y estes conuiee par l'affection & la
charité que vous deuez à ce Royaume,
duquel les bonnes lettres à faute de support , s'enfuyent comme exilees, quitans
la place à la barbarie & à l'impieté qui par
l'ayde & faueur de la guerre taschent à
s'en emparer,& le feront , Madame, si
vous ne les en chassés par le rapel & le
restablissement des Muses. Le Roy qui a
le pesant faix de la guerre sur les bras
qui l'occupe tout entier, semble vous
laisser en partage ceste seconde charge,
qui est la moins laborieuse , mais non
pas la moins glorieuse , & la moins
necessaire, estant celle de laquelle depend
la conseruation de la religion, des loix, de

le de voſtre reſpect n'auoit peu obtenir
deluy . Que ſi dorefnauant vous l'honorez de la continuation de vos commandemens, il ne ſe contentera pas d'auoir re-
prins ſa premiere vigueur, mais ſe ſurmontant ſoy meſme par l'inſpiration de voſtre
faueur il oze promettre de produire quelque choſe digne de vous eſtre preſentee
pour gage de l'entiere obeyſſance que
vous doibt & vous rendra Madame.

Voſtre.

La Royne Marguerite au Roy ſur la
declaration de nullité de leur ma-
riage en Decembre, 1599.

MONSEIGNEVR,

Puis qu'il faut referer à Dieu la gloire
des ſuccez comme à l'autheur de tout bié,
ie le loue de ce que au plus fort de mes
deſplaiſirs & lors que mon repos eſtoit
en trouble, il m'a enuoyé voſtre benediction, en me donnant voſtre paix, en la
quelle voſtre Maieſté faict reluire ſa clemence. C'eſt vn vray office de frere,
pardonnez

(pardonnez moy ſi i'vſe de ce mot)c'eſt
voſtre faueur qui me tranſporte au comble de tant de felicités. Ce coup qui vient
de vous meſme eſtonne mon malheur, &
aſſeure ma tráquilité, que ie n'euſſe iamais
recouuerte, ſi vous ne m'euſſiez remiſe
en l'honneur de vos bonnes graces, ie les
ay eſperees tant que ceſt eſpoir a peu accompagner mon deſir, & n'ay ozé les deſirer tant que vous auez voulu que i'en fuſ-
ſe priuee, ayant touſiours creu, que ce
m'eſtoit vne eſpece d'honneur de m'accommoder à vos deſſeins, bien qu'ils
fuſſent contraires à mon contentement,
& que voſtre belle ame pouuoit eſtre autant contrainte en ſes paſſions, que la
mienne tourmentee de ceſte rigueur. Si
vous auez conſenty en mes afflictions ce
ſont pluſtoſt des excez du temps, que des
effects de voſtre humeur, qui repare à
preſent le tort qu'elle auoit faict à ma qualité, en me gratifiant de voſtre protection,
où ie me mets à l'abry le reſte de mes
ans. Il eſt vray qu'en ce gain, ie perds
beaucoup, & le contrepois du mal que
ie reçois en ma conqueſte, affoiblira ma
conſolation, & me mettra deuát les yeux
le changement de ma fortune, qui me
D d

plongeroit dans vn abyfme de defefpoir, fi ie ne confiderois que ce font vos
volontez, & qu'il faut que mon dommage reufiffe au bien public. Ie me range
donc à cefte loy, non pour me contenter, mais pour vous obeir, & changeant
mes regrets en lieffe, ie glorifie Dieu comme voftre Roy, & vous, comme le mien,
de la grace qu'il me fait, & du bien que ie
reçoy par vos royales & fraternelles offices, & prie fa diuine Maiefté de vous
maintenir en fa garde, & me conferuer en
fa bien-vueillance que vous promet

　　　　　　　Voftre tres-humble tres-fidelle
　　　　　　　fœur, feruante & fubiette,
　　　　　　　MARGVERITE.

---

*Copie de l'infcription pour mettre au deffoubs
du cheual fur lequel fera le Roy fur le pont
neuf, par le Pere Coton.*

A l'immortelle Majefté de Henry IIII. Roy de France & de Nauarre.

L A' vertu & la fortune fe font accordees enfemble pour donner à ce
Prince le titre de Grand, & les merueil-

les de ſa vie le nomment l'Incomparable.
Il fuſt conçeu à la Fleſche, naſquit à Pau,
paſſa ſon enfance à Ceraſe en lieux aſpres
aux exercices plus ruſtiques de la campagne, affin que la delicateſſe de la nourriture n'empeſchaſt les actiõs de ſon courage. A ſept ans il fut conduit à la Cour
pour y eſtre esleué auec ceux auſquels il
deuoit ſucceder & par droit & par merite.
Peu apres il vit le Roy ſon Pere mort, ſa
mere eſloignee, ſon oncle en defaueur, ſes
amys en defiance, ſes ſeruiteurs en exil. A
ſeize ans il eſt recogneu General d'vn parti
dont les eſperãces abatuës par la perte de
quatre batailles commencerent à ſe releuer ſoubs la faueur de ſes armes & le bon
heur de ſa perſonne. A dixneuf il fut engagé à des nopces non legitimes , mais
vrayement funeſtes qui commencerent
par le treſpas inopiné de ſa mere , qui furent ſuiuis de la perte de ſa liberté, mort
& proſcription des ſiens. Il ſortit de captiuité pour entrer en la ſeruitude qu'eſpreuuent ceux qui commandent aux
guerres ciuiles, & la dignité de General ne
le diſpenſa pas de courre les perils de ſoldat, iuſques à ce qu'il euſt mis ſon party
en ſeureté par le cinquieſme Edict de paix,

tout à coup ce grand calme qu'il auoit
obtenu fe changea en vn terrible orage
qu'il fift fondre fur luy en quatre annees
dix armees royales , la bataille de Cou-
tras loyer de fes efperances, fit cognoiftre qu'il deuoit eftre craint de ceux qui
ne le vouloient aymer, la Tragedie donc
on le faifoit l'argument , & qui auoit la
France pour theatre, & les eftrãgers pour
autheurs, euft vne effroyable iffuë par la
mort de deux Princes qui remplit le
Royaume de feu & de fang : le Roy fur-
prins à Tours fuft fi heureufement fe-
couru de luy que trois moys apres il fut
entré victorieux en fa ville capitale fans
l'execrable parricide qui finift fa vie: lors
les vrays François tous defolez apprchen-
dans pour vn Roy plufieurs tyrans, & re-
cognoiffans la iufte caufe de leur Roy legitime , fe iettent entre fes bras , il void
les plus puiffants fruits de l'Europe ban-
dees contre luy , les rebelles infolents, les
fubiects eftonnez ; il fait autant de combats que de traictés, autant de fieges que
de logis, il digere au cabinet des angoiffes
& perplexitez incroyables , furmonte en
la campagne des dangers infinis . Diep-
pe le receuant fert d'exemple d'obeïffan-

ce, Arques le declare inuincible, Paris le
croyant vaincu s'efforce de le voir à fes
portes, Vendofme, le Mans, Lifieux,
Eureux, Alençon, Verneuil obeïffent à
fes armes, Meulan doit fon falut à fon fecours, Yury releue fa couronne, Mante
& Vernon luy ouurent les portes, Melun
reçoit le chaftiment de fa temerité, fainct
Denis luy rend les monumens de fes predeceffeurs, Paris eftoit perdu s'il n'euft
craint de le perdre, Corbeil en fe perdant
ruyne l'armee ennemie, & par luy à l'inftant repris, fait voir fa diligence. Pont
Darfy admire fa conduitte, Chartres fa
perfeuerance, Noyon fon courage, Lou-
uiers fa vigilance, Aumale eft tefmoin du
fang qu'il refpand pour le falut des fiens,
Roüen reduit à l'extremité; fe voit aller
au deuant de fes ennemys pour les combatre, Yuetot les met en defordre, Cau-
debec en couure la fuitte, Efpernay l'ad-
uance, & Dreux en augmente la honte.
Toutes les villes forcees publient fa puiffance: les rendues fa foy, les furprinfes
fa bonté, iamais battu, toufiours victorieux. Le mefme Dieu qui l'a conduict
par la main au throfne de fes peres, le ga-
rantit d'attentats enormes, & fortifia fon

Dd iij

ame d'vne finguliere preuoyance, pour
rompre de nouueaux deffeins qui rédoiét
les diuifions de la France immortelles. Il
adioufte à fes victoires celle de foymefme,
téd les bras à la verité, recognoift l'Eglife,
& Roy tres Chreftié eft facré & Courôné
au plus ancié temple de la Chreftiété. A ce
coup le pretexte qui auoit donné tât d'audace aux mefchans & tant de crainte aux
gens de bien, s'efuanouit . Meaux, Lyon,
Orleans , Bourges le recognoiffent & re-
prennent le chemin de leur fidelité, fon
cœur eftant le temple & fa bouche Royale l'oracle de fa verité: induit fes plus
grands ennemys à fe fier à fa parole. Il
reprend Paris, luy faict receuoir les effects de fa clemence, y reftablit la iuftice,
la feureté & la fidelité y entrent, promet aux eftrangers d'en fortir armez à
la gloire de fa generofité, qui ne fçait ny
craindre, ny hayr fes ennemys . Laon eft
leur fepulture, Fontaine Françoife les
contrainct de facrifier leur orgueil aux
pieds de fa valeur : les villes qui auoient
fuiuy les plus grandes en la reuolte, les
imitent en l'obeïffance. Il reduit la Bour-
gongne, entre en la Franche-Conté finit
heureufement la guerre ciuile , noye

en la mer de sa Clemence les choses
passees, change les punitions en recompenses, pacifie la Prouéce, dompte l'obsti-
nation de la Fere, Marseille recouure sa
liberté par la mort de l'autheur de sa seruitude, il fait l'assemblee de Roüen affin
de pourueoir par l'aduis de plusieurs au
bien de tous & confirme les Edits qui
asseurent le repos de son Royaume, l'Es-
pagne ayant recogneu par la reprise d'A-
miens que l'impossible cedoit à la Iustice
de ses armes luy demande la paix par l'en-
tremise du pere commun des Chrestiens
& quite pour l'auoir, tout le profiét de la
guerre. La Bretagne suit le bon heur de
ses victoires. Pour rendre la paix entiere,
il porte ses armes dans les Alpes, Mont-
meillan tremble à sa veuë, Piedmont
deuient frontiere, Milan a peur de l'e-
stre, l'Italie s'estonne, mais il faict veoir
qu'il n'est armé que pour auoir le sien:
la resistance n'empesche la prosperité de
ses conquestes, son pur zele au repos
public arreste le cours de ses desseins. Il
reuient triomphant, espouse la Serenis-
sime Princesse que le ciel auoit declaree
Reyne des vertus auant qu'elle fut salüee
Reyne de France, & les benedictions

D d iiij

qu'il donne à ce mariage seruent de cou-
ronnement aux precedentes & rendent
leur fleurs de lys eternelles. La seuerité de
sa iustice estoit encores incogneuë quand
le mespris insupportable de sa debonnaireté l'irrita, & le contraignit de laisser perdre ce qu'elle ne pouuoit amander, à vn
seul la peine, la crainte à plusieurs, & l'e-
xemple à tous: il dissippe les malignes influences preparees pour troubler l'Estat,
& renuerse les pensees de ceux qui n'a-
yans faict la guerre pour auoir la paix,
vouloient troubler la paix pour renou-
ueller la guerre. Sa diligence guerit des
vlceres que la nonchalance eut rendu incurables, il vient, il void il triomphe.
Sedan n'ayant peu souffrir l'esclair de ce
foudre, conuaincra de temerité ceux qui
en attendoient l'esclat, son nom glorieux
acquiert tant de creance & d'authorité
que ses volontez sont receuës pour loix,
& les conseils pour preceptes infaillibles:
le Conclaue les respecte; l'Italie les honore, les Pays bas s'y soubmettent Sous
les heureux auspices de cette paix, il
iouyt du repos qu'il a donné à tous au
prix de son sang, & de trente cinq annees
de son aage Il rienturit les esprits diuisez,

cempere les paſſions, reſtaure les ſciences,
reſtablit par Edit, les exilés par arreſt, faict
refleurir le cómerce, & les arts en telle ſorte qu'il ſemble que la France n'ayt eſté ab-
batuë par les mains ennemies que pour
ſe releuer plus haut par les ſiennes victorieuſes, touſiours auguſte, redouté, aymé.
Il voit croiſtre ces cinq Royales plantes,
que le Ciel a faict naiſtre pour le bien de
la Couronne, il faict reluire ſa pieté, monſtre ſa magnificence aux baſtimens, ſa prudence aux finances, ſa liberalité aux penſ-
ſions, ſon iugement au choix des hommes, ſa viuacité aux reſponſes, ſa magnanimité aux accidés, ſa foy enuers ſes alliez,
ſa moderation en tout temps, ſa prudence
en toutes choſes, ſa iuſtice enuers tous, inuincible à la peine, iamais oyſif. Sa Royale cheuelure n'eſt blanchie que de veilles,
& d'experience, les Lauriers qui couron-
nent ſa teſte, ont eſté recueillis ſur le cháp
victorieux de trois batailles rengees, de
trente cinq rencótres d'armees, cent quarante combats, où il a cóbattu de ſa main
& en trois cens ſieges de places, & de tout
cela s'eſt formé cette grande renommee,
qui par la ſinguliere prouidence & grace
de Dieu, ſe rend protecteur de la tranqui-

lité publique, le reſtaurateur de l'Eſtat,
l'ornement de l'Egliſe, l'arbitre de la
Chreſtienté, les delices du monde.

LETTRE DE MONSIEVR
de Sully à Monſieur le Cardinal du Perron.

MONSIEVR,

I'eſtimerois faire tort aux grands & ſigna-
lez ſeruices que vous auez rendus à toute
la Chreſtienté, de les vouloir exprimer
par parolles, & de croire qu'il s'en peuſt
trouuer de proportionnez à la loüange
qu'ils meritent. C'eſt pourquoy ie me contenteray de vous dire, qu'entre tous ceux
qui ont admiré vos belles conceptions &
rares inuentions à perſuader, & qui ſe ſont
reſiouys de voir voſtre reputation & renommee, ſi claire & ſi illuſtre, que nul de
vos plus affectionnez amis & ſeruiteurs
n'en a receu plus grand contentement que
moy. Or puis que ſous la bonne fortune
du Roy, vous auez par voſtre labeur &
dexterité, conſerué la paix à l'Italie, non-
obſtant l'opoſition des plus grandes

puiffances, & toutes les malices de noſtre
ſiecle, il me femble qu'il eſt temps que
veniez receuoir parmy les voſtres la meſme gloire, & le meſme honneur que vous
en receuez des eſtrágers, & aſſeurer voſtre
patrie, qu'en ſes plus grandes trauerſes,
vous luy ſeruirez d'appuy & de ſupport,
pour faire auſſi heureuſement ſucceder
toute choſe, comme vous auez faict aux
lieux eſloignez. Le Roy a receu tant de
contentement de vos procedures, qu'à la
moindre ſupplication que ie luy ay faicte
il a permis voſtre retour. C'eſt donc à vous
de diſpoſer & preparer vos affaires, pour
venir iouyr du repos & de la tranquilité
que vos labeurs vous ont acquiſes, & faire
participer vos amis de l'heur & felicité de
voſtre heureuſe compagnie. Ce qu'eſperát
voir arriuer bien toſt, ie ne vous feray plus
long diſcours, ſinon pour vous prier de
m'aymer toufiours, & vous aſſeurer de la
continuation de ma fidelle ſeruitude, &
croire qu'elle deſire vous en rendre preuue par toute ſorte d'effects. Sur ce ie prieray Dieu.

MONSIEVR, Vous augmenter ſes ſainctes
benedictions en toute grandeur, felicité & ſanté, &c.

DE MONSIEVR DE
Fresne.

IE ne sçay si ie me dois excuser d'auoir
trop tard, ou trop tost escript, estant
ineuitable qu'il n'y ayt de la faute d'vne
façon ou d'autre. Si c'est de la premiere,
c'est de m'estre plus deffié de mon merite,
& du peu de plaisir que vous auriez eu
de mes lettres, que ie n'ay consideré vostre bóté,& aussi que ie n'osois dire ce que
i'eusse plus volontiers escript. Sic'est de
l'autre, & qu'il y aye de la temerité de l'a-
uoir faict,la contraincte que ie me suis dó-
nee de m'en abstenir, iusques à ce que la
discretion ayt esté vaincuë d'vne plus forte passion, peut meriter quelque grace de
la fausse,mais de quelque costéqu'elle soit,
elle n'est qu'en la forme,l'intentió en estát
toute pure & innocéte, elle ne sera iamais
que de vous honnorer & seruir, autár par
dessus tous les autres sujects,que vous les
excellez aux qualitez qui sont à mon gré
& aduis les plus excellentes. I'auois iusques icy vescu assez content de ma fortu-

ne, & ne me fuis à m'en plaindre, que depuis peu de temps, que ie fens vn defir qui
m'efleue à chofe à quoy elle ne peut refpondre. C'eft pourquoy ie l'accufe qu'il
falloit donner plus de force ou moins de
courage. Voyez fi i'ay eu raifon de me taire, m'expliquant icy comme fi ie ne com-
mençois qu'à apprendre à parler. C'eft le
trop d'abondance de fujet qui fait que les
parolles ne fortét icy que côme vne foule
efpoiffe en confufion & defordre. Ce fera
à voftre bonté à fuppleer à la lettre pour
cette fois, & lire icy plus qu'il n'y en a d'ef-
cript, ce qui ne vous fera pas mal-ayfé, il
ne faut que iuger ce que de moy par raifon
il ne doit eftre, & vous fçaurez ce que par
refpect ie manque icy d'interpreter d'auãtage. Si cefte-cy a ce bon heur d'eftre bien
receuë, & qu'elle obtiéne paffe-port pour
fes compagnes, elles feront fouuét ce mefme voyage, & fe rendront plus intelligi-
bles. Il y a huict iours que ie penfe partir,
i'ay differé à vous faire cette-cy le plus pres
de mon partement que i'ay peu, parce que
nous fommes accouftumez que l'on ne
nous faict iamais meilleure chere, ny nos
fautes ne font iamais plus ayfement accu-
feesque quand nous difons Adieu. Ie vous

fupplie donc, Madame, que ce que i'ay à
vous dire icy me vaille la grace de celles
que ie puis auoir faict, ie feray infailliblement de retour icy à &c. Ce peu de temps
qui eft entre deux, me peut faire plus de
bien & de mal que ie n'en ay eu en tout le
refte de ma vie. A vous feule en ferale
regret, ou le reproche de l'vn & de l'autre.
Faictes moy au refte cet honneur, ie
vous fupplie, de croire que vous ne re-
ceuftes oncques offrande & facrifice d'vn
cœur plus pur & plus candide que celuy qui vous baife icy tres - humblement les mains, vous fouhaittant pour
vne heureufe fin, autant de contentemens que vous luy en pouuez donner
l'aduoüant, voftre.

AVTRE PAR LE

mefme

TOute la felicité dont ie puis maintenant eftre capable, c'eft de remettre en memoire celle que ie receuois
en l'heureufe contemplation de vos
perfections : combien de fois me fuis-
ie accufé moy mefme d'auoir employé

autre temps qu'à chercher les occasions de vous voir, puis que ce bon-
heur m'estoit permis auec plus de courtoisie que ie n'auois de vertu pour le
meriter? I'ay bien changé ma lumiere
aux tenebres, & les douces delices de
la tranquilité, aux ameres douleurs d'v-
ne turbulente occupation, qui outre
qu'elle me faict voir toutes choses fascheuses, me priue aussi des moyens
de vous rendre tesmoignage par mes
lettres, de la continuelle souuenance
que i'ay de vous, laquelle si ie pensois
qu'elle vous fust aussi agreable, qu'elle
me semble necessaire pour temperer mes
ennuis, elle me seroit plus chere & plus
precieuse pour vostre respect. Vsez
donc de vostre courtoisie, Madame, & considerez que tant plus vos
bien - faicts surpasseront mes merites, & plus vostre beauté fera chose digne d'elle. Ma grande ambition sera de
former mes mœurs, & acquerir des qualitez qui me fassent moins indigne de vos
faueurs. L'esperance desquelles m'entretient en cette vie, comme la iouyssance la rendroit comblee d'heureuse felicité.
Ie prie Dieu que vous ayez celle que vous

meritez, que ie vous defire, ie fuis & feray toute ma vie.

MONSIEVR DE LA BROSSE,
à Madame de Rets, fur la mort de
fon fils.

IE penferois faire tort à voftre vertu, de
laquelle i'ay fi particulierement cognoiffance, fi i'eftimois, Madame de Rets,
moins genereufe que cette Sparte qui refpondit auec vn vifage plein de contentement, à ceux qui luy rapporterēt que fon
fils eftoit mort en combatant vaillammēt;
Qu'auffi eftoit-il fon fils. Pareillement ie
croy qu'il n'eft point befoing qu'il fe met
te en peine de vous apporter autre confolation que celle là, que Monfieur le Mar-
quis voftre fils s'eft monftré fi genereux
en tous les actes de fa vie, & de fa mort, que
vous le pouuez à bon droit aduoüer pour
voftre geniture. Cette feule confideratiō
doit affermir voftre ame contre la mo-
leffe de la pitié naturelle, & de ma part,
Madame, fi i'eftois capable de publier à
la po-

la posterité quelque partie de sa gloire, &
que ie sçeusse que ce petit courage peust
en quelque sorte alleger vostre ennuy, ie
m'estimerois bien heureux de pouuoir
rendre aux ombres du fils les preuues du
seruice que i'ay voüé à la mere.

DV SIEVR DE
Fresne.

MAdame, il n'y a point d'honneur à
acquerir, à se mesler de vos affaires,
car à vous ouyr nommer seulement, il y a
tant de presse à qui vous fera seruice, que
ceux qui ne font que comme moy derrie-
re les autres n'y paroissent gueres. Il y a
bien paru, pource qu'il vous a pleu me re-
commander, car sitost que i'en ay voulu
parler, l'on ne m'a pas donné loisir de faire
la moitié de ma harangue, & me laisser lieu
de pouuoir en cela meriter quelque part
de vostre bien-veillance, que i'ay esté interrompu pour me prendre au mot, Monsieur a esté des premiers à s'y declarer
pour vous y seruir. Tant y a que l'affaire
est resoluë, & par ce moyen la garnison de

E e

voftre maifon affeuree. Tandis que vous
y demeurerez il n'y en faudroit point de
meilleure que vos yeux, car pourueu que
ceux qui voudroient entreprendre foient
honneftes gens, ils feront toufiours plus
en danger d'y eftre pris que d'y rien fur-
prendre,&parce que ie ne fçay quelle fortune aura à courir cette lettre, ie remettray à vous efcrire plus amplement par la
voye de   où i'eftime que vous ferez
maintenant, & n'adioufteray plus rien à
cette cy, finon pour vous fuppler humblement fi i'ay eu ce bon-heur de vous
auoir feruie en cecy à voftre côtentemét,
de ne vouloir point changer de main pour
les autres occafions qui fe pourront prefenter icy, foit pour vous, ou pour vos
amis, & ne me donner pas ce martel, pour
ce qui fera de ma portee, d'en voir la com-
miffió à vn autre. Car qui que ce foit n'apportera iamais à vos commandemés plus
de refpect & d'obeyffance que moy, qui
vous baifant bien humblement les mains
vous fouhaitte plus d'heur & de contentement, que ie n'en voudrois pour moy-
mefme, qui fuis voftre.

de Monsieur de Fresne.

TOute la felicité dõt ie puismaintenãt
estre capable, est de remettre en memoire celle que ie receuois en l'heureuse
contemplatiõ de vos perfectiõs, cõbien de
fois me suis-ie accusé moy-mesme, d'auoir
employé autre tẽps qu'à chercher les occasions de vous voir, puis que ce bõ-heur
m'estoit permis auec plus de courtoisie
que ie n'auois de vertu pour le meriter.
I'ay bien chãgé ma lumiere aux tenebres,
& douces delices de la trãquilité, aux ameres douleurs d'vne turbulente occupatiõ,
qui outre qu'elle me fait voir toutes choses fascheuses, me priue aussi des moyens
de vous rendre tesmoignage par mes lettres de la continuelle souuenance que i'ay
de vous, laquelle si ie pensois qu'elle vous
fust aussi agreable qu'elle me semble necessaire pour tẽperer mes ennuis , elle me
seroit encore plus chere & plus precieuse
pour vostre respect. Vsez donc de vostre
courtoisie, Madame, & considerez que tãt
plus vos biẽ-faicts surpasserõt mes merites
& plᵘ vostre beauté fera chose digne d'elle.

Ma grnade ambition fera de former mes
mœurs & acquerir des qualitez quime faſ-
ſét moins digne de vos faueurs, l'eſperáce
delquelles m'entretient en cette vie, comme la iouyſſance la rendroit comblee de
felicité. Ie prie Dieu que vous ayez celle
que vous meritez, que ie vous deſire. Ie
ſuis & ſeray toute ma vie voſtre.

LETTRE DE MONSIEVR
de Pomeuſe, à Monſieur le Car-
dinal du Perron.

MOnſieur, il y a tantoſt vn an que
vous le commandaſtés, & il fut fait
trois mois apres, à ceſt heure il eſt né par la
grace de Dieu : il vous pleuſt de vous reſeruer à aſſiſter à ſon premier Sacremenr,
& le nommer, c'eſt dequoy le pere & la
mere vous ſuppliẽt treshumblemẽt, pourueu que ce ſoit auec voſtre commodité,
car Dieu mercy il n'y a rien de preſſé, ou
bien s'il vous plaiſt en commettre la charge à quelqu'vn en voſtre abſence, ce vous
ſera moins de peine, & ie n'en tiendray pas
a faueur & la grace en moindre conſide-
lration. Ce ſera à vous auſſi s'il vous plaiſt,

à vous pouruoir d'vne Dame pour vous
accompagner, car nous n'entreprendrons
pas de pouuoir assez dignement satisfaire
à cela, mais bien vous asseureray-ie, Monsieur, que ie conteray tousiours parmy
mes bonnes fortunes l'heur & l'honneur
que ie receuray de vous en cette action ,
que i'entasseray parmy les autres obligations que ie vous ay, qui me font vanter
par tout, de la qualité que i'ay prise, & que
ie conferueray soigneusement, par vne recognoissance perpetuelle, d'estre.

LETTRE CONSOLATOIRE
d'vn amy à vn autre, sur la mort de son
fils, du 28. Decembre, 1602.

MOnsieur la nouuelle que Monsieur
Moreau m'a donnee de l'occasion
de vostre soudain partement, m'a apporté
vn desplaisir extréme, iugeãt assez iusques
à quel point de regret cest accident vous
aura peu porter. Et faisant en cela vostre
peine la mienne propre, i'auois pensé vous
representer ie ne sçay quoy qui la peut
adoucir puis que de la guerir il s'en trouue
peu de remede, ie le voulois faire & m'y
hazarderois encore volontiers, sans la cõ-

fideration qui me vient de prendre que
Monfieur de la Val à qui il faut parler, de
qui la couftume & refolution font endur-
cies & affermies par l'vfage de raifon, & du
profond difcours où il entre fouuết pour
y faire r'entrer les autres fur la fragilité de
noftre vie. Il y a peu de fcience où vous
n'ayez donné quelque atteinte, fi ce n'eft
au detail c'eft au moins au gros où les preceptes vifent, mais fi me confefferez vous
que de toutes, nul ne vous peut auoir tất
edifié que celle que vous auez à pratiquer
ceft heure, pour porter patiemmết ce que
vous ne pouuez porter autrement, fans
offencer celuy qui pour quelque bié vous
eft incogneu, a voulu vous vifiter par
cette perte, perte pour vous & pour vos
amis, mais gain infaillible pour celuy de
qui le repos eft plus auácé que levoftre. Ne
le luy enuions donc point, & cófolós nous
en cette perte par l'ếdroit mefme, où d'autres trouuerốt moyế de fe douloir. Ie m'y
cốpte biế auất parmy les autres, & y meffe
mes deux aifnez, pour l'experience que i'a-
uois conceuё de faire viure vn iour les enfans enfemble, cốme les peres ont vefcu &
viuront s'il vous plaift. Et ainfi n'attendez
point icy vne lettre de confolation, elle fe-

sa de côdoleance commune, & pour vous
& pour moy, qui ne me sens pas moins in-
teressé en cette perte, que si elle m'estoit
preparee particuliere. Viuez en cette creâ-
ce ie vous supplie, & que ie ne garde rien
de si cher ny pretieux que les fruicts que
i'ay cueillis en vostre douce & agreable
conuersation qui m'ont rendu vostre.

LETTRE DE
Remerciement.

MONSIEVR,

I'attendois de iour à autre, le moyen de
vous remercier de parolle, de la faueur
dont il vous à pleu m'honorer, ce qui m'a
faict mespriser iusques icy les occasions de
vous en remercier par escrit comme ie
fais maintenant. Mais c'est auec des discours de regret de ne m'en pouuoir acquitter dignement, car quoy que ma volonté soit puissante, l'excez de la faueur
venant de tout à moy m'oste la liberté de
la recognoistre comme ie le desire. Telle-

Ee iiii

ment qu'encore que ie vous remercie de
tout mon cœur comme ie fais, si ne croy
ie pourtant vous rendre qu'vne partie de
ce que ie vous dois, non seulement pour
ce dernier bien-faict, mais encore pour
vn nombre sans nombre d'autres qui m'o-
bligent à porter eternellement.

    Monsieur,

       La qualité,

           de Vostre,

Response au Roy d'Angleterre, par Monsieur Coiffeteau Euesque de Marseille.

LEs Roys & les Princes Catholiques,
Sire, aymeroient mieux voir vostre plume Royale employee à les solli-
citer d'vnir leurs armes auec les vostres,
pour combatre l'ennemy public des
Chrestiens, qu'à les persuader de ruiner
le Pere commun des fidelles. Mais peut-
estre, Sire, que la iuste douleur d'auoir

veu quelques Catholiques conspirer contre voſtre vie, & contre voſtre Eſtat, vous
fait auoir en horreur la Religion qu'ils
embraſſent, vous figurant qu'elle les a in-
duits à vne entrepriſe ſi deteſtable. A la
verité, ſi l'Egliſe Catholique enſeigne ces
fureurs, ſi elle arme les ſiens contre les
Roys, & les faiçt attenter à leur vie, non
ſeulemét elle eſt indigne de leurs faueurs,
mais encore elle merite d'eſtre exter-
minee, & ſa memoire effacee du monde
par vn public arreſt d'vn genre humain.
Mais ſi au contraire elle condamne comme parricides tous ces attentats, ſi elle deſire aux Princes vn Empire aſſeuré des armees victorieuſes, vn peuple obeyſſant,
vn conſeil fidelle, & tout ce qu'on peut
ſouhaitter d'heureux : leur grâdeur n'eſt-
elle pas innocente parmy la rage de quelques particuliers, que le deſeſpoir, & non
la Religion, a pouſſez à ceſte brutalité ?
Elle ſçait que elle ne peut ſubſiſter ſans
l'Eſtat, puis qu'elle eſt nee dans l'Eſtat, &
que l'Eſtat luy ſert d'appuy. C'eſt pourquoy ſa conſeruation luy eſt extrememét
chere, ainſi qu'à tous ceux qui ſuiuent ſa
doctrine, ne ſe laiſſant point emporter à
la paſſion.

C'eſt elle qui faict dire à vn de ſes plus
ardents deffenſeurs : *Quand tout le monde*
coniureroit contre moy, pour me faire entre-
prendre quelque choſ contre la Maieſté Roy-
alle, neantmoins ie craindrois Dieu & n'oſe-
rois offenſer le Roy qu'il a donné . Car ie n'i-
gnore pas l'endroit où i'ay leu, *Qui reſiſte à la*
puiſſance, reſiſte à l'ordonnance de Dieu.
Comment approuueroit - elle donc les
conſpirations faites contre l'Eſtat , & la
vie des Roys , dont elle recommande ſi
eſtroittement l'obeiſſance ? Ne doutez
donc point, S I R E, qu'elle ne condamne
la dureté de ceux qui conuaincus de ce
crime en voſtre Royaume, ne l'ont pas
voulu deteſter meſme au milieu des ſupplices . Elle eſt trop bien inſtruite pour
approuuer ſes malheureuſes entrepriſes,
qui ne peuuent tomber qu'en des ames
barbares & deſnaturees. En ceſte conſideration ſon Chef, qui eſt le Pape, ne pourra iamais trouuer mauuaiſes les voyes que
vous tiendrez pour aſſeurer voſtre authorité, & voſtre perſonne contre de ſi miſerables deſſeins, moyennant qu'elles n'of-
fenſent point la Religion qu'il eſt tenu de
deffendre : comme auſſi voſtre Majeſté
fait demonſtratió de n'en vouloir pas venir

ques là, se contentant d'obliger les Catholiques ses subiects à vne protestation d'obeyssance purement ciuile & temporelle, telle que la doiuent rendre à leur Prince naturel ceux qui sont naiz sous vn iuste Empire. Si l'on demeure en des termes si raisonnables ie voy les parties d'accord, & me promets que les occasions de plainte cesseront bié tost de costé & d'autre. Nous deuons donc regretter qu'on ait si mal interpreté des intentions du Pape Clement VIII. qu'on ait fait croire à vostre Majesté, que recommandant par ses Brefs l'obeyssance qui vous est deuë, il procuroit d'empescher vostre establissement.

C'est chose certaine, que si le Pape vouloit enuahir les Royaumes, & les donner en proye à qui il luy plairoit en despoüillant les vrays possesseurs, il meriteroit que les Princes, se roidissans contre sa violence, luy courussent sus, comme au voleur de leurs heritages, & ne seroit point besoin d'employer plus de puissantes paroles pour les y porter, que celles que vostre Maiesté leur addresse au commencement de sa Preface. Car leur commun interest les vniroit à la poursuitte

Ff

d'vne si iuste vengeance. Mais les Princes
Catholiques n'apprehendent rien moins
que cela, sçachans bien que les Papes ne
pretendé rien sur leur temporel, & qu'ils
se contentent de faire reluire leur authorité sur les crimes des hommes qu'ils lient
& deslient, sans l'estendre sur leurs possessions qui ne leur sont pas escheuës,
pour en disposer tyranniquement.

Puis dit, Que la commune opinió des
Catholiques ont ignoré que sa Majesté
eust faict l'Apologie *De triplici nodo triplex
cuneus*; Que ceux qui auoient respondu à
ceste Apologie n'auoyent pas eu commandement de sa Saincteté de la traicter
indignement, & que le Cardinal Bellar-
min n'auoit point voulu esgaller sa pourpre à la grandeur de sa Couronne. Qu'en
son Apologie il auoit appellé l'Ordre des
Cardinaux inuention nouuelle, & que
toutesfois Caluin mesme auoit recogneu
qu'ils auoient fleury du temps de sainct
Gregoire, il y a mille ans.

Que l'on s'est efforcé de nourrir sa Maiesté à hayr la Hierarchie de l'Eglise, luy
en rendát non seulement le Chef odieux,
mais tous les membres mesprisables. Que
les Empereurs & les Roys sont Souue-

rains en leurs Empires, & en leurs Roy-
yaumes, sans que leurs Couronnes pour
le temporel releuēt d'autres que de Dieu.
Aussi l'on lisoit bien que Iesus-Christ
auoit baillé les clefs du ciel à S. Pierre, mais
nullement celles de la terre : autrement il
eust osté le droict aux vrays possesseurs,
& au lieu de garder l'equité, il eust violé
la Iustice. Les plus grandes planettes, dit-
il, ne font point eclypser les moindres, &
le Soleil ne fit iamais ombre à la Lune : de
mesme la puissance de Iesus Christ n'e-
steint pas l'authorité des Rois, ains l'a faict
reluire en l'administration Souueraine du
temporel de leur Empire, ne souffrant
pas que les Prelats de son Eglise les tra-
uersent en ceste paisible possession. Plustost vne authorité doit veiller pour l'autre, & par vne bonne intelligence faire
reluire l'esprit de concorde en la conduite de leurs affaires, le tout à la gloire de
Dieu autheur de l'vne & de l'autre puissance. Parmy cela, SIRE, le Pape est le
Pasteur, & les Roys sont les Brebis, non
pour estre menez à la boucherie, encore
que vous ayez coulé ce petit traict de seuerité parlant aux Princes, mais pour se
laisser conduire à luy és choses de la foy,

Ff ij

receuant auec la pasture spirituelle les
saincts aduertissements de celuy que le fils
de Dieu a constitué Chef de l'Eglise dont
ils sont les plus nobles membres. Par ainsi
s'ils se departent de leur deuoir, & qu'au
lieu de deffendre la loy ils la vueillent ruiner, c'est au Pape à redresser les errans, &
d'y apporter les iustes censures, afin de
destourner le malheur qui menasse la Religion, qu'il ne peut laisser perdre sans
en estre coulpable. Et quoy S I R E, tien-
driez-vous pour legitime Pasteur celuy
qui souffriroit le degast de sa Bergerie?
Ains s'y doit-il pas opposer, voire mesme
au peril de sa vie, de peur qu'il ne soit
estimé mercenaire ? Parmy les vostres
mesmes trouueriez-vous bon que vos
Euesques se teussent où il va de la conscience ? Mais si quelque Prince Protestāt,
ou Caluiniste, se vouloit faire Turc, ou
mesme Catholique, verroit-on pas aussi
tost les Ministres fulminer contre leur personne, & le declarer execrable à tout le
monde ? &c.

Puis il allegue plusieurs exemples des
Empereurs & Roys qui se sont attribuez
l'authorité d'eslire les Papes, & dit, que
Charlemagne n'a point vsurpé ce droict,

mais l'a reçeu du Pape (qui eſtoit vn teſmoignage que ſa Sainĉteté ſeule pouuoit
donner ce droiĉt ſans qu'il ſoit acquis aux
Princes.) Que le fils de Charlemagne re-
nonça à ce droiĉt. Qu'Othon n'entreprit
pas de depoſer Iean X I I. mais le fit depoſer ſynodalement. Que les Roys de
France n'ont iamais bleſſé l'authorité du
Pape en qualité de Chef de l'Egliſe. Qu'il
y a bien eu du diuorce entre les Papes &
les Roys de France, mais que cela n'a eſté
que pour les droiĉts temporels, & n'a
duré long temps. Qu'il ſe trouuera plus
de monuments de l'obeyſſance qu'ont
renduë les Roys d'Angleterre au Sainĉt
ſiege, que de memoires de leurs differents. Qu'il y auoit encore en la Chreſtienté des Princes alliez dudit Roy d'Angleterre, qui monſtreroient des dernieres
lettres de la Royne ſa mere : par leſquelles elle les coniuroit de procurer ce bien
audit Roy ſon fils, & de tenir la main à ce
qu'il fuſt inſtruit en la doĉtrine Catholique. Puis ayant d'article en article reſpondu à la creance dudit Roy d'Angleterre ſeló l'ordre qu'il auoit tenu en ſon-
dit liure, & monſtré que dans les quatre
premiers ſiecles on inuoquoit la Sainĉte

F f iij

Vierge aux plus deuotes prieres de l'Eglise, & les Sainéts, aussi que l'Eglise auoit tousiours recogneu l'Euchariftie en tiltre de vray facrifice. Il prouue par la Sainéte Efcriture & par les Peres, la Communion fous vne efpece: la Tranfubftantiatió. les œ ures de fupererogation : la veneration des Reliques : les Images : l'adoration de la Croix. le Purgatoire, & la primauté du Pape ; Puis cite Tertullian qui le nomme. *Souuerain Pontife, & Euefque des Euefques,* Sainéet Hierofme qui l'appelle, *Souuerain Pontife, pierre & fondement de l'Eglife:* Sainét Auguftin qui le recognoift eftre en vn plus haut degré que les autres Euefques, & qui dit qu'en *l'Eglife Romaine a tousiours fleury la Principauté du fiege Apoftolique,* le Concile de Calcedoine; qui parmy les fanglants debats des Grecs, le recognoift *en qualité de chef de l'Eglife,* & fon fiege, *le premier de tous les autres.* A raifon dequoy Sainét Irenee aussi attribué au Sainét fiege *Vne principauté plus puissante qu'aux autres,* & tient que, *l'ordre de la fucceffio fuffie pour confondre toutes les herefies.* Sainét Cyprian l'appelle *l'Eglife principale d'où l'vnité Sacerdotale a pris fon origine.* Sainét Auguftin la nomme *la pierre que les fuperbes portes de l'Enfer ne peuuent vaincre :* & ailleurs luy donne le tiltre *de Siege Apostolique.*

Ayant refuté par plusieurs passages, authoritez & exemples le long discours faict par ledit Roy, lequel vouloit en son liure prouuer que le Pape estoit l'Antechrist, & l'Eglise Romaine Babylone, il finit ces mots.

Icy donc, S I R E, tous les Princes Catholiques vous coniurent de dessiller les yeux, & de recognoistre qu'il vous est bien plus honorable de laisser l'erreur de vostre nourriture, que d'entreprendre de les pousser dans le s. hisme, qui ne peut estre que fatal aux Royaumes & aux Empires ; veu que, comme remarque S. Cyprian, Dieu l'a tousiours puny plus seuerement que nul autre crime. Si cette consideration peut entrer en vostre ame, & y produire l'effect que nous desirons, vous trouuerez que le Souuerain Pontife des Chrestiens Paul V. auquel les merites & non les brigues ont acquis ce glorieux tiltre de Chef de l'Eglise, a vn autre courage pour les Roys que ne vous ont persuadé les ennemis de son siege. Ce grand Prelat vous tend les bras, sous-

pirant apres voftre conuerfion , & ne defirant pour comble de felicité & d'honneur en ce monde que de voir en ces iours
voftre Maiefté reünie au corps de l'Eglife,
dont Iefus-Chrift l'a eftably Pafteur. En
attendant figurez-vous que tous les princes qui font profeffion de la foy Catholique, pour iuftifier leur pureté, & rendre raifon de leur creance, vous reprefentent encor qu'il eft bien plus feur
de ce tenir en cette Eglife , qui ayant
efté fondee par les Apoftres, dure iufques
auiourd'huy, que de fe ietter en vne Eglife pretenduë, qui ne vient que de s'ef-
clorre, & qui porte fur le front des marques toutes vifibles de fa reuolte. Auffi
feroit-il poffible que la verité euft attendu fi tard à fe manifefter au monde, &
qu'elle ne fe fuft monftree qu'en ce fiecle,
auquel vous-vous perfuadez que quelques Roys & princes ont commencé à
cognoiftre & combattre l'Ante-chrift,
&c. Il eft icy queftion du falut de l'ame, &
ce n'eft pas aux hommes que vous auez à
refpondre, mais à Dieu, qui vous coniure
par le fang de fon fils de ne vouloir pas
diffamer fon efpoufe, ny traicter comme
Ante-Chrifts ceux qu'il a eftablis pour

Chefs de son Eglise. Ce mesme Dieu vous conjure encore par tant de faueurs que vous auez receuës de sa bonté, d'oublier les fautes de vos subjects, & de n'enueloper pas en mesme peine l'innocent auec le coupable. Tous ces pauures Catholiques qui ne demandēt que le seul exercice de leur Religion, & qui au reste tres-fidelles à vostre Couronne, & tres-affectionnez à vostre personne, pour les excellentes vertus dont elle est doiiee, se jettent à vos pieds, implorent cette clemence Royale, & luy demādēt les larmes aux yeux, qu'il luy plaise auoir pitié de leurs consciēces affligees, & s'il est permis luy dire ce mot, la supplient au nom de Dieu, qu'assister à leur sacrifice, & estre Catholiques, ne leur soit imputé à crime d'Estat, s'offrans au reste à toute sorte de supplices, s'ils violent en rien le respect qui est deu à vn si grand Roy.

LETTRE DE DESESPOIR
d'vn Amant à sa Maistresse.

PVis qu'il faut par l'arrest de vostre cruauté que i'esteigne ma flamme, mes yeux m'en donneront les moyens, & mon cœur les remedes : car i'en tireray bien assez de sang & de larmes pour noyer ma vie & mon amour. Le iour desia me desplaist, sçachant que la nuict de mon trespas vous aggree : s'il m'estoit aussi bien permis de m'enseuelir viuant dans le tombeau comme de le faire, i'aurois deuancé vostre arrest par l'execution. I'attendray donc de mon destin auec impatience la fin de ma vie languissante, & ne m'estimeray iamais heureux, qu'au rencontre de l'infortune qui me fera perir pour vostre contentement. Adieu, ie vous souhaite autant de bien que vous m'auez causé de mal.

PIECES DV SIEVR
DE LA SERRE.

LETTRE DE RESPONSE
à vne lettre de consolation.

ONSEIGNEVR,

La consolatió qu'il vous a pleu me dóner auec vos belles parolles, ornees de plus belles raisons, s'est conuertie d'abord en vne nouuele afflictió, par le regret qu'elle m'a causé de la voir inutile, quoy que necessaire & sans effect, bié que toute pleine de vertu. De sorte que vos fortes persuasions à ne m'affliger plus, m'affligent autant que mó affliction mesme, me voyant impuissant d'obeyr à leur souueraineté. Car Monseigneur, que ne dois-ie point, ie ne dis pas à vos prieres leur adresse, & hors de mes pretentions,

mais à vos commandemens, authorifez
d'vn nombre fans nombre, de raifons qui
concluent d'elle-mefme. Ie ne me puis pas
deffendre de leur obeyr, que par la raifon
du deffaut, de pouuoir en l'eftat où le
malheur m'a reduit. Il vous a pleu de me
dire par la voftre, que mon mal fans remede , me commandoit la patience, &
au contraire le delefpoir de fa guerifon
me la deffend , irritant de la forte ma do-
leance, que la mort feule en peut eftre le
foulagement. Auffi bien que feroy-ie au
monde puis que l'vnique & chere caufe
de tous mes plaifirs n'y eft plus ? A quoy
me peuuent feruir dorefnauant mes
yeux qu'à pleurer, priuez pour iamais
de leur lumiere ? A quoy mon cœur,
qu'à fouipirer l'abfence de celle qui le
faifoit refpirer contant? Et à quoy mon
ame, qu'à fe donner en proye à la do-
leance, puis que la Maiftreffe de fes
puiffances eft pour iamais affujectie fous
le cruel joug du trefpas ? Il vous plaift
de me reprefenter qu'il fe faut toufiours
refoudre. Ie me refous auffi, Monfeigneur, à n'auoir iamais d'autre refolution que celle de fouffrir iufques à la
mort. Ie fçay bien que mes larmes font

inutiles pour rachepter ma perte, mais non pas au moins pour la plaindre. Tellement que ie me veux perdre, en cherchant ce que i'ay perdu. Ie le veux, Monseigneur, par ce que quelque resistance que ie y aye sçeu apporter au contraire, a esté vaine & sans effect. Et en cela ie m'estime heureux d'estre inconsolable en mon malheur, & de voir toutes mes inclinations ensemble, portees d'vn mesme accord, à celebrer eternellement par mes plaintes son funeste souuenir. Vous pouuez bien iuger, Monseigneur, que mon mal est d'vne autre nature que celuy des autres, quoy que causé par vn mesme accident, puis que le temps l'vnique remede à ses playes, l'enuenime dauantage. Car sans mentir plus ie vay en auant & moins trouuay-ie du soulagement. Au contraire ayant le loisir de considerer attentiuement l'interest de ma perte, ie ne puis conclurre, quelque argument que ie fasse en sa proposition, qu'à finir promptement ma vie, si ie viens promptement donner fin à mes maux, ce ne sont point des discours de ma passion, ie resonne selon le iugement de mes propres sentimens, &

ſi ie ne me veux flatter en me deceuant,
ie n'en puis dire autre choſe. Vous croyez
peut eſtre, Monſeigneur, que le mal de
ma triſteſſe bourelle ma vie ? Mais quelque eſtime qu'il ſoit, au lieu de me tourmenter, il me contente ſi fort, que ie
me baigne de plaiſir dans l'eau de mes
larmes, doucement agitee du vent de mes
ſouſpirs. Et le pitoyable ſon de mes plaintes endorment tellement mes douleurs,
que ſi ie ſouffre quelque choſe, c'eſt du
regret de ne pouuoir pas ſouffrir. Si bien
Monſeigneur, que me voyant occupé
à l'exercice de mon ennuy, ie reſſemble
au Cygne mourant au pres du fleuue de
Meandre, ie veux dire aupres de la fontaine de mes pleurs, ſouſpirant comme
luy au ſon de ma voix plaintiue, les
derniers reſpirs de ma mourante vie.
Ainſi chantant l'air le plus melodieux
que mes oreilles ayent iamais ouy, ie
me conſomme peu à peu, non plus
dans ces cheres flammes ſi dignement
reuerees, & ſi malheureuſement eſtain-
tes, mais bien dedans celles de leur ſouuenir, atouſees continuellement de mes
larmes, pour les rendre plus ardantes, &
conſequemment plus capables à me re-

duire bien toft en cendre. Voyla, Monfeigneur où i'en fuis reduit, plus digne
d'enuie & de pitié: car ceux qui fçauent
que c'eft que de parfaictement aymer
ce qui eft parfaictement aymable, au lieu
de m'interdire la plainte, en authorife-
ront la durée, quelque longue qu'elle foit.
Et ie veux croire que vous ne l'ignorez
pas, bien que vous me donniez des leçons
contraires où vous paroiffez plus charitable que fçauant. Mais c'eft en vain,
Monfeigneur que vous me cachez voftre
fcience en cela. L'amour eft voftre ele-
ment dans lequel comme la piralide dans
le feu, vous viuez, & fans lequel vous ne
fçauriez viure vn feul moment. Ie vous
prends donc à iuge, (bien que vous vous
foyez declaré partie) apres m'auoir permis de vous reprefenter auec le pinceau de mes fentimens, le portraict
de ma douleur. En voicy les premiers
traicts pris de la caufe. Vous vous
ramenteurez donc s'il vous plaift, la
faueur, & l'honneur tout enfemble
inefperé que ie receus en efpoufant ma
chere moitié, ou pluftoft mon tout, puis
que fans elle ie ne fuis plus rien, fa qualité releuée de beaucoup par deffus la mié-

ne, sa beauté sans exemple,& son merite
sans comparaison, comme naturellement
doüee de la vertu de toutes les vertus ensemble. Prerogatiues dont la possession
me rendoit heureux , sans espoir de
pouuoir l'estre dauantage. Mais dont la
priuation maintenant me rend aussi si
malheureux, que hardiment ie deffie la
malignité des astres, iointe auec la vicis-
situde du temps, & les reuers de la fortune de me nuire tât soit peu.Et si est ce mô-
sieur,que ce n'est encore qu'vn crayô &vn
esbauchement de ce funeste parterre. Le
Ciel n'eut pas plustost noüé d'vn nœud
Gordien le sacré lien de nos sainctes affections par la iouyssance d'vn si cher bien,
que i'en cogneus & le prix & le merite.Et
cette cognoissáce me le fit mettre à vn tel
degré d'estime,qu'à peine mon imagination en pouuoit souffrir la pensee,comme
trop delicieuse. Il est temps maintenant
de releüer les traicts, & de ce prix &
de ce merite , par vne declaration, en
quoy particulierement ils consistent. Ie
vous diray, Monseigneur, que ce prix
& ce merite comprennent vne perfection
mortelle, à laquelle cette chere moitié
estoit paruenuë,accompagnee d'vne telle
affe-

ction en mon endroit,& enuers tous ceux
qui par alliance, par respect, ou autrement m'estoient recómádables, que quoy
que ie sçeusse desirer d'elle,& en cela & en
toute autre chose dependante de son pouuoir, i'en voyois plustost les effects que ie
ne les auois preueuës, vne preuue sur-
abondáte s'en tire de cette celebre action
qu'elle fit, dix mois apres la consomma-
tion de nostre heureux mariage. Car sans
me cognoistre que de nom tant seulemét
non plus que mes parens, elle se resigne
entierement soubs ma conduitte, pour
me suiure seule au lieu de ma naissance,
loing du sien de deux cens lieuës. Et à
cest effect abandonne sa chere mere, vn
petit qui venoit de naistre, & ses plus
proches, pour suiure vn homme incogneu en vne terre estrangere, sans espoir
d'en reuenir iamais. Et ce qui est consi-
derable, se porter à cela, auec vn contentement incroyable, le tout à ma seule consideration. Et où enfin apres auoir durant quatre annees mené vne vie Religieuse, plustost que seculiere, & par le
nombre sans nombre de ses vertueuses
actions acquis cette reputation des plus
médisans, d'estre vne des plus accomplies

de son sexe ; le diray-ie, elle mourut, pardonnez moy, Monseigneur, maintenant
s'il vous plaist, si ie ne vous represente
point au vif les traicts les plus naturels de
ce portraict. La main me tremble, le pinceau me tombe de la main, mes yeux s'ob-
scurcissét, ma face blesmit, mő cœur sous-
pire, & mon ame animera toutes ces fu-
nestes actions. Tellement que ie me voy
malheureusemét forcé d'imiter le peintre
Timanthe, voyant ce portraict par la fin
de cette lettre : car aussi bien quoy dire,
qui peut approcher tant soit peu du cui-
sant ressentiment que i'ay de ce trespas.
Si de la tristesse mesme ie ne sçaurois emprunter des traicts assez mourants, pour
vous en representer la moindre chose de
ce qui en est. Ie couuriray donc, Monseigneur, la face de ma douleur à vos
yeux, auec le voile du silence, puis qu'elle
est plus eloquente que mes discours, laissant la liberté à vostre beau iugement, de
se la representer, non pas telle qu'elle est,
car il est impossible : mais telle que vous
vous imaginerez. Quelque visage pourtás
que vous luy donniez, n'abandonnez
vous pas maintenant l'abondance de mes
larmes, l'excez de mes souspirs, & les hauts

cris de mes plaintes? Et dauantage encore,
n'aurez vous pas du regret d'auoir con-
damné mes regrets, puis qu'vne si iuste
cause les arrache doucement & sans violence de mon cœur? Iugez en hardiment,
quoy que iuge & partie ie me soufmets à
vostre iugement, sur la caution que i'ay de
sa bonté, par les tesmoignages de mille &
mille actions exéptes de reproches. Vous
auez ouy les raisons de mon plaidoyé,
faictes moy maintenant ouyr celles de vostre arrest, fut il celuy de ma mort, ie le si-
gneray sans le lire si vous prenez la peine
de le prononcer, & i'en soubs-signeray
l'asseurance que ie vous en donne.

Vostre tres-humble, &
tres obeyssant serui-
teur.

PVGET DE LA SERRE.

G g ij

LETTRE DE CONSOLA-
TION DV SIEVR DE LA SERRE
à vne Religieuse, sur la mort de
sa mere.

LA mort de vostre mere m'a rendu
autant estonné que nouuelle que
i'aye iamais receu : ie desire bien vous
consoler, mais ie veux auparauant accompagner vos plaintes, & souspirant
auec vous, vous dire que vous auez perdu
la plus sage, la plus honneste & la plus vertueuse mere que ie cogneusse : si bien que
quand le deuoir de la nature ne vous obli-
geroit pas à pleurer sa mort, la seule consideration de ses merites passant au dela de
l'obligation vous y forceroit. Ce n'est pas
pourtant qu'il ne se faille consoler, il vous
est d'autant plus aysé, que vous estes fille
de cette mere, dont le courage a suppor-
té constamment les infortunes nom-
pareilles, outre que vous estes dans vne

escole où l'on donne pour maxime c tte
leçon, qu'il faut plier le col fous le ioug
des miferes du monde, en obeyffant auec
toute humilité à ce Souuerain, qui difpofe à fon gré de toutes chofes, tellement
que vous deuriez croire que fi fa iuftice
vous a bleffé, fa bonté vous guarira.
Tariffez donc vos larmes, donnez ceffe
à vos plaintes, à fin qu'on ne fe plaigne
pas de voftre opiniaftreté à vous affliger,
vous marchez toufiours droit au lieu où
l'object de voftre amour & de voftre affection refide : dequoy vous fafchez vous
fi c'eft de n'aller pas affez vifte, il n'eft rien
de fi vifte que le temps, & vous volez
fans ceffe fur fes aifles, ie veux dire que
la clarté de fes iours, fes heures, fes
minutes & fes moments, vous condui-
fent fans ceffe dans le tombeau, & quoy
qu'il vous femble eftre bien preparee
dés à ceft heure à mourir; ie vous ra-
menteuray que fi bien que vous la foyez,
vous ne fçaurez iamais l'eftre parfaictement, de forte que quand vous viuriez
vn fiecle, & apres ce fiecle vn milion
d'annees, vous ne viuriez iamais affez
pour paruenir à la perfection de l'eftat
de bien mourir. C'eft pourquoy vous

deuez estre soigneuse de la conseruation
de vostre vie par celle de vostre santé, &
de celle de vostre santé en ostant les moyens qui la peuuent alterer, comme vos
souspirs & vos larmes, dont la continuation faict souspirer & pleurer tous ceux
qui ont l'honneur de vous cognoistre,
par l'apprehension que l'excez de vostre
tristesse ne vous cause quelque mal, dont
la mort suit le remede. Aydez vous
donc de vostre vertu, & apprenez à la fortune qu'elle peut vous attaquer, & mesme
vous combattre, mais non pas vous vaincre, c'est la priere plustost que le conseil
de vostre seruiteur.

DISCOVRS DE L'AMOVR.

Par le Sieur de la Serre.

CHAP. I.

Out ce qui subsiste en ce cercle mobile du móde est amour. Que des diuerses natures qui y sont existétes on aille aux genres des genres, aux especes des especes, aux indiuidus, & des indiuidus mesmes aux abstraicts imaginaires des Philosophes; en tous ces degrez de difference on trouuera l'amour; la preuue en est aysee par vne demonstration generale. L'amour infiny que de toute eternité Dieu nous a porté, a desseigné dés la mesme eternité dás son entendement la creation du monde, pour le Palais de nostre demeure. Et du dessein venát à l'acte au seul instant de sa volonté

Gg iiij

souueraine, le relief du monde receut &
sa matiere & sa forme du moule du crayõ
qui estoit dans son Idee sacree, & le tout
par amour. Or le logis du monde estant
creé, il nous crea pour hostes, apres la
creation de diuerses natures, qui seruoiēt
d'embelissemēt à cette demeure. De preuuer maintenant que ce fut par amour, il
n'est pas necessaire, considerez que cest
amour n'opera en la creation de la maison & des meubles que pour l'amour de
l'habitant; de maniere que puis que l'a-
mour se trouue principe en la creation
de toutes les causes secondes, & que de la
qualité du principe, comme cause depen-
de celle de l'effect, pourra-on donc nier
le principe de la creation de toutes choses estant l'amour; que le resultat d'icelle ne soit son effect, & consequemment
plein d'amour ? Ce qui conclud directement en faueur de ma proposition, que
tout ce qui subsiste en ce siecle mobile du
monde est amour.

Mais pour quintessencier cette proposi-
tió & tirer vne raison de sa raison mesme;
eleuós nostre pēsee au dela des cieux pour
trouuer dãs le premier œuurage de la crea
tió, (qui est celuy des Anges) l'amour que

nous cherchons. Et confiderons en premier lieu que leur neuf Hierarchies cópofee, de trois fois trois, eft vn nombre triplemêt amoureux par la raifon, l'amour infiny qui fe treuue au nombre des trois perfonnes de la Trinité, adorees en vne feulle effence, nombre parfaitemêt amoureux, & lequel s'vniffant à deux nombres femblables, fait vn degré d'amour à neuf degrez, qui font les neuf Hierarchies amoureufes des Anges. D'ailleurs les Anges en leur felicité eternelle, ayans pour l'objet la charité infinie de Dieu, toutes leurs puiffances amoureufes buttent & pointent à ce diuin centre, mais fans circonference de ce charitable obiect infiny: de maniere qu'à leur façon ils foufpirent fans ceffe d'amour, apres ce diuin amour, lequel plus ils ayment plus ils veulent aymer, fe treuuans de la forte, quoy que leur amour foit parfaict, proportionné à leur puiffance, deffectueux en amour, pour aymer affez parfaitement vn amour fi parfaict; & c'eft ce qui m'arrefte ayant treuué l'amour que ie cherchois. Du Ciel de la gloire, venons aux fubalternes, & à leurs Planettes, & confiderons comme en leur reuolution naturelle chacun par

court à son rãg le tour de son cercle auec
vn ordre amoureux de paix , se laissans
tous emporter par vn instinct d'amour au
mouuement du premier d'entre eux qui
est le premier mobile.

N'est ce pas l'amoureux rencontre des
benignes planettes qui influë aux mortels
en leur naissance, vn nombre sans nombre des felicitez à la faueur de leur aspect
bening, qui est entr'elles , comme vn có-
bat d'amour ? ou plustost vn reciproque
eslancement des fleches amoureuses de
leurs regards qu'elles s'entreiettent l'vne
à l'autre , comme egallement attainctes
d'vne mesme passion ? Et c'est ce que re-
marquent les Astrologues, disans que la
conuenance mutuelle qui se treuue en
certaines estoilles, & qui n'est autre que
leur amour, produit & influë icy bas des
felicitez sans nóbre. Et sans s'eloigner de
ces natures subsistantes, ne voyons nous
pas que le fer est de la sorte amoureux de
l'aimant, que quoy que pesant de sa nature il est tout ailles pour le suiure.

Et pour les plantes & les arbres qui sont
les natures vegetales, ils ayment tellemét
leur mere la terre qui les a engendrez, que
sans cesse ils l'embrassent auec les bras de

leurs racines, ne pouuans viure qu'atta-
chez aux mammelles de son sein, lesquelles les nourriffent auec le laict de leurs
humides liqueurs, & alors qu'elle leur mā-
que, ceste mere pitoyablement amoureuse, ennoye ses souspirs vers le ciel (qui
sont ses vapeurs) pour les faire changer
en larmes, par vne douce rozee, qui luy
donne vne nouuelle matiere d'aliment
pour les alaicter. Quelle sorte d'amour en
vn corps qui n'en est pas capable ; quoy
que d'abondant il se preuue de la mesme
nature, que la vigne est aymee de l'or-
meau & du peuplier, & que selon Theo-
phraste, il y a vn amour mutuel entre l'o-
liuier & le myrthe?

Que l'amour se treuue aussi aux natures sensitiues, qui sont les animaux, il est
trop croyable, puis que nous sçauons que
le Pelican donne pour laict son sang à ses
petits, & de la sorte les sauuant de la mort
par la perte de sa vie, & que le Phenix
tout enflammé d'amour aymant vn autre,
plus que soy mesme, se commet dans des
flammes amoureuses pour faire renaistre
de ses cendres vn autre semblable Phenix,
& en luy mesme vn autre semblable feu
amoureux à celuy qui l'a consommé, affin

d'immortaliſer ſon amour en ſon eſpece.

De preuuer que l'amour ſoit en l'homme, ce ſeroit preuuer l'amour en l'amour
meſme, puis que ſon cœur eſt ſon ordinaire ſeiour. Par les quatre elemens, il faut
croire, que quoy que contraires, l'amour
les vnit tellement, qu'en l'exiſtence d'vn
corps mixte & compoſé, l'vn ne peut eſtre
ſans l'autre: & d'autant plus ils s'vniſſent
par amour en vne ſubſtance, & plus le
reſultat de ceſte amoureuſe vnion, qui
eſt le compoſé, eſt noble : ce qui conclud
touſiours pour moy en faueur de ma propoſition.

De dire que l'amour n'eſt point aux
ſciences, ce ſeroit ſans raiſon: car puis que
les ſciences ſont des moyens, & comme
des inſtrumens pour nous faire paruenir
à la cognoiſſance du vray, & que la cognoiſſance precede touſiours l'amour en
amour, il s'enſuit que les ſciences ſont
amoureuſes: nous apprenans le moyen
de cognoiſtre pour aymer. Outre que
pour ne prendre pas la choſe de ſi loing,
nous pouuons iuger que la Medecine ne
s'efforce qu'à ranger & reduire les humeurs en amitié, & que le Medecin, arbi-

tre de la diſpute que leurs qualitez ont
enſemble, les met le plus ſouuent d'accord par le ſecret de la ſcience, renoüant
de la ſorte le nœud de leur amour.

Que de plus la Muſique ne cherche entre le haut & le bas, que la concorde, vnif-
ſant les tons (quoy que contraires) tellement enſemble, qu'elle leur fait chanter
vn nombre ſans nombre d'airs amoureux
en faueur de leur amoureuſe vnion.

La Rethorique n'eſt qu'vne cheſne
amoureuſe de perſuaſion, auec laquelle
elle attire à ſoy, malgré ſoy, les eſprits les
plus farouches.

La Philoſophie vne des plus nobles ſciē-
ces nous aprend à raiſonner, pour aymer
les choſes auec raiſon, ſi bien que tout eſt
plain d'amour.

Mais pour lier encore toutes ces amoureuſes raiſons en vne raiſon de trois preuues, qui concluront en faueur de ceſte
mienne propoſition, que tout ce qui eſt
au mode eſt amour: Il ſera repreſenté que
toutes les ſubſtances corporelles ont eſté
faittes de la matiere premiere, qu'aucuns
diſent eſtre eternelle, quoy que creée dàs
le temps. Or ceſte matiere, principe de la
generation de toutes choſes, eſtant celuy

mesme d'amour, comme contenât en foy naturellement vn desir d'acquerir, qui est la vraye deffinition d'amour. Ie veux dire toutes les formes des choses engendrees. il s'ensuit par vne raison de consequence que tous les resultats d'icelle en la substâce ne sont rien qu'amour.

Et du tout venant aux parties, ie rediray encore pour vne seconde preuue, que l'amour de l'vnion des quatre elemens, estât vn second fondement, sur lequel la nature a basty & formé tous les diuers composez qui en resultent, il s'ensuit que tout est amour, si l'effect se rapporte à la cause. Et maintenant des parties reuenant au tout pour côclure: il sera representé que Dieu ayât creé toutes choses, dit qu'elles estoiêt bonnes. Or si le biê est l'objet de l'amour, ne dirons nous pas par consequent que toutes choses estans bonnes sont aymables, & comme aymables, aymees, & côme aymees, & aymables, pleines d'amour? De la preuue venons à la loüange.

Les Platoniciens veulent asseurer que l'amour est le lien de l'esprit & du corps, & leur maistre dit que leur action ne procede que de son mouuement. Aristote croit que la premiere intelligence meut la

rout par amour. Et comme Hiarcas eut dit
à Apollonius, que le monde estoit vn animal, il luy demanda s'il estoit masle ou
femelle, & il respondit qu'il estoit & l'vn
& l'autre, & qu'ainsi amoureux de soy
mesme, se ioignant à soy mesme, il pro-
duisoit les merueilles que nous voyons!

O Amour donc tu es la cause & le
principe de toutes choses; vray Phenix
de la nature la faisant tous les iours renaistre de ces cendres. Plutarque propor-
tionant tes loüanges à ta noblesse t'estime
le mouuement qui nous incite à la vertu. Empedocle la cause du bien, & la haine ton contraire, cause du mal. Euripide
certifie que tu assistes à la patience, &
cooperes auec elle. Crassus chez Ciceron, asseure en ta faueur, qu'il n'est rien
de plus loüable que toy en cette vie. Et
Socrate croit que qui t'osteroit du monde, en osteroit le Soleil. Sainct Augustin
dit que tu es la vertu des quatre vertus
principales. Car en premier lieu tu es
Temperance par ce que l'amant tempere &
conforme ses chastes volontez à celles du
subiet aymé, ne desirant iamais que ce
qu'il veut. Tu es Force, en ce que tu donnes & la force & la constance à l'amant de

fouffrir pour l'amour de ce qu'il ayme:tu
es Iuftice en ce que tu fais aymer vniquement ce qu'on ayme & auec raifon : & tu
es en fin Prudence comme orné de toute
fapience & fageffe.

On tient que l'ame feroit neceffairement maligne fans amour. Et Sainct Hierofme demonftre que l'homme n'a rien
en foy de plus propre que l'amour. Le
mefme Sainct Auguftin crioit que l'a-
mour & la volóté font le principe de toutes nos actions. Et Socrate, ce morale-
ment fage entre les hommes fages de fon
temps, a dict fçauoir ne fçauoir rien, fors
qu'aymer:car il le confeffe, & c'eftoit fans
doubte la vertu qu'il voyoit en fon fiecle
au trauers d'vne nue. Mais difons que les
preceptes diuins manifeftez par Moyfe
& defpuis confirmez par noftre amoureux Redempteur,ne nous prefcriuent
rien qu'amour : ou pluftoft que toutes
les loix diuines , naturelles & humaines
vnies enfemble ne font qu'vne loy d'a-
mour.Et pour conclure& finir,puis que la
nature d'amour fe trouue en toutes lesdi-
uerfes natures des chofes qui sõt en la nature, tirons cefte confequence que tout
eft plein d'amour redisãt noftre premiere
propofi-

tion, que tout ce qui eſt au monde eſt
amour, mais vn ruiſſeau d'amour qui conduit nos ames à leur ſource ineſpuiſable,
qui eſt noſtre Dieu ſouuerainement aymable, pour ſouſpirer inceſſament apres
ſon amour.

De la Nobleſſe de l'Amour.

CHAPITRE II.

CEluy qui a le premier donné ce nom
de Dieu à l'amour, y a eſté ſans doubte obligé par vne raiſon de reuerence, ne
ſçachant comme nommer vne choſe ſi
diuine autrement que du nom de diuinité. Car veritablement il faut confeſſer
que ſon eſſence eſt ſi noble, que la perfection ne peut rien produire en ſoy de plus
digne. Le bon & le beau, quoy que les
deux plus puiſſans obiects qui ſe treuuent
en la nature, n'ont point pourtant de puiſſance d'eſmouuoir les puiſſances de l'ame
que par celle de l'amour, comme eſtans &
l'vn & l'autre parfaictement aymables. Et
la lumiere, qui eſt la beauté de la beauté
meſme, ne portant point ſur ſa face de

H h

plus beau traict que celuy de l'amour. Elle n'eſt aymee que par luy, puis que rien
ne peut eſtre aymé ſans amour. Tellemét
que puis que la bonté, la beauté & la clarté, qui ſont trois des plus nobles effets de
la ſouueraine cauſe, ne peuuent eſtre hô-
magees, ny par les reſpeĉts de nos ames,
ny par les ſouſpirs de nos cœurs, que con-
ſiderees aymables, le prix de l'amour
leur donne leur eſtime: auſſi ſont ils ſi fort
vnis par vn ciment de nature, que ſi elles
ſubſiſtoient par vn fondement de matiere, l'amour en ſeroit la forme : veu que
quoy que ſpirituelles, elles ne ſe peuuent
dire bonnement eſtre d'vn eſtre ſimple,
eſtans comme compoſees d'amour. Ce
qui conclud touſiours en faueur du iuſte
tiltre de ſa Diuinité.

Mais pour le premier encore par vn argument inuincible, il ſera repreſenté que
Dieu n'a point donné à noſtre ame ceſte
faculté d'aymer, que pour l'aymer vniquement, puis que le premier de ſes commandemens en impoſe la loy. Or s'il eſt
vray, ſelon les Philoſophes, que les puiſſances doiuent eſtre en quelque façon
proportionnees à leur obiect, il s'enſuit
neceſſairement que l'amour eſt vne choſe

diuine, comme vne puissance affectée à
Dieu seul son vnique obiect, n'y ayant
rien d'aymable hors de luy. Outre que
puis que tout ce qui est en Dieu soit Dieu
mesme, cest amour infiny, par lequel de
toute eternité il nous a aymez, ne peut
estre autre que luy-mesme, qui doutera
donc maintenant, que l'amour soit vne
chose diuine? Mais allons à la source, sans
toutesfois la sonder, puis qu'elle n'a point
de fonds, & disons selon les preceptes de
la foy, que le sainct Esprit n'est qu'vn acte
tres-pur & tres-simple de l'amour reciproque & du Pere & du Fils. Car ces deux
sacrees personnes s'entr'aiment de toute
eternité tres-parfaictement d'vn amour
infiny, & n'y ayant rien en elles, qui ne soit
elles-mesmes leur mutuel amour, produit
par procession, vn autre d'eux-mesmes qui
est le sainct Esprit, de maniere que l'amour
est si diuin que c'est la Diuinité mesme.

Or la verité nous aprend que le Pere est
Charité, le Fils Dilection, & le sainct Esprit
l'amour & du Pere, & du Fils. Et de là on
peut conclurre qu'il y a trois personnes &
vn amour, lequel n'est autre enuers les
choses creées que bié vouloir. Mais d'au-
tát qu'il faut que l'amour procede de l'ay-

mé & de l'amant. Nous dirons que le Pere
est l'aymé par soymesme de toute eternité, & l'amant estant engendré de l'aymé,
sera le Fils engēdré de toute eternité par le
Pere : & l'amour qui procede & de l'aymé
& de l'aymant, sera le sainct Esprit, procedant & du Pere, & du Fils. De sorte que
nous adorerons en l'aymé, en l'amant &
en l'amour, vn seul amour Ie veux dire
trois personnes en vn seul Dieu, n'estant
ces trois qu'vn mesme. Ce n'est pas qu'il
faille determiner absolument vn amour
en Dieu, car l'amour presupose deffaut en
toutes les creatures, voire iusques aux celestes & spirituelles, veu que toutes ont
deffaut de la perfection diuine, & tous
leurs actes buttent & pointent incessam-
mēt vers l'obiect diuin de cette souueraine
perfection Et touchât l'amour des choses
inferieures, cét amour ne presupose pas tāt
seulemēt defaut, mais encore est pris le plꝰ
souuēt entre les hommes pour vne passiõ.

Or il n'y a point en Dieu de deffaut, cōme tres-parfaict, ny consequemment de
passiõ Et ce vocable d'amour n'est pris en
Dieu que pour vne volonté de bonifier les
creatures & tout l'vniuers, & d'accroistre
leur perfection, autant que leur nature en

fera capable. Tellement que tous les Philosophes sans contrarieté, & les Theologiens tous d'vn commun accord, tiennent pour dire la verité, qu'il n'y a point de perturbation qui se puisse introduire en l'entendement diuin, pour estre seul intellect sans alteration & changement. Et combien que la volonté soit en luy, c'est vne volonté permanente, qui n'est autre que son essence mesme, de maniere que où le changement n'a point lieu, le repentir ne peut trouuer place, & où de mesme le present remplit tout, le desir n'y peut trouuer de vuide. Ce qui est en Dieu, car son essence tousiours stable est tousiours vne, & tous les instans de tous les temps ensemble ne sont en luy qu'vn instant de present. Et ainsi il ne desire rié, d'autant qu'il possede toutes choses, & où le desir n'est point, l'esperance & la crainte n'y peuuent pas auoir entree, pour estre ces deux affections de l'aduenir. Ce qui conclud que ceste diuine essence comme tres-simplement vne, n'est point subjette aux affections: quoy que veritablement nous puissions dire, mais selon nostre façon de parler, qu'elle est pleine d'amour comme le souuerain principe de tous les chastes

amours, que son amour a infus icy bas
dans les cœurs de ses amans, & lesquels
amoureusement enflammez se sont bru-
lez dans leurs flammes pour l'amour de
son amour. C'est pourquoy nous conclu-
rons que l'origine de la noblesse de l'a-
mour est sans commencement, puis que
celuy qui n'en a point est son souuerain
principe.

De la définition de l'Amour.

CHAPITRE III.

ON ne peut parler en terre le langage
du ciel. Ie veux dire que puis que
l'essence de l'amour comme diuine n'est
admirée qu'au trauers d'vne nue, nostre
entendement n'en peut receuoir que des
especes imparfaictes qui obligees à la raison ne sont prises que pour vne ombre
de son ombre. Et ainsi ne pouuant d'ailleurs enfanter que ce qu'on conçoit, & ne
conceuant rien de ceste essence que la verité qu'elle nous est trop incognue pour
la pouuoir definir selon sa vraye definition: ie n'en diray que ce que les autres en
ont dict. Et pour tesmoigner que les

deffinitions qu'vn nombre de grands perfonnages en ont laiffees font trop rempâ-
tes pour attaindre à la dignité du fubiect,
ie n'obiecte que leur diuerfité, car chacune
a fon fens particulier, de maniere qu'autât
de deffinitions autant de coups de fleches contre cefte effence qui fert de blanc
à leur vifee, mais de blanc où nul ne peut
attaindre, & ie le iuge par la diuerfité des
opinions toutes contraires cy apres def-
duictes.

La premiere deffinition que ie treuue
eft de Sainct Denys qui dict que c'eft vne
vertu vniffante, felon Sainct Bernard, vne
volonté bien ordonnee & vehemente,
vne reigle ordonnée, & puiffant vouloir:
felon Sainct Auguftin, vn appeter la chofe par elle mefme, fi felon Platon, le defir
du beau. Les Stoïques difent que c'eft vne
cupidité procedâte de la beauté. Les Peripateticiens, que c'eft vn argument de bien-
vueillance. Ciceron a penfé que ceft vn
bien vouloir. Seneque aux Tragedies dict
qu'amour eft vne grande vigueur de l'entendement & vne chaleur qui boult doucement en l'efprit, & Ouide que c'eft vne
chofe pleine de peur qui n'a iamais ceffe
ny repos. Or toutes ces definitions com-

me prifes du iugemēt de nos fens ne font
ce me femble que morales & metaphori-
ques: car de vouloir eftablir le fondement
de fa cognoiffāce fur celuy de noftre reffentiment, on ne peut parler que de fes
eff-fts, d'autant qu'ils agiffent en nous
fans nous rien dire de leur caufe. Et c'eft
pourquoy fans doute l'amour a eftably fa
demeure dans le cœur, voyant qu'il n'a-
uoir point de lange pour publier la gloire
de fa diuine effence. Auffi eft ce la nature
des chofes diuines d'eftre tellement mef-
cognues de la nature, que quoy que fecō-
de en diuerfité de langues fi n'en a elle
point d'affez diferte pour les nommer
par leur propre nom, de maniere que leur
deffinition demeure indecife dans le iugement des hommes, ne pouuans mortels
efcheller les cieux que par les degrez des
precipices. Ie veux dire que comme vn
autre Promethee nous ne pouuons defrober non le feu, mais la cognoiffance celefte des chofes celeftes fans encourre vn
pareil chaftiment.

Que diray ie donc de cefte effence? il
faut neceffairement s'arrefter aux termes
de noftre puiffance puis que la parole ne
peut monter iufques au ton de la publica-

tion de sa deffinition, que l'esprit est trop
infecond pour en produire les pensees,
& l'imagination trop foible pour en
souffrir l'Idee. Toutesfois laissant la mora-
lité pour suiure la plus probable opinion
des Peres, disons hardimét sans crainte de
faillir; que l'amour est vne affectió sacree &
vne sainéte charité de l'ame enuers só Dieu

Ceste souueraine charité selon sainét
Iean, est enuers son Dieu & enuers
son prochain. Enuers son Dieu pour
la seule raison de soy-mesme, aymant
ceste diuine essence auec toutes les
puissances de nostre cœur, non d'vne
affection mercenaire & souspirante, ou
du souuenir de ses bien-faiéts receus, ou
de l'esperance de ses Couronnes promi-
ses; mais seulement pour la seule consideration de ce qu'il est en soy parfaictement
aymable. Et enuers son prochain, non
tant parce qu'il nous est commandé : mais
encore par la raison de ceste charité, car
il ne faut pas aymer seulement la vertu,
considerce soubs la loy diuine, naturelle
ou morale, mais plustost sur la consideration d'elle mesme, entant que vertu : & c'est par cest amour que ceux qui
ont des particulieres vertus habituelles

& fecrettes en eux, reçoiuent vn nôbre sãs
nôbre de couronnes & de guerdôsde fa-
tisfactiô & de contentemẽt de les aymer,
en n'agiſſant que par elles; Car preſupoſé,
(ſoubs correction de la verité) qu'il ne
fut point de Paradis, apres l'Enfer de
ceſte vie, il faut croire que les charmes,
& de la vertu & du bien ſont ſi puiſſamment doux, que la plus part des hommes ſuiuroient ſes traces, quoy qu'eſ-
pineuſes par vne raiſon d'vn ſecret plaiſir & d'vne pareille ſatisfaction qu'on
reſſent interieurement marchant par
leurs voyes. C'eſt pourquoy nous deuons aymer Dieu, conſideré en ſoy parfaictement aymable: d'autant que c'eſt le
vray amour, & noſtre prochain, non
ſeulement pour la raiſon de la loy qui
nous y oblige, mais encore pour celle
du bien meſme que nous faiſons en
l'aymant.

_____

Combien il y a de sortes d'amour en geveral, & de leur differece.

CHAP. IV.

IL est autant de sortes d'amours qu'il est de diuerses natures en la Nature. Les pierres qui sont au dernier degré de la substance, ont vn amour d'inclination enuers le bas, où penchans sans cesse elles treuuent leur vnique repos. Les vegetaux ont vn amour d'instinct enuers la croissance, croissant continuellement chacun en son espece, de la hauteur que la nature leur a prescript. Les sensitifs ont vn amour de fantaisie, apetans tout ce qu'il leur est conuenable. L'homme a vn amour de reflexion aymant le bon & le beau, comme d'obiects iugez aymables. Et les Anges (quoy que libres) ont vn amour necessaire (inseparable de leur essence,) comme procedant de la nature de son diuin obiect, qui luy donne ceste

qualité par la vertu de foy-mefme; Quoy
que pour parler proprement, il n'eft point
d'amour aux pierres, aux plantes, ny aux
animaux, ains aux hommes & aux Anges.
Tellement que l'amour que i'ay dit eftre
aux pierres, s'appelle inclination ; celuy des plantes inftinct, celuy des animaux vn appetit naturel, celuy des hommes, vn amour volontaire, & celuy des
Anges, vn purement intellectuel Il fe
peut dire auffi que nos fens font amoureux, car la veuë le plus noble de tous,
ayme & la lumiere & la couleur, l'vne
comme le flambeau qui luy efclaire à
l'admiration de l'autre. L'ouye eft amou-
reufe de l'amour de diuers tons de la
Mufique amoureufement vnis enfemble. L'odorat ayme les bonnes fenteurs,
beuuant à longs traicts l'air qu'elles
embaument. Le gouft eft auffi amoureux de tous les diuers mets que la nature feconde fert fur la table du monde.
Et l'attouchement ayme la foupplefle
& polliffure des corps, & reçoit fon plaifir en leur donceur. Outre que nous pouuons dire que puis que tous ces fens chacun à fa façon, reçoiuent les efpeces de
tous les objects aymables pour les por-

ter, fidelles meſſagers, en l'entendement,
ils ſont pleins d'amour, car ils ne peuuent
donner que ce qu'ils ont, & bien qu'ils
ne ſeruent que d'inſtrument, & comme
de pont pour faire paſſer ces eſpeces
amoureuſes du corps à l'ame, ſi ſont-ils
pourtant comme ſenſibles touchez de
la douceur de ceſte chaſte paſſion.

Mais pour parler le naïf langage, &
de la raiſon & de la verité, toutes ces
ſortes d'amours s'appellent autrement,
de maniere que nous dirons que les ſens
n'ont en eux d'autre amour qu'vne certaine delectation, au rencontre de l'object conuenable à leur nature, & ainſi il
faut croire pour conclure que l'homme
& l'Ange ſont ſeuls capables d'amour ;
Et ie parleray de l'amour de l'homme,
pour ne m'eſloigner pas de mon ſuject.

Combien il y a de ſortes d'amour en par-
ticulier & leur definition.

CHAP. V.

IL eſt deux ſortes d'amour, l'vn ſpirituel, & l'autre materiel. Le premier
s'attache aux objects du Ciel, l'autre à

ceux de la terre, & ainſi l'vn eſt affe-
été à l'ame, & l'autre au corps. Quoy
que toutesfois il ſe preuue par vne conſequence de raiſon concluante, qu'il n'eſt
point d'autre amour que le ſpirituel : car
puis que la nature du materiel eſt d'eſtre
attaché aux choſes mortelles comme à
ſon objeſt, il n'eſt pas abſolument d'vn
eſtre de vie, comme tendant touſiours
à la mort, mais d'vn eſtre de temps qui
tend touſiours au non-eſtre comme à ſon
centre,& partant on ne le peut cóprédre
dans l'eſtre des choſes qu'auec diſtinctió,
puis qu'il n'eſt que pour n'eſtre pas, n'a-
yant rien de plus propre en ſa nature, que
ſe deſtruire ſoy-meſme : de maniere que
ce n'eſt qu'vn auorton engendré par la
concupiſcence ſur l'Idee du vray amour
que le corps en a deſrobé à ſon ame.

Mais l'amour ſpirituel n'ayant point
d'autre objeſt que la meſme vie, luy ſeul
ſe peut dire eſtre, d'vn eſtre abſolu par la
raiſon de ſon origine, puis que directement il procede de ceſte noble eſſence
qu'Ariſtote appelle *Ens Entium,* ce qui
eſtablit vn fondement inebranlable de
ſon eſtre.

Il y peut auoir pourtant diuerſes ſor-

ces d'amour; qu'on appelle amour de
complaiſance, de bien vueillance & autres, mais toutes ces eſpeces ſelon la qualité de leur objeĉt, aboutiſſent à ces deux
genres de ſpirituel & materiel, quoy
que le materiel s'appelle proprement
paſſion, & le ſpirituel amour, comme
tout diuin. C'eſt pourquoy le bien heureux Ignace, a eſcrit ces parolles, *mon*
amour eſt crucifié. Et ſi pourtant les ames
du monde honnorent leurs affeĉtions
profanes de ce nom d'amour, c'eſt ſans
doute pour cacher leur mal, ſoubs le bien
de ce nom : Car les anciens Theologiens
ne ſe ſeruoient iamais de ce nom d'amour,
que pour exprimer les affeĉtions de l'ame
enuers ſon Dieu, d'autant que tous les autres noms de dileĉtion, de bien vueillance,
d'amitié & d'affeĉtion ſont grandement
defeĉtueux n'exprimant qu'à demy l'excellence de ce nom d'amour, de maniere
que pour conclurre il n'eſt point d'autre
amour que le ſpirituel.

LETTRE DV DVC DE
Sully à la Royne.

MADAME, Entre toutes les conditions honorables d'vn Gentil-
homme François, i'ay toufiours eftimé la
plus aduantageufe, celle d'eftre employé
aux affaires importantes de fa patrie, de les
adminiftrer heureufement, & obeyr au
commandement de fon Prince. Durant
plufieurs annees i'ay conduiét les principales de ceft Eftat, auec vn fuccés non ef-
peré; ie les ay portees fous mon Rôy d'vn
profond abyfme de miferes au comble de
toute gloire. Auiourd'huy, MADAME, i'o-
beys aux defirs & aux volontez expreffes
de voftre Majefté, ie remets entre fes
mains les deux plus belles marques qui
me reftent des bié-faiéts & du reffentimét
de mon maiftre, la Baftille, & lesFinances.
Ie les ay poffedees durant fa vie, ie les
vous rends apres fa mort; & me contenteray, que les effeéts de mes feruices demeurent à iamais grauez dans le cœur de
vos peuples. Vn autre moins fidelle que
moy répliroit toute la France de fes plaintes : Mais ma deuotió perpetuelle enuers
le lieu

le lieu de ma cognoissance, tient ma lãgue muëtte, & me faict plustost chercher en mon incapacité seule qu'en toute autre consideration, la cause d'vn si grand chãgement. D'vn seul point, MADAME, i'ay l'esprit impatiẽment agité: c'est de la resolution trop absoluë que prend vostre Majesté, de me faire prendre de l'argent pour recõpense de mes charges: non que ie ne iuge assez cõbien cest expediẽt est necessaire pour le bien de vostre seruice; Mais d'ailleurs, il m'est si preiudiciable & si contraire à mes demandes, que quelque puissance que i'aye sur moy pour vous cõplaire, ie n'ẽ ay point assez pour l'accepter. Au cõtraire, Madame, ie suis forcé de le refuser & de preferer cõtre mon deuoir, en ce subject, mon interest particulier à celuy de vostre Majesté. De toutes les voyes proposees pour sortir de ce dessein, celle-cy me doit estre la plus odieuse; aussi l'ay-ie en horreur, & la tiẽs cõme procedee nõ de la volõté de vostre Majesté, mais de la malice de mes ennemis. Car, Madame, pourquoy plustost ne rejette-on ce pretexte sur mon humeur farouche, incompatible, esloigné de toute gratificatiõ, de toute societé, de toute dissimulation, ou sur le peu

d'ordre que i'ay peut eftre dôné aux affaires de mes charges, fur le mauuais mefnage dôt i'ay vfé au fait des Fináces, fur les
maux qui en font procedez, fur les fortes
intelligences que i'ay practiquees dedãs &
dehors le Royaume, &fur l'extréme foing
que i'ay pris de m'eftablir pour la côferuation
de ma fortune. Pourquoy, dif-ie, Madame,
n'ôt-ils pluftoft choifi ce fondemêt
qu'vn autre moins fpecieux & moinsvray-
femblable? Car de publier que i'aye iamais
demãdé recôpenfe pour ma charge des Finances,
ny autre recôpenfe encores d'vne
charge de Marefchal de Fráce, c'eft chofe
qui ne peut eftre veritablemêt fouftenuë:
L'impudêcede mes ennemis ne fera iamais
affez forte pour aucunement le tefmoigner.
Que fi V. M. m'accufe de luy auoir
moy mefme offert tout ce que ie poffedois,
ie le confeffe; Ie ne nie point que fouuent
ie n'aye affeuré V. M. que tout ce qui
dependoit de moy, dependoit d'elle, & ma
vie mefme. Mais certes, madame, i'aduoüeray
auffi qu'alors ie ne penfois pas encore,
que faire telle offre à fõ Prince, fuft vn crime
fuffifãt pour eftre defpoüillé de fes dignitez.
Si que la prenant maintenant, c'eft
vne maxime qui me sêble nouuelle : mais

cefte houueauté neátmoins ne me fera iamais repentir d'auoir fait mon deuoir. Au
cõtraire, Madame, auiourd'huy ie presẽte
derechef à V. M. non feulement mes honneurs, mes biens, mais auffi ma propre vie,
celle de mes enfans, & ne les luy prefente
point auec conditiõ, mais pour en vfer felon fes volõtez:&pour mefme en honorer
mes propres ennemis. Si de me les ofter
fimplemẽt ce n'eft chofe qui la cõtente, fi
mes actiõs paffees ont feruy pour l'accroif
fement de cefte Courõne;ie veux que mõ
obeyffance la premiere mõftre le chemin
de la conferuer. Et quoy que mes ennemis
publiẽt de mõ amour enuers ce que ie poffede, ou quoy que l'humeur d'autruy puiffe ayder à le faire croire: Si eft il vray, Madame, que r'abandõneray tout ce que mes
feruices m'õt acquis, auec plus de cõftã-
ce, auec plus de fermeté mille fois, qu'auec
plaifir vn autre ne le poffedera. Il me fuffira que i'apprenne en ma folitude comme
voftre Majefté rendra de iour en iour le
Sceptre floriffant, & conferuera dans fes
affaires vn bon ordre, & dans fes coffres
des threfors fuffifans pour fouftenir ceft
Eftat, qui fubfifte principalemẽt fur l'apuy
de ces deux colomnes: C'eft dequoy i'ẽ-

tretiédray le plus doucement mes oyſiueʒ
penſees, & me conſoleray en la perte de
mõ bon Roy, ſans eſtre cõtrainct, s'il vous
plaiſt, d'accepter ny reſeruer autre recompenſe de mes charges, que le contétemét
de n'en receuoir point, & l'honneur de
voſtre exprez commandement. Que ſi
neantmoins pour derniere reſolution, &
pour ne me rendre deſobeyſſant à vos volontez, voſtre Majeſté m'ordóne abſolument de faire le contraire : Voyez donc,
Madame, la faueur plus grande & plus deſiree dót ie la ſupplie de me recompenſer.
C'eſt, Madame, qu'il plaiſe à V. Majeſté de
commécer à ceſte heure à mes plus grãds
ennemis d'aller à la Chãbre des comptes,
vous verifier depuis douze ans l'vtilité ou
dommage de mes veilles : & s'il ne ſe treuue que durant ce temps ſoubs la puiſſance
de mon grand Roy, i'aye oſté par ma dexterité & par mon labeur la plus enracinee
confuſion qu'il fut iamais dans les finances de la France ; que i'aye outre l'eſpar-
gne de plus de huict milions tous les ans,
dans les annees ſe rendoient redeuables à
ſes officiers, outre le payement de toutes
les charges, & de toutes deſpences ordinaires de l'Eſtat, de tous les gages des

Cours souueraines, de tous les gens de
guerre, des garnisons, Ambassades, maison du Roy, voyages, mariages, donner
presens, recompenses, & mille autres des-
pences trop lõgues à desduire, outre toutes les grandes sommes ordinaires ; sans
augmenter ny tailles, ny impositions en
ceRoyaume,au contraire en les diminuât.
S'il ne se treuue , dis je, que i'aye encore
pour l'entretien de trois grandes armees,
dont l'vne reprit Amiens, l'autre reduisist
la Bretagne , & la troisiesme conquist la
Bresse & la Sauoye, faict fournir extraor-
dinairement plus de douze millions. Pour
l'acquit des debtes de France, creées par
traictés & autrement, plus de vingt-cinq
millions. Pour le payement de celles de
Suisse, Allemagne , Italie, & Angleterre
plus de trente millions. Pour le payement
des pensions dedans & dehors le Royaume plus de vingt-quatre millions. Pour le
secours des prouinces estrangeres plus de
huict millions. Pour le restablissement de
l'Artillerie, les fortifications, chemins, &
bastimés plus de huict milliõs. Pour le soulagemēt du pauure peuple plus de six milliõs. Pour mettre en thresor dãsles coffres
de la Bastille, ou laisser en depost entre les

mains du Threforier de l'Efpargne plus
de dix-fept millions. Pour fatisfaire à plufieurs autres defpens qui fe peuuent ayfe-
fement verifier, plus de vingt millions. Si
ie n'ay faiɕt arreɧer encore des contraɕts
pour le rachapt du domaine de France,
engagé, dôt la plus grande part s'execute
tous les iours, montant tel rachapt plus de
quarante millions. En fin, Madame, fi ie
n'ay par mon foing opiniaftre, par ma feule vigilance pratiqué toutes les Efpargnes:
Et fi pour continuer ce mefme deuoir enuers la France ie n'ay toufiours offert à voftre Majefté de perdre la vie ou de fouɧe-
nir les affaires, & en cefte mefme fplēdeur,
voire de les preſéter en plus haut degré: Si
dis-ie ie n'ay fait toutes ces chofes, & plus
encore, ie me foufmets, Madame, à receuoir pour peine de ma prefomption la recompenſe que l'on m'ordonne en la perte
de mes honneurs & de mes charges: Mais
fi auɧi Madame, vn feul de cet article ne
fe trouue faux qu'en ce qu'il eft trop foible, & fi mon affeɕtion premier n'a receu
autre changement que de s'eftre renoûee
ardente & plus forte: permettez moy, Madame, pour ma plus digne fatisfaɕtion de
fouɧir le mal que l'ô me fait, sás accepter

le bien que vous m'offrez, & retirer mes
charges fans cefte dure charge. Ou fi neceffairement , Madame, vous vouliez
m'honorer encore de quelque faueur, que
ce foit donc, s'il vous plaift, feulement vn
fouuenir perpetuel de ma fidelité, faueur
que ie defire de voftre Maiefté, non pour
eftre vn iour appellé au trauail penible des
affaires: mais feulement pour me laiffer en
repos, & que ie viue auffi en la memoire de celle qui eft auiourd'huy Regente de
ma patrie, l'ame viuante de mon Maiftre,
& la mere de mon Roy. Et certes, Madame, auffi eft-ce vn honneur , & vne re-
cognoiffance derniere, que voftre Maiefté
ne me peut iuftement refufer: car puis que
tous ceux mefmes que i'ay offencez en
mes charges s'efforcent de m'en voir priu-
ué: à plus forte raifon, ceux-là fe peuuent
bien fouuenir de mes feruices qui en
triomphent.

I i iiij

Lettre de Caliste à Dorilas.

MONSIEVR,

De toutes les calamitez, dont i'ay esté miserablement affligee depuis la perte de mon mary, source infortunee de toutes les autres, ie n'en ay point resſenty d'esgale à la douleur que ie souffre d'estre iniustement priuee de l'honeur de vos bonnes graces: Car depuis ce deplorable accident qui me rendit veufue de la plus chere personne que i'eusſe au monde, ie fis ſi peu d'estat de luy, que la perte du bien & de l'honneur que i'y auois acquis me fut legere, & le viure en exil hors de mon pays, supportable. Mais estre contrainct de viure hors de la bonne estime de mő pere, apes auoir perdu l'honneur de ſon amitié, c'est vne misere qui ne ſe peut imaginer que par celle qui la souffre, & que ſi vous la pouuiez cőceuoir ainſi que ie la resſens, elle voˢ feroit peut-estre autant de pitié, comme elle me fait de mal. Car voſtre bien-veillance, Monſieur, estoit le ſeul bien qui me restoit encores au monde, qui me tenoit lieu de recompenſe, & par lequel i'esperois estre consolee de celuy que i'ay perdu. Et tout au rebours de mon esperance, ç'a esté le ſurcroy de mő affliction, & le feu de mes bles-

feures eſt procedé du remede que i'y penſois appliquer. Monſieur vous eſtes mon pere, ie vous
ſupplie tres humblemēt de vouloir eſtre encore
mon iuge, & prendre cognoiſſance du faiƈt de
voſtre fille, comme vous feriez de la plus eſtrā-
gere qui ſoit au mōde. Ie ne vous demāde point
grace, mais iuſtice, & vous ſupplie de la faire
auſſi rigoureuſe, comme meriteroit le crime dōt
ie ſuis fauſſement accuſee : non ſeulemēt il ſe
peut trouuer que i'en ſois coulpable, mais il ne
ſe voit que i'en ſuis euidemment innocente.

Voſtre tres humble fille
CALISTE.

A la Royne, de la part du Parlement de Prouence, à ſon arriuee à Marſeille, en Nouembre mil ſix cens.

MADAME,

Si toſt que nous auons veu voſtre Majeſté aborder en ceſte Prouince, & auec
elle la felicité en ce Royaume, nous auōs
abandonné le ſiege de la iuſtice ſouueraine, que nous auons ceſt honneur de

tenir, pour nous venir prosterner à vos
pieds, vous rendre vn plus illustre hommage que puisse receuoir la Couronne,
qui ceinct maintenant vostre chef ; &
vous prononcer quand & quand les redeuables de tous les vœux que nous auons
iamais fait pour le bien & salut de cét
Estat. Car asseurement auiourd'huy les
croyons-nous exaucez, & estimons que
tant de merueilles que Dieu auoit commencé d'ouurer par la restauration de la
France, sont entierement accomplies , &
que nostre bonne fortune , qui sembloit
auparauant chancelante, soit maintenant
assize sur vn ferme baze & immobile fondement. Dieu nous a donné vn Roy excellent en vertu, admirable en bonté , incomparable en vaillance, qui par ses labeurs nous a mis en repos, par ses perils
en seureté, par ses victoiresen reputation:
De sorte que nous nous fussiós quasi dits
bien-heureux, si vne triste pensee n'eust
souuent troublé le cours de nos ioyes.
Cette pensee dif-ie, qui nous representoit
que la nature a borné la vie de tous les
hommes du monde, tant des grands que
des petits , des Roys que de leurs subiects.
Que la solitude & l'orbité rendoient à

noſtre Prince la ſienne moins agreable,
& luy diminuoient le deſir & le ſoing de
la conſeruer & cherir. A cela nos ſouhaits
cherchoient tous les iours des remedes,
& ne ſçauions d'où les eſperer, iuſques a
tant que l'eſclair de voſtre face Royale a
percé le nuage de nos ennuis,&fait poin-
dre à nos yeux vne viue eſperáce de veoir
doreſnauant noſtre bon-heur auſſi ſtable
qu'admirable. Car voyant reluire en voſtre viſage tant de graces, dont la nature
vous a ſi liberalement doüee, contem-
plant ceſte rare beauté dont elle vous a
ornee, conſiderant cette naïue douceur
dont elle a temperé voſtre Royale graui-
té, & oyant la voix celebre de la renommee, qui publie par tout la viuacité de
voſtre eſprit, la ſolidité de voſtre iugement, l'elegance de vos diſcours, mais qui
fait retentir par deſſus tout cela, le los incomparable de vos ſainctes & religieuſes
mœurs, nous nous perſuadons que vous
eſtes vrayement celle que le Ciel auoit
deſtinee pour adoucir par vne agreable
ſocieté la vie de noſtre Prince, prolonger
ſes iours par contentement, & perpetuer
l'heur de ſon regne par la ſuitte d'vne longue lignee & ample poſterité. Nous iu-

geons que vous estes vrayement seule sur
la terre digne de receuoir & faire reposer
en vostre chaste sein la vie tant exercee du
plus noble & triomphant Roy qui viue
auiourd'huy : Et que seul il meritoit au
monde de recueillir dans ses bras victorieux la plus vertueuse & plus agreable
Princesse qu'ait porté le siecle où nous viuons. Et dela nous presageons que nous
verrons bien-tost autour de vous vn bon
nombre de beaux enfans, portans sur leur
front la valeur de leur pere, la vertu de
leur mere, la grandeur & noblesse dela
maison de France , où vous estes alliee;
l'heur & la puissance de celle d'Autriche,
dont vous estes yssue , & la prudence &
sagesse de celle de Florence, dont vous
estes nee. A la creance de ce doux presage
toutes choses nous conuient, les heureux
succés de guerre qui sont arriuez à nostre
Prince à mesure que vous vous achemi-
niez vers luy, la paix qu' à vostre arriuee
il donne à ses subiects & à ses voisins , &
le Ciel & la mer encore, puisque nous
voyons euidemment qu'au moment de
vostre debarquement la mer pleine d'agi-
tation s'est calmee, & le Ciel plein de nuages s'est esclarcy , comme s'ils vouloient

d'vn œil riant celebrer auec nous la magnificence de voftre bien fortunee recep-
tion. A la bonne heure donc, ô grande
Royne, foyez vous ioincte à nos bords :
heureufe foyez vous longuement en la
France & à la France; que le fiecle que
nous commençons, vous puiffe voir à fa
fin tres-chere femme d'vn grand Roy, &
les fiecles auenir vous renommer glorieufe mere de grands Roys. Mais pour le
comble de voftre gloire, fouuenez vous
& vous reffouuenez, que comme vous
eftes deuenuë vne grande Royne en efpoufant vn grand Roy, auffi eftes-vous
deuenuë mere charitable des peuples defquels il eft le vray pere, & pour ce commencez d'entrer en part de cette follicitu-
de Royale & dilection paternelle. Et puis
que la felicité des fubiects eft la vraye gloire des Princes, fomentés & augmentés
par voftre ayde & faueur l'amour & affection que ce grand Roy voftre efpoux a
naturellement au bien & foulagement
des fiens, afin qu'ils vous fentent comme
vn nouuel Aftre luifant benignement fur
eux, & leur influant vn cours perpetuel
detoute profperité. Ce faifant vous oyrez
tous les ordres de ce grand & floriffant

Royaume, ioindre leurs voix pour benir
voftre nom ; ioindre leurs defirs pour fortifier leur fidelle affection à voftre tres-
humble feruice. Et quant à nous, Madame, qui ne cherchons noftre plus grand-
heur & plus grand honneur en ce monde,
qu'à bien & dignement feruir noftre Prince, vous voyant efleuee en fon throfne
auec luy, vous confacrerons pour toufiours, comme nous faifons prefentement
nos cœurs, nos affections & nos vies,
pour demeurer tant que nous ferons au
monde vos tres-humbles, tres-fidelles &
tres-obeyffans officiers, feruiteurs & fubiects.

A L'OVVERTVRE DV
Parlement de l'annee mil fix cens.

ON iuge affez par la contenance de
ceux qui contemplent l'appareil de
cette ceremonie, qu'apres auoir confide-
ré la magnificence de ce theatre, remarqué la dignité de ce Senat, obferué la difpofition des ordres qui font affis au def-
fous, entendu le chant facré des ordon-
nances, & ouy cefte voix royale qui leur

en a denoncé l'obeyſſance; ils conçoiuent
en leur penſee encor quelque choſe d'a-
uantage: & nous voyans eſleuez au deſſus
des autres, attendent encor de nous pour
clorre ceſte ſolemnité, quelques diſcours
qui leur releue plus familieremnt nos
myſteres, & leur face plus ouuertement
recognoiſtre la diuine puiſſance, & les
merueilleux effets de ceſte iuſtice, à laquelle nous nous deuoüós ce iourd'huy.
Mais de tant que leur attente eſt plus grãde, plus grande auſſi eſt noſtre apprehenſion: qu'ayant pour ſubiect vne choſe ſi excellente , qui ſe pourroit mieux
comprendre par vne profonde meditation, qu'exprimer par aucune exquiſe parole, formee par art ou par ſcience, l'eſprit ne nous demeure confus, la memoire
troublee, la langue noüee, par la grandeur, varieté & difficulté d'vn ſi haut argument. Et pource autresfois nous trou-
uans en ſemblable peine, nous-nous en
eſtions aſſez heureuſement demeſlez par
vne inuention fort ayſee, & non toutesfois à mon aduis mal agreable; iettant à la
veuë de ceſte aſſemblee, pour amuſer ces
eſprits, vn portraict de ceſte belle Iuſtice:
eſtimant que les yeux, qui ſeroient vne

fois frappez de la beauté de son image, se-
roiēt si passionnémēt rauis de son amour,
qu'il ne seroit besoing d'aucun autre artifice pour leur en faire conceuoir la diuinité, & exerciter la veneration. Et certainement pour en rendre le tableau plus accomply, nous auions curieusement foüil-
lé és cabinets de l'antiquité Grecque & Latine : & pour l'enjoliuer d'auantage, nous
n'auiōs espargné aucun des hardis traicts,
ou delicats attraicts dont Chrisippus, Platon, & Aristote auoyent paré & adoucy
vn semblable ouurage. Toutesfois depuis, considerant à loisir , & plusieurs fois
(comme ont accoustumé les plus exquis
ouuriers) ceste peinture, ie la trouue si
esloignee du naturel, que ie ne peux sinon
me mocquer de moy-mesme , & de ceux
(bien que d'ailleurs excellēs maistres) que
i'auois choisis pour imiter : ne trouuant
rien d'elle en elle que le nom ; non plus
qu'és tableaux de ces premiers & ignorans aprentifs, qui pour faire recognoistre
ce qu'ils vouloient peindre, estoient con-
traincts d'en escrire au dessoubs le nom en
grosses lettres. I'ay souuent songé à part-
moy d'où pouuoit estre arriué que ces
grands personnages là, qui auoient si heureusement

reufement rencontré en tant d'autres chofes, fuffent demeurez courts en celle-cy.
Et en fin ie me fuis perfuadé, que la faute
eftoit venuë de ce qu'ils auoient formé ce
pourtraict, non fur le vray & naturel fubiect, mais fur ce que d'autres leur en auoiët
rapporté, ou ce qu'eux mefmes s'en
eftoient imaginez. Et lors il m'a pris fan-
taifie de rechercher les vrays originaux
de cefte diuine image, non plus dans les
boutiques de la fabuleufe antiquité, ny
entre les inuentions Payennes, mais en
la riche officine de la verité, & parmy les
rares ouurages de ces grands hommes,
que nous pouuons vrayement nómer *alti*
fpiritus viros & à Dijs recentes, des fainɛts
Prophetes veux-ie dire, lefquels Dieu
a introduicts par droit de familiarité à la
veuë de la vraye & viue Iuftice, & dont il
ayme les efprits, & conduit les mains pour
en defcrire & exprimer naïuement la nature. Et cela auec deffein de vous reprefenter fans aucun vernis ou colorement
ce que i'en pourray tirer, pour me feruir
d'excufe ingenuë pour le paffé, & de fuffifant acquit de ce que la couftume de ce
lieu vous fait attendre de ce Senat par ma
bouche auiourd'huy. Mais comment ofe-

K k

rions-nous prendre en main le pinceau,
pour entreprendre vn si hardy ouurage?
sans faire les mesmes vœux que ceux que
no° voulons imiter, & desquels nous pro-
mettons de doubler les tableaux; sans implorer,dis-ie, l'ayde de la Sapiéce eternelle, souueraine ouuriere de toutes perfections? sans laquelle nous ne pouuons riē
conceuoir de ce qui procede d'elle, ny
moins l'exprimer. Dōcques, ô Sapiéce e-
ternelle puis que le principal hommage
que vous desirez de nous,est qu'entāt que
nous pourrós,nous vous imitions:fauori-
sez nostre effort, aspirez à nostre labeur,
pédāt que nous essayós de representer icy
l'vne devosplus excellétes creatures:ceste
Iustice, dis-ie, à laquelle vous auez donné
la conduitte & direction de vos peuples.
Et pendāt que nous la considerons au trauers des tenebres de ce bas monde,la teste
baissee vers la terre, coulez liberalemēt
en nos entendemēts la clarté de vostre
grace, & proportionnez vostre venë à la
splendeur de sa face, *Vt in lumine tuo videa-*
mus lumen. La sapiéce escriuāt elle-mesme
l'histoire de ses ouurages dict à l'ouurier e-
ternel, qu'il a tout balācé au poids, toutcō
passépar mesure, *Omniain mēsura & numero*

disposuisti: voulãt par ce peu de paroles qui contiénent vne profonde & mysterieuse Theologie, marquer l'ordre admirable qui reluit en toutes les parties du monde. Car outre que chacune d'elles à part-soy est si merueilleuse en sa construction, que qui en contemple la composition en demeure tout rauy ; elles ont encor entre elles telle correspondance, qu'elles semblent non seulement entrelassees & enchaisnees, mais plustost antees & enclauees les vnes dans les autres, tant leur estre depend l'vne de l'autre. De sorte que bien qu'elles soient infinies en nombre, elles se terminent par composition en vnité, & constituent ce tout à qui la beauté donne le nõ. Ce seroit chose trop vague, & encor plus alienee de ce qui nous est proposé maintenant, de vouloir raconter les beaux & admirables effects de cest ordre, semez par tous les membres de l'Vniuers. Aussi que sans y employer le temps, ny les paroles ; il suffit d'ouurir les yeux, lesquels de quelque costé qu'on les puisse tourner, sont en vn instant remplis d'admiration. Mais certainement ce qui est de plus singulier, se recognoist en la constitution des polices humaines, & en l'entretenement de

Kk ij

cette focieté, en laquelle on apperçoit
vne fi grande diuerfité de perfonnes, vne
fi grande diuerfité d'efprits, vne fi grande contrarieté d'humeurs, s'vnir d'vne fi
ferme liaifon; que vous diriez que ce n'eft
qu'vn corps animé d'vne feule ame. Tant
de fciences, tant d'arts, tant de meftiers
feruans les vns aux autres, & fe noüants
à vn mefme deffein, formant ceft agreable vniffon, cette belle harmonie, en laquelle on voit les hommes tous employez à glorifier Dieu, & fecourir leur
prochain. L'homme à la verité eft le plus
excellent de tous les ouurages de Dieu,
& comme vn abregé de toutes fes autres
meruelles. Mais qui le confiderera à part,
en folitude, & deftitué du fecours des autres, trouuera que c'eft la plus miferable &
chetiue creature qui foit au monde, &
qui à peine fe peut maintenir vn feul iour
en fon eftre, & fe deffendre des neceffitez, perils & calamitez, aufquelles il eft
fubiect. Au contraire, difpofé par cét ordre politique, & mis en proportion qu'il
doit eftre auec les autres hômes, il cóman-
de à tous les animaux de la terre, il s'é fer-
à fon plaifir, il trouue toutes les creatures faittes pour luy, il baftit les villes

conuoque les assemblees, establit les Royaumes, trouue les arts, inuente les mestiers, compose les sciences, vit en fin en vne vie plaisante, opulête, paisible & heureuse; & est par maniere de dire, comme deifié en terre : *minuisti eum paulominus ab Angelis, gloria & honore coronasti eum domine*. Or cest ordre, qu'à vray dire estoit vne vapeur de la vertu de Dieu, vne influence de sa clarté, vne impression de sa parole, donnee à l'homme en sa creation, qui se conseruoit en luy tant qu'il adheroit à Dieu par l'obeyssance, s'il fust demeuré entier, eust sans doute premierement rendu l'homme parfait en soy mesme : maintenant la droicte raison en son iuste commandement sur les sens & cupiditez : & par consequent aussi rendu les polices constamment heureuses & parfaictes, par la seule inclination que les hommes eussent eu de se bien faire les vns aux autres. Mais la desobeyssance ayant rompu cet ordre, la version ayant peruerty cette inclination, il a fallu que la diuinité soit acouruë au secours de l'infirme deprauation de l'homme, & par le prest & communication d'vne de ses autres puissances, sçauoir est de la Iustice politique, ayt don-

K k iij

né moyen de reparer, finon parfaictemẽt,
au moins en quelque façon, ce qui eſtoit
gaſté & ruiné de ce premier ordre, attendant que la iuſtice eternelle, non ſeulement repare, mais meſme renouuelle
toutes choſes,& aggrege les bãs à ſa gloire. Vous voyez donc en ce tableau noſtre
Iuſtice ſortir des Cieux,& venir au ſecours
de l'ordre enfraint & interrompu. Il reſte
maintenãt que vous remarquiez les linea-
ments de ſon viſage,lequel bien que remply d'infinies graces, ſemble neantmoins
n'eſtre formé que de trois traicts, de l'authorité, de la ſcience & de la volonté, qui
ſe rapportent par quelque proportion,biẽ
que fort imparfaicte,aux trois caracteres
de la Diuinité, l'infinie puiſſance,l'infinie
ſageſſe, l'infinie bonté. De ſorte que s'il
eſt vray que l'homme en ſa perfection ne
ſoit que l'ombre de la Diuinité,nous pourrions dire auec beaucoup de raiſon que
noſtre Iuſtice eſt vrayement la baze de cet
ombre,à laquelle viénent aboutir les principales lignes qui luy donnent & conſer-
uent ſa forme. Mais afin que nous iuſti-
fions (comme nous l'auons promis)que
noſtre crayon eſt ſemblable aux portraicts
qu'ont tiré ces ſaincts Peres inſpirez de

Dieu, examinons en le premier traict sur
leurs originaux: & voyons s'ils ne l'ont
pas formé en sorte que la puissance de la
Iustice procede mediatement ou immediatement de Dieu, & ne reside qu'en
ceux qui y sont legitimement appellez.
Par les mesmes mots par lesquels le sage
Salomon monstre que les Roys ont esté
establis de Dieu, il enseigne aussi que la Iustice par luy leur a esté mise en main, comme inseparable de leur puissance. *Per me*
principes imperant, & potentes decernunt iu-
stitiam. Tellement que la principauté & la
Iustice sortent d'vne mesme source: aussi
tendent à mesme fin, à contenir les hommes en leur deuoir, & les remettre dans
les bornes de la raison. C'est pourquoy le
Prophete disoit, *Constitue domine legislato-*
rem super eos, Vt sciant quia homines sunt. Et
afin que chacun recognust cette authorité
proceder de Dieu, & que personne ne se
l'vsurpast, que ceux qui y seroient legitimement appellez; en l'inuestiture qu'il
en a faicte aux hommes par la tradition de
la loy, il y a apporté des ceremonies pleines de terreur & veneration tout ensemble. Car outre qu'en cet acte il est escrit,
que *loquebatur Dominus ad Moysem facie ad*

faciem ficut folet loqui homo ad amicun fuum,
& faifoit refplendir fur fa face les rayons
de fa diuinité: il voulut d'auantage que le
Ciel & la terre fuffent tefmoing de cefte
inftalation, & jettaffent la frayeur & l'ef-
pouuante au cœur des peuples. *Ecce cœpe-
runt audiri tomitrua ac micare fulgura, & nu-
bes denfiſsima operire montem clangorque buc-
cinæ vehementius perftrepere :* comme s'il
leur euft denoncé que le Ciel & la terre
feroient toufious armez contre la defobeyffance de ceux qui feroient infracteurs
de la Iuftice. Et à vray dire, bien que les
hommes foient affis en la chaire de Iuftice, & parlent vn langage humain, fi pro-
noncent ils le iugement de Dieu, & ne
font là que comme organes de la loy. Et
bien que les Iuges foient eftablis par les
Roys & par les Princes, fi ne fôt-ils pas eftablis pour prononcer la volôté du Prince,
mais celle de la loy. C'eft pourquoy ce
grand Roy Iofaphat ayant eftably les iuges, leur dit, *videte iudices quid facitis, non
enim hominis exercetis iudicium, fed Dei:* ie
me fuis defchargé de la Iuftice fur vous, ce
n'eft point à moy, c'eft à Dieu à qui vous
auez à en rêdre côpte, *qui adducit cofiliarios
in ftultum finem & iudices in ftuporé,* pour ce

faut il que ceux à qui cette sacree authorité est cômise, la recognoissent continuellement de luy, implorent à tous momens
la grace, & le prient de leur suggerer ce
qu'ils ont à prononcer, comme faisoit le
Prophete en ces mots, *Domine de vultu tuo
iudicium meum prodeat.* Or bien que cette
authorité qu'a la Iustice, soit tirée du Ciel,
embelisse grandement son visage & le
remplisse de Majesté, si ne pourroit-on
pas estimer cette beauté parfaicte, si l'ignorance luy auoit creué les yeux, & qu'elle se
commist à la fortune & au hazard, sans
choix & ellection. Il faut donc qu'à cette
puissance soit conioincte la science, en laquelle comme en l'œil sera sa principale
grace. Aussi le Prophete instruisant les
Roys qui manioient la iustice, leur dict,
*Et nunc reges erudimini: intelligite qui iudica-
tis terram:* qui est autant que s'il leur disoit,
il ne vous appartient point d'exercer cette puissance diuine, sinon que vous en soyez capables, que vous ayez cognoissance
du droict diuin & humain. Dequoy la sa-
pience rend puis apres raison en ces mots,
*Dux indigens prudentia multos opprimet per
calumniam.* Car ainsi que l'Architecte qui
voudroit entreprendre de dresser vne

edifice sans auoir en main la reigle & le
niueau, prendroit de necessité quelque
faux allignement, & manqueroit à donner pied ou retraict à son edifice ; de mesme celuy qui sans la cognoissance du droit
diuin,& humain se presenteroit au ministere de la iustice, tomberoit par force en
quelque importante erreur. La regle & le
niueau des Iuges, c'est la loy, c'est elle qui
monstre le chemin de droicture, ne plus ne
moins qu'vne lāpe allumee. *Mandatũ lucer-*
na est & lex lux, & sans elle il ne se peut non
plus iuger droictement, que nauiger sans
l'estoile du Nort. Ce que ce souuerain Le-
gislateur, ce grãd docteur de Iustice Moyse cognoissant, il commande aux Iuges
d'Israël, *vt faciant sibi fimbrias per angulos*
palliorum, ponentes in eis vittas hyacintinas,
quas cum viderint, recordantur omnium man-
datorũ Domini,nec sequantur cogitationes suas
& oculos per res varias fornicantes. Pourquoy ces franges & ces rubans bleus en
leurs vestemens ; en quoy symbolisent-ils
auec l'obseruation des commandemēs de
Dieu,sinon que ceste couleur bleuë signifiast le Ciel dont les loix ont eu leur origine ? Ceste frange signifiast par son continuel branslement, le conunuel exercice

où doiuent eftre les loix, ces rubans mon-
ftraffent que ce font les liens qui nous attachent à noftre deuoir, & nous empef-
chēt de tomber au precipice du vice & de
la defobeyffance : *declaratio fermonum tuo-*
rum illuminat, & intellectum dat paruulis. Si
nous auons à faire quelques fouhaits au
monde, defquels nous puiffions attendre
noftre felicité, il faut defirer la cognoiffance de la loy, c'eft vrayement cette doctrine de laquelle la fapience dit. *Doctrinā ma-*
gis quàm aurum concupifcite. Auffi Moyfe
ayant à partir de cette vie, & abandonner
le peuple Hebreu, pour lequel il auoit tāt
trauaillé, fon dernier Cantique, qui eftoit
bien le chant du Cigne, le plus grand vœu,
la plus ardāte priere qu'il faffe à Dieu pour
la profperité de ce peuple, c'eft, *concrefcat*
vt pluuia doctrina mea, fluat vt ros eloquium
meum, quafi imber fuper terram, & quafi ftilla
fuper gramina. Pour les rendre heureux il
n'a pas fouhaitté que la pluye du Ciel tō-
baft fur leur terre, ny la rofee de May fur
les fruicts : mais il a fouhaité que la fcience degoutaft en leur ame, que la doctrine diftillaft en leurs efprits, c'eft à fçauoir
la fcience de la loy, la doctrine de l'equité,
comme les vrayes femences de la felicité.

Et quels ont esté les effects de ses vœux?
quelle l'issuë de ses souhaits? c'est que tant
qu'ils se sont soigneusement instruicts en
la loy, ils ont esté victorieux & triomphans, comme il est apparu du temps de
Iosaphat. Car l'escriture dit que, *Docebat*
homines populum in Iuda, habentes librum le-
gis domini, circuibant cunctas ciuitates, atque
erudiebant eas. A quoy elle adiouste puis
apres, comme le fruict de cela, *Itaque fa-*
ctus est pauor Domini super omnia regna ter-
rarum per gyrum Iuda, neque audebant pugna-
re contra Iosaphat. Chose merueilleuse cer-
tainemēt, que non la force des armes, mais
l'instruction en la loy, rēdit le peuple d'Israël triomphant & inuincible, & que les
trophees fussent dressez, nō pour les vaillans combattans, mais pour les Religieux
obseruateurs de la loy. Chose dis-ie qui
seroit difficile à croire, si elle n'estoit con-
firmee par la voix du Prophete Daniel, qui
dit, *qui docti fuerint fulgebunt quasi stellæ fir-*
mamenti. Cette authorité qui viēt du Ciel,
ioincte à la science des loix qui procede
d'vne longue & laborieuse estude, sont
bien des traicts fort excellens, mais si tout
cela n'estoit suiuy d'vne ferme volonté de
faire droict à qu'il appartiēt, que seroit ce

qu'vn ouurage imparfait?Tout ainſi que la
Veſtale Poſthumia,bien qu'elle fuſt trou-
uee vierge & chaſte,n'eſchappa pas d'eſtre
notee & blaſmee par le Pontife:*ob ſuſpicio-
nem cultus elegantioris, ingeniumque liberius
quàm virginem deceret : qui eam abſtinere à
iocis colique ſanctè magis quàm ſcitè iuſsit.* De
meſme ſi la vierge que nous peignons auiourd'huy, auoit toutes les autres parties
que l'ō peut deſirer en elle,&qu'elle n'euſt
toute l'habitude de ſa perſōne cōpoſee en
ſainctetè, & teſmoignant vne droicte intention,elle ne ſeroit point vrayemēt cette iuſtice qui doit eſtre aſſiſe icy,elle n'en
auroit que le nom. Il faut doncques,*in lege
Domini ſit voluntas eius* : qu'elle ne ſe con-
tēte pas de ſçauoir la loy,mais qu'elle mette toute ſon affection à la faire obſeruer :
qu'ō cognoiſſe en ſes yeux que toutes ſes
cogitations ſont là fichees : qu'on remarque à ſon geſte que toutes ſes affectiōs ſōt
là tenduës. Bref que ſa cōtenance parle &
prononce auec vn accent paſſionné, *Portio
mea Domine:dixi cuſtodire legē tuā,* afin que
ſon pere qui eſt le pere des lumieres, luy
reſponde, *Dilexiſti æquitatem & odiſti ini-
quitatem , propterea vnxit te Deus oleo lætitiæ
præ cōſortib⁹ tuis.* Alors,alors Dieu aduoüe-

ra vrayement cette iustice côme sa fille : il
luy donnera la dot la plus riche & la plus
precieuse qu'elle puisse desirer, qui est ceste huyle de liesse, qui auec le lustre de la
dignité, signifie la ioye interieure de l'ame
Au cõtraire, si vn cœur tortu, vne peruerse
volonté, vn desir de faire ses affaires aux
despés du public & du mal d'autruy, pense
se trásformer en ceste Iustice, & empruter
ses habits pour vsurper son authorité; aussi
tost Dieu jaloux de ceste sienne fille, de
son œil perçant & tout voyant l'aura des-
couuert. *Peccatori dicet Deus, quare enarras*
iustitias meas, & assumis testamentum per os
tuum? Que s'il se pense deffendre par la cognoissance des loix, par vn long temps &
profond estude, par vne grande subtilité
de doctrine, l'Apostre sainct Paul ne luy
repliquera il pas, *melius erat illis non cognos-*
cere viam iustitiæ, quàm post cognitionen re-
trorsùm conuerti ab eo quod illis traditum est
sancto mandato? C'est dõcques le plus beau
& principal traict de nostre iustice que ce
cœur pur, cette foy non feinte, cette charitable debonnaireté, qui doit reluire en
toutes ses actions : c'est le dernier coup de
pinceau qui acheue son visage, & la fait recognoistre pour ce qu'elle est. Or quel-

qu'vn peut eſtre qui aura ouy tout ce diſcours nous dira, vous auez bien pris de la
peine à nous faire voſtre iuſtice belle:
mais quels miracles faict-elle,& quel pro-
ſit y a il à la ſeruir pour nous perſuader de
nous voüer & conſacrer à elle? car à vous
ouyr parler,il me ſemble que ceux qui ſõt
à ſon ſeruice ne ſoient faicts que pour autruy,& qu'ils doiuẽt abandonner le ſoing
de leur bien pour procurer celuy des autres. Mais nous auons trop dequoy ſatisfaire à leur curieuſe demande, & monſtrer
que merueilleux voirement ſont ſes effets
& dignes de grãde admiratiõ,& nõ moins
profitables neãtmoins & au public, & aux
particuliers qui la ſeruẽt.Eſt ce pas elle qui
eſleue les Royaumes en leur plus haut degré d'honneur ? qui les rend glorieux &
triomphans?ſoubmet à leur empire les nations de la terre, & appelle les peuples les
plus eſloignez pour venir volontairemẽt
ſubir le ioug de ceux qui regnẽt auec la Iuſtice ? *Iuſtitia eleuat gentem, miſeros populos*
facit peccatum. Toutes les voix des hõmes
conuerties en ſouhaits, que peuuent-el-
les deſirer au monde plus heureux que
la paix ! la voulez vous auoir, & auec
elle tous ces biens-là ? ne l'allez pas
chercher bien long : allez droict à la

iustice, vous les trouuerez toutes deux
embrassees, qui s'entrecherissent & s'en-
trebaisent tendrement, sans se pouuoir en
façõ quelconque separer. *Opus iustitiæ pax*
est, & cultus eius silentium, disoit Esaye. Et
où est ce que la iustice met la paix? par tout
où elle entre, aux Royaumes, aux villes,
aux maisons: sans elle les Royaumes ne seroient que brigandages, les villes que fo-
rests, les maisons que cauernes. Qui est-ce
qui garentiroit l'infirme de l'outrage des
plus forts? qui garderoit les pauures des
iniures des riches? qui deffendroit la vef-
ue & l'orphelin de l'oppression du calom-
niateur? qui feroit rédre par les enfans biẽ
souuent impies & discoles, l'honneur deu
à leurs peres? qui asseureroit la pudicité
des mariages contre l'importune audace
de ceux qui les sollicitent? qui sauueroit
la chasteté des vierges des flagitieux artifices de ceux qui les entreprennent? qui de-
liureroit la vie des maistres des desseins in-
sidiaires de leurs valets, si la Iustice n'estoit
tousiours en garde, & ne veilloit cõtinuel-
lement pour tous? Tout ainsi donc qu'vn
Nauire se trouuãt au milieu des ondes dé-
stitué de ramõ, ne se peut cõduire au port,
& iouyr de la bonace & du calme: de mesme la

me la fortune des hommes deſtituee de la
Iuſtice, ne peut iouyr de la tranquilité, ny
gouſter la douceur de la paix. Mais ſans elle, comment ſe peut-elle deffendre des aſ-
ſauts de la guerre? il vaudroit mieux ren-
uerſer les murs d'vne ville aſſiegee, en
prendre les portes, que d'en oſter la Iuſtice. *Iudicia*, dit Salomon, *quaſi veĉtes Vrbiũ*:
ce ſont les verroüils qui enferrent les portes. La Iuſtice ne ceſſe pas ſi toſt, que la violence commēce, & y faiĉt plus de mal que
les ennemis qui l'aſſiegent : teſmoing ce
lamētable ſiege de Hieruſalem deſcrit par
Ioſephe, où l'on voit que la ſedition expu-
gna ce dont vne puiſſante armee ne pouuoit venir à bout. Auſſi la Iuſtice eſt-ce la
meilleure arme dont on ſe puiſſe couurir
contre toutes ſortes de dangers. Celle que
ce grand Maiſtre de camp S. Paul conſeil-
loit auxEpheſiens de veſtir, *ſtate, inquit, ſuc-*
cinĉti lumbos veſtros in veritate, & induite
loricam iuſtitiæ. Ce ſont à vray dire des armes fés qui portent auec ſoy la viĉtoire
certaine, pource qu'elles combattent auec
la dignité:& pource aſſez aſſeuré eſt celuy
qui en eſt couuert:Dieu combat pour luy,
il n'a que faire de craindre ſes ennemis. *Vſ-*
que ad mortem certa pro Iuſtitia, & Deus ex-

L l

pugnabit pró te inimicos tuos. Ce ne sera
point la lampe du fer, l'esclat de l'email, ny
le lustre de l'or, qui nous garantiront au
iour de l'affliction, mais la seule iustice.
Non proderunt diuitiæ in die vltionis ; iustitia
autem liberabit à morte. Si toutesfois nous
contons les richesses entre les biens de ce
móde, si nous y cótons les hóneurs cóme
les ornemens de la vie, si nostre cœur les
desire, & nostre affection les y porte, ne re-
courons point autre part pour les obtenir
qu'à la Iustice, sacrifiez à Dieu sacrifice de
Iustice & vous pouuez tout esperer de luy.
Il n'y a offráde au monde qui luy soit si a-
greable, ny hecatombe qui le puisse si tost
flechir: & impetrer de luy toutes sortes de
biens. *Iustitia accepta est apud Deum magis*
quã immolare hostias. Et si vous vous pouuez
bié asseurer d'vne chose, que les biens que
vous obtiendrez de luy, ne seront point
des biens subiects à l'enuie ny à la malignité des hommes : au contraire seront
suiuis de la benedictió des peuples, & d'v-
ne publique congratulation, *in bonis iusto-*
rum exaltabit ciuitas. Le bon Iob au milieu
de ses tribulations se consolant en la iustice qu'il auoit tousiours sincerement exercee, disoit, *Auris audiens beatificabat me,*
& oculus videns testimonium reddebat mihi,

co quod liberaßem populū vociferantem & pu-
pillū cui non erat adiutor. Et en fin il demeura victorieux de toutes ses afflictions, & ses
biens luy furent tous redoublez, pource
que la Prophetie inspiree de Dieu, ne peut
mentir, *Iustus vt palma florebit, & sicut Ce-*
drus Libani multiplicabitur. Où est-ce ie vous
prie que le Prophete est allé chercher ces
deux comparaisons? qu'a de semblable la
palme, qu'a de sēblable le Cedre à la iustice? sinō que la palme iette ses feüilles dés le
pied, qui l'accōpagnēt iusques à la cime, se
dreßant tousiours en haut sans se courber
sous le poids de son fruict? sinō que le Cedre est suaue & odorāt, & en sa racine & en
son escorce & en son bois? de mesme celuy qui ayme la Iustice, & l'ente sur son
cœur, est heureux, loüable & glorieux en
toutes les parties de sa vie, depuis sa plus
tendre enfance iusques à sa chenuë vieil-
leße. De cela si vous en voulez vn tesmoignage tout clair, escoutez les paroles de Sa-
lomō, qui dit, *Habeo propter hāc honorē apud*
seniores iuuenis, facies principū mirabūtur me,
tacētē sustinebunt, loquētē suspiciēt. Et en vn
autre endroit, *Corona dignitatis senectus, quæ*
in via iustitiæ reperietur, O admirable vertu
dōt les graces ne sont pas seulemēt belles,

mais durables:& passe de l'efance à la ieunesse,& de la ieunesse à la vieillesse. Encores ne demeurent-elles pas là:elles passent
de la vie à la mort,& de la mort à l'immortalité. *Scire iustitiam radix est immortalitatis:*
iustorum animæ in manu Dei sunt & non tāget
illos tormentū mortis: visi sunt oculis insipientiū
mori,& æstimata est afflictio exitus illorū,illi
autem in pace sunt, & si coram hominibus tor-
menta passi sunt,spes illorū immortalitate ple-
na est. Quoy dōcques?courages genereux,
esprits ingenus, ames bien nées, qui estes
icy assemblez pour le solemnel seruice de
la Iustice , voyans son image telle qu'elle
vous a esté representee,oyans les miracles
qu'elle faict,demeurez vous engourdis en
vne morne paresse,enseuelis en vne molle
langueur? ou si espris des rares beautez de
son visage, & touchez de l'admiration de
ses effects, vous vous r'animerez d'vne
nouuelle vigueur,& redoublerez vos forces pour emporter le prix qu'elle vous
propose à tous? A tous dis-ie:car en quelque degré que vous la seruiez, vous luy
estes tous chers:à son seruice il n'y a point
de rang qui ne soit fort honorable. Et cōme en la maison des Roys & des Empereurs les offices de l'estable ; de la panne-

ærie ; de l'echançonnerie , qui ailleurs sõt
cõtéptibles, sont grãds & illustres, & participent beaucoup de la dignité du Prince;
ainsi en la maisõ de la Iustice, il n'y a point
de petites charges, ny dõt le loyer soit petit à ceux qui s'é acquitét dignemét. Vous
vous cõsumez la pluspart du téps en souhaits , vos paroles ne sont que des vœux,
vos soupirs que des desirs. O si i'auois cecy, ce dit l'vn, ô si ie pouuois faire cela, ce
dit l'autre: & voicy vostre fortune qui vous
offre le cõble de tous vos desirs. Faute de
tendre la main pour receuoir ses presens,
demeurez vous priuez de tout ce que vos
souhaitez? Car pour l'auoir il ne faut qu'a-
uoir la Iustice. *Quærite primùm regnum Dei
& iustitiam eius, & omnia adiicientur vobis.*
Elle est sans doute le vray elixir qui cõuer-
tit tout en or, non en vn or terrestre & materiel, mais en vn or affiné & espuré, qui a
puissance de cõseruer toutes choses en la
perfection de leur estre. Elle est cét or que
l'Ange persuade à l'Eglise de Laodicee à
iamais, *Suadeo tibi emere à me aurum ignæ pro-
batum vt locuples fias, & vestimentis albis in-
duaris & non appareat confusio nuditatis tuæ.*
Il faut à la verité pour tirer cét or, la
force du feu & l'ardeur des flammes.

L l iij.

C'est à dire que nos cœurs bastis de foy
& embrasez de charité, nous seruent de
fourneau, dont nous puissions faire monter iusques au Ciel nos ardentes prieres,
qui arrestees & congelees dans le sein mi-
sericordieux de celuy, *à quo est omne datum*
optimum, & omne donü desursum descendens,
puissent redescendre & distiller sur nous,
conuerties en pluye abondante de ses graces & benedictions.

A L'OVVERTVRE DV
Parlement de la Sainct Remy,
mil six cents deux.

LA nature qui nous a reseruez à ce siecle, comme à la vieillesse du monde,
nous a donné cet aduantage sur ceux qui
sont passez deuant nous, qu'il semble que
leurs vies n'ayent esté qu'vne escolle pour
instruire les nostres. De sorte que quand
nous venons à entreprendre quelque honorable ou serieuse action, & que nous
desirons sçauoir comment nous nous en
pourrons dignement acquitter, nous n'a-
uons qu'à tourner les yeux en arriere, &

repaſſer ſur les exemples de la venerable
antiquitéenlaquelle nous trouuons abon-
damment dequoy bien faire, en imitant
ceux deſquels le nom & la vertu vit encor
en la memoire des hommes. Et pource
Aduocats, la ſolemnité de ce iour nous
obligeât de vous r'appeller auec quelque
digne ceremonie à cette pompeuſe monſtre, à cette ſaincte Iuſtration, à ce religieux ſerment : ie vay cherchant de l'œil par
les regiſtres de l'Hiſtoire ancienne, ſi ie
trouueray point quelque memorable exē-
ple qui puiſſe rehauſſer la dignité de cet
acte, & vous en imprimer en l'eſprit bien
auant la reuerence. Et à peine en trouue-
je qui me ſemble plus propre que celuy
de Fabius Rullianus, lequel (à ce que Pline rapporte) inſtitua à Rome, que le
quinzieſme de Iuillet, qu'ils appelloient
les Ides, les ieunes gens de la ville mon-
tez ſur des cheuaux blancs, s'aſſemblaſ-
ſent au temple d'Honneur, & de là partiſ-
ſent pour s'aller rendre au Capitole deuant le temple de Iupiter, *vt ante oculos re-*
ligio & Iupiter optimus maximus frctiores
& magis obnoxios redderet ad parendum.
Puis que de meſme cette iournee vous
r'amene en ce lieu, en ce Capitole dis-je,

in hoc sacrarium imperialis oraculi, plenū hor-
rore tranquillo, & pauore venerabili, comme
dit Ausone pour y appeller Dieu en tes-
moing de la ferme resolutiō & fidelle volonté auec laquelle vous vous deuoüez &
consacrez au seruice & ministere de la Iustice, d'où pourriez vous mieux faire vostre partance, & prendre vostre volee que
du temple d Honneur ? Mais pource que
ny la magnificence de nos Princes, ny l'artifice de nos Architectes ne nous l'ont
point basty, que nos carrieres ne nous
fournissent point de colomnes pour le
soustenir, ny de marbres pour l'enrichir,
il faut qu'auec ma telle quelle parole ie le
dresse en vos esprits, afin que sa veneration vous soit non seulement vne droicte
guide, mais encore vne seule garde au
chemin que vous entreprenez auiour-
d'huy. L'honneur à le considerer exactement, & selon que le definit l'escolle, n'est
autre chose qu'vne recognoissan e & protestation de l'excelléce qui est en la chose
honoree. Car tout ce qui est paruenu à ce
poinct, iette hors de soy vn lustre & vn esclat qui attire à soy l'esprit de l'homme, &
par vne secrette & douce violéce, le soub-
met à l'honorer & reuerer. Mais comme

entre les chofes, les vnes font beaucoup
plus excellentes que les autres, auffi meri-
tent-elles beaucoup plus d'honneur : perfonne ne doute que l'homme ne foit l'excellence de la nature mortelle, que l'ame
ne foit l'excellence de l'homme, que la
vertu ne foit l'excellence de l'ame, & que
la Iuftice ne foit l'excellence de la vertu. Si
donc maintenant nous monftrons que de
tous ceux qui font employez au feruice
de la Iuftice, il n'y en a point qui participent dauantage à fon excellêce, qui main-
tiennent plus la dignité, qui augmente tãt
fa veneratiõ, qui accroiffent fi fort fa puiffance & fon Empire que les Aduocats, ne
vous aurons nous pas dreffé vn temple
d'Honneur? Ne vous aurons nous pas pofé dedans au lieu plus eminent ? Ie preuoy
bien que prou d'efprits venãs à examiner
cefte propofition fe laifferont esbloüyr
les yeux par l'efclat de la pourpre qu'ils
voyent reluire en ces fieges plus hauts,
par les fumees de l'ãbitiõ, & par les broüil-
lars des affections populaires, qui ne s'attachent qu'à l'apparence bien fouuent,
ou fauffe, ou vaine. Mais ie les prie de
s'efcarter pour vn peu du vulgaire profane, fe retirer à quartier de ces fombres

nuages de vaines opinions, & au trauers
de la ferenité des difcours & axiomes de la
philofophie, y contempler la verité de ce
probleme, & ils le verront entierement
refolu à leur aduantage. N'eft-ce pas vne
maxime fort certaine & fort conftante,
que celuy qui poffede vne chofe de fon
droict à part foy, y a bien plus grand part
que les autres qui ne l'ont que par communication d'autruy ? Et, qui ne fçait que
l'authorité qu'ont les Iuges en l'exercice
de la Iuftice, n'eft rien qu'vn ruiffeau de
celle du Prince, deriuee en eux par fa grace, & qui ne maintient fon cours que par
le flux continuel de fa puiffance ? que la
lueur de leur dignité ne fubfifte que par la
reflexió de la fienne, non plus que la clarté de la Lune par l'afpect du Soleil?laquel-
le s'obfcurcit & s'efteint fi toft qu'elle en
perd l'obiet & influence ? Au contraire
l'authorité & dignité d'vn bon Aduocat
procedant de fa propre vertu, ne depend
que de luy mefme. Car quand les labo-
rieufes eftudes la luy ont vne fois acquife,
elle luy appartient incommutablement,
fans que perfonne luy en puiffe rien diminuer. Et quand on dira, d'auantage, que
l'authorité des Iuges releue, & depend de

celle des Aduocats, qui la pourra nier?
Ceux qui sçauent comme l'on vit en ce
theatre public de la Iustice, recognoissent
ingenuement que les Iuges y seroient du
tout inutiles & sans fonction, si les Aduocats ne venoient à leur secours, & par leur
industrie & laborieux trauail ne leur des-
couuroient la verité cachee & desguisee
par les artifices des plaideurs, & l'equité
ployee & comme abysmee dans les gouf-
fres & fondrieres de la chicanerie. Il est biē
aisé, apres que la mine est tiree de la terre,
qu'elle a passé par les lauoirs qu'elle a
souffert la coupelle, qu'elle a esté marquee
du coing du Prince, de iuger de sa valeur: le moindre du peuple le sçait faire:
voire mesme il n'est plus loisible d'en
douter: rejetter la marque publique, ce
seroit blesser l'authorité du Souuerain.
Aussi apres que la Iustice & l'equité ont
esté exprimees par la force du discours,
purifiees par le feu de la raison, qu'elles
ont pris couleur par la chaleur d'vne viue
oraison, qu'elles ont esté marquees sur
la touche de la loy, quelle authorité demeure il aux Iuges de la pouuoir reiet-
ter, sinon auec leur propre infamie, rendant nul tout ce qu'ils font, se soubsmettāt

à la cenfure de toute cette affemblee, qui
a les yeux & les oreilles ouuertes pour iuger des Iuges & de leurs iugemens. Les
Aduocats, dira quelqu'vn, n'ont point de
puiffance fur la vie & fur les biens des hômes. Mais au contraire ie dis, qu'elle depend d'eux plus que de perfonne du monde. Qui eft celuy fi innocent en ce monde, auquel quelquefois la calomnie ne
s'attache, & que par artificieufes fauffetez
elle ne iette vn manifefte peril de perdre
l'honneur & la vie? Qui eft celuy qui a fon
patrimoine à fi bon tiltre & fi bien affeuré,
qu'il ne puiffe craindre les rufes d'vn notable broüillon, qui le iettera dans les pie-
ges de la chicanerie? *Hunc expulit alter, Il-*
* *lum nequities & vafri infcitia iuris.* Mais
l'Aduocat accourant à fon fecours, armé
* de ces deux grands & puiffans traicts, l'e-
rudition & l'eloquence, le tire de la foule,
le met en faureté, contraint les Iuges de
luy prefter l'authorité publique pour fa
protection & deffence Tellement que fi la
pureté de noftre Religion ne nous empef-
choit d'vfer des termes des anciens, nous
pourrions à bon droit appeller les Aduocats les Dieux tutelaires de la Iuftice &
de l'innocence. Ælian efcrit que Meno-

crates, celebre Medecin de Syracuse,
apres auoir guary les malades ne leur demandoit autre salaire, sinon qu'ils l'appel-
lassent leur Iupiter, & qu'ils se nommas-
sent ses esclaues. Ambition trop grande
voire impie, & qui le rendoit indigne de
tout honneur, puis qu'il le recherchoit
sans mesure. Mais certainement vn bon
& fidelle Aduocat, sans le demander acquiert bien sur ceux qu'il deffend, de quelque qualité qu'ils soient, tous les plus
hauts titres d'honneur qu'on sçauroit desirer, puisque la loy mesme luy donne celuy de patron, & que les parties qui se iettent entre ses bras prennent celuy des
cliens : noms qui portent marque d'Empire & domination d'vn costé, & image de
seruitude de l'autre. Mais quelqu'vn de-
mádera, où sont les Huissiers, où sont les
licteurs des Aduocats pour designer leur
auctorité, & pour les faire obeir ? Obie-
ction qui pourra estre tolerable en la bouche des ignorans, & non pas de ceux qui
auront leu dans Homere ; que quand
Vlysses vouloit harãguer, Minerue Deesse des armes aussi bien que des sciences, se
trãsformoit en herault, & marchoit denãt
luy. Apres cel., il ne falloit point demãder

qui eſtoient les executeurs de ſes commandemens : car autant d'hommes qui
l'oyoient, eſtoient autant d'eſclaues qu'il
menoit enchainez par les oreilles, qu'il
pouſſoit, voire precipitoit à l'executiõ de
tout ce qu'il leur propoſoit : ne plus ne
moins qu'vn fort & impetueux vent pouſſe les vagues de la mer, car ainſi le Poëte
en parle-il, χίνθη δε ἀγορή ὡς κύματα μάκρα θα-
λάσσης. Ceux qui auoient ouy ce grand De-
moſthene, *quem mirabantur Athenæ Tor-*
rentem & pleni moderantem fræna theatri de-
mandoient ils où eſtoient ſes huiſſiers, &
les executeurs de ſes mandemens: Si vous
le demandez à Luciã, au liure qu'il a compoſé en ſa loüange, il vous dira que c'e-
ſtoient ἀσραπαὶ καὶ βρονται, les foudres & les
eſclairs. Car il frappoit les oreilles des au-
diteurs auec vne parole ſi viue & ſi aiguë
que l'aiguillon en demeuroit dans leur
ame: tellement que *tanquam Oeſtro percitis*
ils n'auoient repos qu'à meſure qu'ils ac-
quieſçoient à ſes volontez. Mais afin qu'il
ne ſemble que nous allions rechercher
bien loing dans les Poëtes & dans les Hi-
ſtoriens, des preuues de ce que nous vous
propoſons pour n'en auoir chez nous
de ſuffiſantes, nos loix meſmes ne confir-

ment-elles pas en propres termes ce que
nous venons de vous dire ? ne iugent elles pas que la perfuafion eſt plus grande
& plus violente que celle de la viue force ? & que *perſuaderi eſt pluſquam compelli*
& cogi ſibi parere, ſelon l'opinion de noſtre Vlpian ? Peut-on dire doncques, que
ceux qui ont la perfuafion, n'ayent pas la
vraye authorité ? Quant à l'honneur & à
la dignité, voyons lors que les meſmes
loix ſont venuës à la partager entre les
Iuges & les Aduocats, à quelle portion
elles les ont diſtribuees, & nous trouue-
rons qu'elles ont eſgalé les vns aux autres & ont r'amené dans le barreau auec
des eloges d'honneur, & conſolations de
gloire ceux qui apres auoir manié les plus
grandes charges, & geré les plus grands
Magiſtrats, deſdaignoient ceſt honorable meſtier, comme s'il euſt eſté au deſ-
ſous des offices qu'ils venoient d'admini-
ſtrer. Et pour ceſt effect l'Empereur Va-
lentinian en la loy *quiſquis de poſtulando,* au
Code parlant à eux leur dit: *Nec quiſquam*
honori ſuo detractum putet cùm ipſe elegerit
neceſſitatem ſuadi, & neglexerit ius ſedendi.
Si i'auois icy à vous ramenteuoir combiē
d'Empereurs ſont deſcendus de leurs

trofnes, combien de Confuls de leurs fieges durant leur Confulat pour entrer dedans le barreau, & plaider les caufes
de leurs amis, ce feroit vne hiftoire trop
longue, & que l'heure ne pourroit pas
porter, laquelle auffi ie lairray pour l'a-
uoir touchee ailleurs. Seullement vous
diray-jeque cen'eft point merueille qu'ils
l'ayent fait ; car les grands efprits eftans
naturellement defireux d'honneur & de
gloire : & celle qui prouient des actions
de l'entendement eftant plus illuftre que
celle qui procede des exercices du corps,
quel autre trauail pouuoient-ils choifir
plus capable de leur en acquerir ? En quel
plus celebre endroit fe pouuoient-ils ex-
hiber qu'en cette eflite des beaux efprits,
en cette affemblee des doctes, en cette
foire frequente de fcience & d'erudition ?
Où pouuoient-ils mieux oftenter leur inclination à la beneficence, la vigueur de
leur efprit, la grandeur de leur erudition,
la force de leur eloquence, vertus que les
Empereurs n'ont pas moins affectees que
leurs victoires & leurs triomphes ? Et à
vray dire, quel chant de triomphe eft plus
glorieux que ce doux murmure qu'on oit
fe leuer en ce barreau en l'aplaudiffement
d'vne

d'vne grande & genereuse action ? quand
les esprits des escoutans, estonnez de vostre erudition, rauis de vostre eloquence,
soufleuez de ie ne sçay quel ayse, meslent
l'admiration parmy la bien-vueillance, &
en formēt vne voix d'honneur, ils se vont
sortans d'icy, respandre parmy les peuples ? De sorte qu'en quelque lieu que
vous alliez, on vous monstre au doigt, &
chacun tirant son compagnon par la mā-
che luy dict, c'est celuy là. Vn iour Aristi-
des estant au theatre d'Athenes, où Es-
chile representoit la tragedie d'Amphia-
raus, comme le Chœur vint à prononcer
ces vers icy.

Il ne veut pas sembler iuste, mais l'estre,
Gardant Iustice en ce profond penser
D'où nous voyons ses sages conseils naistre,
Pour le profit par l'honneur balancer.

Aussi tost tout le peuple tourna les yeux
sur luy, auec vn certain murmure, comme
s'ils eussent tous dit d'vne voix concer-
tee, c'est de celuy-là, c'est de celuy-là
que cela se doit dire. Croyez de mesme,
que quand vous auez estalé icy vostre integrité, vostre erudition, vostre eloquence, en tous les endroicts où il se parle de la vertu, on vous allegue pour exē-

M m

pie : & fi vous eftes prefens on iette auffi
toft les yeux fur vous. Qu'ô me die maintenant, quelles lettres d'offices peuuent
donner ces titres d'honneur, & deferer
cette gloire principalement en ce temps,
Vbi ambtio iam more fanĉta eft, & libera à
leg bus, comme dit Plaute, & où les pro-
uifions des Magiftrats font plus marques
de l'argent qu'ils ont debourfé que de la
fuffifance qu'ils ont acquife ; Mais pofons
le cas que ceux qui font pourueus des
charges les plus honorables ayent auec
l'authorité que le Prince leur donne, &
l'erudition & l'eloquence, telle que le
meilleur Aduocat du barreau la peut
auoir : pour cela peuuent-ils efperer le
mefme honneur & la mefme gloire ? Ils
auront ces belles parties -là, *fed tanquam*
gladium in vagina reconditū, fans le pouuoir
defployer ny employer. Toutes les aĉtiôs
des Iuges fe font à l'ombre, à l'obfcur, entre des murailles, fans monftre, fans ornement : fans appareil, fans autre theatre
que celuy de leurs côfciêces. A vous feuls
il eft permis de fe produire à la lumiere, d'e-
ftaler en public les richeffes que vous auez
lenees de toutes les nations eftrangeres,
que vous auez reconuertes de tous les lie-

cles paſſez, & toutes les inuentions que
voſtre induſtrie vous fournit. Bref à vous
ſeuls il eſt permis de ſe faire cognoiſtre, &
par conſequent à vous ſeuls l'honneur eſt
reſerué. O diuin honneur! precieux loyer
de la vertu, ſacree participation de la diuinité, doux ſoulas de nos peines, agreable
conſolation de nos labeurs ? les rayons de
voſtre ſplendeur ſont ils moins luiſans auiourd'huy que les ſiecles paſſez ? voſtre
eſclat a-il moins d'attrait qu'il n'auoit anciennement ? Où ſont les cœurs des hommes qui ſont plus endormis, & moins aſpres à cueillir vos couronnes ; L'exemple
de tant de grands perſonnages qui ont
pendu en ce temple d'Honneur les reliques de leur memoire, n'eſchaufferont ils
point vos eſprits pour les eſleuer au deſir
de ceſte gloire, à laquelle chacun peut
prendre part à la meſure de ſa vertu ? Mais
afin que l'on ne vous accuſe pas que nous
vous pouſſions inconſiderément à vn chemin, lequel à la verité a ſon iſſuë fort belle; mais eſt bordé de dangereux precipices, auſquels tombent bien ſouuent ceux,
qui portez d'vn ardeur indiſcrette vont
leuant le nez en haut ſans regarder à leurs
pieds : il eſt raiſonnable que nous vous

donnions quelque addreſſe, pour euiter
les faux pas qui vous pourroient faire
trebucher, & vous eſloigner de l'honneur, en vous en voulant trop precipi-
tamment approcher. A cela il me ſemble
que l'inſtruction qui ſe peut tirer de ce
que raconte vn Sophiſte Grec, vous
pourra fort ſeruir. Il dict que Iupiter ayât
eſlargy aux hommes tant d'autres graces, il voulut pour comble de ſa beneficence, leur permettre l'entree de ſon cabinet, où l'honneur & la gloire eſtoient
en reſerue. Il donna charge à la ſcience, comme à celle qui ſçauoit mieux les
addreſſes, d'y conduire les hommes : mais
ayant cogneu qu'elle y introduiſoit des
perfides, des auares, des impudens & vitieux qui la ſuiuoient, ne voulant point
voir telles gens pres de ſoy, il luy adioi-
gnit pour compagnie, & par forme de
controlle, la pudeur, pour prendre garde que nul qui voudroit entrer en ce ſa-
cré threſor, n'y portaſt rien digne de ce
lieu. Cela veut dire, que la pudeur & la
modeſtie ſont les vrayes gardes de l'honneur : que ce ſont celles qui en ouurent la
porte, & ſans leſquelles on n'en peut approcher. Nos mœurs qui en leur ſim-

plicité n'ont pas moins de bonne inſtruction que les fables des anciens Grecs
& Latins, ont introduit en noſtre commun langage, que nous vſons indifferemment, comme de ſynonimes de ces deux
termes d'honneur & pudeur, comme ſi
nous voulions faire entendre que l'vn ne
peut aller ſans l'autre. Auſſi faut-il qu'au
meſme temps que le deſir nous porte à
choſes honorables, la pudeur nous retire
de toutes actions cótraires, nous les faiſât
hayr & abhorrer. C'eſt pourquoy Caſſius
Parmenſis deſcriuant les braues eſlans de
ſon Orphee, tendant au plus haut poinct
de la gloire, luy fait faire ſa premiere de-
marche par la pudeur *Mox pudor exardens*
& gloria dulcis honeſti luſibus auertit puerili-
bus. Et au contraire Virgile deſcriuant ſa
Didon, qui deuoit abandonner l'honneur
& la vertu, luy fait premierement abandonner la pudeur, *ſpémque dedit dubiæ men-*
ti, ſoluitque pudorem. Tant qu'elle preſide-
ra dans voſtre ame, elle ne permettra
point qu'aucune mauuaiſe intention y
loge, qu'aucun menſonge ſorte de voſtre bouche : que l'auarice ſoüille vos
mains : & toutes & quantes-fois qu'il ſe
preſentera ſuiet qui veüille tenter voſtre

conscience, la pudeur paroistra sur vostre front : vous aduertira que vous vous esgarez de la voye de l'honneur & vous rédez incapables d'y pouuoir arriuer. Mais il la faut garder auec vn grand soing : car elle est de soy fort fragile : & en ceste vie tumultuaire du Palais & du barreau, où affluent de tous costez les coleres, les malices, les iniquitez des hommes, elle reçoit de grands heurts, & par la contagion des parties est souuent entamee, *Nos qui in Veris litibus versamur*, disoit Pline, *in foro multùm malitiæ etiam nolentes addiscimus.* Elle a d'autre costé vne estrange proprieté, c'est qu'elle est comme la virginité: depuis qu'elle est vne fois perduë, elle ne se repare iamais : *nescit redire cùm semel perit pudor*, & ceux qui la perdent ressemblent proprement à celuy qui tombe d'vn precipice, depuis qu'il a faict le premier faut, il ne cesse de rouler iusques à ce qu'il soit tout à bas, *Inclinatis semel in vitium animi, nulla ruina deformis est.* A la verité nous vous proposons en ce faisant beaucoup de peine & de sollicitude de contenir vos yeux, vos bouches, vos mains parmy les grandes agitations qui sont en vostre mestier : contre les violentes secousſes que vous donne, & la malice & l'indiſcretion des parties pour qui vous eſtes, , mais non pas ſans beaucoup de conſolation, puiſque outre les autres loyers que les loix vous ordonnent, vous auez encor vn ſi grand & riche ſalaire, qui eſt celuy de ceſt ineſtimable honneur. Penſez que ce que Ciceron diſoit d'vn grand Iuriſconſulte de ſon temps, eſt dit de chacun de vous, de ceux dis-ie qui auec vne ferme reſolution s'attachent à bien faire. Il repreſente fort naïfuemēt en ces mots, la peine qu'il auoit enduree : *Hanc Vrbanam militiam reſpondendi, ſcribendi, cauendi, plenam ſollicitudinis & ſtomachi ſequutus eſt, ius ciuile dicit : multum vigilauit, laborauit, multis præſto fuit, multorum ſtultitiam perpeſſus eſt, arrogantiā pertulit, difficultatē exorbuit, vixit ad aliorū arbitriū non ad ſuum.* Voila à la verité beaucoup d'anxieté & de faſcherie : mais auſſi il adiouſte pour les ſuccez, *Magna laus, gratia hominibus, vnum hominem elaborare in ea ſcientia quæ multis profutura eſſet.* A meſure doncques que les peines, les ennuis, les faſcheries vous accueilleront, ditres tout bas en vous meſmes, *Magna laus, &c.* Remettez vous deuant les yeux cét honneur que vous

acquerez : imaginez-vous fa fplendeur
qui vous enuironne, illuftre voftrenom,
& le porte par les prouinces les plus efloignees au trauers des fiecles à venir. Repre-
fentez vous cette bien-veillance publique
qui vous fuit, & particulierement celle de
tant de gens dont vous affermiffez la fortune, releuez les cheutes, confolez l'affli-
ctiõ : & il vous arriuera, ou ie me trompe, ce
qui aduint aux vieillards de Troye, qui
ennuyez de la longueur de la longueur de
la guerre deteftoient Helene qui en e-
ftoit caufe, & difoient qu'il la falloit abã-
donner : mais cóme elle viét à paroiftre deuant eux, & que l'efclat de fa beauté leur
eut donné dans les yeux, ils changerent
d'aduis ; & fe regardans l'vn l'autre dirent
entr'eux :

οὐ νέμεσις τρῶας καὶ ἐν κνήμιδας ἀχαίνε
τοίης ἀμφὶ γυναίκος πόλλιν χρόνον ἄλγεα πωσχείν.

La lueur de cette gloire, qui ne vous peut
manquer en bien faifant charmera tellement vos peines, adoucira tellement vos
labeurs, vous remplira de tant de ioye &
de contentement, que vous confefferez
ingenuëment qu'on ne fçauroit trop endurer pour vn fi precieux loyer : & croyez
fermement ce que vous auez peine main-

tenât à imaginer, qu'il n'y a point en la Iuſtice, ny peut eſtre en tout le reſte de la po
lice humaine, vn ordre ny plus honnorable ny plus heureux que le voſtre.

A L'OVVERTVRE DV
Parlement de la ſainĉt Remy.
1603.

SI la nature nous euſt engendrez dans
le creux obſcur de quelque profond
abyſme, & nous y euſt eſleuez iuſques à
l'aage de cognoiſſance : & que puis tout à
coup entr'ouurant le ventre de la terre, elle nous euſt tirez ſur la face d'icelle & ex-
poſez à la lumiere, vne grande admiration
ſans doute nous auroit incontinent ſaiſi
l'eſprit, & conuerty nos ſens, nos paroles
& nos pêſees à teſmoigner l'aiſe & le plaiſir qu'il y a en la ioüyſſance d'vn ſi grand
bien. Mais pource que ſi toſt que nous
ſommes nez le Soleil nous donne dans les
yeux, & que nous ſommes accouſtumez à
voir ſa gaye clairté, auât que nous ayons
le iugement de comprendre ſon excellen-

re nature, nous le voyons tous les iours,
non seulement sans l'admirer, ny à peine
obseruer d'où il se leue & où il se couche,
tant le mespris est ordinaire aux hommes
des biẽs qui leur sont trop familiers, quelques grands & pretieux qu'ils soient. Bien
s'il aduient quelques fois que sa face soit
eclypsee, & sa lumiere entreprise par l'op-
position de la Lune, sortons nous de nos
maisons tous estonnez, & les yeux fichez
le regardons plus esmeus de son obscurité
que nous n'auions esté de sa clarté. Que si
lors touchez d'vn curieux desir, nous nous
enquerons comme cest accident est arriué, & trouuons quelqu'vn qui nous le fasse
comprendre, nous enseignãs la nature de
ce bel Astre, son cours par la ligne eclip-
tique, ses diuers mouuemens, ses inclinations vers les tropiques, ses apogees, &
epigees, ses aspects vers les autres signes,
& les effects merueilleux qui en sont pro-
duicts, nous l'admirons lors à bon escient,
& admirons encore dauantage nostre stu-
pidité premiere, qui ayãt eu si long temps
vn si excellent object deuant les yeux, n'a
daigné en contempler l'excellence, que
quand le manquement de la lumiere l'y a
inuitee. Ie me doute qu'il vous en arriue

de mesme en l'aspect & contemplation de
ce grand & lumineux Soleil des polices
humaines: de la Iustice veux-ie dire. Certainement si la fortune de vostre naissance
vous eust engendrez parmy les peuples
sauuages, où vne violence brutale gouuerne toutes les actions des hommes, où le
plus fort vole le plus foible, l'outrage & le
mange, & que vous vinssiez puis apres ha-
biter en ce pays où la loy contient vn chacun en son deuoir, entretient la paix parmy les citoyẽs, nourrit & fomente les arts
& les sciences par la douceur du repos, &
par la Iustice, retributiõ du loyer que merite leur labeur, ô que vous loüeriez &
estimeriez cette Iustice qui adoucit si mer-
ueilleusement la vie humaine. Mais pource qu'en naissant vous la trouuez establie,
pource que la splendeur luit ordinairemẽt
à vos yeux. que vous receuez continuellement sans vous en trauailler, & quasi sans
y penser, les fauorables influences de sa
vertu, à peine daignez vous leuer les yeux
pour la regarder: tant s'en faut que vous
luy vouliez rendre l'honneur & le respect qui luy est deu, sans lesquels neantmoins elle ne vous peut ny bien pro-
fiter, ny donner tout le plaisir & con-

tentement que vous deuez esperer de sa
ioüyssance. C'est pourquoy à mon aduis
la loy & l'ordónance qui guide son cours,
comme la nature faict celuy des Astres, a
voulu que quelquefois elle s'eclypse &
desrobe de vos yeux, afin de recueillir par
ceste nouueauté vos pensees , & exciter
vos desirs à recognoistre son excellente
nature, & l'immense obligation que vous
luy auez. Elle la faict doncques disparoi-
stre pour vn téps de dessus ce theatre, luy
voile la face & obscurcit ses rayons : mais
si tost que la necessité a engendré en vous
la curiosité de la rechercher, que vous
vous estes disposez à desirer sa veuë, elle
la vous rameine plus braue & plus pom-
peuse qu'auparauant , & vous introduit
quant & quant en ceste magnifique Scene
vn eloquent paranymphe, qui secondant
vos desirs vous explique sa nature, vous
expose sa puissance, vous represente sa dignité, vous faict entendre son vtilité. C'est
ce beau & elegant discours que vous auez
ouy maintenant battre à vos oreilles. Et
pource qu'ordinairement ceux qui regardent leuer quelque grãd poids, ou remuer
quelque pesante machine , & principalement ceux qui sont proposez à la condui-

ste de l'œuure, ont accoustumé auec vn
cry, & vne voix que les Grecs & Latins
d'vn mot commun appellét *celeuma*, aydez
l'effort des ouuriers, voûlant à leur exéple
seconder la voix de ceste genereuse pouf-
fee; auec laquelle ils releuent la dignité de
la Iustice, ie n'ay rien iugé de plus propre
qu'vn discours qui vous reprefentaft l'excellence des Magistrats fouuerains, que
vous voyez affis en ce theatre Royal, l'hôneur, le refpect & l'obeyffance qui leur eft
deuë, & le bien qui vous en reuient. Chofe eftrange à qui la confidere attentiuement, que les hômes portent tous mefme
vifage, ayêt mefmes bras, mefmes iambes,
bref foient compofez de mefme forme,
& neantmoins qu'entr'eux il y en ayt
quelquesvns, aux pieds defquels les autres
viennent apporter leur bien, leur honneur, leurs vies pour en difpofer felon
qu'ils iugent raifonnable. Mais encore plus eftrange de ce qu'ils y viennent
volontairement, de ce qu'ils fouffrent patiemment ce qui eft par eux ordonné, de
ce qu'ils honorent, & reuerent la main dé
celuy qui leur ofte le bien qu'ils poffedent
pour le bailler à vn autre, de ce mefmes
qu'au fupplice le coulpable remercie bien

souuent celuy qui luy oste la vie.Et neantmoins ce sont là les effects ordinaires des Magistrats souuerains, principalemēt lors qu'ils sont recogneus exercer leurs charges auec sincerité & integrité. Dequoy nous pourrions alleguer plusieurs belles raisons, tirees de la subtile recherche des speculations naturelles : mais l'esprit de Dieu qui reuele aux hômes les plus vrays & plus profonds secrets de la sapiéce,nous releue de cette peine, quand il nous apprend que toutes les puissances procedent de luy,& particulierement & plus que les autres celle des Iuges souuerains. Aussi apprenons nous par l'escriture, que Dieu ayant choisi Moyse pour la conduitte & gouuernement de son peuple,il luy donna non seulement la puissance de iuger sur iceluy, mais encor fit decouler en luy par vne grace speciale, vn esprit particulier, pour luy fournir de la sagesse & discretion necessaire à ceste tant haute & tant arduë function. Et Moyse estant deuenu vieil, & ayant prié Dieu de le descharger de cet exercice de iuger, & le commettre à d'autres, il retira son esprit de luy,& le distribua à ceux qui furent esleus pour cét effet. Salomon ayant succedé au Royaume de

son pere, ne pensa pas auoir le Sceptre, recueilly la faculté de dignement exercer la
iudicature, qu'il ne l'euft impetree de Dieu
par vn vœu & priere particuliere qu'il en
fift ; à laquelle Dieu luy refpondit. *Quia nõ*
pet ſti à me dies multos, nec diuitias, aut animas
inimicorum tuorum, ſed poſtulaſti tibi ſapien-
tiam ad diſcernendum iudicium, ecce feci tibi
ſecundum ſermones tuos. Ce n'eſt pas merueille ſi la prudence eternelle qui a entrepris la conduitte & gouuernement du
monde qui contient toutes choſes en leur
ordre & decence, pour le bien de l'vniuers,
s'influë continuellemẽt en l'eſprit de ceux
qui luy feruent de principaux inſtrumens
à maintenir les polices humaines, qui font
les precieux ornemens de tout ce monde
terreſtre. Car ſi ce que dict Homere eſt
vray, que Dieu de iour en iour donne vn
nouuel eſprit aux hommes, pour pouruoir
à leurs affaires particulieres : combien
eſt il plus croyable qu'il le donne à ceux
qui font occupez aux publicques, qui
de leur feul fens ne pourroient iamais
gouuerner tant d'hommes, veu qu'à peine vne feule peut elle fuffire à gouuerner vn feul corps. Auſſi le Philoſophe Themiſte deſcriuant la nature &

condition du Magiſtrat, l'appelle ἀποῤῥοίω
ἔκτινης θείας φύσεος comme vn degouſt de la
nature diuine, ἀπρωοίαν ἐγγυτέρω τῆς γῆς, vne
prouidence logee en terre, ἀπανταχῆ πρὸς
θεὸν ὁρῶντα πρὸς τὴν μίμησιν τεταγμῆνον, qui a inceſſamment les yeux fichez ſur la Diuinité,
afin d'imiter en ſes ingemens l'ordre qui
eſt imprimé en la nature. Paroles certainement pluſtoſt d'vn oracle, que d'vn Philoſophe, qui ſemblēt pluſtoſt puiſees du ſein
de la ſapience eternelle, que de la ſpecula-
tion naturelle. Et de fait bien qu'il ayt prononcé ces paroles, ſi ne ſont elles pas ſiennes. Car le ſainct Eſprit parlant par la bouche du Prophete, n'auoit-il pas dict long
temps auparauant, que Dieu s'eſtoit aſſis
au milieu de l'aſſemblee des Dieux; & afin
qu'on ne doutaſt point qui eſtoient ces
Dieux de qu'il parloit, parlant aux Iuges,
ne leur auoit-il pas dit, *vos Diſeſtis & filij*
Excelſi omnes? Expliquant aſſez par ceſte
loquution impropre, que bien que la Diuinité ſoit incōmuniquable par ſa nature,
ſi eſt-ce que pour le bien des hommes il la
communique par ſa vertu à ceux qui exer-
cent ſes ingemēs Ie dis ſes iugemēs, pour
ce que luy meſme les appelle ainſi, admo-
neſtāt les Iuges de ſonger à ce qu'ils font,

lors

lors qu'ils vacquent à ce diuin exercice, Et
pource, deuez vous estre plainement per-
suadez, que ceux qui sont appellez à ceste
honorable function, ont vne si presente &
si fauorable assistance de l'esprit de Dieu,
que l'ignorance, qui est commune aux
hommes, & la passion qui leur est naturelle, à ce moment là est dissipee par les rayons de cette externe verité & iustice, qui
luit sur eux: voire mesme que quand quelquefois ils y apporteroient l'intention
oblique & tortuë, si seroit-elle redressee
& iustifiee par cette diuine assistance. Car
comme dit le Sage, si bien l'homme dispo-
se son cœur, Dieu toutes-fois gouuerne sa
langue: & tel bien souuent comme Balaā,
vient pour maudire, qui est contrainct de
benir. Et cela principalement, en la façon
de iuger qui s'obserue parmy nous. Car
outre ce que Tertulian disoit des iugemés
de tous les Chrestiens, *iudicatur apud nos*
magno cum pondere vt apud certos de Dei con-
spectu. La forme est telle, qu'à peine peut-
elle souffrir qu'il s'y fasse rien d'indigne de
la profession de droicture & d'equité que
nous faisons. Car si les causes se iugent
en cette audience, en ce theatre public ,
aux yeux de tout le monde, il n'y a per-

ſoune, de ceux qui opinent, qui ne
croye comme il iuge la cauſe qui a eſté
plaidee, que puis apres que l'arreſt aura eſté
prononcé, l'aſhiſtance ne iuge la ſuffiſan-
ce, la probité & integrité de ceux qui
l'ont donné. De ſorte que c'eſt vn ſyndi-
cat & vne cenſure qui ſe faict, non à la fin
du Magiſtrat ou de chaque annee, mais
à chaque heure & à chaque moment. Si
les procez ſe iugent au Conſeil, où les
opinions ſont plus eſtenduës & plus rai-
ſonnees ; combien penſez vous que ceux
qui parlent les premiers ont de crainte
que le cours des opinions ſuiuantes les
redargue ou d'ignorance ou d'iniquité? &
combien penſez vous que ceux qui parlent les derniers ſont retenus, pour ne pas
ſe departir de la verité & de l'equité, qui
ne peut eſtre eſchappee ſans auoir eſté
eſclaircie & miſe au iour par ceux qui
ont parlé auparauant. Tous les peuples
du monde ont recogneu cette excellente conditiõ des Magiſtrats ſouuerains,
cette prerogatiue que Dieu leur a donnee, & l'immenſe vtilité que le public
reçoit de leur labeur. Auſſi bien que ſelon la diuerſité de leurs langues, ils
leur ayent donné diuerſes appellations,

ſi ſont-elles toutes pleines de hauts tiltres d'honneur & illuſtres qualitez, qui tendent à les aſſocier à la Maieſté des Roys ; deſquels ils tiennent la place. Philoſtrate eſcrit, que les Perſes les appelloient les oreilles des Roys. Strabon que les Indiens les nommoient les yeux, d'autres diſoient les mains. Mais mieux que tout cela, à mon aduis, le Sophiſte Dion Chryſoſtome les appelle les ames du Roy, puis que ce ſont autant d'eſprits continuellement bandez pour faire la fonctiõ Royale, & ſoulager la perſonne de l'action à laquelle ſa charge l'oblige plus :

διαφέρει γὰρ ἐσὶν ἢ εἰ τῷ ἒν σῶμα ἔχοντι θεὸς πολλὰς ψυχὰς ἔδωκεν ἁπάσας ὑπὲρ ἓν ἐνεῖνε προνεμένας. Car c'eſt, dit-il, tout ainſi qu'à vn homme qui n'a qu'vn ſeul corps Dieu auoit donné pluſieurs ames, qui veillaſſent continuellement pour luy. Les Iuges ſouue̅rains ſont donc parties du Prince, mais des plus nobles & des plus eſſentielles: auſſi voyons nous que les loix les appellent ainſi, & les meſmes ſanctions qui vengent la Majeſté des Empereurs vengent auſſi celle des Iuges & Senateurs. Et auparauant meſmes l'eſtabliſſement des Empereurs Romains, la

Majeſté des Iuges ſouuerains auoit eſté aſ-
ſeuree par la plus rigoureuſe loy qui euſt
iamais eſté promulguee, qui eſtoit la loy
Heratia de ſacroſanctis Magiſtratibus, que
nous auons en TITE-LIVE, laquelle entre
autres chefs portoit. *Qui indicibus nocuerit,*
eius caput ioui ſacrum eſto, familia ad ædem
Cereris, l beri liberæue vænū ito. Si doncques
vne choſe doit eſtre reueree pour auoir
ſon origine celeſte, les Magiſtrats ſouuerains l'ont: ſi elle doit eſtre honoree pour
les iuſtes tiltres & priuileges que la loy luy
donne, ceux-cy les ont eſgaux aux Roys:
ſi elle doit eſtre reſpectee pour la decora-
tió qu'elle apporte au public, en eux principalement conſiſte & reſide la dignité
publique & le luſtre qui faict reſplendir
tous les autres ordres. *Vt enim Roma decus*
eſt vrbium, ita curia ornamentum cæterorum
eſt ordinum, diſoit Caſſiodore. Si pluſtoſt
nous ne voulons comme Ciceron, dire
que le Senat eſt l'ame, la raiſon & l'intelligence de la Republique. Mais pource
que la corruption de noſtre nature nous
à tellement deſuoyez de la cognoiſſance
de la verité, que nous rendons beaucoup
plus d'honneur à ce que nous eſtimons
profitable en ſon yſage, qu'à ce que nous

iugeons excellent de sa nature : le dessein
de ce discours me faict de necessité des-
cendre à vous representer en peu de
mots le profit que vous receuez du labeur de ceste honorable compagnie. Et
qui est-ce de vous qui ne iuge assez, pour si
peu de loisir qu'il prenne d'y penser, que
du soing, du trauail, de la peine du Magistrat, depend tout l'heur, tout le bien, tout
le repos du public & des particuliers? Aussi
Themiste esgallemēt l'appelle il δημοσυύης
χρήγον ὁασύνης τά μέν πρυτάνιν ἐνδαιμονίας, cōme s'il
disoit que l'equité, l'abōdance, & la felicité
sont les fruicts qui naissent en ce champ
fecond de la Iustice, cultiué par les sainctes & incontaminees mains de ses dignes
Magistrats. Car dés long temps la violence & l'iniure, comme deux plantes
sauuages & venimeuses se sont leuees
au trauers de la vie humaine, auec vne
si importune fecondité, qu'elles offus-
quent & estouffent toutes les agreables
fleurs & sauoureux fruicts qu'on y souloit cueillir. De sorte que si ces braues
& vigoureux laboureurs ne trauaillent continuellement auec vn grand
& courageux effort pour extirper cette mauuaise engeance, le champ de-

N n iij

meureroit defert & defolé. Platon en
vn endroit compare ces deux monftres
à deux poulains farouches, qui ne veulent point prendre leur carriere droicte,
mais veulent toufiours aller à trauers
champ, à bonds & à ruades, & offencent
tout ce qu'ils rencontrent, *nifi reprimant*
l gun va ide habenæ, atque imperij infiftant
iugo. comme dit le Poëte Turpilius. O
quel grand & hazardeux trauail eft celuy-
la, d'entreprendre en vne telle faifon
que celle où nous fommes, d'arrefter le
cours de fi furieufes beftes, aufquelles les
defordres du fiecle ont adjoufté vne
nouuelle ferocité par deffus celle qui
leur eft naturelle. Et toutesfois rien ne le
peut faire que le Magiftrat. C'eft luy,
comme dict Platon *in Gorgia*, lequel
σωφρονίζ ει καὶ δικαιοτέρης ποιεῖ, καὶ ἰατρος γίνεται πο-
νηρίας, & auec la mefme main auec laquelle
il extirpe l'iniquité & l'iniuftice, donne la
vie & la feureté à l'innocence ; ὅσοι γὰρ
ἀδίκως κατηγοροῦσιν ἤτοι τοῦ ἄλλους ἀδικεῖσθαι καλέωσιν.
Vous auez peu voir dans les Poëtes &
Hiftoriens anciens combien miferable,
voire deteftable eftoit la vie des Cyclo-
pes, dont le nom eft paffé en prouerbe,
pour exprimer toute forte d'inhumanité &

& inhumanité. Strabon en sa Geographie
descriuant leurs mœurs,& recherchant la
cause de leur misere, n'en trouue point de
si certaine, sinon qu'ils n'auoient point de
Magistrats exerçans la Iustice parmy eux,
comme il monstre en ces vers qu'il cite,

*Non fora, non causas norunt, non sancta
senatus*

*Iura, sed in excelsis habitantes sedibus antra
Et puer & magnis de rebus iudicat vxor.*

Iugez donc par comparaison combien
vous vous deuez estimer heureux. vous
qui auez ne telle côpagnie de gês choisis,
pleins d'erudition, d'experience & d'integrité, *quorum non in sententia solum, sed in
vita residet authoritas,* qui n'ont autre vœu,
autre dessein que vostre bien & vostre repos, qui veillent pendant que vous dor-
mez, qui comme chandelles se consument
pour vous esclairer. N'estimez pas qu'entre les graces merueilleuses que Dieu vous
a faict en ce siecle, par lesquelles il a operé
vostre salut, & ramené les choses de la
profonde confusion, où elles estoient,
à l'ordre où elles sont, celle là soit des
moindres, de vous auoir donné de tels
personnages, qui ont despoüillé toutes autres sortes de passions, pour pren-

dre celle de voſtre bien, ſoulagemenẽ
& repos. Croyez, croyez que ce
que Themiſte eſcrit en vne de ſes oraiſons eſt tres-vray; auſſi dict-il que παλαιος
ὅτι λόγος ἀληθὴς λίαν καὶ ἀρχαίας φιλοσοφίας, vn diſcours de la plus venerable & ancien-
ne Philoſophie. Et quoy ? ὡς ἄρα κ χρόνους
τινὰς ἐστραμῤῥοι ποτὲ μῤῥ ἀκήτορσι καὶ θείαι δυνάμεις ἐπ᾽
ὀγαθω, τ᾽ ἀνθρώπων ἐμβατόντσι τὴν γῆν, ἐκ τῶ ἀρανῶ χα-
τιντσι que de temps en temps & par certaines ſaiſons, il deſcend du ciel pour le
bien des hommes certaines puiſſances diuines, qui ſe promenent ſur la terre,
οὐκ ἠσοῤ ἑωσαῤῥου κ Ἡσιοδοι, ἀλλα σώματα ἀμφεε-
σααῤῥου πιρςπλησια τοῖς ἡμετέροις, qui ne ſont
pas des corps ſemblables aux noſtres,
καὶ βίον ἰσπ ̓ Ἰσστι ἥτω τῆς φύσεως ἕνεκεν πεὸς ἡμας κοι-
νωνίας, reueſtuës, comme dit Heſiode, de
l'air. mais & qui deſcendent en vne vie
inferieure à leur nature, afin de pouuoir
communiquer auec nous. Comme au
contraire, quand Dieu eſt courroucé cõtre les hommes, il permet qu'il entre aux
charges d'autre ſorte de gens qui ſont ce
dict-il, ποτὲ δὲ ἔμπλικτοι καὶ ἀλλήκοτοι, καὶ κακίτε τι-
τος καὶ ἱκνηλων πνέμματα, καὶ γεννήματα, ὅπι λύμη καὶ
πρτια καὶ ἀπατη δυκαίων ἀνθρώπων, gens ſtupi-
des, violens, enfans de l'Enfer & des furies, nourris & allaictez de tromperies &

d'iniquitez faits pour affliger les pauures
& miserables personnes, τρηνῶν ἔρωντες καὶ ςε-
ναγμῶν ἀμηχης ἀκορεῖς, δακρύσι παυνόμθμοι, qui n'ayment que les souspirs & les plaintes des
hommes, qui ne sont iamais saouls de la
douleur d'autruy, qui s'abreuuent & s'en-
graissent de larmes, αὐ τὶ σεισμῶν, αὐ τὶ λοιμῶν,
αὐ τὶ ἐπικλύσεως ἐπισκόπ]ειν τίω γίω τεταγμένοις, ὁ πά-
νικα αὐ ἐυτιωῆται gens plus propres à ren-
uerser le monde, & confondre l'ordre où
il est estably, que ne seroyent ny les trem-
blemens de terre, ny les pestes, ny les
inondations. Si doncques vous receuez
tant de bien & de commodité de vos Magistrats, si de leur soing & de leur vigilance depend vostre repos, de leur authorité
vostre seureté: que vous reste il sinon de
vous esuertuer en toutes façons de leur
croistre & le courage & la puissance de
vous bien faire & procurer vostre felicité,
à quoy vous n'auez que deux moyens,
l'honneur & l'obeyssance. Iablique disoit
παῖ τὸ τιμώμθυον αὔξεται ἐλατ]ῖται δὲ τὸ ἀπιμιζ'θμον,
l'honneur donne la croissance aux belles
& genereuses actions, & au contraire le
mespris les estouffe, faict desiner & eua-
nöuir. Mais plus que de toutes les autres
choses du monde, le soing & la vigilance

du Magiſtrat ſont eſueillez, ſa puiſſance
& ſon authorité ſont conſeruees par le
reſpect & par l'honneur, comme par les
choſes plus conformes à ſa nature & à ſon
eſſence. Ce que nos Iuriſconſultes nous
ont myſtiquement enſeigné, quand ils
ont deſigné les Magiſtrats par ce mot, *ho-*
nores. Car cómunémét on fait la denomi-
nation de la choſe, par ce qui luy eſt plus
propre: & l'eſprit de l'homme, qui ne peut
bien penetrer iuſques au profond de la
ſubſtance d'icelle, la deſigne, remarque, &
deffinit par ce qu'il void plus ordinaire à
l'entour d'icelle, ou parce qu'elle ſe pro-
poſe pour ſa fin. Certainement l'honneur
eſt ce à quoy le Magiſtrat doit continuellement viſer, & la ſeule recompenſe qu'il
ſe doit propoſer, comme nous inſtruict
Ariſtote en ſes Politiques : qui eſt cela
meſme que diſoit le Philoſophe Bion,
δεῖν τὸν ἀγαθὸν ἄρχοντα τιμιώμενον τῆς ἀρχῆς, ἢ σπλυτόν-
τερον ἀλλ᾽ ἀ ενδοξότερον γεγονέναι. Mais auſſi ne le
faut il pas defrauder de ce loyer, qui eſt
cóme dict Euſtathius, ἀγαθῶν ἀδαπανὸς ἀμοιβή,
vne recompenſe de la vertu, pour laquelle il ne faut point mettre la main à la bour-
ce. Car autrement ſi vous oſtez à la choſe
agiſſante l'eſperance d'obtenir ſa fin, vous

luy faictes perdre quant & quant le mouuement, ce difent les Philofophes naturels. Or de tous ceux qui recueillent le
fruict du labeur du Magiftrat, il n'y en a
point de fi eftroictement obligez au refpect & à la veneration, que vous autres
Aduocats & Procureurs, tant pour ce que
vous eftes de la famille de la Iuftice, que
pource que tout ce que vous pouuez efperer d'honneur & de bien en vos charges, redonde fur vous par la reflection de
celuy du Magiftrat. Ie ne vous veux point
icy prefcrire les regles de ce refpect, qui
porteroit vn difcours trop long, qui le
voudroit traicter à fonds: feulement vous
diray-ie, que la principale eft, que vous ne
vous abandonniez iamais pour quelque
occafion que ce foit, à pourfuiure vne
chofe euidemment iniufte: *nam iufta à iu-
ftis impetrare æquum eft*:& ne fçauriez rendre vn plus euident tefmoignage de la
mauuaife eftime que vous auez d'vn homme, que quand vous requerez de luy vne
chofe inique. Volaterrá faifant recherche
des proprietez des Dieux des Payens,
rapporte que Themis eftoit celle la, *que
putabatur præcipere hominibus rogare quod
faceffet.* Eftimez donc, que fi vous-vous

presentez deuant le Magistrat pour obtenir vne chose iniuste, vous contreuenez
directement aux regles de vostre mestier,
offensez le Magistrat, & quant & quant la
Deesse tutelaire de la Iustice, qui n'est pas
pour nous, cette Themis, mais la prouidence eternelle. Quant à l'obeyssance
c'est celle qui rend heureux, & ceux qui
gouuernent, & ceux qui sont gouuernez:
comme au côtraire la desobeissance perd
& ruine tout ensemble le Magistrat & le
suiect. A ce propos semble fort conuenir vne parole bien remarquable, que Plutarque rapporte de Theopompus Roy
de Sparte, lequel estant loüé de ce que
sa republique se conseruoit si heureuse
sous son regne, comme l'on luy disoit
que c'estoit pource qu'il sçauoit bié commander, non, respondit-il, mais plustost
parce que les subiets sçauent bien obeyr.
Aussi est-il euident que la plus grande
prudence du monde, si elle est desti-
tuee d'obeyssance, ne sçauroit sauuer
vn Estat, où au contraire vne fort medio-
cre, si elle est bien obeye, indubitablement le conseruera. Voyla pourquoy
les Romains auoient marié leur Iupiter
sauueur: non pas auec Iunon: comme

leur Iupiter tonnant : mais auec la Deeſſe
Pitarchic, inſtruisât les hommes par ceſte
fabuleuſe Theologie, que leur ſalut dependoit de l'obeiſſance, & que comme
Dieu eſtoit l'autheur des puiſſances, auſſi
eſtoit-il le remunerateur de l'obeïſſance,
Et pource, Dieu vous ayant donné des
Magiſtrats tels que vous les pouuez ſouhaitter, & tels que vous n'en deuez porter enuie à aucune des prouinces qui vous
voiſinent, vous-vous deuez aſſeurer, que
ſi vous leur rendez le reſpect & l'obeiſſance que vous leur deuez, ces deux anchres
là tiendront la felicité ſi fermément attachee à voſtre prouince, que voſtre fortune ſera d'oreſnauant le ſouhait des autres.

LETTRES DE COMPLI-
MENT ET D'AMOVR.

MONSIEVR,
Celle cy apres tant d'autres, vous asseurera encore de nouueau que ie suis vostre seruiteur : Ie suis ennemy de paroles, car ie ne voudrois iamais auoir que des effects pour vostre seruice, afin d'estre estimé vn de vos plus vtiles seruiteurs.

Tel.

AVTRE.

MONSIEVR.
Ie vous enuoye cet effect de ma souuenance pour vous visiter de ma part, & vous asseurer, que ie m'ennuye grandement en l'attente des occasions de vous seruir, bien que ie les recherche auec paf-

fion, ie vous prie de le croire, puis que c'eſt le meilleur de tous vos ſeruiteurs qui vous en aſſeure,

Tel.

AVTRE.

MONSIEVR,
Ie tiens à tel honneur la poſſeſ-fion de vos bonnes graces, que ie ne m'e-ſtudie tous les iours qu'à la meriter pour me la rendre eternelle : mais ie ne ſçay comment faire pour y paruenir, car bien que ie vous honore, & que ie vous ayme pardeſſus toutes les perſonnes du mon-de, ie ne fay en cela que mon deuoir, puis que voſtre merite m'y oblige. Il faut dóc encore que ie vous ſerue, & qu'ainſi de mes reſpects, de mes affections, & de mes ſeruices, i'en tire vne raiſon qui me ſer-uira de tiltre pour conſeruer eternelle-ment ceſte chere iouyſſance de vos bon-nes graces, en la qualité de voſtre Ser-uiteur.

AVTRE.

MONSIEVR,
Ce deuoir ne fera qu'vne confirmation des proteftations que ie vous
ay faittes, de viure fidelle, & mourir
conftant, le plus humble & le plus fidelle de tous vos feruiteurs,

Tel.

AVTRE.

MONSIEVR,
Ce tefmoignage de mon fouue-
nir vous affeurera de ma part que ie ne
vous oublieray iamais, & qu'en quelque
lieu où la Fortune me conduife, ie vous
adtefferay toufiours mes penfees, & particulierement les defirs d'eftre honoré de
vos cōmandemens, puis qu'à leur faueur
mō obeyffance me peut faire remarquer,
Monfieur,

Voftre.

AVTRE.

AVTRE.

MONSIEVR,
Ie vous ay dit mille & mille fois, que i'eſtois voſtre Seruiteur, ie ſuis las de le vous teſmoigner ſi long temps par des paroles ; honorez moy donc s'il vous plaiſt de vos commandemens, afin qu'en effect, ie vous en aſſeure, C'eſt, Monſieur,

Voſtre ſeruiteur qui
vous en prie.
Tel.

AVTRE.

MONSIEVR,
C'eſt trop attendu apres la Fortune, ie n'ay iamais peu encore rencontrer l'occaſion de vous ſeruir : il faut que par importunité vos commandemens la me donnent. Car ie vis en impatience de vous aſſeurer, Monſieur,

Que ie mourray,
Voſtre ſeruiteur.
O o

AVTRE.

MONSIEVR,
Il eſt temps que ie trouue de
l'employ pour l'obeyſſáce que ie vous ay
voüee ; car le deſir que i'ay de vous ſeruir
me deplaiſt, ne pouuant eſtre changé en
effets par l'occaſion, qui ialouſe de mon
bien, veut que ie porte touſiours inutilement la qualité de,
Monſieur,

Voſtre,

AVTRE.

MONSIEVR,
La paſſion que i'ay à voſtre ſeruice
vous enuoye pour Meſſager celle-cy, qui
vous aſſeurera de ma part en vn mot, que
ie ſuis à l'ordinaire, tout voſtre & qu'à

toute heure vous pouuez difpofer de
moy comme d'vn de vos valets,
Monfieur.

  Comme eftant,
    Le plus fidelle & le plus
      obeyffant de tous
       les voftres.

Lettres de prieres.

MONSIEVR, Ie fomme voftre courtoifie, conti-
nuant à m'obliger de plus en plus à m'honorer de cefte faueur, dont le fouuenir
eftablira fon feiour en ma memoire iufques à la fatisfaction : car le nom que ie
porte de voftre feruiteur, n'aura iamais le
furnom d'ingrat. Ie vous figneray donc
cefte verité de mon tiltre ordinaire.
      Voftre Seruiteur
       tres humble,
       Tel.

AVTRE.

MONSIEVR.
Celle-cy vous fera deux prieres
pour moy tout à la fois : l'vne de m'honorer de voftre affiftance en tel affaire : &
l'autre fera de vos commandemens, afin
que par les effects de cefte derniere, ie
puiffe me reuancher des effects de la premiere. Voftre Seruiteur attendra donc
l'accompliffement & de l'vne & de l'autre.

Tel.

Lettres de Remerciement.

MONSIEVR,
Ie vous affeureray feulement par
celle-cy, que mes effects vous remercieront à la premiere rencontre de quelque
occafion, des faueurs que i'ay receu de voftre courtoifie ? car ie mefprife grandement la fatisfaction des paroles, & quoy
qu'elles foient eloquétes, fi croy-ie pourtant que les effets difent encore mieux.

Ie me tiens donc à cela ; & ne vous paye-
ray point d'autre monnoye. C'eſt.
Monſieur,

> Voſtre Seruiteur qui
> vous en aſſeure.

AVTRE.

MONSIEVR,
  Puis qu'il faut que le remerciement ſe rapporte en quelque façon au
bien-faiſt receu, ayant eſté obligé par les
effects : Ie vous diray donc pour tout diſcours, que mes effects vous remercieront
des faueurs dont vous m'auez honoré,
Et ce ne ſeront,
Monſieur,

> Que des effects de ſeruice,

Comme,

> Voſtre tres-humble
> Seruiteur.

O o iij

Lettres pour respondre à celles de Remerciement.

MONSIEVR,
l'estime que vous ne pouuez mieux recognoistre les deuoirs que ie vous ay rendus qu'en les effaçant de vostre souuenir; parce que desirant de vous en rendre de plus grande importance & sans nombre, ces premiers, à regret, & qui sont si petits, occuperoient iniustement en vostre memoire la place des plus grãds qui leur doiuét succeder. Ie vous prie d'auoir esgard à ces raisons,
Monsieur,

Comme procedans de
Vostre Seruiteur.

AVTRE.

MONSIEVR.
Les remerciemens que vous m'auez faict touchant les deuoirs que ie vous ay rendus; m'ont tellement obligé, qu'il

m'a falu prendre la plume pour vous en
remercier de parole, attendant les effects:
si bien que vos actions de graces confir-
meront l'authorité que i'ay de porter auec
le nom de voſtre Seruiteur,
Monſieur,

        Celuy de voſtre obligé,
           Tel.

Lettres pour escrire à vn amy.
malade.

MONSIEVR,
Celle-cy vous viſitera de ma part,
pour vous aſſeurer du regret que i'ay de
voſtre indiſpoſition: i'euſſe deſiré en eſtre
le porteur, mais la neceſſité de ma preſence en ce lieu où ie ſuis, me ſeruira, s'il
vous plaiſt, d'excuſe, mais non pas legitime, ſi vous me iugez encore plus neceſſaire aupres de vous: Car vous ſçauez que
vos commandemens ne treuuerõt iamais
de l'exception en mon obeyſſance,
Monſieur,   Comme

      Le plus fidelle de tous
        vos Seruiteurs. Tel.
          O o iiij

AVTRE.

MONSIEVR,

Ie ne me fçaurois dire eftre fain
depuis les triftes nouuelles de voftre maladie: Ie vous prieray donc de ioindre à
l'inrereft que vous auez de recouurer voftre fanté, celuy de la mienne; puis que
voftre guerifon eft mon foulagement.

C'eft,

Monfieur,

  La priere de

        Voftre.

LETTRE DE PRESEN-
tation de seruice.

A LA PLVS PARFAICTE
DV MONDE.

NOn, ie ne vous appelle point autrement pour vous faire cognoiſtre, ma Belle, que parfaicte, puis que c'eſt voſtre nom propre : Car les plus belles de ce temps ne font eſtime de leur beauté, ſi elles ne portét quelque marque de voſtre reſſemblance ; moins encore les plus vertueuſes de leur vertu, ſi la voſtre, admirable, n'en a eſté le modelle. Et ce à cauſe que voſtre perfection n'eſt plus en diſpute, veu que les plus ſains iugemens pour paroiſtre tels l'ont iugé de la ſorte, & la raiſó meſme authoriſant ceſte verité pour ſa gloire, en a deſtruict à iamais la doute. Viuez donc ſeule ſemblable à vous meſme cher object de mon amour, & reſolluez vous s'il vous plaiſt de bonne heure à aymer quelqu'vn des plus accomplis de ce ſiecle par faueur, puis que vous n'en

trouuerez iamais dans le monde qui le
meritent. Et si c'est quelque fidelle, ie me
promets par dessus tous cet aduantage,
puis que vous estes iuste, & moy le plus
fidel Amant qui ayt iamais esté sur-
nommé.

SILVANDRE.

LETTRES AMOVREVSES

Lettre de presentation de seruice.

NE vous offencez point, s'il vous
plaist, ma Belle, si ie profane maintenant vos Autels par l'offrande que ie
vous fay de mes seruices ; parce que ie
n'ay peu treuuer en mes submissions vn
present qui fust plus respectueux. Ie sçay
bien pourtant que c'est vne temerité de
vous offrir si peu de chose ; mais n'ayant
rien en moy de plus digne de vous, vous
me iugerez pardonnable, mesme, si vous
oubliez pour vn peu de temps les appas
& les charmes qui accompagnent vostre
beauté, les douceurs & les graces qui

animent vos actions, & en fin toutes ces
vertus qui vous rendent si parfaicte, d'autant que ne vous ressouuenant pas de toutes ces belles qualitez qui vous font estimer sans exemple, vous serez sans doute
plus libre à me pardonner l'offence que
ie fais en m'offrant à vous, de vous offrir
si peu de chose.

SILVANDRE.

AVTRE.

VOicy en fin ma Belle, le present des
seruices que le Ciel reseruoit dés
long temps à vos merites, ou pour mieux
dire, le seruiteur; le voicy de volonté
prosterné à vos pieds, portant son cœur
entre les mains pour l'offrir au vostre,
comme entierement vostre.

Vostre,

AVTRE.

VOicy vn bleſſé de vos beaux yeux
qui vous demande quelque ſorte de
remede pour ſa playe, mais vn remede
de ſoulagement, & non de gueriſon;
car il enuie ceſte gloire de pouuoir mourir de ceſte bleſſeure, puis que vous l'a-
uez cauſee, pourueu que vous permettiez que ce ſoit en qualité de voſtre ſeruiteur.

AVTRE.

MADAMOISELLE,
Les charmes de voſtre beauté
m'ont tellement rauy à moy-meſme, que
mon cœur eſt tout à vous, mon obeyſſance à vos commandemens, & toutes mes
volontez aux voſtres, enfin ie n'ay rien
de libre que la ſeule parole, pour me
dire voſtre ſeruiteur.

AVTRE.

PVis que la nature vous a deſtinée pour ſeruir de glorieux Autel à receuoir les offrandes, & de reſpect & de ſeruitude, ie vous offre la mienne, auec le pouuoir abſolu de diſpoſer de mes volontez à voſtre gré, comme eſtant, & de nom, & de faict voſtre eſclaue.

LETTRE D'VN SERuiteur qui eſcrit à ſa Maiſtreſſe par ſon commandement.

IL faut que ie vous confeſſe que i'áuois reſolu de ne vous eſcrire point, tant que i'aurois le moyen de vous parler, & i'en tirois la raiſon de voſtre merite. Car eſtant doüee de la nature, parmy vn nombre ſans nombre d'autres aduantages d'vn eſprit le plus beau qui anima iamais corps, l'apprehendois voſtre

cenfure, ne vous pouuant faire voir dé
mes lettres, qu'en vous faifant voir mes
deffauts. Mais pourtant, ma Belle, voftre
commandement a paffé par deffus toutes
ces apprehenfions, puis que i'ay confide-
ré que i'auois faict vœu de vous eftre
obeyffant, & non pas de ne vous efcrire point, & qu'ainfi i'eftois plus obligé à
contenter voftre humeur, qu'à fuiure mon
deffein. Voicy donc vne de mes lettres,
ou pluftoft vn fujeƈt à praƈtiquer ce que
naturellement vous fçauez pour corriger
les deffauts d'autruy. Ne la lifez dóc point
ie vous fupplie que la plume à la main,
fi vous voulez eftre en la plus belle aƈtion
en laquelle la raifon vous puiffe voir, parce que voftre vertu de charité me doit
cefte correƈtion, ie l'efpere, non feulement d'elle, mais encore de la cognoiffance que ie fçay que vous auez du feruice & de l'affeƈtion que ie vous ay voüee
en qualité de voftre efclaue.

AVTRE.

IE le vous difois bien, ma Belle, que vos apas & vos charmes eſtoient dangereux au rencontre d'vne ame libre comme la mienne : ie l'ay preueu deſlors que ie vous ay veuë, ou pluſtoſt admiree ſans iamais l'auoir peu euiter ; que feray-je donc maintenant, il faut que ie me reſoluë de viure à voſtre gré, puis que ie ſuis à vous. Ouurez moy donc, s'il vous plaiſt, voſtre cœur, afin que le mien viue ſelon vos loix. Faictes moy ſçauoir vos volontez, & ie vous feray cognoiſtre mon obeyſſance, en la qualité qu'auec toute humilité ie prens de voſtre ſeruiteur.

AVTRE LETTRE DE

consolation à vn de ses amis sur la mort de son frere.

MONSIEVR,
Il me semble que ce deuoir deuance, & le temps & la saison de vous estre rendu, ie veux dire, que ce foible remede de consolation que ie vous presente ne peut estre à propos appliqué sur vostre playe, à cause de la force de son venin. Toutesfois, puis que le bien ne change iamais de nature, estant tousiours bien, ce remede, comme tel, s'il ne vous apporte, point du soulagement, pour le moins ne vous apportera - il point de dommage. Agreez-en donc l'offre que ie vous en fais de la part de ceste sain-&te amitié que i'ay voüee à vos merites. Monsieur vostre frere est mort, qu'en pouuez vous dire, Monsieur, puis que chaque iour de sa vie vous menaçoit de la nuict de son trespas, sa condition ne vous preschoit autre chose, & si son

prin-

printemps a abouty tout à coup à vn hyuer, c'eſt vn coup de ſon deſtin, qui pour
eſtre ineuitable en adoucit la plainte ; car
vous ſçauez tres-bien, que la trame de
noſtre vie eſt ourdie au gré du ſouuerain
Autheur de la vie, & que chaque ſorte de
vie a ſa ſorte de peloton, l'vn plus gros
que l'autre, & rien que le temps ne les
rend differents. Or qu'eſt-ce que le temps,
diſtes moy s'il vous plaiſt ; quelle ſatisfaction aurez vous, ayant atteint le dernier
de tous les aages d'auoir tant veſcu? vous
regretterez ſans doute vos ans par la perte de leurs iours, & leurs iours par l'apprehenſion de la nuiſt du treſpas qui les doit
ſucceder, en laquelle il faudra rendre
compte, mais vn exact compte, non ſeulement de tous vos ans paſſez, mais encore, ce qui eſt conſiderable, de tous les
moments des heures qui les ont faiſt eſ-
couler, ſi bien, que qui a plus veſcu ſe
treuue plus redeuable, & moins dequoy
pour payer ſes debtes. Vous me direz,
que la vie d'vn homme de bien eſt exempte de reproche, portant auec ſoy ſa caution, & que de la ſorte, d'autant plus
longue eſt ſa duree, d'autant plus eſt grand
ſon merite ; & c'eſt pourquoy la vie de

P p

Monsieur voftre frere, pleine de vertu &
confequemment d'admiration , eft re-
gretable , pour auoir efté precipitee dans
le tombeau au milieu de fa carriere. Ie
vous confeffe que le printemps de fon
aage promettoit vn doux efté, vne belle
Antomne, & vn agreable Hyuer; mais ne
voit-on pas des plus belles fleurs d'efperances efpanoüyes le matin, & fletries le
foir? Nos vertus font toufiours affiegees
de vices,& de les rendre fortes à leur refi-
ftance , il eft faifable, mais inuincible,il eft
tres dificile, finon impoffible. Car noftre
condition a vn mal de foibleffe qui la faict
chopper fouuent. Ie ne vous nie point
l'apparence qu'il y auoit que Monfieur
voftre frere n'emportaft auec luy dans la
fepulture des vertueufes inclinations
qu'il auoit efpoufé dés le berceau , mais
l'apparence ne concluant point, on n'en
peut donner qu'vn tefmoignage d'indi-
ce infeparable de la doute,on en void tous
les iours d'auffi parfaicts que luy contra-
cter vne eftroicte amitié auec le vice,
tout à coup, & alterant leurs premieres
inclinations, s'abandonner auec excez à
toute forte d'excez, d'où fans vne grace
particuliere ils ne fe retirent iamais. Ce

n'eſt pas, Môſieur, que ie me vueille ſeruir
de la conſequence contre feu Monſieur
voſtre frere, la nature de ſon merite eſtoit
trop conſtante pour eſtre ſujette à tous
ces changemens ; qu'il vous ſuffiſe ſeulement de conſiderer qu'il eſtoit poſſible,
& par ainſi à craindre. Preſuppoſons en
donc le malheureux accident. Et dites
moy la verité, ſi vous n'euſſiez pas plus regretté ſa vie que ſa mort, le voyant tous
les iours au trauers du criſtal de vos larmes
mourir d'vne mort d'infamie, plus cruelle
mille fois que la mort meſme : Et vous
vous plaindrez maintenant de ce que le
Souuerain, que nous adorons, vous a oſté
toutes ces apprehenſions en vous en oſtát
la cauſe? quelle raiſon en vos plaintes? ne
vaut il pas mieux qu'il ſoit mort couronné, que s'il viuoit encore en hazard de
perdre ſes couronnes ? Pourquoy diriez-
vous qu'on donne les ſurnoms de Grand
à Alexandre, & celuy de malheureux à
Pompee, quoy qu'en effect ils fuſſent tous
deux eſgalement Grands, & en courage &
en vaillance? c'eſt que l'vn mourut triomphant au milieu de ſa carriere, & l'autre
vaincu au bout: Iugez maintenant ſi vous
ne prefereriez pas la fortune de l'vn à

celle de l'autre. Or Monfieur voftre frerè
eft ce grand Alexandre, puis que comme
luy il eft mort au milieu de fa carriere, non
couronné des lauriers de fes genereux
exploicts, mais bien des palmes de fes vertueufes actions, & toutesfois plus heureux
encore, car apres auoir, non comme luy
vaincu & fubjugué tous les peuples de la
terre, mais par vne plus grande victoite
tous les vices enfemble, il ne s'eft pas encore comme luy vainement oecupé à faire foffoyer la terre pour rechercher vn
autre monde, mais mettant luy mefme la
main à l'œuure par le loüable trauail de
fes veilles, non vainement cherché vne
autre terre, mais heureufement trouué le
Ciel, où il eft à cefte heure iouyffant des
felicitez qui nous font promifes. Ie vous
donne cefte confolation comme vne ordonnance de Medecin, appliquez-la à
voftre playe, fi vous en defirez la guarifon.

Autre lettre de confolation à vn amy fur quelque notable perte des biens de la fortune.

MONSIEVR,

Il faut que ie vous confeffe que les triftes nouuelles de voftre infortune m'ôt eftonné de la forte que i'ay eu de la peine à me rauoir de cét eftonnement pour en reffentir la douleur. Ie ne vous flatteray point en voftre mal, ie le tiens extréme au poffible, & croy que la nature, quoy qu'abondante en toute forte de remedes, s'en trouuera defectueufe pour voftre guarifon. Il eft donc important voyant que cette terre où vous auez faict vne perte, eft du tout impuiffante pour la reparer, de monter plus haut, & implorer le fecours du Ciel à voftre foulagement, comme l'vnique & le fouuerain Medecin pour cefte forte de maladie. Et ie vous confeille de vous feruir pour efchelle de cefte confideration, que tout ce qui fubfifte ça bas, de quelque nature que ce foit,

porte auec foy la neceſſité de ſa viciſſitude:
Que le temps meſme, qui change tout ,
s'altere luy meſme, & ſe deſtruit peu à
peu, en deſtruiſant toutes choſes, que les
malheurs ſont les fruicts de la terre, auſſi
bien que les chardons & les eſpines:& que
les miſeres ſont nos meres nourrices, ou
pluſtoſt nos maraſtres, comme eſpouſes
des mauuais iours de noſtre vie; auſquels
les infortunes diſpoſent ſouuerainement
d'elle; Qu'en ceſte mer orageuſe du monde, il eſt impoſſible de treuuer vn port
d'abry pour les tempeſtes, voire meſme à
peine pour les naufrages, ſi la preuoyance
ne nous ſert de timon : Que de plus, nos
voiles ne ſeruent icy bas que de but & de
blanc aux foudres du Ciel, pour y deco-
cher les traicts de la vengeance de nos crimes. Et nous auons beau fuir & nous cacher, il nous attaque quand il veut, & nous
defaict quand il luy plaiſt: & d'en murmurer, c'eſt attirer apres ſoy ruyne ſur ruyne
pour nous accabler tout à faict. Nous
ſommes nez en ce monde pour eſtre le
ioüet de ſes deſirs, la trame de nos vies eſt
en ſes mains, il l'ourdit à ſon gré, & ſes
volontez comme ſouuerainement abſolu-
ës, obligent tellement les noſtres à l'o-

beyſſance, qu'il faut neceſſairement plier
le col ſous le joug, & pour en adoucir la
ſeuerité, en eſtimer la ſeruitude autant
agreable que glorieuſe. D'abondant, qu'e-
ſtre homme & malheureux c'eſt vne côſe-
quence inſeparable de noſtre nature,
comme paitrie & detrempee dans le fiel
des miſeres de ce monde. Ie veux que tous
les Aſtres benins, tous enſemble preſident
contre le poſſible, à la naiſſance de quelque homme, & que la communication de
leur douce influence luy ſoit vn preſer-
uatif contre le mal des infortunes: ſi faut-
il pourtant que s'il vit ils en reſſentent les
amertumes, & les diuers changemens &
viciſſitudes de ſa condition, car par maxime infaillible, il faut que celuy qui eſt pla-
cé & colloqué dans la rouë de la fortune,
ſe tourne neceſſairement auec elle, & par
ainſi du ſommet des grandeurs il deſcend
quelquefois iuſques au dernier degré de la
baſſeſſe. Que rien'eſt ſtable que ceſte ſeule
inſtabilité, qui eſt côme la forme à la matiere inſeparable de toutes choſes. Que les
plus malheureux ſont ceux qui gouſtent
le moins du fiel des infortunes, puis que
ſelon les maximes ordinaires du temps,
vne vie de roſes produit vne mort d'eſ-

pines ; car d'vne extremité on ne peut
pas paruenir à vn autre fans paffer par vn
milieu, ie veux dire, que des delices de
ce monde on ne peut pas paffer à ceux
du Ciel, fans efpurer la corruption de noftre nature dans vn alambic des peines
impofees à nos crimes. Tellement que
pour conclurre toutes ces confiderations,
ie vous eftime au vray heureux en vos infortunes , puis que de bonne heure Dieu
vous efpure comme l'or, dans la coupelle
de vos afflictions , pour vous faire paffer
bien toft, non des delices de ce monde,
car vous en auez fort peu gouflé, à ceux
du Ciel , mais bien des peines & des malheurs paffagers , aux felicitez eternelles.
Vous fçauez que ce chemin & de ronces,
& des efpines, eft celuy de la vertu. Pourquoy donc vous eftónez vous de ce qu'e-
ftant vertueux comme vous eftes , vous
marchez dans des chemins raboteux &
pleins de ronces. Tout le monde n'a pas
la grace d'en auoir la volonté , & en ayant
la volonté d'en rencontrer heureufement le moyen, d'exercer la vertu, en la
fuiuant, iufques à ce qu'elle nous ait couronné, non pas de ces vaines couronnes
de lauriers , & des palmes qui releuent du

temps se flestrissant par son inconstance,
mais bien des couronnes d'vne gloire,
dont l'Eternité limite la duree. Ie le dis
donc encore, ie vous estime heureux, d'e-
stre si mal-heureux, sçachant que les tourmens & les peines ont estéles esbats & les
plaisirs de nostre Sauueur, & que tost ou
tard il faut porter sa Croix pour entrer au
Ciel, puis que s'en est la clef. Et si tant est
que vostre mauuais demon renouuelant
la cuisure des playes de vostre infortune,
vous porte à murmurer contre le Ciel,
sommez vostre memoire au souuenir de
ses foudres, & humiliant vostre cœur,
baissez latéste pour plier le col sous leioug
de ses loix comme aussi iustes que souueraines. Et pour vous payer de raison, &
vous obliger à faire cesser tout à coup vos
plaintes, mettez vous à genoux deuant
vn Crucifix, puis considerant attentiuement auec les yeux de l'esprit, l'inegalité
de vos tourmens à ceux que nostre Sauueur a soufferts, sans doute vous n'aurez
iamais enuie devous plaindre; c'est le conseil que vous donne,

Vostre bon amy
& seruiteur.

*Epiſtre Dedicatoire, du ſieur de la
Serre, à Madame la Ducheſſe de
Croy ſur ſon iugement de Paris
& rauiſſement d'Elene.*

MADAME,

Ces trois Deeſſes n'euſſent pas eu
beſoin de iuge ſi vous euſſiez eſté en leur
compagnie, pour ce que le moindre de
vos merites esgale leurs perfections. Venus ceſſant d'admirer ſa beauté en la preſence de la voſtre, ſe fut voilee volontairement de honte de voir ſes attraits ſi
puiſſans ſurmontez par vos apas pour
n'y eſtre point forcee. Iunon eut mis
ſon ſceptre à vos pieds voyant que vous
portez plus dignemēt qu'elle le merite de
ſa Couronne, pour couronne, ſur voſtre
teſte. Et Minerue, pour ſe confirmer touſiours ceſte qualité de prudēte & bien ad-
uiſee, vous eut preſenté ſon bouclier pour
vous dire qu'elle ne pouuoit pas reſiſter
contre les armes de voſtre vertu, & qu'elle ſe contentoit de remporter ceſte gloire pour prix, de vous en iuger, ſeule digne.

Tellemét Madame que ceste pomme vous
eut esté acquise mais plustost par le iugement de la raison que par celuy de Paris.
Luy mesme le confesse, Venus l'adnoüe,
Iunon le confesse, & Minerue le publie
par la voix de ma plume & consequemment

Madame du

> plus humble & obeissant
> de tous vos seruiteurs
> P. DE LA SERRE.

Epistre dedicatoire du sieur de la Serre à
Madame de Luines.

MADAME,

    Puis que vos vertus vous ont
acquis ce tribut sur les hommes d'estre
reueree auec des particuliers respects à l'é-
uy l'vn de l'autre ; Ie vien parmy la foule,
apporter mes offrandes sur l'autel de vostre grandeur, ou plustost sur celuy de
vostre merite, & publier que vous auez
esté seule qui auez merité l'vnique, ie dy
l'vnique, puis qu'il est sans pareil comme
vous sans seconde. C'est de vostre Espoux

que ie parle Madame en parlant à vous dé
celuy mesme qu'on appelle le fauory du
Roy : mais on se trompe : car la Iustice
n'a point de faueur, nostre Roy, ou plu-
tost nostre Iuste, ne donne rien que iuste-
ment, il esleue ce qui est grand de soy, &
escrit ce qui est aymable, de sorte que le
fondement de sa fortune est si glorieux
qu'on ne peut le destruire si on ne s'en
veut prendre contre la raison, puis que la
raisõ mesme en a ietté la premiere pierre.
D'ailleurs Madame on peut soustenir hardiment qu'il a esté tousiours aussi grand
qu'il est, pourceque il est né auec le merite
de sa grãdeur & en laquelle mesme le plus
grand Roy des Roys, ou pour mieux dire
encore, le plus iuste de tous les hommes,
l'a esleué de sa main pour esuiter sa cheute. Tellement, Madame, si son bon-heur
est vostre felicité, que peuuent desirer
vos volontez, puis qu'en la iouïssance de
vostre bien, le plus n'y peut rien adiouster, ny le moins rien pretendre? Face le
ciel, que de cette prosperité mortelle vous
parueniez à l'eternelle. Ce sont les vœux
MADAME, de

Vostre tres-humble & tresobeissant

seruiteur, P. de la SERRE.

Lettres de Remerciement du mesme Autheur à Monseigneur le Duc de Ventadour.

MONSEIGNEVR,

On tient que celuy qui le premier inuenta les bien-faicts, forgea de certaines chefnes de fer pour lier les cœurs: mais ie veux croire qu'il n'eftoit pas befoing, pource que la nature du bien fait enchefner fi eftroictement les ames, que le plus fouuent la mort mefme n'en peut rompre l'eftreinte. Vos bien faits, Monfeigneur, m'en font parler par experiēce, car ils ont fi eftroittement lié mon cœur, qu'il ne refpirera iamais que pour voftre feruice. Et ie fomme voftre bôté, qui a de fi fortes habitudes à m'obliger tous les iours, d'en tirer quelque preuue de mon obeyffance. Ce n'eft pas que i'aye cefte vanité de pouuoir paruenir à quelque forte de fatisfaction, mais feulement ce defir extreme, Monfeigneur de ne porter pas toufiours inutilement la qualité de

Voftre tres-humble & tres-obeïffant feruiteur P. de la SERRE.

Autre lettre de Remerciement du mesme
Autheur a Monseigneur le Duc
de Crouy.

MONSEIGNEVR

Apres auoir long-temps pensé aux
moyens que ie pouuois auoir de satisfaire en quelque façon par mes seruices,
aux obligations que ie vous ay, ie n'en ay
point trouué de plus conuenable à voftre
grandeur & à ma petiteffe, que celuy d'aduouër mon impuiffance sans regret: toutesfois, pource que i'ay tant d'honneur à
vous eftre redeuable, que ie me plais en
ce deffaut de ne pouuoir pas me reuancher de vos faueurs, puis qu'il porte en
foy cefte cõfequence qu'elles font extremes, & de la forte dignes de vous.

Ce font mes remerciemens
MONSEIGNEVR,

accompagnez de cette priere, de
me permettre cefte vanité de me
faire remarquer en tous les lieux
du monde, Voftre treshumble &
& tres-obeiff. feru. P. de la SERRE.

A MADAME LA PRIN-
ceſſe de Conty.

MADAME,

On tient que la Renommee a des aiſles ſi fortes, qu'à leur aide elle ſe porte par tout auec vne viteſſe incroyable, mais ie veux croire que quand bien elle n'en auroit pas, voſtre merite admiré des plus parfaits luy en pourroit donner des ſemblables, car on ne parle d'elle que pour l'amour de vous, n'eſtant Renommee qu'à cauſe du renom que vous auez d'eſtre en l'eſtime de tous vne des plus accomplies Princeſſes que le ſoleil ayt iamais veu. Ie ſçay bien Madame que c'eſt vne verité cognue & aduoüee de tout le monde, auſſi ne la publie ie que comme ayant eſté deſia publiee pour m'exempter du crime du de flatterie. C'eſt de la part.
Madame d

Voſtre tres-humble &
tres-obeiſſant ſerui-
teur P. de la SERRE.

Lettre Dedicatoire.

MONSEIGNEVR,
　　Si l'on ne presentoit iamais à Alexandre, que des lauriers, ny à Pompee, que des Couronnes. Ie ne vous puis donc offrir que des triomphes pour vn present digne de vous. Ce ne sont point des triophes mortels, leur gloire n'habite point en terre que pour vous honorer, comme le plus digne ouurage que l'honneur ait iamais faict. Il y a long-temps que la renommee de vostre valeur a donné des volontez, ou plustost des passions à mon ame, à vous offrir ce deuoir de mes deuoirs, mais la crainte de vous offrir si peu, en vous offrant quelque chose, m'a tousiours rendu defectueux, pour pouuoir dignement honorer vos merites. Excusez donc (Monseigneur) la foiblesse de mó pouuoir, toutefois, mon offrande est assez grande, puis qu'elle vous est offerte. Il me suffit donc, que vous estes son autel, où ie l'appés, auec les plus hũbles submissiós de mes seruices, qui vous sõt du tout acquises Monseign. 　　　Vostre, P. de la Serre.

Lettre

Lettre Dedicatoire.

MADAME,

Ce Tableau represente les merueilles du Ciel à celles de la terre, figurees par vos vertus. Ie sçay bien que les lis de ses couleurs palliront à l'obiet de vos rozes : ie dis que vostre lustre ternira son esclat, puis que vous estes l'original, & l'abregé des plus rares Tableaux du monde. Mais (Madame) les tenebres font admirer la clarté du Soleil, outre qu'on ne peut presenter que des deffauts à vostre perfection, puis qu'elle est vnique en son essence : tellemēt que si ce preset n'est digne de vous, n'en accusez que vous mesme, car pour trop meriter, tout vous est inferieur. I'ay du regret seulemēt, que mes œuures profanes ayent precedé mes sainctes, & que mon deuoir ne m'ait fait recognoistre ceste raison, de vous dedier plustost les vnes, que les autres, puis que vos actions n'ont rien de terrestre que l'humanité, ie dis la douceur. En cela, i'ay suiuy ma passion, qui me porte à vous honorer

Q q

en tous mes ouurages , & à n'arrester point mes desseins, lors qu'ils sont animez du respect que ie vous doy, ou plustost à vos merites. Voila donc ma passion,

MADAME,

Et voicy mon desir, de viure fidelle, pour mourir constât

Vostre tres-humble & tres affectionné seruiteur

P. de la SERRE

Autre Epiſtre dedicatoire du meſme Autheur, à Monſieur de Bertier Seigneur
de Monraue, Preſident au Parlement de Tholoſe, ſur vn liure intitulé,
Le Portrait de l'ame deſolee.

ONSIEVR,
Vous verrez dans le portrait
de ceſte ame, celuy de mon
cœur, dont le zele n'a pour object que voſtre ſeruice. Ie n'ay peu vous
repreſenter l'vn ſans l'autre, puis que ie
vous en deuois faire preſent, car mon affection tenant le pinceau en ceſt ouurage, s'eſt ſubtilement depeinte en ce debuoir, ſçachãt qu'il vous eſtoit deub pour
ſe faire cognoiſtre. Receuez donc ie vous
ſupplie & l'vn & l'autre, & portez celuy de
l'ame dans voſtre ame, puis que c'eſt ſa demeure, & celuy du cœur dans voſtre
cœur, puis qu'il y veut eſtre logé, car de la
ſorte, bien que ſeparez vous les rendrez
inſeparables. C'eſt de la part
Monſieur,   de voſtre tres-humble.
                    P. de la Serre.

AVTRE EPISTRE DEDI-
catoire du mesme Autheur à Monseigneur le Duc de Ventadour sur son
liure des Artifices de la Cour &
Amours d'Orphee & d'Amaranthe.

MONSEIGNEVR,
　Voicy le premier debuoir que ie
rends à vos merites. Veritablement c'est
profaner vostre valeur de vous dedier
ces œuures amoureuses. Toutesfois si
Mars a chery sa Cypris, vous le pouuez
imiter en l'amour, aussi bien qu'en la
guerre à receuoir ces Mirthes parmy vos
Lauriers. Leur couronne partagera egale-
ment vos triomphes puis que vous estes
autant aymé des Dames & redouté des
hommes Ceste vertu anime mon dessein,
& rend plus digne mon offrande, auec celle que ie vous fay de mes seruices.
Monseigneur

Comme vostre tres-humble &
tres obeissant seruiteur.

AVTRE.

SI l'Amour mesme, c'est aueugle, est espris de vos beautez, que dois-ie faire auec mes yeux, qui me font admirer en vous tant de merueilles? de me dire Amāt, c'est trop peu, pour exprimer mō amour, de me nommer passionné, ce sont encore des paroles trop foibles, pour l'affection que ie vous porte : croyez donc, qu'à l'esgal de ce que vous estes, ie suis, ie dis parfaicte, & moy affectionné à vostre seruice.

Vostre tres-humble, &
tres-affectionné,
Tel.

Q q iij

AVTRE LETTRE,

MAdamoiselle, me deffédre de vous
aymer, ne vouloit pas que ie vous
honore, à quoy pensez vous, ma Belle, il
faudroit que ie changeasse de cœur, pour
changer de Maiſtresse, & que la Nature
me donnaſt d'autres inclinations, pour
vous priuer de mes respects, & vous de
mon obeiſſance, deffendez moy pluſtoſt
de viure, ie mourray, mais ce fera touſiours d'amour, & ainſi au prix de mes
iours, ie vous rendray vn ſignalé ſeruice,
laiſſant ceſte verité pour ſouuenance à
l'aduenir.

Autre lettre.

SI i'ayme tout ce qui est en vous, ie cheris aussi tout ce qui en procede, encore que ce ne soit que des rigueurs & des cruautez. Ie m'estonne toutesfois qu'estant si belle, vous soyez si cruelle, cognoissez mon mal, & vous cognoistrez vostre rigueur trop extreme, pour vn excez d'amour : mais quoy, vous ne sçauriez estre autre que vous mesme, ny moy autre que celuy que ie suis, qui est,

Vostre tres humble & tres
obeissant seruiteur,
Tel.

F I N.

Extraict du Priuilege du Roy.

PAR grace & Priuilege du Roy, il eſt
permis à NICOLAS BESSIN, Libraire à Paris d'Imprimer ou faire imprimer vn liure intitulé, *Le Bouquet de l'Eloquence*, recueilly & côpoſé par le Sieur de
la SERRE, auec deffences à tous Libraires
& Imprimeurs de ce Royaume, d'imprimer, vendre, ne diſtribuer, d'autres que de
ceux dudit BESSIN, pendant le temps &
eſpace de ſix ans: ſur les peines portees
par ledit Priuilege. Donné à Paris le trei-
ziefme de Septembre 1623.

Signé,   PIGRAY.

*Ledit Beſſin a cedé & tranſporté la
moitié de ſon Priuilege à Pierre Billaine,
auſſi Marchand Libraire, pour en iouyr pai-
ſiblement, ſuiuant l'accord qu'ils en ont fait
entre eux.*

www.ingramcontent.com/pod-product-compliance
Lightning Source LLC
Chambersburg PA
CBHW052341020726
47503CB00001B/65